뿔났다

오기와라 히로시(荻原 浩)

20년 만에 걸려온 주문전화
엄마는 부엌에서 무얼 만들고 있지…

나래북

옮긴이 **박현석**

국문학을 전공하고 일본으로 건너가 유학 및 직장생활을 하다 지금은 전문 번역가로 활동 중이며 우리나라에 아직 소개되지 않은 일본 유명 작가들의 작품을 소개하기 위해 출판을 시작했다. 번역서로는 『점점 멀어지는 당신』, 『일본 대표작가 대표작품선』, 『묵동기담』, 『청춘의 착란』, 『오다 노부나가』, 『판도라의 상자』, 『젊은 날의 도쿠가와 이에야스』, 『갱부』, 등 다수가 있다

뿔났다

2012년 06월 10일 1판 1쇄 인쇄
2012년 06월 15일 1판 1쇄 펴냄

지은이 | 오기와라 히로시
옮긴이 | 박현석
발행인 | 김정재 · 김재욱

펴낸곳 | 나래북 · 예림북
등록 | 제 313-1997-000010호
주소 | 서울 마포구 합정동 373-4 성지빌딩 616호
전화 | (02) 3141-6147
팩스 | (02) 3141-6148
이메일 | scrap30@msn.com

ISBN 978-89-94134-16-1 03830

1

빨래를 널어놓는 베란다에 오전부터 볕이 드는 계절이 찾아오면 요코의 마음은 설레기 시작한다. 봄의 방문을 알리는 전조前兆. 요코가 가장 좋아하는 계절이다.

이제 한두 주일만 더 지나면 정원의 알리숨과 감국이 꽃을 피우기 시작할 것이다. 겨울 동안에는 잎만 눈에 띄던 비올라의 꽃도 점점 숫자가 늘어가고 있다. 무엇보다도 빨래가 잘 마른다. 요코의 집 동쪽으로 4층짜리 맨션이 있기 때문에 해가 낮은 겨울에는 한낮이 되지 않으면 볕이 들지 않는다.

정원도 마찬가지다. 안 그래도 좁은데 도로에 면한 부지의 남쪽을 주차공간으로 만들어버렸기 때문에 남은 것은 볕이 잘 들지 않는 동쪽뿐. 그 탓에 작년 가을, 화단에 심은 비올라는 키만 껑충하게 자라서 콩나물 같다.

집은 살아보지 않으면 알 수 없는 법이다. 재작년, 이 집을 손에 넣었을 때는 업자가 만들어 파는 집치고는 주방이 넓고,

조그맣긴 하지만 정원이 있다는 사실에만 마음을 빼앗겨 겨울에 볕이 잘 들지 않는다는 점까지는 고려하지 못했다. 아이의 방에서 슈타가 장난감 공을 바닥에 그대로 내버려두면 아코디언커튼으로 칸막이를 해놓은 다마키의 방까지 그 공이 굴러가 버린다는 사실과, 걸쇠를 걸지 않으면 1층의 화장실 문이 조금씩 열린다는 사실을 알게 된 것도 살아보고 난 뒤였다.

계약을 마친 순간부터 쌀쌀맞아진 주택 건설업체 담당자는 이렇게 말했다. "그건 건물이 아니라 토지에 문제가 있어서 그런 겁니다. 지질학적으로 말씀드리자면, 그 부근의 지반은 사니질* 이니까요." 화장실 문의 상태를 얘기하는데 지질학을 가져다 붙이다니, 뭐라 대답할 말이 없었다.

남편 고헤이는 "익숙해지면 괜찮을 거야"라며 한가한 소리를 한다. 화장실에 갈 때마다 늘 걸쇠를 걸지 않아 다마키가 비명을 지르게 만드는 사람이 누군데. 역에서 멀고 버스정거장이 가까이에 있지 않다는 사실을 놓고 "걷는다는 건 쉬운 일이 아니야아아아이고"라며 썰렁한 농담으로 엄살을 부리던 고헤이를 설득해서 이 집을 사기로 결정한 건 요코였으니 불평은 할 수 없는 처지지만.

그래, 하는 수 없지. 슈타의 아동용 덧옷, 다마키의 운동복, 고헤이의 트렁크를 두 손으로 두드린 요코는 영차하며 이불을 들어 올려 베란다의 난간에 걸친 뒤 커다란 빨래집게로 집어놓

* 沙泥質 : 모래와 진흙이 섞인 토질(편집자 註).

았다.

인생은 동전의 양면이다. 좋은 일이 있는가 하면 케이크 밑에 깔아놓은 종이처럼 좋지 않은 일도 따라온다. 좋지 않은 일이 있기 때문에 좋은 일이 좋은 일이라는 사실을 알게 된다. 어쨌든 결혼 14년 만에 처음으로 갖게 된 마이 홈. 이불 네 개를 널 수 있는 베란다가 있다는 것만 해도 고마운 일이었다. 전에 살던 아파트는 세 개가 한도였으며, 게다가 바람이 강하게 불 때는 커다란 빨래집게로 잘 집어놓지 않으면 11층에서 땅바닥까지 떨어져버리곤 했다.

이불 널기를 마친 요코는 카디건을 걸치고 정원으로 나갔다. 눈부신 빛에 비해 바람은 아직 차가웠지만 카디건은 봄 냄새가 풍기는 얇은 파스텔톤으로 골랐다.

요코는 오전에 정원 가꾸는 시간이 가장 행복했다. 사실 정원이라고 할 만큼의 공간도 안 됐지만, 볕이 잘 들지 않는 화단 하나, 그리고 나무로 만든 것으로만 들여놓은 화분, 플랜터**, 행깅바스켓을 몇 개 놓아뒀을 뿐이지만 요코에게 있어서 자기 집의 정원은 낙원이었다. 단 세 평의 낙원.

꽃과 초록으로 꾸며진 집. 손수 기른 허브로 만든 홍차와 천연 방향제. 집 정원에서 기른 토마토와 가지로 만든 요리. 아파트에 살 때부터 늘 동경해 오던 일이었다. 11층 베란다에 행깅바스켓을 걸어놓아 봤자 쳐다봐 주는 건 까마귀 정도였으니까.

** 화초를 재배하는 용기 중 하나. 플라스틱제품으로 직사각형이 많다.

하지만 지금 같은 계절에 요코의 낙원에는 아직 꽃이 많지 않다. 화단에는 비올라의 옅은 색이 보일 듯 말 듯. 몇 가지 화초를 섞어 심어놓은 두 개의 화분 한쪽에서 데이지가 메추라기 알 프라이 같은 꽃을 피우고 있을 뿐.

모종삽으로 데이지 뿌리 가까이의 흙을 판 뒤 인산이 많이 함유된 비료를 조금. 씨앗을 심은 게 아니라 대형마트에서 모종을 사다 심은 이 데이지만은 아주 튼튼해서 한여름부터 꽃을 피웠다.

시들기 시작한 꽃은 빨리 따주는 것이 원예의 철칙이다. 그 다음 꽃이 더 잘 피게 하기 위해서인데, 요코는 늘 망설인다. 전지가위가 필요 없을 만큼 가느다란 줄기지만, 한창 아름다운 때가 지나자마나 이제는 쓸모없어졌다는 듯 잘려나가야 하는 꽃들의 편을 들어주고 싶다는 41세 여자의 마음 때문인지도 모른다. 손으로 따내려고 하면 줄기는 의외로 강인한데, 덧없는 저항을 시도하고 있는 것 같다는 생각에 애처로운 마음마저 든다.

손가락에 힘을 준다. 꺾여 나가는 음울한 소리. 미안. 마음속으로 사과한 뒤 꽃을 몇 송이 따냈다.

두 번째 화분에서 요코는 손놀림을 멈췄다.

화분 옆면에 은빛 줄기 하나. 그 가느다란 궤적을 따라가 보니…….

거기에도 봄이 찾아와 있었다.

민달팽이였다. 겨울에는 보이지 않았는데. 작년 가을, 정원에서 일소했다고 생각했는데. 민달팽이는 햇빛에 미끈미끈한

점액을 번뜩이며 보기 싫은 몸을 조금씩 유동시키고 있었다.

요코는 비명을 억누른 채 부엌으로 뛰어갔다. 그리고 양념 선반 위에 있는 소프트 포트에서 소금을 한 움큼 쥐고 다시 정원으로 달려 나갔다. 샌들의 왼쪽과 오른쪽을 바꿔 신은 것도 깨닫지 못할 만큼 허둥대고 있었다.

따낸 데이지의 줄기를 이용해 조심조심 민달팽이를 화분에서 떼어냈다. 오른발에 신고 있던 왼쪽 샌들의 끈 위로 떨어졌다.

이번에는 비명을 지르고 말았다.

0.1초밖에 걸리지 않은 재빠른 동작으로 샌들을 벗어 들고 한쪽 발로 뛰면서 이번에는 땅바닥으로 털어냈다. 끔찍할 정도로 느렸지만 하등동물 나름대로 위기를 느꼈는지, 민달팽이는 화분 바닥을 향해 기기 시작했다.

꽃의 모종이나 잎을 갉아먹는 성격 나쁜 벌레는 많지만, 그중에서도 민달팽이가 가장 싫었다. 눅눅하고 어두운 곳에 숨어 사는 데다 모습도 추해서 존재 자체가 불쾌했다. 요코의 가장 큰 적이다.

먼저, 진행 방향에 소금 벽을 만들어 전진을 막았다. 제 딴에는 머리라고 생각하고 있는 듯한 몸의 끝부분이 소금 벽에 닿자마자, 민달팽이는 초 슬로에서 표준 슬로로 바뀌는 정도의 속도로 방향을 전환했다.

다음에는 퇴로를 차단했다. 이미 눈치 채고 있었다는 듯 옆으로 도망치려 했다.

주위에 온통 소금 벽을 만들어 포위한 다음, 테러 조직의 거

점을 폭격하는 미군기 뺨칠 정도의 용의주도함으로 조금씩, 천천히 소금을 뿌려나갔다.

이렇게 혐오스러운 생물도 고통을 느끼는 것일까? 갑작스러운 소금 공격에 민달팽이는 머리와 꼬리가 구별되지 않는 몸을 뒤틀며 몸부림치기 시작했다. 조그만 페니스를 연상시키는 그 모습이 왠지 밉살맞았다. 물론 용서하지 않을 것이다. 한 번 겨냥한 사냥감은 놓치지 않는다.

창고에서 분무식 살충제를 꺼냈다. 민달팽이에게는 별로 효과가 없다는 사실을 잘 알면서도, 오징어젓갈처럼 변해 가며 끈질기게 몸부림치는 밉살맞은 벌레에게 뿌려댔다. 몇 번이고 몇 번이고. 움직임이 완전히 멈출 때까지.

멈췄다.

모종삽으로 주위 흙과 함께 민달팽이를 떠올려 부엌문 밖에 놓아둔, 타는 쓰레기봉투에 넣은 뒤 봉투를 꼭꼭 묶었다. 사실 샌들까지도 버리고 싶었지만 한 켤레에 1,200엔이나 하는, 마음에 드는 샌들이었기 때문에 그렇게 하지 못했다.

데이지 꽃 꺾기를 마친 다음 앞으로 꽃을 피울 알리숨과 감국에 분무기로 액체 비료를 주고 있는데, 집 안에서 전화 벨소리가 들려왔다.

누구지, 이 시간에. 슈타가 다니는 유치원이나 수영교실에서 알게 된 어머니들은 대부분 오전에는 아르바이트나 가사일로 바쁘기 때문에 이 시간에 전화를 걸어 오지 않는다. 다마키를 끌어들이려는 학원이거나, 비석을 파는 사람이거나, 아니면 시어머니일 것이다. 요코에게는 자신을 속박할 가족이라 불릴 만한 사람이 거의 없다. 적어도 일본에는.

고헤이의 부모님은 홋카이도北海道에서 농사를 짓고 계신데, 종종 수확한 채소를 보내오신다. 받자마자 감사 전화를 드리지 않으면 그쪽에서 먼저 전화를 걸어 와 조리법을 자세하게 전수해 주려 한다. 얼마간 시간이 지나면 "잘 만들었니? 맛은 어땠니?" 라는 확인 전화까지 걸려 온다.

고헤이가 쏙 빼닮은 굵은 눈썹과 입술, 작은 일에는 무심한 성격의 시어머니 얼굴이 떠오르자 요코는 마음이 무거워졌다. 얼마 전에 보내온 감자 얘기를 하시겠지. 기껏 생각해서 이시카리나베石狩鍋*와 후쿠다 집안 전통의 니쿠자가이모** 조리법을 가르쳐주셨는데, "다 먹을 수 없을 것 같아서 이웃에게 나눠주고 나머지는 전부 튀겨서 먹었습니다" 라고는 죽어도 말할 수 없었다.

웬만하면 전화 벨소리가 그냥 끊기길 바라면서 일부러 천천히 부엌 식당 쪽으로 향했다.

열 번, 열한 번, 열두 번. 전화벨은 집요하게 울려댔다.

느릿느릿 식당의 칵테일 캐비닛 위에 놓아둔 전화의 수화기를 들었다. 밑에 손수 만든 조각보를 깔아놓았는데, 얼마 전 팩스가 달린 기종으로 바꾼 탓에 크기가 맞지 않았다.

전화 수화기에 애니메이션 캐릭터 스티커가 붙어 있다. 슈타

---

* 연어를 주재료로 한 찌개.

** 고기와 감자를 조린 것.

녀석, 또.

스티커 붙이기는 요즘 슈타가 가장 재미있어 하는 놀이다. 놀이라기보다 업무라고 할 수 있을 정도로 정열을 쏟아 붓고 있다. 다섯 살 유치원생의 필생의 업. 며칠 전에도 테디 베어의 양쪽 눈에 둥그런 스티커를 붙여놓는 바람에 다마키가 찢어지는 듯한 비명을 질렀다.

"네, 후쿠다입니다."

여자치고는 목소리가 조금 낮은 편이지만, 전화를 받을 때는 자신도 모르게 높아진다. 소녀 시절, 미국에 있을 때는 없었던 습관이다.

수화기 너머에서 목소리가 흘러나왔다.

── 오랜만이군.

상대방은 영어로 말했다. 순간, 시간이 멈춰버렸다. 요코는 수화기를 쥔 채 자리에서 얼어붙고 말았다.

── 나야. 기억하고 있다면 영광이겠는데.

당연히 기억하고 있다. 자신만만한 어조였다. 멈췄던 시간이 반대로 흐르기 시작했다. 잊었을 리 없다. 이 목소리는 잊고 싶어도 귓불에 붙은 조그만 점처럼 평생 요코의 귀에서 떨어지지 않을 것이다.

── 25년 만이군. 잘 있었나, 리틀 걸?

마치 오래된 레코드판 위에 너무 많이 사용한 바늘을 올려놓은 것 같은 갈라지는 목소리의 남부 사투리. 슈타가 톳토코 햄타로의 스티커를 붙여놓은 수화기에는 전혀 어울리지 않는 목소리였다.

목을 막고 있던 무거운 뚜껑을 열고 요코도 영어로 말했다.

"......어떻게, 이 번호를."

영어로 말할 때는 평소의 낮은 목소리가 4분의 1 옥타브 정도 더 내려간다. 간신히 그렇게 말할 수 있었을 뿐이다. 상대방은 요코의 질문을 무시한 채 말을 이어갔다.

── 다시 한 번 일해 보지 않겠나?

일. 이 목소리의 주인이 말하는 '일'이란 한 가지밖에 없다.

니트 모자를 쓴 햄스터를 의지하는 듯한 눈빛으로 바라본 뒤, 요코는 맨홀 뚜껑을 열 때와 같은 힘을 들여 다시 입을 열었다.

"......리브 미 아웃(거절하겠습니다)."

욕을 한 마디 덧붙여줄까 하다가 그만뒀다. 상대방을 기쁘게 해줄 뿐이다. 이 남자에게는 분명, 여자에게 욕을 먹는 것을 즐기는 성벽이 있다. 'Fuck'도 'Shit'도 입에 담지 않았건만, 상대방은 유쾌하다는 듯 웃음을 터뜨렸다. 낙엽으로 막혀버린 지붕의 낡은 물받이가 웃고 있는 듯했다. 그래, 이 남자는 25년 전부터 노인 같은 목소리를 냈다.

── 나한테는 여전히 차갑군. 하지만 말이지, 리틀 걸. 흔히들 말하지 않나, 일단 방울을 단 암소는 목장을 떠나지 못한다고.

내가 암소? 웃기지도 않아. 전화를 있는 힘껏 끊어버리고 싶었지만 요코의 손은 수화기에서 떨어지질 않았다.

── 사흘 후, 같은 시간에 다시 한 번 연락하도록 하지. 좋은 대

답이 있길 기대하겠어.

상대방의 말을 들으려 하지 않는 것도 25년 전과 똑같다. 요코가 다시 한 번 똑같은 대답을 하기도 전에 둔기로 내리치는 듯한 소리와 함께 전화가 끊겼다.

요코는 리큐어나 셰이커가 아니라 가계부와 전기제품의 설명서, 공구상자가 들어 있는 칵테일 캐비닛 앞에 엉덩방아를 찧으며 주저앉았다. 한동안 그렇게, 거기에도 붙어 있는 햄타로의 스티커를 멍하니 바라보고 있었다.

머릿속의 내용물들을 믹서 안에 넣어버린 듯한 기분이었다.

어떻게, 그 남자가 우리 집 전화번호를 알았지?

어디서 전화를 건 걸까?

일본에 있는 건가?

이제 와서 나한테 무슨 일을 시키려는 거지?

멀리 날아가 버렸던 정신이 다시 머릿속으로 돌아왔을 때, 시계바늘은 오전을 지나 오후를 가리키고 있었다.

이런, 슈타를 데리러 가야지. 요코는 조건반사적으로 몸을 일으켜 화장대 앞에 섰다.

얼굴이 엉망진창이었다.

하얀 얼굴이 평소보다 더 하얗다.

유치원 어머니들 사이에서는 '미인'이라는 소리를 듣는 얼굴이지만 그다지 믿을 만한 말은 못 된다. 그 사람들은 평범하게 눈 코 입이 달려 있고 뚱뚱하지만 않으면 누구라도 '미인'이라고 말한다.

요코의 할아버지는 아일랜드계 미국인이었지만, 순수 동양계와 조금도 다르지 않은 얼굴을 갖고 있던 아버지의 피가 진했던 탓인지, 그 사실을 눈치 채는 사람은 아무도 없었다. 할아버지의 영향을 받은 것은 주름이나 주근깨 때문에 고민해야 하는 경우가 많은 하얀 피부와 아주 조금 색이 옅은 눈동자 정도다.

마흔하나라는 나이에 어울리게 탄력이 떨어져 가고 있는 피부에 기계적으로 파운데이션을 바르고 립스틱을 발랐다. 립스틱을 든 손이 떨리고 있었다.

2

고마도리* 유치원의 정문 앞에는 아이를 데리러 온 어머니들이 한데 모여 있었다. 키가 작은 편은 아니었지만 특별히 큰 것도 아니었다. 안을 들여다보기 위해 요코는 까치발을 해야 했다.

정원에서 엄마를 기다리는 아이들이 놀이기구 앞에 몇 명씩 모여 있기도 했고, 좁은 정원을 뛰어다니기도 했다.

요코는 슈타를 찾았다. 어디에 있는지 짐작은 갔다. 모래밭이다.

짐작대로 슈타는 모래밭에 있었다. 이파리 위에 모래를 담아 소꿉놀이를 하고 있는 여자아이들 바로 옆에서, 겉옷이 더러워지는 것에는 신경도 쓰지 않은 채 엎드린 상태로 손발을 파닥이고 있었다. 튀어 오르는 모래가 여자아이들의 얼굴을 찡그리게 만들었다. 장난을 하고 있는 게 아니다. 슈타는 제 딴에 수영

* 울새, 또는 길게 늘어선 아이 중 끝에 있는 아이를 술래가 잡는 놀이.

연습을 하고 있는 것이다.

8개월 전부터 수영교실에 보냈다. 어린 시절의 요코와 마찬가지로 천식 기미가 있었기 때문에 그것을 고치기 위해서다. 세수할 때조차 눈을 뜨지 못하던 슈타는 처음엔 수영을 싫어했지만 지금은 정반대. 올림픽 수영경기 중계를 보고 난 뒤부터는 의욕이 넘쳤다.

베이징올림픽에 나간다. 이안 소프에게 이긴다. 이것이 슈타의 당면 목표인 듯했다. 3년 뒤라고 해봐야 고작 여덟 살이지만. 이안 소프가 아니라 이완 소프이긴 하지만. 지금 슈타의 머릿속은 온통 스티커 붙이기와 수영, 그리고 먹을거리로 가득 차 있었다.

"엄마, 엄마. 도시락통에 스티커 붙여도 돼?"

잡은 손을 흔들며 걷고 있던 슈타가 올려다봤다. 언제나 요코가 직접 잘라주는 슈타의 앞머리가 유치원 모자 밑으로 길게 내려와 눈썹을 덮고 있었다. 조만간 잘라줘야지.

"안 돼. 붙여봤자 설거지를 하면 떨어져버릴 거야."

"그럼 가방에는?"

"그것도 안 돼. 가방도 빨면 그만이니까. 그보다는 슈타, 모래밭에서는 수영 연습을 하지 않는 게 좋겠다. 다른 아이들한테 방해가 되고, 엄마도 빨래가……."

유치원복 겉옷이 두 벌인 아이는, 요코가 아는 한 슈타뿐이다. 그런데도 비 오는 날이 계속될 때면 덜 마른 것을 입혀야 한다.

"방해?"

"힘들거나 좋지 않은 일을 당하게 되는 거. 슈타가 손발을 휙휙 저으면 모래가 튀어서 다른 아이들이 맞잖아. 사람은 누구나 다른 사람에게 방해되지 않도록 주의를 기울이면서 살아가고 있는 거야. 무슨 말인지 알겠니?"

"응, 알아. '댄스댄스 레벌루션'을 볼 때 누나가 텔레비전 앞에 서서 쿵쿵거리면 시끄럽고 먼지가 나서 나도 싫어. 앞으로는 배설로킥*만 할게. 그거라면 모래는 튀지 않을 거야."

대단한 발견이라도 했다는 듯 눈을 반짝이며 요코의 손을 꼭 잡았다. 배설로킥이고 뭐고, 이제 겨우 킥판을 쥐고 25m를 헤엄쳐 갈 수 있게 된 주제에.

"아빠 휴대전화에는 스티커를 붙여도 될까?"

"그건 아빠한테 여쭤보렴. 엄마 거에는 붙여도 괜찮아."

"엄마 거는 은색이라……."

슈타가 마구잡이로 스티커를 붙이는 것처럼 보여도 아이 나름대로 규칙이 있는 모양이다. 할아버지인 에드가 들었다면 이렇게 말했을 것이다.

'훌륭하구나. 규칙은 소중한 거란다. 과연 내 증손자다.'

할아버지가 살았던 오클라호마의 농장에 맡겨졌을 때, 요코는 여섯 살이었다.

공항에서 의붓아버지와 헤어진 뒤 픽업트럭의 조수석에 앉

* 수영에서 스타트 직후부터 물속에서 잠수해 두 발을 가지런히 한 채 물을 차는 수영법(편집자 註).

은 요코는 그때 창밖으로 지나가던 풍경을 아직도 기억하고 있다. 정면만을 똑바로 바라보고 있었기 때문이다. 아래를 내려다보면 눈물이 떨어질 것만 같았다. 옆으로 고개를 돌리면 무서워서 비명을 질러버릴 것만 같았다. 덜컹덜컹 흔들리는 바닥에 닿지 않는 다리를 한껏 늘어뜨린 채 두 손으로 떨리는 무릎을 잡고 있었다.

기억나는 것은, 영원히 계속되는 게 아닐까 싶을 정도로 길었던 한 줄기 길 앞에 갑자기 신호등이 나타났을 때의 일이다. 도심지를 벗어난 이후 처음으로 보는 신호등이었을 것이다. 빨간불이었다. 할아버지의 픽업트럭은 조금도 속도를 줄이지 않은 채 그대로 통과해 버렸다.

몸이 더욱 딱딱하게 굳은 요코는 눈만 둥그렇게 뜨고 있었다. 일본에서는 사람도 자동차도 '빨간불은 정지' 라고 배웠기 때문이다.

잘못 기억하고 있었던 것일까? 자동차는 초록불일 때 서는 거였나? 요코의 조그만 머리는 혼란스러웠다.

빨간불은 정지, 초록불은 전진. 비밀을 푸는 주문이라도 되는 양 머릿속으로 그 말을 되풀이하던 일을 기억하고 있다. 여기는 다른 나라라, 초록불과 빨간불이 반대인가? 일본에서 늘 봐오던 것과 달리, 신호등도 길쭉하게 늘어서 있고. 아니면 하얀 수염을 기르고 있는 이 할아버지는 사람들과의 약속을 지키지 않는 나쁜 사람일까? 빨간불은 정지, 초록불은 전진. 빨간불은 정지, 초록불은 전진.

계속해서 그 모습을 지켜보고 있었던 듯하다. 신체 중에서 유일하게 움직이던 눈꺼풀마저 움직이지 않게 된 요코에게, 일본계 할머니를 꾀기 위해 배운 서툰 일본어로 말했다.

"잘 들어라, 요코. 규칙이란 다른 사람들이 정하는 게 아니라 자기 스스로 정하는 거야."

하지만 그 다음부터, 적어도 차에 요코를 태우고 있을 때 가끔 도심지에서 신호등을 만나게 되면—오클라호마 주의 변두리에 있었던 할아버지의 집 주변에는 신호등 같은 건 없었다—에드는 아주 조금이었지만 속도를 줄였다.

횡단보도 앞에서 슈타의 손을 다시 꼭 쥔 다음, 발걸음을 멈췄다. 25년 전, 미국에서 돌아온 이후 한동안은 없었던 습관이다. 도로를 달리는 자동차가 아니라 신호등의 색깔을 보고 건널지 말지를 판단하게 된 것은 다마키가 태어난 뒤 함께 걸어 다닐 수 있게 되면서부터다. 아직도 머릿속으로 되뇌지 않으면 발이 멈추지 않는다. 빨간불은 정지, 초록불은 전진.

처음 할아버지의 픽업트럭을 운전할 때 신호등 앞에서 정지하던 요코를 보고 할아버지는 웃었다.

"요코, 알고 있겠지? 일본에서는 자동차가 보이지 않아도 길에서 신호를 지키는 사람이 좋은 사람이지만, 이 나라에서는 이런 말을 듣게 된단다. 한심한 녀석."

하긴, 그때 요코의 나이는 열셋. 신호 무시 정도가 아니라 더 큰 교통법규를 위반한 것이다.

"엄마의 휴대전화에는 새 스티커를 붙여야 해. 도라에몽이

나 파랑도깨비*가 좋아.”

슈타는 아직도 쫑알거리고 있었다. 새 스티커를 사달라는 의미인 것 같았다. 못 들은 척하기로 했다.

요코는 휴대전화를 집에 놓고 나왔다. 갑자기 벨소리가 나고, 또다시 그 목소리가 흘러나올 것 같아 겁이 났기 때문이다.

사흘 후에 다시 걸겠다. 분명히 그렇게 말했다.

전화번호를 바꿀까?

아니, 그래 봐야 소용없을 것이다. 그 사람이 어떤 사람인데. 벌써 요코의 집주소까지 알고 있을 것이 분명했다. 요코는 상대방이 일본에 있는지, 다른 데 있는지조차 알지 못하는데.

그 남자에 대해 요코가 아는 바는 거의 아무것도 없다. 할아버지와 ‘일’을 함께했던 파트너였던 것 같다는 점, 음침하게 입속으로만 웃는다는 사실 정도. 나이도 젊지는 않으리라고밖에는 달리 할 말이 없으며, 본명도 모른다. 알고 있는 점이라곤 사람들이 통상적으로 부르는, 이니셜 한 자로 된 이름뿐이다.

K.

K와 만난 적은 한 번도 없다. 전화로만 이야기를 나눴을 뿐이다. 말하는 것으로 봐선 남부의 백인 같았지만, 머리카락이나 눈의 색깔조차 알지 못한다. 길에서 스쳐 지나도 그를 알아보지 못할 것이다. 집 안으로 거대한 민달팽이가 침입해 들어오기라도 한 듯 요코의 등골은 공포로 떨고 있었다.

---

* 애니메이션 〈꼬마 도깨비 트리오〉에 나오는 캐릭터.

다른 곳으로 이사 갈까?

그것은 당치도 않은 말이다. 앞으로 23년 동안 갚아야 할 주택융자금이 남아 있었다. 그것도 문제지만, 고헤이에게는 뭐라고 말해야 좋단 말인가?

물론 다시 전화가 걸려 와도 오늘과 같은 대답을 할 생각이다. 그때야말로 욕을 덧붙여서.

그래도 불안했다. 자신이 '예스(yes)'라고 대답해 버릴 것 같아서. 25년 전에도 그랬다. 처음에는 거절했지만.

"엄마!"

슈타는 요코의 왼손을 조그만 오른손으로 꼭 쥐고 있었다. 얼굴을 가만히 바라봤다.

"엄마, 왜 그래?"

"미안. 잠깐 다른 생각을 좀 했어."

"눈썹 옆이 꿈틀꿈틀 움직였어."

"아무것도 아니야. 괜찮아."

자신의 유전자를 물려받은 슈타의 갈색 눈동자를 바라보며 요코는 손을 꼭 쥐었다.

3

두두두두두두두. 계단에서 중화기* 를 쏘는 듯한 소리가 들려왔다. 식당 문이 열리더니 다마키가 뛰어 들어왔다. 2층에서 자명종시계 소리가 들려온 지 채 1분도 지나지 않았다. 아침에 잘 일어나지 못하는 다마키치고는 의외로 빠른 행차였다.

이제 막 기르기 시작한 머리카락을 흔들며 다마키가 머리를 들이밀었다. 화가 나서 눈이 둥그렇게 부풀어 있었다. 시선의 화살은 식탁에 앉으면 아직 가슴까지밖에 올라오지 않는 슈타에게로 가서 딱 꽂혔다. 슈타는 먹고 있던 비엔나소시지가 목에 걸렸다.

"슈타. 너, 또 그랬지?"

손에는 둥글게 만 종이가 쥐어져 있었다. 다마키는 그것을 재판소 앞에서 결과를 알리는 사람처럼 펼쳐보였다. 다마키가

---

* 화력이 강한 중기관총, 박격포 같은 화기(편집자 註).

방에 붙여둔 청춘스타의 포스터였다.

한쪽 콧구멍으로 우드스톡*이 얼굴을 내밀고 있었다. 예쁘장하게 생긴 미소녀가 코흘리개로 변해 있었던 것이다.

"이거 어떻게 할 거야? 어쩔 거야?"

슈타의 얇은 관자놀이 피부 밑의 혈관이 긴장 때문에 꿈틀거리는 것이 보였다.

"……구멍이, 크기가 딱 맞아서……."

이번에는 다마키의 입에서 경기관총처럼 말의 탄환들이 쏟아져 나왔다. 슈타는 비엔나소시지를 입에 문 채 식탁 밑으로 도망쳤다. 흥분한 탓에 말이 제대로 나오지 않아 금붕어처럼 입만 뻐끔거리고 있는 다마키 대신 요코가 슈타를 나무랐다.

"슈타, 다른 사람 물건에는 마음대로 스티커를 붙이지 말라고 했잖아."

"방해?"

식탁 밑에서 떨리는 목소리가 들려왔다. 슈타가 이 세상에서 가장 무서워하는 것은 부모님도 선생님도 귀신도 아닌, 일곱 살 위의 누나였다.

다마키가 의자를 걷어찼다. 슈타가 비명을 질렀다. 이렇게 될 게 뻔하니 애초에 그런 짓을 하지 않았으면 좋으련만. 슈타의 말에 따르면 "손이 마음대로 움직여" 이런 일이 생긴 것이다.

"이젠 다마키도 그만해라. 폭력은 안 돼."

* 스누피와 함께 나오는 애니메이션 캐릭터(편집자 註).

"죽여버리겠어."

"무슨 말을 하는 거야? 입을 꼬집어줄까?"

요코가 야단을 치자 다마키는 '왜 내가 야단을 맞아야 하는 거야?' 라는 표정으로 요코를 노려봤다.

"퍽킹!"

작년부터 다니기 시작한 영어학원에서 다마키는 쓸데없는 말까지 배워버렸다. 강사가 원어민이라는 게 그 학원의 자랑이었지만 아무래도 호주 사람인 듯, 영어가 조금 이상했다. 발음을 고쳐주고 싶었지만 그럴 수도 없었다. 아이들에게는 미국에서 '아주 잠깐' 살았다고 말했기 때문이다. 실제로는 10년이지만.

다마키는 식탁 쪽으로 고개를 돌린 채 냉장고 앞으로 걸어가 자신의 용돈으로 산 칼로리 제로 건강음료를 마시기 시작했다.

"다마키, 아침은?"

대답이 없다. 오늘도 아침을 거르고 '멋 부리기'로 시간을 때울 생각인 듯했다. 멋 부리기라고 해봐야 교칙이 엄하기 때문에 머리 묶을 고무줄을 무슨 색으로 할까, 립크림을 얼마나 반짝이게 바를까 하는 정도지만.

보는 사람이 아무도 없는 거실에서 제 혼자 켜져 있는 텔레비전에서는 먼 외국의 거리, 머리에 차도르를 두른 여자들의 통곡 모습과 함께 '자살 테러, 사망자 100명 이상'이라는 자막이 나오고 있었고, 아직 잠이 덜 깬 얼굴의 보조출연자가 "전쟁은 아직 끝나지 않았다"고 소리 높여 말하고 있었다. 요코는 리모트컨트롤을 집어 소리를 줄인 뒤 거실에서 나가려는 다마키에게 말했다.

"다마키, 밥 먼저 먹어."

굳이 말하자면, 다마키는 요코를 닮아 마른 편이었지만 체중이 갑자기 늘어 학교에서 놀림당한 사실을 마음에 두고 있는 듯했다. 체중이 늘어난 이유는 틀림없이 가슴이 부풀어 오르기 시작했기 때문일 것이다. 당신도 한 마디 해. 요코는 펼쳐든 신문 너머로 분위기를 파악하고 있던 고헤이에게 눈치를 줬다.

"다마키, 밥을 하루 세 끼 먹지 않으면 오히려 살이 더 찌게 돼."

대답대신 요란한 소리와 함께 문이 닫히자 고헤이는 "오오, 무서워"라고 중얼거리더니 스포츠면이 펼쳐진 신문 속으로 목을 움츠렸다. 그런 말은 오히려 화를 더 돋을 게 뻔하므로 애초 하지 말았어야 할 것을. 아무런 도움도 되지 않는단 말이야.

식탁 밑에서 소리가 들려왔다. "오오, 무서워라."

고헤이와 슈타는 묘한 부분에서 서로 꼭 닮았다.

"다마키, 밥을 먼저 먹어."

요코의 목소리를 헤어드라이 소리가 가로막았다. 다마키는 중학교 1학년생. 세상에는 명문이라고 알려진 사립 여자학교에 다니고 있다. 입학금도 수업료도 비싸기 때문에, 안 그래도 이제 막 집을 장만한 후쿠다네로서는 조금 무리해서 보낸 학교였다. 보내고 싶어 했던 것은 고헤이 쪽이다. 요코보다 한 살 반 어리지만 다음 달이면 마흔 살. 아직 과장 자리에 오르지 못한 것이 콤플렉스인 듯 이런 말을 곧잘 하곤 한다.

"누가 뭐래도 역시 학력이야. 우리 회사도 아직까지는 완전히 학벌주의라고. 능력과는 상관없이 출신 대학에 따라 승진이 결정된다니까."

회사에서 좋지 않은 일이 있었을 때 하는 말이다. 고헤이는 사소한 일에는 신경 쓰지 않는 편이지만, 일본 남자들은 회사에서의 지위에 관해서만은 누구나 신경질적으로 변하는 듯하다. 요즘에는 투덜이로 변해 버려, 맥주에서 바꾼 발포주*를 벌컥벌컥 들이키며 "아아, 부장만 바뀌면 될 텐데"라거나 "그 녀석만 없었어도"라는 말을, 그냥 내버려두면 끝도 없이 반복한다.

고헤이의 말을 빌자면 "2.5류 대학을 나온 주제에 1.5류 기업에 들어간 것이 실수였다"는 것이다. 하이스쿨을 다니던 도중에 귀국해서 일본의 고등학교에 적응할 틈도 없이 졸업한 요코는 학벌이 어떤 건지 알 수는 없었지만, 지금 다니고 있는 제약회사에서 좀처럼 과장으로 승진하지 못하는 이유는 출신 대학교 때문이라기보다, 독단적으로 판단하는 성격 때문이라고 생각했다. 회사의 벽에 스티커를 붙이지나 않았으면 좋으련만.

참호에서 적진을 엿보는 병사처럼 식탁 밑에서 슈타가 살금살금 얼굴을 내밀었다.

"......누나는 갔어?"

고헤이가 방구를 끼자 서둘러 기어 나왔다.

---

* 맥주와 비슷하지만 호프의 양이 조금 다르다.

빰에 붙은 밥풀을 떼어주며 다마키에게 들리도록 소리 높여 다시 한 번 슈타를 야단친 뒤, 고헤이에게 말했다.

"토마토 오믈렛 남으면 처치 곤란이니까, 다마키의 것까지 당신이 먹어."

헤어드라이 소리가 멈추더니 화장실에서 다시 한 번 중화기 소리가 들려왔다. 다마키는 토마토가 들어간 이탈리안 오믈렛을 아주 좋아한다. 요코의 말을 진담으로 받아들인 고헤이가 두 번째 오믈렛에 숟가락을 가져가려는 순간 요코가 서둘러 접시를 빼앗았다.

아, 정말 아무도 도움이 안 돼요.

문제가 없는 것은 아니지만, 요코는 지금의 평범한 생활이 나름대로 마음에 들었다.

태양이 대지 속에서 솟아올라 대지 속으로 지는, 쌍안경을 사용하지 않으면 이웃집도 보이지 않는 할아버지의 농장에 비하면, 이불을 말릴 장소 때문에 고민해야 하고 손수건만한 땅을 파헤쳐서 잘 자라지도 않는 꽃을 심어야 하는 지금의 집은 틀림없이 웃기지도 않는 농담처럼 느껴지기는 한다. 이만한 돈이면 오클라호마시티의 주택가에 반 에이커나 되는, 풀장 딸린 주택을 살 수 있었을 것이다. 우리 식으로 말하자면 대지 600평짜리 집이다.

일본에 돌아와서 꽤 오랜 기간, 까무러칠 정도로 비싸기만 하고 씹는 맛이 없는 쇠고기, 조금도 달지 않은 디저트, 양파투성이인 햄버거, 무슨 소변검사를 하는 것 같은 음료수의 용량,

인형의 집들을 늘어놓은 것처럼 빽빽해서 여유조차 없는 거리에 넌덜머리가 났었다. 무엇보다 그렇게도 좋아했던 할아버지가 없는 하루하루가 따분해서 견딜 수 없었다. 하지만 지금은, 할아버지도 계시지 않은 오클라호마로 돌아가고 싶은 생각은 없다.

미국에서 사는 동안은 언제나 마음을 놓을 수 없었다.

어디를 가나 방심할 수 없는 적들뿐이었다.

농장 주위에는 코요테, 독사, 퓨마, 그리고 가축 도둑. 도로에는 자동차 강도, 그저 충동적인 기분 때문에 옆 자동차 창문으로 총을 난사하는, 우리나라의 폭주족을 유치원생처럼 느껴지게 만드는 클레이지 드라이버. 도심으로 나가면 강도, 마약중독자, 강간범. 학교에는 백인이 아닌 요코에게 차가운 시선을 던지는 동급생과 선생님들.

요즘 우리나라 사람들이 늘 휴대전화를 들고 다니는 것처럼 할아버지는 언제나 총을 가지고 다녔다. 아침에 신문을 가지러 갈 때도. 대부분의 일은 다른 사람에게 맡긴 채 반쯤은 즐기는 기분으로 경영하고 있던 밭과 목장을 둘러볼 때도. 요코를 데리고 대형 마켓에 아이스크림 선데이를 사러갈 때도. 술집에 버번 위스키를 한 잔 걸치러 갈 때도.

둘뿐인 식탁 옆에는 언제나 라이플 총이 놓여 있었다. 욕실 벽에는 산탄총, 픽업트럭의 운전석 밑에는 리볼버, 대시보드 속에는 예비 총. 아침에 요코가 할아버지를 깨우러 가면 자명종시계 옆에는 자동권총이 번뜩이고 있었다.

에드는 잔고장이 많은 자동권총을 좋아하지 않았지만 "자는 동안에는 이 녀석이 쓰기가 좋아"라고 말했다. 다마키가 아침에 잘 일어나지 못하는 것은 애드 할아버지에게서 물려받은 습관인지도 모른다.

고헤이가 텔레비전 볼륨을 높였다. 조금 전까지만 해도 폭탄테러 소식을 전하던 아침의 와이드쇼 영상은, 일본에 온 한국 남자배우의 클로즈업 화면으로 바뀌어 있었다. 비통한 얼굴로 사망자의 숫자를 헤아리던 진행자가 변검 배우처럼 재빠르게 웃는 표정을 짓고 있었으며, 전쟁에 대한 정부의 대응을 비난하던 보조출연자가 풍자적인 농담으로 웃음을 자아내려 하고 있었다. 여기는 정말로 평화로운 나라다.

에드는 월마트 총기 판매장만큼이나 많은 자신의 총을 손질하며 곧잘 이렇게 말하곤 했다.

"미국은 특별한 곳이야. 고국에서 쫓겨난 사람, 버림받은 사람, 억지로 끌려온 사람 그런 사람들이 모여서 만들어진 나라지. 몇 세대가 지나도 부모는 아이들에게 이렇게 가르쳐. '싸워라, 이겨라, 가족 이외의 사람들에게 마음을 열어서는 안 된다'라고. 오클라호마시티는 원래 인디언에게서 약탈한 땅을 나라에서 개방해 하룻밤 사이 인구가 1만 명이 된 도시야. 먼저 차지하는 게 임자였고 서로가 땅을 빼앗았지. 이런 곳에서 이웃이라 해도 믿을 수 있었겠니? 설사 팬티 입는 것을 깜빡 잊고 밖에 나가는 일이 있어도, 내 손에는 틀림없이 총이 쥐어져 있을 게다."

다마키가 리모트컨트롤을 쥐더니 텔레비전 채널을 돌렸다. 혈액형 점을 알려주는 프로그램을 하는 시간이다. 한국 남자배우에 관한 소식에서 한국 여자배우에 관한 소식으로 내용이 바뀌어 있었기 때문에 고헤이가 투덜댔지만, 자기 혈액형에 대한 이야기가 나오자 집중하기 시작했다. O형의 운세가 가장 좋다는 사실을 알고 나자 다마키의 기분이 갑자기 좋아졌으며, 자신의 혈액형도 알파벳도 모르는 슈타까지 애니메이션으로 연출된 화면에 빨려 들어가 있었다.

텔레비전을 보는 가족 옆에서 요코는 팩스가 달린 무선전화기를 바라보고 있었다. 이제 그 전화기는 중학교나 유치원의 어머니들, 비석을 팔려는 사람, 홋카이도에 계신 시어머니의 목소리가 흘러나오는 몰인정하지만 무해한 기계가 아니었다.

오랫동안 가둬 두었던 괴물이 언제 튀어나올지 모를, 판도라의 상자였다.

4

이제 막 봄이 시작됐음에도 수영교실의 실내 풀은 마치 온실 같았다. 오늘처럼 실력검증 테스트가 있어 풀 옆에서 구경할 수 있는 날이면, 어머니들은 알아서 얇은 옷을 입고 온다.

요코도 코트를 벗은 채 얇은 긴소매 셔츠 하나만 입고 있었다. 민소매나 반팔은 거의 입지 않는다. 여자치고는 근육이 너무 잘 발달된 두 팔을 보이고 싶지 않았기 때문이다.

할아버지를 닮은 데가 한 군데 더 있었다. 몸.

에드는 키가 5피트 10인치(약 178cm), 병에 걸리기 전 체중이 170파운드(약 77kg). 미국 백인 남성을 기준으로 하면 눈에 띄는 체격은 아니지만, 권양기에 쓰는 밧줄을 꼬아놓은 듯한 몸을 가지고 있었다. 처음 할아버지 집에 갔을 때, 아직 50대 중반이었지만 머리카락과 수염이 모두 백발이었던 탓에 어린 요코의 눈에는 할아버지로밖에 보이지 않았는데, 힘이 장사인 목동 제스조차 쩔쩔매는 300파운드짜리 송아지를 간단하게 어깨에 짊어졌다. 술집에서는 6피트 반이나 되는 거한에게 팔씨름 도전을 받았는데 눈을 두 번 깜빡일 만큼의 시간 만에 승리를 거뒀다.

"준비~."

어머니들에 대한 서비스의 일환이라고밖에는 생각되지 않을 정도로 조그만 삼각 수영팬티를 입은 수영코치가 스피커를 손에 든 채 목소리를 높였다.

버저가 울리자 아이들이 일제히 풀 안으로 뛰어들었다. 어머니들이 아이들보다 더 열심히 응원하기 시작했다. 전원이 거의 동시에 반환점을 돌아 접영에서 배영으로 영법을 바꿨다. 1급반의 아이들. 슈타와 비슷한 연령대의 아이도 있었다. 정말 대단하다.

처음 8개월 동안 슈타는 밑에서 세 번째인 18급. '잠수'나 '동전 줍기' 같은 입문단계를 간신히 마치고, 킥판을 잡은 채 헤엄치는 법을 이제 막 배운 참. 오늘 17급으로 승급하기 위해서는 킥판 없이 25m를 헤엄쳐 가야 한다.

풀의 맞은편, 빨간 수영모를 쓴 채 무릎을 끌어안고 있는 슈타는 긴장한 탓에 눈도 깜빡이지 못하고 있었다. 요코가 어깨를 위아래로 들썩이며 '긴장 풀어, 긴장 풀어'라는 신호를 보냈지만, 슈타는 닭 같은 눈으로 수면만 바라보고 있어서 시선이 전혀 마주치지 않았다. 아마도 '눈썹 옆이 꿈틀꿈틀'하고 있을 것이다. 극도로 긴장했을 때 요코가 그러는 것처럼.

괜찮을까? 요코는 여름을 떠올릴 정도의 후텁지근함 속에서 가만히 한숨을 내쉬었다.

"긴장은 필요하지. 하지만 지나친 긴장은 금물이다, 요코."

할아버지는 늘 이렇게 말했다. 요코에게 사격을 가르쳐줄 때마다. 그 목소리는 아직도 귓속 녹음기 안에 분명하게 기록되어 있다.

"긴장과 이완. 중요한 점은 양쪽을 잘 컨트롤하는 것이지. 특히 긴장과는 좋은 친구가 되어야만 해."

요코가 조준한 S&W(스미스 앤 웨슨) 에어웨이트 모델에서 30야드(약 27.5m) 떨어진 곳에는 남자 어른의 어깨 높이 정도로 지푸라기가 쌓여 있었고, 그 위에는 캠벨의 토마토수프 깡통이 놓여 있었다.

총을 처음으로 손에 쥔 것은 여섯 살이 되던 해의 여름이었다. 오클라호마의 여름 태양은 매우 따가웠지만, 실내 풀 같은 일본의 후텁지근함과는 달리 아주 건조했다. 건조한데도 땀이 났다.

S&W 에어웨이트는 할아버지가 갖고 있는 권총 중에서도 가장 작았음에도 여섯 살 요코의 손에는 납덩이로 만들어진 바벨 같았다.

손이 땅으로 빨려 들어갈 것 같은 묵직함. 그것이 처음 총을 손에 쥐었을 때의 유일한 느낌이다. 어른처럼 손잡이를 잡으면 방아쇠까지 손가락이 닿지 않았기 때문에 요코는 오른손으로 손잡이의 위쪽을 잡고 방아쇠에는 왼쪽 손가락을 걸었다. 에드가 다시 속삭이기 시작했다.

"갓 블레스 유(God bless you). 소리 내지 말고 그렇게 외워 보거라. '갓'에서 숨을 들이쉬고, '블레스'에서 내쉰 다음 멈추고, '유'에서 몸의 긴장을 푸는 거야."

영어와 일본어 양쪽을 들으며 자랐지만 어느 쪽 말도 어려운 단어는 알아듣지 못했던 당시의 요코는 의미를 절반밖에 이해할 수 없었다. 그래도 열심히 귀를 기울이며 할아버지의 말을 따르려 했다. 미국에서 살아갈 자격이 있는지 없는지를 테스트받는 듯한 기분이었을 것이다. 갓 블레스 유, 당신에게 신의 축복을.

"그런 다음 다시 한 번 되뇌는 거야. 갓 블레스 유. 이번에는 '갓'에서 표적을 조준하고, '블레스'에서 방아쇠에 댄 손가락에 힘을 줘. 100분의 1인치만 더 손가락을 움직이면 발포할 수 있는 데까지 말이야. 그리고 '유'에서 방아쇠를 당기는 거야. 네가 조준한 '유'를 향해서 말이지."

갓. 눈이 아파올 정도로 수프 깡통을 응시했다. 블레스. 검지에 힘을 줬다. 하지만 손가락 끝에 간신히 걸치고 있던 방아쇠를 100분의 1인치 앞에서 멈출 수 있을 리 없다. '유'를 되뇌기도 전에 총알이 발사됐다.

손목뼈가 부러진 게 아닐까 할 정도의 충격. 쏜 순간, S&W가 손 안에서 튀어 올랐으며 총알은 공중을 향해 날아갔다. 엉덩방아를 찐 자세로 병아리처럼 눈과 입이 동그래진 요코를 보고 에드가 웃으며 말했다.

"처음치고는 아주 잘했다, 요코. 하지만 아까운걸. 표적은 태양이 아니라 저기에 있는 토마토수프 깡통이야."

에드가 웃음 짓자 눈가에 잔물결 같은 주름이 잡혔다. 요코는 얼마 지나지 않아서부터, 당시에는 테스트 점수표처럼 보였던 그 주름을 아주 좋아하게 됐다. 일본에서 가져온 그림책 속의 소목장이 제페토 할아버지와 비슷했다.

"요코, 지금 쏜 총알이 왜 맞지 않았는지 아니?"

눈을 동그랗게 뜬 채 고개만 가로젓고 있는 요코를 바라보는 에드의 눈가 잔주름이 더욱 늘어났다.

"이 리볼버의 무게는 1파운드, 스테이크 한 덩어리 정도밖에 되지 않아. 그리고 총신은 2인치. 가볍고 짧은 총일수록 더 다루기 어려운 법이란다. 간단한 수학이야. 학교에서는 아직 배우지 않았겠지만."

어른 키보다 더 큰 옥수수로 둘러싸인 휴경지였다. 학교에 들어가기 전에 공부를 하자며 에드가 요코를 이곳으로 데리고 왔다. 요코는 가을부터 지역 공립학교에 다니게 됐다.

6개월 전, 이웃 주에서 스쿨버스가 습격당한 사건이 있었다는 점을 에드는 마음에 두고 있었다.

"자기방어를 위해서는 총이 필요하지. 버스 기사는 산탄총을 가지고 있어도 공이치기보다 기어를 먼저 찾으려 들지도 모르니까."

에드는 요코에게 권총을 들려서 학교에 보낼 생각이었다.

"지난주에 돌리스와 셋이서 볼링 치러 갔을 때를 생각해 봐. 내가 던지던 무거운 공을 돌리스가 던져보고 싶다고 했잖아. 그런데 어떻게 됐는지 기억하고 있겠지?"

돌리스는 요코가 태어나기 훨씬 전에 부인을 여읜 에드의 여자친구였다. 요코가 가느다란 목소리로 기억한다고 대답하자 에드는 다정하게 머리를 쓰다듬었다.

"그래, 옆의 홈으로 떨어졌지. 폼도 엉망이었고. 왜냐하면 돌리스는 자기가 신경 쓰고 있는 것만큼 뚱뚱하지 않기 때문이야. 내가 훨씬 더 몸무게가 많이 나가지. 볼링공과 마찬가지로 총알에도 급이 있단다. 이 총알은 내가 쓰고 있는 루거 블랙호크에 비하면 티스푼 정도의 무게밖에 되지 않지만, 같은 38구경을 쏘기 위한 거야. 같은 총알을 쏜다면 무거운 총이 반동은 더 적지."

요코의 두 손에는 여전히 총이 들려 있었다. 긴장된 손가락이 손잡이에 들러붙어 있었다. 손바닥 안에 가득한 땀조차도 보이지 않는 접착제를 녹이진 못했다. 마치 태어날 때부터 손바닥에 권총이 돋아나 있었던 것 같았다.

덜덜 떨고 있는 요코의 손을 에드의 손이 감쌌다. 커다란 손이었다. 손등에까지 살이 붙어 있고 뜨뜻미지근했던 의붓아버지의 손과는 느낌이 전혀 달랐다. 딱딱하고 차가웠다.

할아버지의 손이 더해지자, 헤어드라이를 들고 있는 게 아닐까 싶을 정도로 커다랗게 보이던 S&W 에어웨이트가 라이터처럼 느껴졌다. 에드는 담배꽁초처럼 라이터의 끝에서 5cm 정도 삐져나와 있는 총신을 턱으로 가리켰다.

"이 녀석의 총신은 겨우 2인치. 이것도 문제지. 총신이 길수록 탄도彈道는 안정되거든. 다시 한 번 볼링 쳤을 때를 떠올려 보거라. 요코는 볼링을 한 번도 쳐본 적이 없었기 때문에 처음에는 라인 바로 앞에 서서 공을 던졌잖아. 결과가 어땠지?"

다시 조그맣게 대답했다. 총을 쥐고 있지 않던 손으로 머리를 쓰다듬었다.

"그래, 홈으로 떨어졌지. 하지만 공을 굴리는 법을 배운 다음에 도약했더니 핀을 쓰러뜨릴 수 있게 됐잖아. 이것도 마찬가지야. 총신이 길수록 명중률은 높아진단다. 생각해 보렴, 10야드 거리에 있는 상대방의 이마에 10야드짜리 총신을 가져다댄다면 틀림없이 맞힐 수 있을 거야. 이론이야 어찌됐든 결국은 그렇단 말이다."

그런 다음 에드는 요코의 뺨에 수염을 가져다댔다. 무명으로 만들어진 할아버지의 셔츠에서는 마른 풀 냄새가 났다. 요코의 귀로 낮게 속삭이는 목소리가 흘러들었다.

"갓, 블레스, 유."

요코도 똑같이 되뇌었다.

"갓, 블레스, 유."

숨을 마신다. 숨을 뱉는다. 몸의 힘을 뺀다.

주문처럼 에드가 계속해서 말했다.

"God."

"갓."

표적을 조준한다.

"Bless."

"블레스."

방아쇠에 손가락을 건다. 100분의 1인치만큼의 힘을 남겨두고.

"You."

"유."

총알이 발사된 순간 두 손은 충격으로 저려왔으며 등뼈가 떨렸다. 하지만 그것은 결코 나쁜 감촉이 아니었다.

30야드 앞에서 캠벨 깡통이 튀어 올랐다. 새빨간 수프가 오클라호마의 푸른 하늘로 흩어졌다. 붉디 붉은, 아름다운 불꽃.

할아버지는 불만스러운 표정이었다. 빨강과 하양, 두 가지 색깔의 깡통 한가운데 있는, 1센트짜리 동전처럼 생긴 금색 마크를 맞히지 못했기 때문일까? 요코에게 조준하라고 한 표적은 깡통이 아니라 그 조그만 마크였다.

"미안하구나, 요코. 가르치는 방법이 좋지 않았어."

그럭저럭 깡통을 맞힐 수 있었던 것은 손을 잡아준 할아버지 덕분이었는데도 마치 요코의 솜씨를 방해했다는 듯한 투로 말했다.

"하지만 정말 잘했어. 너의 사격 솜씨가 훌륭하다는 것은 거짓말이 아니야. 어른 중에도 이 총을 처음 쏠 때 자기 손가락을 쏴버리는 얼간이가 있지. 과연 내 손녀딸이구나, 마이 리틀 프린세스."

커다란 손으로 요코의 검은 머리카락을 헝클어놓았다.

"잘 들어라, 요코. 총을 잘 쏘는 요령은 그렇게 어렵지 않아.

먼저 다루는 법을 정확히 익힐 것, 그리고 반복해서 연습할 것. 기본적으로는 이것이 전부야. 요코 네가 나보다 젓가락질을 잘 하는 것은, 어렸을 때부터 매일 반복해서 써왔기 때문일 거다. 그거랑 똑같아. 어떤 상황에도 대응할 수 있도록 여러 가지 자세와 표적, 거리를 연습해 두도록 해라."

굵지는 않지만 단단해 보이는 양팔로 요코를 안아 올렸다.

"몸을 단련하는 일도 중요하지만, 댈러스 카우보이스*의 수비수 같은 체격과 근육이 필요한 건 아니야. 방아쇠를 당길 힘만 있으면 되거든. 하지만 무겁고 긴 총이 유리한 것은 틀림없는 사실이니까, 어떤 총이든 컨트롤할 수 있는 체력만 만들어놓으면 돼. 그걸 계속해서 하면 너도 카우보이스의 레프트 태클까지도 단번에 쓰러뜨릴 수 있단다."

눈의 높이가 같아질 때까지 요코를 안아 올린 다음 에드가 계속해서 말했다. 요코는 자기 몸이 할아버지처럼 커진 것 같은 기분이었다.

"물론 짧고 가벼운 총에도 나름대로의 용도가 있지. 적이 접근해 왔을 때는 짧고 가벼운 것이 오히려 득이 돼. 조그만 씨름 선수 같은 네 아빠는, 품 안에서 6인치짜리를 꺼내려는 동안 다섯 발 정도는 총에 맞을 게 뻔하다."

할아버지가 '네 아빠'라고 말한 순간의 어투는 미움으로 가득 차서, 요코에게 하는 말이 아니었다면 욕을 덧붙이고 싶은

* 미국 미식축구 팀.

것처럼 들렸다. 요코의 어머니인 카렌의 두 번째 남편. 일본인 사업가로 미혼모였던 자신의 딸을, 태어난 지 얼마 되지 않은 손녀와 함께 일본으로 데려가 버린, 할아버지의 말을 그대로 번역하자면 "병든 카렌을 돌보지 않고 그냥 죽게 내버려둔 인간 말종"이었기 때문일 것이다.

요코도 의붓아버지를 좋아하지 않았다. 에드의 절반 정도도 힘을 가지지 못한 주제에 어머니를 때렸기 때문이다. 할아버지의 말대로, 몸이 이상하다는 어머니의 말에 귀 기울이지 않아 병으로 죽어버리게 만들었기 때문이다. 요코의 몸을 안을 때의 끈적끈적한 손길에서 아이에 대한 애정과는 다른 감정에 지배당하고 있는 듯하다는 기분 나쁜 느낌을 받았기 때문이다.

그런 다음 에드는 표적까지의 거리를 50야드로 늘려 시범을 보여줬다. 5발의 총알은 5개의 수프 깡통에 새겨진 마크의 한가운데를 정확하게 뚫고 지나갔다.

"방금 마친 테스트 결과, 전원 16급으로 승급입니다. 축하합니다."

엉덩이 골을 드러내고 있는 코치의 목소리가 들려왔다.

다음은 슈타 차례. 자리에서 일어나 풀로 향하는 슈타의 발걸음이 마치 로봇 아시모** 같았다. 앞의 테스트에서 전원이 합격했기 때문에 더욱 긴장되는 모양이었다. 물안경을 머리 위로 올리고 있다는 사실도 알아차리지 못했다.

** 인간형 로봇.

"슈타~, 물안경!" 요코가 소리쳐도 알아듣지 못했다. 세 번째 불렀을 때 드디어 시선을 돌렸다.

"긴장과 이완이다!"

자신도 모르게 이렇게 외쳤다. 슈타는 그 의미를 알지 못하겠지만. 17급으로 승급하기 위한 실력검증 테스트에서는 다이빙을 하지 않아도 된다. 시간제한도 없다. 어떤 영법이든 상관없이 25m를 헤엄쳐서 가기만 하면 되는 것이다. 평소 연습했던 대로. 단, 평소 사용하던 킥판은 없다.

풀 한쪽에 아이들이 늘어섰다.

스타트 신호가 울렸다.

슈타는 처음부터 접영으로 헤엄치기 시작했다. 다른 아이들은 모두 킥판을 잡고 연습하던 발차기.

내참, 기가 막혀서. 저 아이는 왜 늘 저 모양일까? 분명 접영은 슈타가 가장 싫어하는 영법일 텐데. 슈타의 규칙은, 세상에서 사용되는 자와는 눈금이 다르다. 성격이 비슷한 것처럼 보이는 고헤이마저도 고개를 갸우뚱거릴 만큼. 어머니로서 걱정되지 않을 수 없었다. 기뻐할 사람은 25년 전에 돌아가신 할아버지 에드뿐일 것이다.

관자놀이의 혈관을 움직이며 지켜보고 있는 요코와 놀려대고 있는 상급반 아이들에게는 신경도 쓰지 않은 채 슈타는 개헤엄 같은 접영으로 태연하게 골인 지점을 향해 나아갔다. 처음에는 응원을 하던 코치도 20m도 가지 못했는데 1분이 지나자 발끝으로 풀 옆의 바닥을 두드리기 시작했다.

"방금 마친 테스트 결과, 전원 16급으로 승급입니다."

다른 아이들은 벌써 옛날에 나와버린 풀에 혼자 남아 있던 주제에 슈타는 월등한 실력으로 1등을 차지한 올림픽 금메달리스트처럼 두 손을 높이 치켜 올렸다.

"엄마~."

슈타가 풀 옆을 폴짝폴짝 뛰며 달려왔다. 요코 앞에서 간신히 멈춰 서서는 물안경을 쓰면 꼭 한 번은 해야 직성이 풀린다는 듯 울트라맨 포즈를 취했다.

"슈왓차."

요코는 가끔 이런 생각을 한다. 나에게도 슈타나 다마키 같은 어린 시절이 있었으면 좋았을 텐데. 둘에게는 자신과 같은 경험을 시키고 싶지 않았다. 그들과 비슷한 나이였을 때 요코에게는 부모님도 친구도 없었다. 있었던 것은 할아버지 에드뿐. 친구는 권총.

공립 학교에 들어가기 전날, 요코는 에드에게 선물을 하나 받았다.

빨간 리본이 달린 선물상자 안에 들어 있던 것은 레밍턴사社의 데린저. 상하 2연식. 온갖 종류의 총으로 넘쳐나는 미국에서도 가장 작아서, 요정이 사용할 법한 총이다. 요코의 손으로도 방아쇠까지 손가락이 닿았다.

"요코, 이건 장난감에 불과해. 이걸 만든 녀석은 틀림없이 명중률이라는 단어를 몰랐던 녀석일 거다. 10야드 이상 떨어져 있는 상대방에게는 그냥 총을 집어던지는 편이 나을지도 모르지. 게다가 탄환은 두 발. 그러니까 쏠 수 있는 건 상대방이 바로 옆까지 다가왔을 때뿐이야. 목을 겨냥해라. 그럼 조금 튕겨 오른다 해도 머리에 맞게 되니까."

할아버지는 검지로 자신의 목을 가리킨 다음, 손가락을 세우고 한쪽 눈을 찡긋해 보였다. "잘 들어라. 이걸 절대 다른 사람들에게 보여서는 안 돼. 총을 보여도 되는 건 오직 총알을 박아 넣을 상대방뿐이니까."

"선생님에게도?"

"물론이지."

장난감이라는 에드의 말을 그대로 믿은 요코는 2연식 데린저를 학교에 가지고 다녔다. 할아버지의 말대로 바로 뽑아 쓸 수 있도록 옆 주머니 속에 숨겨서. 동급생들이 '일본인'이라고 놀려댈 때는 몇 번이나 주머니 속으로 손이 들어갔지만, 참았다.

데린저를 쏘는 것은 집에 돌아온 뒤였다. 매일 연습했다. 발음이 서툴다고 동급생들이 놀려대던 지긋지긋한 영어도 더 이상 공부하지 않았다. 에드는 야단치기는커녕, 손가락에 물집이 잡혀도 전부 사용할 수 없을 만큼 22구경 탄환을 많이 준비해 주었다. 요코를 그렇게 괴롭히던 천식이 오클라호마에 오자마자 거짓말처럼 나았다.

일곱 살에는 라이플을 손에 쥐었다. 손잡이를 쥐면 방아쇠에 손가락이 닿지 않는 리볼버와 달리, 현기증이 날 정도로 무겁다는 점만 뺀다면 훨씬 쏘기 쉬웠다.

소형 S&W 에어웨이트나 발터 PPK의 방아쇠에 손가락이 제대로 닿기 시작한 것은 아홉 살 무렵이다. 키는 반에서 작은 쪽부터 세는 편이 빨랐지만, 음악 선생님에게 피아노를 쳐보라는 말을 들었을 정도로 요코는 손가락이 길었다. 물론 피아노 따위는 치지 않았다. 건반은 아무리 두드려 봐야 총알이 나가지 않으니까.

열 살 무렵에는 30야드 떨어진 곳에 있는 캠벨 수프의 금색 마크를 90% 확률로 맞힐 수 있게 되었다. 열한 살에는 40야드 떨어진 곳의 마크를 95% 적중.

다마키와 같은 나이에는 2.5파운드짜리 루거 블랙호크를 한 손으로 완벽하게 다룰 수 있게 됐다. 여전히 조그맣고 깡마른 체격이었지만, 팔굽혀펴기만큼은 반의 남자아이들에게도 지지 않았다. 그렇게 되도록 몸을 단련했기 때문이다. 체육선생님은 주니어 하이스쿨의 기계체조부로 스카우트하고 싶어 했지만 당연히 거절했다. 손에 쥐어야 할 것은 철봉 따위가 아니라 열세 번째 생일에 할아버지가 선물해 준 M1 카빈소총이었기 때문에.

에드는 쏘는 법뿐 아니라 온갖 총의 구조와 손질법도 가르쳐줬다. 주니어 하이스쿨에 다닐 무렵에는 분해한 총을 몇 분 만에 조립하는지 둘이서 시합을 하곤 했다. 처음에는 할아버지가 조립한 시간의 두 배 속도보다 빠르면 이기는 것으로 했지만, 1년이 지나지 않아서 몇 번 중에 한 번은 에드를 이길 정도가 됐다. 나중에 깨달은 바지만, 요코의 실력이 늘었을 뿐 아니라 할아버지의 병이 진행되고 있었기 때문이기도 했다.

총에 관한 것만이 아니었다. 만일 총을 빼앗겼을 때, 또는 총알이 다 떨어졌을 때는 어떻게 상대방을 쓰러뜨려야 하는지에 대해서도, 할머니에게 요리 비법을 전수받을 때보다도 자세히 배웠다.

에드는 모르는 게 없었다. 요코에게 여러 가지 이야기를 들려줬다.

독일 병사가 기다리고 있던 노르망디에 상륙해, 저격수로 유럽 전선에서 싸우던 일.

"저격수는 육군의 에이스란다. 전장에 가보면 알 수 있지. 기관총 따위는 눈앞에서 정신없이 쏴대지 않는 한 그렇게 명중률이 높지 않거든. 하지만 저격총은 달라. 조준하고 나면 반드시 표적의 머리를 뚫고 나가지. 그것이 적에게 공포와 혼란을 심어줘 사기를 꺾어놓는 거야. 때로는 단 한 발의 총알로 전쟁의 상황을 바꿔놓을 수도 있단다. 하지만 누구도 존경해 주지는 않아. 만일 포로로 잡히면, 저격수를 대할 때만은 국제조약도 무시해 버리지. 그 자리에서 갖고 놀다 죽여버리고 마는 거야. 적의 처지에서 보자면 불길한 저승사자니까. 적뿐만이 아니다. 같은 편 병사들에게도 미움을 받곤 하지. 모두들 이렇게 말했어. '살금살금 눈에 띄지 않는 곳에 가서 숨은 뒤 존재를 깨닫지도 못한 사람에게 총을 쏘다니, 생명의 좀도둑 같은 놈'이라고. '그런 녀석과는 어느 누구도 친구가 되고 싶어 하지 않는다'고."

진주만 기습이 있던 해에 일본계 2세인 할머니를 알게 된 사실.

"그렇게 아름다운 아가씨는 본 적이 없었다."

요코는 에드의 말이라면 뭐든 목에 스프링이 달린 인형처럼 고개를 끄덕였지만, 이 말을 들을 때만큼은 늘 고개를 갸우뚱했다. 할아버지가 벽이나 책장 여기저기에 장식해 놓은 사진 속의 할머니 마쓰코는, 뚱뚱하지만 않고 눈 코 입만 제대로 붙어 있으면 누구에게나 미인이라고 하는 유치원 어머니들조차도 "자상한 얼굴이야"라거나 "목이 멋져"라고 말을 흐릴 만한 용모였다. 여자에 대한 미국 남자들의 심미안은 아직까지도 수수께끼. 하이스쿨에 다니던 시절, 데이트하자는 말을 그다지 듣지 못했다는 사실을 오히려 자랑으로 여겨도 좋을지 모르겠다.

한국의 6 · 25전쟁에서 수많은 전우를 잃고 자신도 오른쪽 다리에 총알을 맞은 일이며, 군대에서 제대한 뒤 고향 오클라호마에 농장을 사서 할머니와 요코의 어머니, 이렇게 셋이서 살던 행복한 시절에 대해 이야기할 때면 할아버지의 목소리에는 늘 괴로움이 묻어 있었다. 하지만 이야기하지 않고는 견딜 수 없는 사람처럼 보였다.

"요코, 잘 들어라. 인생이란 동전의 양면과 같은 거야. 마쓰코와 카렌이 없는 날들이 이렇게 슬픈 이유는 마쓰코와 만나 사랑을 나누고 카렌이 태어나고……, 이런 날들이 아주 행복했었기 때문이란다."

그리고 예전에 자신이 했던 일과 할머니나 어머니가 떠오르는 밤이면 버번을 조금 많이 마시는 것이 할아버지의 유일한 결점이었다. 두 병째를 딸 때쯤이면 에드는 '일'에 대해 이야기하기 시작했다.

"즐거운 일은 아니야. 사람들에게 칭찬을 들을 만한 일도 아니지. 좋아서 한 일도 아니고 그저 나한테 잘 맞는 일일 뿐이었어. 세상 그 누구보다도. 신께서 내게 주신 유일한 선물이었을 거야. 선물은 소중하게 여겨야 하는 법이니까."

"오클라호마에서 태어난 것도 신의 배려일지 몰라. 이 근방의 아이들은 어렸을 때부터 총을 들고 사냥을 다니니, 사격 리틀리그에 들어간 것이나 마찬가지였지. 영국인 중에서 뛰어난 저격수가 나오지 않는 이유는 아마 어렸을 때부터 총을 가까이하지 못했기 때문일 거야."

아주 드물기는 하지만, 일을 하던 때의 모습까지 이야기해주는 경우도 있었다.

"나의 일은 기본적으로 사냥과 같다고 할 수 있단다. 중요한 것은 사냥감을 끈질기게 기다릴 줄 아는 인내력과 들끓는 피를 제어할 줄 아는 냉정함이지. 사냥감이 나 못지않게 영리한 데다 총까지 들고 있는 경우에만 주의를 기울이면 되는 거야."

요코는 오랫동안, 할아버지가 때때로 들려주던 이런 이야기들이 군대에 있었을 때의 경험담인 줄만 알았다. 그게 아니라는 사실을 알게 된 것은 훨씬 뒤의 일이다.

에드는 자신의 일을 늘 '일'이라고만 말했는데, 그것은 직업란에는 결코 적을 수 없는 그런 종류의 일이었다. 할아버지의 직업은 암살자였다.

5

부엌 식당에서 전화벨이 울릴 때마다 요코의 심장이 뛰었다.

그래서 특별히 일도 없으면서 늘 외출을 했다. 오늘은 빨래도 하는 둥 마는 둥하고 오전부터 슈퍼마켓에 가서 1층에 있는 식료품 매장에서부터 2층 구석에 있는 DIY* 매장까지 빙글빙글 돌아다녔다. 산 것은 조미간장과 환풍기를 닦을 때 쓰는 스프레이. 그 스프레이를 왜 샀는지 자신도 알 수 없었다.

지금 후쿠다 집안에서는 사치가 금물이지만, 점심은 평소 자제하던 외식. 슈타를 데리러 유치원에 가야 하는 시간까지 맥도널드에서 시간을 보냈다. 오늘의 할인 품목인 조미간장을 30엔 싸게 산 사람이 빅맥 두 개와 애플파이, 포테이토, 콜라 라지 사이즈를 주문해서 하루 2,500엔 이내로 정해 둔 식비 가운데 절반 가까이를 써버렸다.

* do-it-yourself, 자신이 만들 수 있도록 재료를 파는 곳.

요코는 포테이토를 콜라와 함께 목 안으로 흘려 넣으면서 생각했다. 아무리 머리를 굴려도 나오지 않는 답에 대해서.

K는 어디에 있는 것일까? 왜 이제 와서 나에게 연락을 한 것일까?

만일 K에게 멋진 점이라고 할 만한 것이 하나 있다면 바로 약속을 깨지 않는다는 점이다. 어떤 약속이든 결코. 상대방에게는 그리 달갑지 않은 약속이라 할지라도.

따라서 K가 사흘 뒤라고 말한 이상 그때까지는 연락이 없을 것이라는 사실을 요코는 잘 알고 있었다. 알고는 있었지만, 그래도 혼자 있는 집에서 들어야 하는 전화 벨소리가 무서웠다. 전화기와 같은 공간에 있다는 사실이 두려웠다.

돌아오는 길에 슈타와 함께 다시 슈퍼마켓에 들러 저녁 찬거리를 산 다음, 1층 식당가에서 소프트아이스크림을 사줬다. 평소에는 배가 아파서 안 된다고 했던 더블. 슈타는 스푼을 귀이개처럼 놀려가며 아이스크림이 다 녹을 때까지 소중하게, 소중하게 먹기 때문에 그것으로 20분이라는 시간을 벌 수 있다.

약속을 철저히 지키는 K는 예고한 바로 그 날짜와 시간에 전화를 걸어 올 것이다. 그러니까, 내일. 고헤이에게 할 변명은 나중에 생각하기로 하고 요코는 역시 전화번호를 바꿔야겠다고 결심했지만, 전화국에 물어보니 변경하는 데 2~3주일 걸린다고 했다. 도저히 될 일이 아니었다.

지금처럼 이렇게 부엌에 서 있기만 해도 등 전체가 귀가 돼 버린다. 거실과 하나로 이어져 있는 식당에서는 다마키가 턱을

긴 채 텔레비전을 보고 있었다. 평소 같으면 슈타가 애니메이션을 볼 시간이지만, 수요일에는 7시부터 학원에 가기 때문에 다마키 혼자서 이른 저녁을 먹었다. 누나에게 등짝을 차이고 채널권을 빼앗긴 슈타는 입이 대판 나와서는 두 손으로 수영 동작을 하며 2층으로 올라가 버렸다.

낮, 집에 혼자 있을 때는 전화가 와도 끊어질 때까지 그냥 내버려뒀다. 하지만 가족들이 있을 때는 그럴 수 없었다. 만일 계획이 변경되어 K가 내일까지 기다리지 못하고 연락을 해온다면. K의 목소리보다 더 무서운 일은 자신 이외의 누군가가 전화를 받는 것이었다.

K가 가족과 접촉하도록 두고 싶지는 않았다. 설령 전화선을 통해 들려오는 목소리라 할지라도. 요코는 중화요리용 프라이팬을 가스레인지 불 위에 올려놓으며 생각했다. 내일도 오늘처럼 오전부터 외출할까? 내가 연락을 바랐던 것도 아니다. 그냥 무시해 버리면 되지 않을까?

아니, 그렇지 않아. 아무도 없는 부엌에서 요코는 스스로의 질문에 머리를 흔들었다. 그러면 오히려 일만 더 오래갈 뿐이다. K는 요코의 대답을 들을 때까지 집요하게 연락을 해올 것이다. 내가 해야 할 일은 오직 하나. 내일 전화를 받아 분명하고 단호하게 거절하는 것이다. 그의 의뢰를. 두 번 다시 연락하지 말라는 말을 덧붙이는 것도 잊지 말고.

하지만, 그것으로 그 남자가 물러날까?

전화를 받아 거절해 버린다. 무시하기로 하고 전화를 받지 않는다. 요코는 계속해서 번민했다.

받는다. 받지 않는다. 받는다. 받지 않는다. 받는다. 받지 않는다.

프라이팬에서 연기가 피어오르기 시작했다. 프라이팬을 미리 데우는 이유는 충분하다고 할 수 없는 새로운 시스템키친의 화력을 조금이라도 더 끌어올리기 위해서다. 중국음식을 요리할 때는 언제나 강한 불로 해야 한다. 이것은 오클라호마시티의 중국요리점 '드래건 클로'의 주방장 쿠완에게 배운 기술.

아내를 일찍 여읜 에드 할아버지는 간혹 요리를 해먹긴 했지만, 요리 솜씨는 사격 솜씨 같지 않았다. 잘하는 음식은 통조림 요리. 덕분에 표적으로 쓸 캠벨 깡통은 부족한 적이 없었다. 요코는 여덟 살 때부터 부엌 불 앞에 섰으며, 열 살 무렵부터는 누가 그날의 저녁을 만들지 에드와 동전 던지기로 결정했다.

"훌륭해. 마쓰코가 살아 돌아온 것 같아. 아니, 마쓰코 이상이야. 이제 와서 말이지만, 그 사람이 텍사스 요리에까지 소이소스를 넣는 데는 영 적응이 안 됐거든."

받는다. 받지 않는다. 받는다. 받지 않는다. 받는다. 받지 않는다.

프라이팬에서 필요 이상의 연기가 피어오르자 식당에 있던 다마키가 날카롭게 소리를 질렀다.

"엄마, 맵잖아."

"……아, 미안."

당분간 K에 대한 기억은 잊기로 하자. 어차피 여기는 일본.

오클라호마가 아니다. K에게 어느 정도의 힘이 있는지는 모르지만, 함부로 행동하진 못할 것이다.

오늘 저녁 메뉴는 볶음밥이다. 프라이팬에 기름을 두르고 계란 반 개 분량을 재빠르게 프라이했다. 무거운 중화요리용 프라이팬을 남자 요리사처럼 다룰 수 없는 주부는 계란을 살짝 익힌 다음 일단 불에서 빼내는 것이 좋다. 요리 방송에서도 그렇게 가르치지만, 요코는 그런 귀찮은 짓은 하지 않는다. 국자로 계란을 프라이팬 한쪽으로 밀어놓고 너무 푹 익지 않도록 한 손으로 프라이팬을 조절해 가면서 1리터짜리 식용유 용기를 집는다.

중화요리용 프라이팬의 두꺼운 손잡이와 손목으로 전해지는 중량감은 권총 손잡이를 잡았을 때의 감촉과 비슷하다. 그러나 총신 6인치, 중량 2.5파운드짜리 루거 블랙호크를 한 손으로 쏴서 표적을 맞히는 일을 생각한다면 프라이팬 따위는 비교 대상도 되지 않는다.

이어서 파 넣기. 향이 오르기 시작하면, 부재료 넣기. 다마키는 돼지고기보다 햄을 더 좋아한다. 슈타는 비엔나소시지, 고헤이는 어묵. 각각의 입맛에 맞추려면 한도 끝도 없지만, 다마키가 학원에 가는 오늘은 특별히 예외. 0.5인치 크기로 썬 본레스햄을 넣는다.

풀어놓은 나머지 계란을 밥과 섞는 방법은 일본에 와서 새로이 개발한 것이다. 밥을 넣은 뒤 냄비를 흔들어 공중으로 띄워 올린다. 다음에는 소금, 후추, 간장으로 간을 한다. 간장이 든 양념 통을 집었다. 몇 방울밖에 떨어지지 않는다. 이런, 다 떨어졌네. 요코는 프라이팬을 흔들며 식당에 대고 소리쳤다.

"다마키, 간장 좀 집어줘."

식당에서는 아무런 대답도 들려오지 않았고, 다마키가 움직이는 기척도 없었다. 뒤돌아보지 않아도 뻔했다.

"요코, 등 뒤에도 눈이 있어야 해."

에드는 곧잘 이런 말을 했다. 처음 들었을 때 요코는 그 말이 무슨 뜻인지 이해할 수 없었기 때문에 쥐가 날 정도로 목을 뒤로 돌렸다. 할아버지가 배꼽을 잡고 웃었다.

"등 뒤의 눈이란 목덜미를 말하는 거야. 뒤편에서 사람이 다가오면 미세한 공기의 흐름을 목덜미의 털이 느끼게 되지. 물론 귀를 항상 열어둬야 한다는 점도 잊어서는 안 되고."

지금은 이렇게 집안일을 할 때뿐이지만, 미국에 있을 때 주로 머리를 하나로 묶고 다녔던 이유도 이 말을 늘 기억하고 있었기 때문이다.

"다마키, 부탁이다. 빨리."

여기서 프라이팬이 조금이라도 불에서 벗어나면 볶음밥의 맛이 떨어져버린다.

"조용히 해."

꼬리를 밟힌 고양이 같은 목소리가 들려왔다. 한 손으로 프라이팬을 조절해 가며 뒤를 돌아보니 다마키는 텔레비전 화면으로 빨려 들어갈 것만 같았다. 연예뉴스. 어제 슈타가 코흘리개 꼬맹이로 만들어버린, 다마키가 좋아하는 청춘스타가 화면 속에서 웃고 있었다.

아, 정말. 요코는 프라이팬을 손에 쥔 채 왼쪽 다리를 뻗어 수납선반의 문을 발로 차 열었다. 발가락으로 조미료 병들이 놓인 서랍을 잡아당겨 간장의 위치를 확인했다. 교육상 아이들에게 보여서는 안 되는 모습이지만 등 뒤에서는 아나운서 목소리밖에 들려오지 않았고, 신경을 집중시켜 안테나처럼 만든 목덜미의 털에 아무런 반응도 잡히지 않으니, 걱정할 것 없다.

오른손을 크게 흔들어 볶고 있는 밥을 프라이팬 위로 높이 던져 올렸다. 그리고 그 순간 상반신을 기울여 왼손으로 간장병을 집어 들었다. 몇분의 1초 만에 자세를 바로잡아 떨어지는 밥을 받았다.

소요시간은 빠르게 말하고 있는 아나운서가 단어 하나를 발음한 시간.

에드의 가르침과 10년에 걸친 요코의 맹연습은, 지금은 이런 일에만 도움이 될 뿐이다. 하지만 이것이 얼마나 행복한 일인지를 요코는 잘 알고 있다. 물론 에드의 가르침을 실천에 옮긴 적은 단 한 번도 없다. 일본으로 돌아온 이후에는.

목덜미의 털이 쭈뼛하고 일어났다. 다마키가 싱크대 옆의 식품선반을 뒤지고 있다는 사실을 알 수 있었다. 평소 일을 도와준 적이 없었기 때문에 엉뚱한 데서 찾고 있는 것이다.

"고맙지만 이젠 됐어."

요코가 뒤도 돌아보지 않고 말을 하자 불만에 가득 찬 목소리가 들려왔다.

"뭐야? 뭐가 됐다는 거야?"

"이미 늦었어. 내가 직접 꺼냈다고."

"엄마가 할 수 있었으면서 사람은 왜 불렀어?"

식품선반의 문이 거칠게 닫혔다.

다마키는 지금 사춘기다. 중학교에 들어가기 전까지는 부모가 봐도 걱정될 만큼 여리고 순진한 딸이었는데. 열두 살이 될 때까지도 산타클로스에게 편지를 썼고, 테디 베어가 없으면 잠을 자지 못했다. 지금은 부풀어 오르는 가슴, 기르기 시작한 머리카락과 반비례해서 말수가 줄었고 온순함도 사라졌다. 가끔 하는 말은 싸움을 거는 듯한 소리뿐이었으며, 마음에 들지 않는 일이 있으면 가까이에 있는 물건이나 슈타에게 화풀이를 했다.

미국에서 몸에 익은 큰 동작이 나오지 않도록 주의를 기울이면서 어깨를 들썩이고 뒤를 돌아봤더니, 다마키는 벌써 텔레비전 앞의 제자리로 돌아가 버린 상태였다. 필요 이상으로 볼륨을 키웠다. 요코는 미국식으로 어깨를 들썩인 뒤 머리를 흔들었다.

밥에 간장 맛이 배게 한 다음, 향을 내기 위해 참기름 조금. 병을 손에 쥔 순간이었다. 전화가 울리기 시작했다. 요코는 하마터면 프라이팬을 떨어뜨릴 뻔했다.

두 번, 세 번. 목덜미의 털이 희미한 진동을 감지했다. 평소에는 그렇게도 귀찮아하던 다마키가 전화를 받으려 하는 것이었다. 학원 친구의 전화라고 생각했는지도 모른다. 요코는 식당으로 달려갔다.

"잠깐, 내가 받을게."

새된 목소리가 나왔다. 절박하기 짝이 없는 목소리였나 보다. 다마키가 꼿꼿하게 서서 겁먹은 듯한 시선으로 바라보고 있었다. 그 시선을 피하기 위해 등을 돌린 채 수화기에 손을 가져갔다.

두려워할 이유는 없다. 틀림없이 고헤이일 테니. '저녁밥 먹고 갈게.' 어제도 재료를 4인분 분량으로 준비했는데, 일찍 올 수 없다며 이 시간에 전화를 해왔으니까.

크게 숨을 들이쉰 다음 몸에서 긴장감을 빼내듯 다시 내쉬고 수화기를 들었다.

갑자기 튀어나온 목소리에 온몸의 힘이 빠졌다.

—— 여보세요, 요코? 나다. 잘 있었니?

시어머니인 마사에였다.

—— 여기는 오늘도 눈이 내리는데 그쪽은 어떠냐?

이제 곧 일흔이 손에 잡힐 나이지만 시어머니의 목소리는 반할 정도로 생동감이 넘쳤다.

"네, 많이 따뜻해졌어요."

—— 어머, 그러니?

시어머니의 대답에 실망의 빛이 역력했기에 요코는 서둘러 말을 덧붙였다.

"덕분에요."

도쿄의 날씨를 놓고 왜 시어머니에게 감사의 말을 해야 하는지, 요코에게 있어서 일본어 용법은 아직도 신기하기 짝이 없다. 하지만 일본에 돌아온 지도 25년, 어투에서 영어 억양이 완전히 사라져버린 지금은 그렇게 하는 편이 낫다는 사실이 뇌리에 박혀 있었다.

—— 니쿠자가이모, 어땠니?

"네, 아주 맛있게 먹었어요."

거짓말도 하나의 방편. 이런 일본어도 알고 있다.

—— 니쿠자가이모에는 남작*보다 역시 메이퀸이 낫지? 국물은 물치 다랑어가루로 우렸냐?

이 말에는 애매하게 대답을 흐렸다. 솔직히, 물치 다랑어가루가 뭔지 요코는 알지 못했다. 처음 일본에 돌아왔을 때는 가다랑어가루조차 대팻밥이 아닐까 생각했을 정도다.

—— 고헤이가 좋아하지 않디? 아범은 우리 집 니쿠자가이모를 아주 좋아했단다. 고헤이도 그렇고, 다다시도 그렇고, 신야도 그렇고. 우리 아이들은 감자랑 옥수수를 먹고 자란 것이나 다름없으니까.

"네, 아주요."

확실하게 말을 끊어줘야 한다.

—— 다음에는 늙은 호박을 보내마. 창고에 넣어뒀던 걸 슬슬 출하할 때가 됐으니까. 요즘 같은 철에 국산 늙은 호박은 홋카이도 것밖에 없단다.

늙은 호박만은 보내지 않았으면 좋겠는데. 늙은 호박은 영 꽝이다. 포타지**나 호박 파이를 먹을 줄은 알지만 직접 요리하진 못한다.

* 감자 품종 중 하나.

** 걸쭉한 스프.

—— 호박을 달달하게 삶으려면 불의 세기를 잘 조절해야 한단다. 처음에는 강한 불로 그리고 중간, 마지막에는 약한 불로 오래. 불이 중요……. 아, 불 얘기가 나왔으니까 말인데, 얼마 전에 사토무라 씨 댁에 조그만 화재가 났단다. 난롯불이 말린 옥수수로 옮겨 붙었다고 하네. 그 집에는 사고가 끊이질 않는구나. 작년 가을에는 밭에 곰이 들어가질 않았나…….

시어머니인 마사에는 말이 많은 사람이다. 늙은 호박 이야기를 하는가 싶더니, 어느 틈엔가 젊었을 때 산에서 큰 곰을 만난 이야기로 바뀌어 있었다. 고헤이가 남자치고는 말이 많은 이유도 다 혈통 때문인 듯했다. 평소에는 그렇게도 듣기 싫던 시어머니의 수다가 오늘은 어쩐지 마음을 편안하게 해주는 음악처럼 들렸다. 어쨌든 특별한 용건은 없다. 오늘은.

—— 그러니까 그것뿐이야. 처음에는 강한 불. 잘 기억해 두거라.

전화를 끊은 순간 집 안에서 탄내가 난다는 사실을 깨달았다. 다마키가 소리를 질렀다.

"엄마, 프라이팬 타잖아."

요코는 조그맣게 비명을 지르고 부엌으로 달려갔다.

프라이팬에서 새카맣게 연기가 피어오르고 있었다. 유격수가 한 손으로 공을 잡듯 가스레인지의 스위치로 손을 뻗어봤지만 이미 때는 늦었다. 볶음밥은 숯덩이가 되어 있었다. 다마키가 콧방귀를 꼈다.

"밥 아직 멀었어? 학원 늦는단 말이야."

정말. 요코는 두 손을 허리에 얹고 식당 쪽을 돌아봤다. 긴장이 풀어져서인지 갑자기 감정이 격해져 자신도 모르게 가시 돋친 어투로 말했다.

“숯덩이가 된 볶음밥은 있다. 알았으면 불을 껐어야지. 이젠 중학생이니 그 정도는 도와줄 수 있지 않니?”

순간 다마키가 입을 삐죽 내밀었다.

“왜 만날 나만 가지고 그래? 가끔은 슈타에게도 도와달라고 하라고.”

“슈타가 프라이팬을 들 수 있을 거 같아?”

들고 싶어는 하겠지만, 어떻게 될지 한 번 생각해 보라고.

“아, 됐어. 밥 안 먹어. 편의점에서 빵 사먹고 갈래.”

들으라는 듯이 다마키가 문을 힘껏 닫고 식당을 나갔다. 요코는 허리에 얹고 있던 두 손을 들어 자신의 뺨을 두드렸다.

화가 난다기보다 슬펐다. 다마키가 테디 베어와 베개를 양 겨드랑이에 낀 채 요코와 고헤이의 침실로 들어와서는, 혼자 자기 무섭다며 둘 사이로 파고들던 것이 그렇게 오래전의 일도 아닌데.

테디 베어는 다마키가 슈타 정도의 나이밖에 되지 않았을 때, 축제에 갔다가 사격 게임에서 요코가 받은 상품이다. 고헤이가 가짜 밀키 캔디조차 맞히지 못하기에 마지막으로 남은 코르크 탄 한 발을 요코가 쐈다. 그때 놀라 동그래진 다마키의 눈과, 입을 벌리고 웃던 다마키의 얼굴이 아직도 생생하다.

그 얼굴을 떠올린 요코는 마음을 진정시켰다. 다시 볶음밥을 만들기 위해 검게 탄 밥을 음식물 쓰레기통에 버렸다.

한창 그럴 나이라고 한다면 더 이상 할 말은 없지만, 이유는 학교에 있다. 요코는 그렇게 생각하고 있다. 다마키는 동급생들과 사이가 좋지 않은 것이다.

처음 입학했을 당시에는 지금보다 훨씬 더 명랑해서, 반 아이들이나 들어가고 싶어 하던 동아리에 대한 이야기를 즐겁다는 듯이 조잘댔었다. 다마키에게 학교에 관한 것을 물어도 수업이나 선생님에 대한 이야기가 나오지 않는다는 사실을 깨달은 것은 1학기가 끝나고 난 뒤였다. 그렇게 원하던 테니스부에도 결국 들어가지 않았다.

반 아이들의 대부분이 여자 초등학교에서 그대로 올라왔으니, 익숙해지려면 시간이 걸릴 것이다. 고헤이와는 이런 한가한 대화를 나눴었는데, 2학기가 시작되자 학교에 관해서 전혀 말하지 않게 되었을 뿐 아니라 집에 돌아오자마자 계단을 뛰어 올라가 자기 방에 틀어박혀 있는 경우가 많아졌다. 무슨 일이 있었느냐고 물어도 말하려 하지 않았다.

따돌림이나 당하고 있지 않으면 좋으련만. 나이에 비해 어리고 세상물정 모르는 다마키는, 여자뿐인 환경에 단련된 아이들의 좋은 먹잇감이 될 만도 했다. 꽃의 생김새와 달리 튼튼한 뿌리를 내리는 여러해살이풀인 달리아 화단에 1년생 작은 코스모스를 뿌려놓은 듯한 것. 남자 형제밖에 없으니 여자들만 다니는 학교에 보내면 사근사근한 아이로 자랄 것이라고 착각하던 고헤이의 의견에 좀 더 강력하게 반대했어야 했다. 요코는 이제 와서 그때의 일이 후회됐다.

학원에 다녀야겠다고 결정한 것은 요코도, 고헤이도 아닌 다마키 자신이었다. 매주 월요일에 가는 영어학원도. 옛날 친구들을 만날 수 있기 때문일 것이다. 지금 다마키에게 전화를 거는 아이들은 초등학교 때 친구들뿐. 하지만 6학년 때 전학을 왔기 때문에 친구들이 그렇게 많은 편도 아니었으며 걸려오는 전화의 횟수도 줄어들고 있었다.

요코는 자신의 주니어 하이스쿨 시절을 떠올렸다.

오클라호마에는 동양인이 별로 없어서 그런지 요코는 처음부터 같은 반 악동들의 희생양이 됐다. 미국 학생들의 따돌림은 일본 학생들의 그것처럼 그렇게 음습하지는 않았지만, 직설적이고 좀 더 폭력적이었다.

가방 속에서 두꺼비가 나오기도 하고, 창 안쪽에서 양동이에 담긴 물을 퍼붓기도 하고……. 체육시간에 구기 종목을 할 때면 필요하지도 않은 몸싸움을 해왔으며, 칠판에 답을 쓰기 위해 교실을 걸어갈 때면 누군가가 발을 내밀었다.

요코는 이런 일들을 자신이 직접 해결했다. 글자 그대로, 자신의 오른손으로.

주니어 하이스쿨 2학년 때, 권투를 배우는 것이 자랑이었던 남자아이를 한 방에 쓰러뜨렸다. 그 이후부터 요코에게 시비를 거는 아이는 아무도 없었다. 심지어 간신히 친해지기 시작한 몇몇 아이들까지도 요코를 피했다.

사용한 것은 블랙잭이었다. 양말에 주먹만한 돌을 넣어 얼굴을 내리쳤다. 상대방은 이제 막 배우기 시작한 방어 자세를 취했지만 블랙잭은 애송이의 방어를 가볍게 뚫고 앞니를 두 개 날려버렸다.

자기 자식의 상처에만 과민하게 반응하는 것은 어느 나라 부모나 마찬가지다. 주니어 하이스쿨에서의 싸움에 경찰이 개입하던 시대는 아니었지만, 그 아이의 부모가 변호사를 데리고 와서 치료비를 청구했다. 에드는 그들을 산탄총으로 내쫓았다.

블랙잭 만드는 법을 가르쳐준 것도 에드였다. 에드는 총을 쏘는 법뿐 아니라 적에 대한 온갖 방어법까지 요코에게 전수했다. 지금 생각해 보면 방어법이 아니라 공격법이었지만.

아직도 기억하고 있다. 요코가 열 살 되던 해였다.

어느 날 밤, 동전던지기에 져서 저녁식사 준비를 하던 에드가 무슨 생각을 했는지 갑자기 늙은 호박을 들고 식당으로 걸어왔다. 그리고 식탁에서 숙제를 하고 있던 요코에게 이렇게 말했다.

"만일 지금 갑자기 적이 나타난다면 너는 어떻게 하겠니?"

숙제인 사칙연산보다 훨씬 더 쉬운 문제였다. 요코는 대답 대신 치마 속으로 손을 넣어 데린저를 뽑아들었다. 학교 가방은 몸에서 떨어져 있는 경우가 많았기 때문에 요즘에는 허벅지에 가터벨트를 차고 거기에 끼워 숨겨 가지고 다녔다.

에드는 호박을 식탁 위에 올려놓고 총을 든 강도의 자세를 취하며 웃었다.

"과연, 마이 리틀 프린세스. 완벽하다, 요코."

에드는 언제나 요코를 칭찬했다. 먼저 칭찬을 한 다음에 문제점을 지적했다. 잘 알고 있었지만 그래도 요코는 기뻤다. 할아버지 외에 자신을 칭찬하는 사람이 아무도 없었기 때문이다.

"그런데 만일 적이 세 명이라면?"

고개를 갸우뚱거리고 있는 요코를 향해 미소 짓던 에드는 식탁 위에 펼쳐놓은 수학 교과서로 시선을 돌렸다.

"지금 네가 풀고 있는 문제보다 훨씬 더 간단한 계산이야. 너는 뛰어난 저격수니까 설사 22구경을 가지고 있다 해도 총알 하나로 한 사람을 해치울 수 있을 게다. 하지만 생각해 봐. 데린저에는 총알이 두 발밖에 없어. 그럼 나머지 한 사람은 어떻게 하지?"

"데린저를 던져 맞히겠어."

요코가 대답하자 에드는 소리 높여 웃었다.

"틀림없이 그것도 데린저의 유용한 활용법 가운데 하나지. 하지만 100점은 줄 수 없겠는데. 인간의 투척력은 머스킷* 보다 더 믿지 못하니까. 다저스의 투수들조차 공을 세 번 던지면 두 번은 볼이야. 그리고 만일 네가 여기서 먼저 총을 쏘면 상대방도 빨리 몸을 숨길 게 아니냐?"

에드의 목소리는 낮고 울림이 좋다. 일요일이면 교회에서 지루한 설교를 늘어놓는 목사님의 목소리보다 훨씬 더 깊이가 있었다. 그 목소리로 요코에게 성경 한 구절을 설명하듯 속삭였다.

"자, 세 번째 적이 가까이에 숨어서 너의 모습을 살피고 있

---

* 양손으로 조작할 수 있는 소총(편집자 註).

다고 해보자. 네가 데린저의 예비 총알을 가지고 있는지 어떤지, 보조용 권총을 가지고 있는지 어떤지. 그러니까 네가 먼저 행동을 취하지 않으면 상대방이 먼저 공격을 해올 거야."

최면술에 걸리기라도 한 듯 요코는 방 안을 둘러봤다.

"그렇지. 잘했다, 요코. 그렇게 제일 먼저 주위에 무엇이 있는지를 잘 살펴야 해. 좀 더 자세히 방을 둘러보렴."

할아버지의 말대로 했다. 할아버지는 1,500에이커의 농원과 목장을 가지고 있었지만 집 자체는 간소했다. 거실 겸용 식당에 갖춰놓은 것이라고는 떡갈나무로 만든 식탁과 난로, 최소한의 집기들. 벽의 한쪽 면에 있는, 강화유리로 된 총기 진열장이 멋지긴 했지만 장식품이라 불릴 만한 것들은 그렇게 많지 않았다. 할머니 마쓰코와 어머니 카렌의 사진. 군대 시절의 기념품들. 아주 조금 고풍스러운 필기구 정도.

"예를 들어……."

에드는 난로 쪽으로 걸어가 부지깽이를 집어 들었다.

"이놈이라면 아주 가까이에 적이 있을 때 총보다 더 유리할지 몰라. 상대방이 방아쇠를 당기기 전에……."

부지깽이를 휘둘렀다. 허공을 가르는 날카로운 소리가 들려왔다.

"이거하고, 이거다."

이번에는 식탁 위에 있는, 동으로 만들어진 장식물을 집어 들었다. 말의 형상을 한 골동품으로 6·25전쟁 때 한국에서 손에 넣었다는 이야기를 들은 적이 있었다. 에드는 말의 목을 잡은 채 그것으로 자기 얼굴 높이의 허공을 갈랐다. 이번에는 공기를 가르는 소리가 묵직하게 났다.

"그래, 이놈도."

펜싱 자세로 촛대를 집어 들더니 눈가에 잔주름을 가득 만들며 웃었다.

"요코, 알겠니? 이 촛대를 불을 밝힐 때 쓰는 일상 도구로 생각하느냐, 적과 싸울 때 쓰는 무기로 보느냐가 바로 중요한 점이야. 아무 생각 없이 바라보면 여기는 그저 평범한 시골집이지. 그러나 시각을 조금만 바꾸면 살상능력을 숨기고 있는 무기가 곳곳에 존재한다는 사실을 깨닫게 될 거다. 방 안뿐만이 아니야. 학교에서도, 월마트에서도, 쿠완의 가게에서도, 교회에서도, 그리고 어떤 경우에라도 제일 먼저 주위를 둘러봐야 해."

그해, 소아성애자小兒性愛者에 의한 강간사건이 오클라호마를 떠들썩하게 만들었다. 농원을 뛰어다니는 요코를 지켜주던 목동들의 우두머리 제스가 베트남으로 가버린 해의 일이었다. 요코에게 아무 일도 일어나지 않길. 할아버지는 그렇게 생각했는지도 모른다. 아니면, 스위스의 시계공이 깨 알갱이 같은 톱니의 조정방법을 후계자에게 남기려고 하듯, 자신이 습득해 온 기술을 누군가에게 전수하고 싶었던 것인지도 모른다. 직업란에 쓸 수 없는 일을 하는 사람이라도 그 정도는 괜찮을 것이다. 아니, 그런 사람이기 때문에.

지금 생각해 보면 에드는 고독한 사람이었다. 사실, 여자친구인 돌리스에게조차 진정으로 마음을 열었던 것인지 알 수 없다. 요코에게는 에드밖에 없었던 것과 마찬가지로, 에드에게도 요코밖에 없었던 것이라고 생각한다. 이 무렵 에드는 이미 자신의 죽음을 깨닫고 있었던 것이 아니었을까? 이제는 확인할 길이 없지만 요코는 그렇게 생각하고 있다.

그런 다음 에드는 문진*을 수학 교과서 위에 올려놨다. 나뭇잎 모양의 문진이었다.

"요코, 양말을 벗어서 그 안에 문진을 넣어보렴."

시킨 대로 했다. 돌리스가 골라준 마음에 드는 양말이었기 때문에 늘어나는 것이 싫기는 했지만.

"블랙잭이다. 봐라, 그렇게 하기만 해도 무기가 손에 들어오지 않니? 그럼, 휘둘러봐."

휘둘렀다. 에드처럼은 아니었지만 공기를 가르는 소리가 들렸다.

부엌에 있던 요코는 다시 기름을 넣은 프라이팬을 자신도 모르게 휘둘렀다. 그때보다 훨씬 더 좋은 소리가 났다. 에드의 말들은 아직도 요코를 지배하고 있다.

슈퍼마켓의 식료품 매장에서 가장 먼저 눈이 가는 것도 값이나 신선도가 아닌, 둔기가 될 만한 냉동 생선이나 고깃덩어리다. 공중화장실에 들어가서도 대걸레가 있는 도구실의 위치를 반드시 확인한다. 낯선 남자와 단둘이서 엘리베이터에 타게 되면 팔찌를 주먹까지 끌어내린다. 메리켄색** 대신. 여자의 주

---

* 책장이나 종이가 바람에 날리지 않도록 눌러두는 물건(편집자 註).

** 주먹에 끼워 상대를 가격하는 것.

먹으로도 커다란 남자의 코뼈를 으스러뜨릴 수 있다.

요코는 액세서리를 거의 하지 않는 편이지만, 어디에 갈 때는 팔찌만은 꼭 찬다. 그것도 금속으로 된 굵은 것으로. 결코 의식적으로 그러는 것이 아니었다. 머릿속 깊은 곳에 각인된 듯한 어떤 종류의 장치가 요코를 제멋대로 조정하고 있는 것이다.

지금은 그런 자신의 습성을 멀리하고 싶지만 요코는 어떻게 해야 그만둘 수 있는지 그 방법을 알지 못한다. 이 집에 이사와 생활용구들을 정리할 때도, 무의식 중에 곳곳에 무기가 될 만한 것들을 배치했다.

식당에는 에드의 집에 있었던 것과 아주 비슷하게 생긴 딱딱한 소재의 장식물(말이 아니라 곰이었지만). 거실의 텔레비전 뒤에는 높은 곳의 가지를 자를 때 쓰는 가위. 부부 침실에서 손이 바로 닿는 곳에는 고헤이의 골프채. 부엌은 말할 필요도 없다. 흉기의 보고였다. 만일 지금 이 집에 괴한이 들어온다면, 요코는 상상할 수 있는 어떤 상황에서도 자신이 어떻게 행동해야 하는지를 정확히 알고 있었다.

만일 오른쪽에 있는 뒷문을 통해 들어온다면 이 프라이팬이 무기가 된다. 펄펄 끓는 기름을 뿌린 다음 얼굴을 내려친다. 힘 조절을 해야 할지 어떤지는 상대방의 체격과 손에 든 무기에 따라 달라진다. 요코는 잘 알고 있었다. 어느 정도의 타격을 주면 상대방이 공격 능력을 상실하는지를. 인간으로서의 기능을 상실하는지도.

그때 에드는 식탁 위에 있던 늙은 호박을 집어 들더니 한쪽 눈을 찡긋했다.

"자, 바로 여기서 늙은 호박이 등장하는 거야. 인간의 두개골이란 그것을 가지고 있는 사람이 생각하는 것처럼 그렇게 단단하지 않단다. 단단함은 이 녀석과 별 차이가 없지. 자, 한번 해보렴."

에드의 말대로 블랙잭으로 호박을 내리쳤다. 일본의 호박보다 껍데기는 두껍지 않았지만 맥 빠진 소리가 났을 뿐 문진을 넣은 양말은 그대로 튕겨져 나왔다.

"그래, 아주 잘했어. 너는 총을 쏘는 것뿐 아니라 여러 재능을 타고 난 듯하구나. 거기서 간단한 요령만 하나 더 익혀두면 되겠어."

요코가 쥐고 있던 블랙잭을 자신의 손으로 옮겨 쥐며 말을 이었다.

"잘 봐. 중요한 건 팔을 휘두르는 속도와 각도야. 예전에 캐치볼을 할 때 내가 공을 빠르게 던지는 방법을 가르쳐줬지? 기본은 그것과 똑같다고 할 수 있어."

에드는 허리를 낮추고 팔을 45도 각도로 비스듬하게 번쩍 쳐들었다. 훗. 작게 숨을 내뱉는 소리가 들리더니 등 뒤에서 방울뱀이 갑자기 나타나듯 오른손이 튀어나왔다.

손의 움직임이 무척 빨랐기 때문에 처음에는 무슨 일이 일어났는지조차 판단이 서지 않았다. 1초 전까지만 해도 둥근 호박이었던 것이 산산조각 난 파편이 되어 있었다. 요코는 눈을 깜빡이는 것도, 호흡도, 튀어 날아온 조각이 뺨을 아주 세게 때렸다는 사실도 모두 잊은 채 호박 속이 어지럽게 흩어져 있는 식탁 위를 가만히 바라보고 있었다. 인간의 뇌는 노란색이다. 요코는 오랫동안 그렇게 생각했다. 그것을 제 눈으로 직접 보기 전까지는.

바닥으로도 흩어진 호박 조각들을 본 순간, 갑자기 미국에 오기 전에 장례식에서 의붓아버지와 함께 들어 올린 어머니의 뼈가 생각났다. 격렬한 구토가 밀려와 그것을 참느라 고생했던 기억이 아직도 남아 있다.

새 볶음밥이 완성된 것과 거의 동시에 옷을 갈아입은 다마키가 2층에서 내려왔다.

"다마키, 한 숟가락이라도 뜨고 나가."

편의점에서 빵을 사지 않으리라는 사실을 잘 알고 있었다. 요즘 다마키는 음식을 잘 먹으려 하지 않으니까.

"몸을 생각해서, 한 입만."

다마키는 고개를 옆으로 흔들려 하다가 숟가락을 집어 들었다. 하지만 바로 내려놨다. 정말로 한 입만.

"한 입 더."

"시간 없어. 늦는단 말이야."

요코가 숟가락을 들어 입가로 가져가자 10여 년 전, 이유식을 달라고 떼쓰던 때처럼 얌전히 입을 벌렸다.

집 앞까지 배웅을 나갔다.

"위에 하나 더 걸치고 가. 밤에는 아직 춥잖아."

현관에 있던 옷걸이에서 다마키의 옷을 꺼내며 말했다. 비난조로 말한 것이 아니었는데, 멋 부리기에 눈을 뜨기 시작한 다마키는 자신이 선택한 옷차림을 못마땅해한다고 받아들인 것 같았다. 외면한 채 대답도 하지 않았다. 치마가 너무 짧은 것도 마음에 걸렸지만, 더 이상 아무 말도 하지 않기로 했다.

다마키는 지금, 온실에서 나와 세찬 바람 속에서 코스모스처럼 흔들리고 있는 것이다. 쓸데없는 참견은 오히려 성장에 방해가 될 수도 있지만, 요코와 고헤이가 (밤낮으로 싸우는 슈타도) 늘 옆에서 그녀의 편이 되고 있다는 사실만은 알아줬으면 좋겠다.

아무리 봐도 중학교 1학년생에게는 어울리지 않는 롱부츠를 신은 다마키의 등 뒤로 손을 뻗어 블라우스의 목깃을 바로잡아 주었다.

문 앞까지 나가서 자전거를 끌고 나가려 하는 다마키에게 말을 걸었다.

"힘들면 그만둬도 괜찮아."

다마키가 눈썹을 찡그리며 고개를 갸우뚱했다. 이상한 소리 하지 말라는 표정이다.

"힘들지 않아. 재미있어."

"학원이 아니라 학교 말이야, 어때?"

"응, 그냥 그래."

"아빠랑 셋이서 한 번 얘기해 보지 않을래?"

밤에만 집에 있는 고헤이는 다마키의 변화에 대해 요코보다 훨씬 둔감하다. 요코가 얘기를 해도 "익숙해지면 괜찮을 거야"라는 말만 입버릇처럼 되풀이한다. 하지만 아이의 평생이 달린 문제다. 화장실 문짝과는 문제가 다르다. 요코는 이제 진지하게 대화할 때가 됐다고 생각했다.

"정 힘들면……."

다마키가 별 이상한 소리를 다한다는 표정을 짓고 있다. 드디어 요코에게 얼굴을 돌리더니 딱 잘라 말했다.

"그만두지 않을 거야."

30년 전의 요코와 똑같은 얼굴이다. 겁쟁이인 주제에 고집쟁이.

조심하라는 요코의 말에 뒤도 돌아보지 않은 다마키는 자전거 페달을 밟기 시작했다. 많이 자랐다고는 하지만, 멋을 부리려고 안장을 한껏 높인 26인치짜리 자전거를 제대로 가누지 못하는 뒷모습은 아직도 여리고 불안하다. 코스모스 줄기 같은 등을 떠나보내면서 요코는 마음속으로 다시 한 번 말을 건넸다.

정말로 조심해야 한다. 너는 데린저도, S&W 에어웨이트도 가지고 있지 않으니.

집 안으로 돌아와 보니 어느 틈엔가 슈타가 거실로 내려와 카펫 위에서 접영 연습을 하고 있었다.

"아빠는 오늘도 늦을 것 같으니 우리도 저녁밥 먹을까?"

"잠깐만 기다려. 앞으로 1000m만 더 가고."

1000m가 얼마나 되는지도 모르는 주제에. 슈타에게 실내수영장의 끝에서 끝인 25m 이상의 거리는 전부 1000m다. 일사불란하게 양손과 양발을 파닥이고 있다. 요코의 눈에는 장난감 매장에서 떼를 쓸 때의 모습과 별반 다르지 않았지만, 슈타

는 진지하기 짝이 없다. 슈타의 머릿속에서는 바로 옆에 있는 소파가 이완 소프일 것이다.

"오늘 저녁은 비빔밥이야."

갑자기 슈타의 손발이 멎었다. 볶음밥은 슈타가 좋아하는 것 가운데 하나다.

"그럼 100m만 할게. 비엔나소시지 넣어야 해."

비엔나소시지가 아직 남아 있었나? 냉장고 속을 뒤지면서 요코는 입술을 세게 깨물었다. 〈인형의 집〉과 같은 조촐한 삶일지는 몰라도, 어느 누구도 이 삶을 깨도록 그냥 내버려두지는 않겠어. 저 아이들은 내가 지켜야 해.

봉투 속에 딱 두 개 남아 있는 비엔나소시지를 꺼내 파와 함께 썰었다.

내일 자신이 해야 할 말은 오직 하나.

'노(No)' 다. 여차하면 '퍽킹' 이어도 상관없다.

해야 할 일은 오직 하나. 전화를 끊어버리는 것이다.

입 속에서 '노' 라는 말을 몇 번이고 되뇌는 동안 파 한 뿌리를 전부 썰어버렸다.

처음으로 K의 전화를 받은 것은 요코가 막 열여섯 살이 되던 때였다.

그 해, 할아버지는 병원 침대 위에 있었다. 의사는 앞으로 6개월이나 더 살 수 있을지 모르겠다고 말했다.

갑자기 전화를 걸어 온 사람은 "에드의 오랜 친구다", 갈라지는 목소리의 남부사투리로 그렇게 말했는데 이름을 묻자 "K

라고 말하면 알 거다" 라고만 했다.

할아버지는 입원했다고 대답하자, 그는 놀라지도 상태를 묻지도 않고, 미리 예측이라도 했다는 듯 건성으로 위로의 말을 건넨 뒤 전화를 끊었다.

얼마 뒤, 두 번째 전화를 걸어 왔을 때도 역시 K라고밖에는 이름을 밝히지 않았다. 할아버지의 용태에는 변화가 없다고 되풀이해서 말했지만 전화를 끊으려 하지 않은 채 바람 새는 듯한 소리로 한숨을 쉬며 이렇게 말했다.

—— 이거 곤란하게 됐는데.

지금 생각해 보면 미리 준비한 말 같았다.

—— 에드에게 부탁할 일이 생겼는데, 정말 난처하게 됐어.

K는 아무런 대답도 하지 않는 요코에게 거미줄처럼 끈적끈적한 입속 웃음을 퍼부었다.

—— 네가 요우코지? 에드가 네 얘기를 많이 하더구나. 100야드 떨어진 곳에서 캠벨의 금색 마크를 백발백중으로 맞춘다고? 에드가 그러더군. 네 나이 때의 자기보다 훨씬 더 뛰어나다고. 세상에서 총을 제일 잘 쏘는 리틀 걸이라고 말이야.

"급한 일이라면 에드에게 전해드릴게요."

변화가 없다는 말은 거짓말이었다. 아직 의식은 또렷했지만 에드는 혼자서 침대 밑으로 내려오지 못했다.

—— 네가 대신 해보지 않으련?

"무슨 말씀인지 잘 모르겠는데요."

그렇게 대답하기는 했지만 그 무렵 요코도 어렴풋이나마 눈치를 채고 있었다. 할아버지의 직업이 어떤 것이었는지를. 물론 에드의 입으로 분명하게 말한 적은 없었다. 하지만 버번을 많이 마신 날 밤에 하는 말들을 퍼즐처럼 맞춰 보면 금방 알 수 있는 일이다.

좀 더 정확히 말하자면 '어떤 것이었는지'가 아니라 '무엇이었는지'였다. 요코와 함께 살게 된 뒤에도 에드는 은퇴를 한 것이 아니었다. 적어도 두 번은 '일'을 했다. 요코는 그렇게 확신하고 있다.

첫 번째는 요코가 아홉 살 때였다. 외국에 있는 오래된 동료를 만나러 간다. 할아버지는 그렇게 말하고 요코를 돌리스의 집에 일주일 정도 맡긴 적이 있었다. 선물로는 나무로 만들어진 남미 인형을 가져왔다. 몇 년 뒤, 요코는 역사 시간에 바로 그 당시 칠레에서 대통령이 암살당했다는 사실을 배웠다.

두 번째는 열두 살 무렵. 에드는 총기 진열장의 열쇠를 요코에게 맡기고 지금까지의 가르침을 몇 번이나 되풀이한 뒤 여행을 떠났다. 워싱턴에서 열리는 한국 6·25전쟁 전몰자 추도회에 참석하기 위해서라고 말했지만, 적어도 오클라호마의 신문에는 그런 행사에 대한 기사가 실리지 않았다. 그 대신 마피아 두목을 단죄하기 위한 재판의 중요 참고인이 필라델피아에서 괴한에 의해 사살됐다는 뉴스가 실렸다.

흉행兇行이 일어난 것은 심야, 사용된 총은 M16 라이플. 요코는 에드가 여행을 떠나기 직전 그 라이플을 어딘가에서 구해와 밤이면 몰래 시험사격을 하러 나가는 모습을 2층 창문을 통해서 지켜봤다. 당시만 해도 M16의 모양은 매우 특이했기 때문에 총기 카탈로그를 애독하던 요코는 그것을 쉽게 알아볼 수 있었다.

에드는 끝까지 숨길 생각이었겠지만, 요코도 주니어 하이스쿨에 들어간 지 얼마 안 된 그 무렵 밤에 잠이 잘 오지 않는다는 사실을 에드에게 숨기고 있었다. 그 뒤로 M16이 할아버지의 총기 진열장에 놓인 적은 한 번도 없었다.

—— 에드 대신 우리의 의뢰를 받아줬으면 좋겠는데.

"무슨 일인지는 모르겠지만, 안 돼요. 저는 아직 열여섯 살이니까요."

—— 아니, 열여섯 살짜리 여자라서 할 수 있는 일이지.

"거절하겠습니다."

—— 일단 얘기를 들어보는 것도 나쁘지는 않을 거다. 이번 일은 에드와 관련된 일이니까.

그때 왜 전화를 바로 끊어버리지 않았을까? 이후에 요코는 몇 번이고 후회를 하게 된다. 하지만 듣지 않을 수도 없는 일이었다. K가 뒤이어 이런 말을 했다.

—— 잘 들어라. 너의 소중한 할아버지가 모든 미국 사람들의 미움의 대상이 될지도 모른다.

K는 일방적으로 말을 이어갔다.

16년 전에 일어났던 한 사건에 대해서. 1963년 11월. 요코가 태어난 해의 일이었다.

K는 필요 이상으로 고유명사와 단언을 피해 빙 돌려서 말했

지만, 그것이 무슨 의미인지는 바로 알 수 있었다. 몇 년 전, 에드도 그 사건에 대해 비슷한 이야기를 한 적이 있었기 때문에. K가 말한, 프라이팬 밑바닥처럼 뜨거운 남서부의 거리는 텍사스 주의 댈러스. 술에 취한 에드는 이렇게 말했다.

"그 녀석에게는 정말 미안한 일이었어. 단독으로 범행을 저지른 게 아니라는 사실은 프로 저격수라면 바로 알 수 있었지. 게다가 녀석이 들고 있던 총은 카르카노였다고. 비둘기 사냥을 할 때 쓰는 총. 그런 걸로 일을 성공시키기란 초승달을 쏴서 떨어뜨리는 것보다 더 어려운 일일 거야."

그 녀석이란 바로 케네디 대통령 암살범으로 알려진 리 하웨이 오즈월드였다. 할아버지가 왜 그런 남자를 가엾게 여기는지 당시의 요코로서는 전혀 이해할 수 없었다.

── 이대로 내버려두면 에드는 파멸할 거다. 알겠니? 너는 에드를 사랑하지?

표적은 16년 전 사건의 진상을 밀고하려 하는 배신자라고 했다.

── 녀석은 골치 아픈 증거를 쥐고 있어. 그때 에드가 무슨 일을 했는지가 세상에 알려지게 된다고.

특별한 기술을 가지고 있다고는 하지만, 요코는 시골마을의 아주 평범한 고등학생이었다. 그 순간, 사회 시간에 백악관 견학을 갔다가 대통령 집무실에 있는 핵미사일 발사장치의 열쇠를 억지로 건네받은 듯한 기분이 들었다. 받아들일 수 있을 리 없었다.

—— 어려운 일은 아니다. 너에게라면 틀림없이. 자, 대답은 어느 쪽이지?

할아버지의 마지막 6개월을 평온하게 만들어주기 위해 앞으로 몇 년이 될지 몇십 년이 될지는 모르지만, 그것보다 훨씬 더 긴 수명을 가진 사람의 목숨을 앗아야 한다. 그게 과연 용서받을 수 있는 짓일까? 요코는 생각해 봤다. 대답은 명백했다.

"예스."

중요한 것은 얼굴도 모르는 타인의 몇십 년이 아니라 단 하나뿐인 할아버지의 6개월이다.

그 이후부터 K는 몇 번이고 접촉을 해왔다. 모습은 결코 드러내지 않은 채. 어떤 때는 집 전화로, 어떤 때는 우편물로, 또 어떤 때는 지정된 공중전화에서 요코를 기다리게 했다. '일'을 맡은 순간부터 요코는 코드네임으로 불렸다.

리틀 걸. 이틀 전에 갑자기 들어야 했던 그 이름이었다.

에드에게는 모든 것을 비밀로 한 채 요코는 K의 명령대로 행동했다. '역시 나는 못하겠다.' 이 한마디를 언제 해야 하는지, 가슴을 콩닥거리면서. 하지만 사용할 총과 표적의 얼굴이 담긴 사진을 본 순간, 이제는 더 이상 도망칠 수 없다는 사실을 깨달았다.

장소는 미네소타 주 세인트 클라우드. 결행일은 10월의 마지막 날, 할로윈데이의 밤이다.

'세상에서 총을 가장 잘 쏘는 여자아이.' 입으로는 그렇게 말했지만, K는 요코의 실력을 믿지 않는 것 같았다. 과자를 청하는 아이처럼 변장한 뒤 지근거리까지 접근해서 표적을 습격한다. 이것이 K의, 또는 K의 배후에 있는 누군가의 계획이었다. 열여섯 살이라곤 하지만 동양계인 요코는 어려 보였으며, 키가 5피트4인치쯤 되는 초등학생은 미국에 얼마든지 있었다. 분장을 하면 사탕이나 바닐라 쿠키가 어울리는 나이로 보일 것이다. 기한까지 에드 이외의 뛰어난 저격수를 찾아내지 못했기 때문에 생각해낸 고육지책일 것이다. 요코는 그저 체스게임에서의 말에 지나지 않았다.

준비된 분장은 검은 망토에 커다란 낫을 든 저승사자. 남자아이들이 좋아하는 의상이다. 당시 요코에게는 태어나서 처음으로 사귄 남자친구가 있었다. 그가 요코의 길고 검은 머리를 아주 좋아했기 때문에 망설이긴 했지만, K의 말을 기다릴 것도 없이 먼저 머리를 아주 짧게 잘랐다.

10월이었음에도 미네소타는 지독하게 추웠다. 당장이라도 눈이 쏟아질 듯한 차갑고 묵직한 공기가 밑창이 고무로 된 신발의 소리까지 높이 울리게 하는 것 같았다. 그래서인지 세인트 클라우드 외곽에 있는 한 남자의 집으로 가는 요코는 추위 때문만이 아닌 떨림을 느꼈다.

밤 9시가 넘은 시각. 달은 없었고 주택가는 어두웠다. 별이 있었는지 없었는지는 기억나지 않는다.

저승사자의 낫으로 남자 집의 문을 두드렸다. 어디선가 폭죽을 터뜨리는 소리가 들려왔다. 요코는 목소리가 떨리지 않도록 주의하기 위해 목을 쥐어짰다.

"장난이냐 과자냐(Trick or Treat)?"

사실은 방아쇠냐 과자냐(Trigger or Treat)였다. 요코는 저승사자의 두건을 더욱 깊이 눌러썼다. 남자에게 있어서 요코는 말 그대로 저승사자였다.

반쯤 열린 문 안쪽은 담배 냄새로 가득 차 있었다.

문을 연 사람은 키가 크고 허수아비처럼 바싹 마른, 새의 박제처럼 음침한 얼굴을 한 남자였다. 잿빛 푸른 눈은 불쾌한 듯한 기색이었지만, 한쪽 손을 들어서 요코에게 잠깐 기다리라는 몸짓을 해보였다. 당시는 미국의 상류계층이 집단 히스테리처럼 보안에 돈을 쏟아 붓기 전으로, 괴팍해 보이는 이런 남자에게도 할로윈 밤에는 과자를 준비해 둘 정도의 사회통념은 남아 있던 시절이었다.

현관홀의 안쪽 선반에 스니커즈 상자가 놓여 있는 것이 보였다. 준비를 잘 해놓은 이유는 아이들을 빨리 쫓아버리고 싶었기 때문일 터. 남자는 조금도 웃는 얼굴을 하지 않았지만 혼자 찾아온 동양인 꼬마에게 의심을 품지는 않았다.

무기는 몇 가지를 가지고 있었다. 총은 콜트 S.A.A. 피스메이커. 에드가 "그 총은 쏘기 위해 있는 것이 아니라 늙은이들이 손질하며 즐기기 위해서 있는 거야"라고 비아냥거리듯 평가한, 미국 전역에서 매일 1만 발의 총알이 발사되고 있을 아주 흔한 총이었다. K는 강도짓인 것처럼 꾸밀 생각이었던 듯했다.

총알은 357매그넘. 총신은 피스메이커치고는 짧은 3인치짜리로, 과자를 넣을 바구니 속에 완전히 들어갔다. 무게는 1.5파운드였지만, 가벼운 바구니를 들고 있는 것처럼 보이기 위해 상당히 애를 먹었다. 바구니 안에 다른 총이 하나 더 들어 있었기 때문이다.

K가 지시한 것은 아니지만, 상황에 따라 선택해서 사용할 수 있도록 요코는 예비용으로 손에 익은 S&W 치프스페셜도 준비했다. 허리띠에는 군대용 칼. 손에 든 낫도 진짜였다. 아이들이 만든 것으로 보이는 끝 부분의 알루미늄 호일을 벗겨내면 잘 갈아놓은 날카로운 날이 모습을 드러낸다.

남자가 요코에게서 등을 돌려 걷기 시작한 순간, 무엇을 사용해야 할지 판단했다. 에드가 언제나 말했던 것처럼 한순간에.

"요코, 잘 들어라. 망설인다는 건 나쁜 게 아니야. 신께서 인간에게 주신 소중한 일 가운데 하나니까. 하지만 이것도 시간과 장소에 따라 달라진단다. 특히 쓰러뜨려야 할 상대방 앞에서의 망설임은 금물이지. 단 한순간이라도 주저해서는 안 되는 거야. 생사를 결정하는 것은 언제나 1초의 몇분의 일도 안 되는 시간이다. 예를 들어, 상대방보다 0.1초 빨리 총을 뽑아서 방아쇠에 손가락을 걸었다 해도 그 손가락이 0.2초 망설인다면 그 사람의 이마에는 구멍이 뚫리게 되는 거야."

요코는 잽싸게 뒤돌아서 주위에 아무도 없다는 사실을 확인했다. 두건을 쓰고 있었기 때문에 잔털 안테나는 사용할 수 없었다. 좋았어. 아무도 없다.

남자가 세 번째 걸음을 내딛기 전에 무기를 꺼내들었다. 바구니 속 빈 포장봉투 더미에 숨겨둔 피스메이커. 정확도를 떨어뜨릴 가능성이 있는 소음기消音器는 장착하지 않았다. 사용하는 것은 역시, 총. 총을 가지고 있으면 늘 자기 이상의 인간이 될 수 있다.

바로 쏘지는 않았다. 남자가 뒤를 돌아볼 때가지 기다릴 생각이었다. 뒤에서 쏘면 총을 쏜 사람이 남자를 안심시킬 수 있는 존재라는 사실이 드러나게 된다. 총알의 발사 각도를 어른 남자가 쏜 것처럼 보이도록 하기 위해 두 손을 머리 위로 높이 올려서 총을 조준했다. 요코, 어떤 상황에도 대응할 수 있도록 여러 자세를 연습해야 해. 응, 할아버지. 그런 자세로 쏴도 표적에서 벗어날 리 없었다.

어디선가 다시 폭죽 소리. 뒤이어 멀리서 환성이 일었다. 물론 우연이 아니었다. K는 당일 자신의 동료들이 부근 아이들에게 폭죽을 무료로 선물할 것이라고 말했다.

갓.

이곳에서 달아나고 싶어 견딜 수 없다는 생각을 머릿속에서 몰아내기 위해 마법의 언어를 되뇌었다. 요코는 자신을 커다랗게 보이려고 하는 작은 새처럼 가슴을 부풀려서 천천히 숨을 들이마셨다.

중요한 것은 긴장, 그리고 이완. 에드에게 배운 대로 하면 아무런 문제도 없다. 그것만 생각했다.

블레스.

숨을 뱉었다. 평소와 똑같다. 다른 점은 표적이 캠벨 깡통이나 호박이 아니라는 것뿐.

유.

전신의 힘을 뺐다. 아니, 눈앞에서 움직이고 있는 저것은 호박이다. 가운을 걸친, 담배냄새가 지독한 호박.

자, 후렴이다.

갓. 남자를 조준한다.

블레스. 방아쇠를 당기기 직전까지 손가락에 힘을 준다. 남자가 스니커즈의 커다란 상자를 집어 들고 이쪽을 돌아본 순간 방아쇠를 당겼다.

유. 당신에게 신의 축복을.

매그넘 탄은 강력했다. 남자의 어깨 위에서 호박이 부서져 흩어졌다. 속살은 하양. 과즙은 빨강. 뇌수와 피의 색깔이었다.

간단했다.

요코는 남자 집의 문을 닫고 바구니에서 꺼낸 폭죽을 몇 발 터뜨렸다. 정신없이 달려서, 조금 전 거리에서 봤던 아이들 틈에 끼어 남자의 집에서 멀어졌다.

후회는 하지 않았다. 인간의 목숨은 신에게서 잠깐 빌린 것. 할아버지에게 그렇게 배웠기 때문이다. 그리고 무엇보다도, 당시에는 남의 목숨은 물론 자신의 목숨조차 언제 사라져도 아깝지 않다고 생각했다.

하지만 그때의 광경은 아무런 예고도 없이 요코의 뇌리에 떠오르곤 했다. 그것은 선명한 재생 필름이었다.

미간에 구멍이 뚫린 순간, 남자의 눈동자는 놀랐다는 듯이 커다랗게 벌어졌다. 전방에 있던 요코의 발 앞까지 카망베르

치즈를 꼭 닮은 뇌수와 이상할 정도로 새카만 피가 튀었다. 남자가 뒤로 넘어가는 순간은, 슬로모션. 남자와 함께 상자 속의 스니커즈가 공중으로 솟구치더니 바닥에 쓰러진 남자의 몸과 그 주위로 흩어졌다.

소리와 냄새도 기억한다. 머리가 바닥에 부딪치는 소리는 볼링공이 볼링 레인에 떨어질 때의 소리와 비슷했다. 저승사자의 검은 장갑으로 문을 닫으려던 순간 코를 찌르던 피의 냄새는 열세 살에 찾아온 초경의 우울한 냄새.

그때와 같은 계절이 다가오면, 요코는 25년이 지난 지금도 보이지 않는 손이 내장을 휘저어놓은 것 같은 기분이 든다. 일본에 할로윈 관습이 없다는 사실을 고맙게 여겼지만, 요즘에는 그렇지도 않다. 상점에 진열된, 막 잘라낸 사람의 머리 같은 잭오랜턴*을 보면 하나도 남김없이 총으로 쏴버리고 싶어진다.

전에 살던 아파트의 같은 층에, 아이에게 할로윈 분장을 시켜서 집집마다 돌아다니게 한 부부가 있었다. 할로윈이 원래 사자死者의 영혼을 되살리기 위한 불길한 의식이었다는 사실을 알고 있기나 한 것일까? 부모를 닮아 귀여운 구석이라고는 찾아볼 수 없는 딸 뒤에서 웃는 얼굴로 비디오카메라를 돌리고 있던 그 부부의 모습을 본 순간에는 자신도 모르게 팔찌를 주먹까지 내리고 말았다.

사자의 영혼이 존재한다는 사실 따위는 믿지 않지만, 사자는 죽인 사람의 영혼 속에서 영원히 존재한다. 요코는 그것을 잘

* 속을 파서 도깨비 얼굴 모양으로 만든 뒤 그 안에 촛불을 켜놓은 호박(편집자 註).

알고 있었다. 자신이 죽인 남자 오스카 코넬리어스가 종종 요코의 앞에 나타나기 때문이다.

처음으로 모습을 드러낸 때는 그날 밤으로부터 이틀 뒤. 오클라호마로 돌아온 요코가 에드의 병실을 찾았을 때, 먼저 온 손님처럼 침대 곁에 서 있었다. 머리에서 피와 뇌수가 솟아오르고 있었고, 놀랐다는 듯이 잿빛 푸른 눈동자를 커다랗게 뜬 채로.

할아버지도 없이 혼자 남은 집에서 한밤중에 눈을 뜨면 2층 요코의 방 창밖에 서서 절대 깜빡이지 않는 눈으로 안쪽을 바라보던 때도 있었다.

에드의 장례식에 참석한 사람들 속에도 그 얼굴이 있었다. 미국을 떠나올 때 탔던 비행기의 승객 중에도……. 함께 태평양을 건너왔다.

일본으로 건너와서도 요코의 곁을 떠나려 하지 않았다. 고헤이를 만나서 결혼하기까지 약 10년 동안, 요코가 끝도 없이 이사를 다녔던 이유는 그렇게 하면 자신이 죽인 남자에게서 도망칠 수 있을 것 같다는 생각이 들었기 때문이다. 해가 지날 때마다, 이사를 할 때마다 나타나는 횟수는 줄었지만 전에 살던 아파트에서도 창고나 한밤중 베란다에서 종종 모습을 드러냈다. 함께 엘리베이터를 탄 적도 있다. 환영이라는 사실을 잘 알지만 떨쳐낼 수가 없었다.

고헤이보다 요코가 더 적극적으로 자신의 집을 원했던 것은 이번에야말로 환영에서 벗어날 수 있을지도 모른다는 판단에서다. 다행히 미네소타에서 동결凍結된 영혼은 도쿄까지는 따라 오지 않았다. 이곳으로 이사 온 다음부터 그 남자의 환영이 드디어 사라졌다.

"자, 볶음밥 다 됐다. 비엔나소시지도 넣었어."

요코는 모든 것을 떨쳐버리려는 듯 힘차게 거실 쪽으로 돌아섰다.

돌핀킥으로 카펫의 한쪽을 턴하고 있던 슈타가 싱크로나이즈에서 흔히 볼 수 있는 포즈로 벌떡 일어났다.

"볶음밥, 클리린, 볶아요."

자신이 개사한 엉터리 애니메이션 주제가를 부르며 식탁으로 뛰어왔다.

역시 떨쳐버리기 어려운 것일지도 모르겠다.

슈타 옆, 아직 돌아오지 않은 고헤이의 자리에 오스카 코넬리어스가 앉아 있었다.

6

고헤이는 12시가 다 되어서야 돌아왔다. 제 딴에는 발소리를 죽인 듯하지만 계단을 오르는 소리가 비틀거리고 있다. 침실 문이 열리자마자 술 냄새가 풍겨왔다. 술을 그렇게 좋아하지도, 이기지도 못하면서 요즘 술을 마시고 오는 일이 잦다. 이번 주는 어제에 이어 두 번째.

"어서 와."

머리맡의 스탠드를 켜놓고 이불 위에 누워 원예 안내서를 읽고 있던 요코가 뒤를 돌아보자마자 자리에서 벌떡 일어났다. 그리고 이불 위에 무릎을 꿇고 앉아 잠옷으로 쓰고 있는 스웨터의 가슴께에서 팔짱을 꼈다. 어두운 문 너머, 실루엣으로 보이는 고헤이의 뒤편에 또 다른 사람의 그림자가 보였기 때문이다.

술에 취하면 사람들을 집으로 데려오고 싶어 하는 것이 고헤이의 나쁜 버릇이다. 전에 살던 아파트는 지금보다 도심에서 좀 더 가까웠기 때문에 회사 사람들이 한 잔 더 하러 찾아왔다가 잠을 자고 가는 일이 많았다.

화장을 지운 데다 옷도 잠옷으로 갈아입었고 머리도 부스스한데 갑자기 낯선 사람과 인사를 해야 하는 것은 물론, 집 안 정리 상태나 음식 솜씨에 대한 평가까지 들어야 하는 처지에서는 당연히 화가 났다. 하지만 "집에서 마시는 게 제일 편하단 말이야. 당신 곁이 최고야." 곰 인형 같은 얼굴로 이런 변명을 늘어놓으면 자신도 모르게 잔소리가 쏙 들어가 버리고 만다.

아무리 그래도 전화 정도는 했어야지. 게다가 침실에까지. 그 순간 깨달았다. 제아무리 고헤이라도 부부 침실로 느닷없이 다른 사람을 데리고 들어오지는 않는다. 밖에서부터 이렇게 소리 질렀을 것이다. "다녀왔습니다~, 술고래를 한 마리 잡아왔습니다~."

고헤이의 뒤를 따라 방 안으로 들어온 커다란 그림자는 회사 사람이 아니라 오스카 코넬리어스였다.

방의 전등을 켠 고헤이가 개구리처럼 변해 버린 취한 눈을 깜빡였다.

"왜 그래?"

'내 얼굴에 뭐 묻었어?'라고 묻듯 수염이 짙은 뺨을 쓰다듬고 있었다. '당신의 얼굴 바로 위에 토템 폴*처럼 뇌수가 뿜어져 나오고 있는 얼굴이 보여'라고는 입이 찢어지는 한이 있어도 말할 수 없었다.

* 토템의 상을 그리거나 조각한 기둥.

"아니, 아무것도 아니야. 늦었네."

요코는 얼굴을 돌려 펼쳐놓은 책에만 정신을 집중하려 노력했다. 고헤이는 자신에게서 술 냄새가 나기 때문에 그러는 줄 착각한 모양이었다. 입에 두 손을 대고 숨을 내쉬며 고개를 갸우뚱거렸다.

고헤이는, 지금은 이 세상에 없는 에드의 진짜 직업이나 요코가 미국에서 지냈을 때의 '일'에 대해서 알지 못한다. 요코도 미국에서의 생활에 대해서는 최소한의 것밖에는 말하지 않았다. 자신이 사생아이며, 진짜 아버지의 얼굴은 알지 못한다는 사실도.

태어났을 때부터 아버지는 없었고, 어렸을 때 어머니도 돌아가셨기 때문에 오클라호마 주에 있는 할아버지 밑에서 자랐다. 몇 년 동안 일본에서 함께 생활하던 의붓아버지는 그 사이에 재혼을 했고 지금은 연락두절.

말로 표현하자면 이것이 전부인, 가장 탈이 없을 법한 이야기를 그대로 믿어주고 있다. 결혼한 지 15년이 지난 지금도 요코의 과거에 손을 찔러 넣거나 하지 않는다. 오븐에서 꺼낸 그라탱 접시처럼 만지면 화상을 입게 된다는 사실을 눈치 채고 있는지도 모른다. 그런 사람이기 때문에 평생 혼자 살기로 작정했던 요코로 하여금 결혼하겠다는 결심을 하게 만들었는지도 모르겠지만.

알지 못하는 부분에 대해 말하면 한도 끝도 없이 길어질 것 같지만, 말해야겠다고 생각한 적도 없었고 지금은 요코 자신도

'단지 그것뿐'이었다고 생각하려 애쓰고 있다. 비밀은 무덤까지 가지고 갈 작정이다.

고헤이의 부모님 처지에서 보자면 요코의 환경은 충분히 마음에 걸릴 만한 것이었지만, 처음 인사를 하러 갔을 때뿐 아니라 그 후에도 특별히 파헤치려 하는 기색은 보이지 않았다. 고헤이가 사정을 잘 설명하고 납득시켰기 때문이라고 생각한다. 그 점에 대해서는 감사하고 있다. 예식장을 결정할 때도 요코 쪽에서는 올 사람이 거의 없다는 사실을 알자, 외국의 교회에서 단 둘이 식을 올리자고 말했다. 비행기를 죽어라 싫어하면서도.

고헤이를 알게 된 것은, 도시락 가게에서 아르바이트를 할 때였다. 가까이에 직장이 있었던 고헤이는 단골손님이었다.

처음에는 이상한 사람인 줄 알았다. 거의 매일 찾아오면서도 주문하는 것은 언제나 네모난 돈가스덮밥이었기 때문이다. 요코의 마음을 끌기 위해 가게에서 가장 비싼 음식을 계속해서 주문했다는 사실을 알게 된 것은 사귀고 나서도 한참이 지난 후였다.

평생 먹을 돈가스덮밥을 전부 먹어치웠다며 고헤이는 지금도 돈가스덮밥을 먹지 않는다. 다마키나 슈타가 먹고 싶다고 해서 준비한 날 저녁에는 혼자서 닭고기계란덮밥. 젊었을 때는 일본 음식 조리가 서툴렀기 때문에 고헤이가 좋아할 줄 알고 결혼 전에 조리법을 완벽하게 마스터했는데.

미국에서 돌아온 요코는 외가 쪽 친척 집에서 생활했다. 할머니 마쓰코의 동생부부로, 요코에게는 먼 친척이라고 할 수 있었다. 그 무렵에는 재혼한 의붓아버지의 주소를 알고 있었지만, 요코는 결코 연락하지 않았다.

할아버지 에드는 요코에게 유산의 전부를 물려주겠다는 유언장을 남겼다. 그런데 에드가 죽자마자 지금까지 한 번도 본 적 없는 친척들과 그들의 변호사가 나타나서 유언의 무효를 주장했다.

당시 열여섯 살이었던 요코는 그때 자기 주변에서 무슨 일이 일어났는지, 아직까지도 명확하게 알지 못한다. 요코의 나이와 이중국적자라는 사실, 불분명한 혈연, 인종, 이런 온갖 것들이 문제가 됐다고 생각한다. 결국 요코는 매각이 결정된 에드의 농장에 있던 트랙터 한 대 정도의 돈만을 건네받은 뒤 일본으로 쫓겨났다.

고등학교를 졸업하자마자 바로 친척 집에서 나왔다. 처음부터 그렇게 하기로 약속했었다. 헤어지던 날, 부모 대신 돌봐준 부부는 눈물을 흘렸지만 진심에서 흘리는 눈물이었는지, 어땠는지는 알 수 없었다. 미안한 마음에 스스로 빨래를 하던 요코에게 물이 아깝다며 눈살을 찌푸리던 부부였다.

혼자만의 생활을 시작했을 때는 고생도 했지만, 금전적인 어려움을 겪지는 않았다. 할아버지 유산의 찌꺼기 같은 돈은 전부 친척 부부에게 건네줬지만, 그래도 요코의 수중에는 돈이 있었기 때문이다. 아무래도 쓸 수가 없었던 돈이었다.

25년 전, 요코는 세인트 클라우드에서의 일에 대한 보수를 거절했다. 사람을 죽인 대가로 돈을 받고 싶지는 않았다. 요코에게 있어서 그것은 자신이 흐르게 한 타인의 피를 만지는 행위와 같았다. 하지만 K는 미리 예고한 방법대로 돈을 보내왔다. 일에 쓸 콜트 S.A.A.를 요코에게 보내왔을 때와 마찬가지로 매우 사무적이었다.

결국 돈을 써버리고 말았다. 당시 요코는 열여덟 살이었고, 의지할 만한 사람 하나 없이 세상에 내던져졌다. 게다가 요코에게 있어서 일본은 여섯 살 때까지의 기억밖에 없는 외국이었다.

일자리를 알아보긴 했지만 좀처럼 찾을 수가 없었다. 일본어를 읽고 쓰는 것이 서툴렀기 때문이다. 영어 억양이 남아 있는 말투도 고용주들이 꺼려했다. 미국에서는 에드가 쓰는 일본어의 묘한 발음을 고쳐주곤 했는데.

'그렇다면……', 영어를 활용할 수 있는 일자리를 찾아보긴 했지만 고졸이었기 때문에 쉽지가 않았다. 한창 인기를 끌기 시작한 영어회화학원 강사에 응모해 보기도 했지만 전부 떨어졌다. 그런 곳에서는 아무리 사투리가 심해도, 심지어 영어를 사용하는 나라 출신이 아니어도 백인이 우대를 받고 있는 듯했다.

사람들의 권유로 모델클럽에 소속된 적도 있었지만, 그쪽에서는 완전히 일본적인 얼굴이나 혼혈아들이 인기가 좋았기 때문에, 그 어느 쪽도 아닌 어중간한 외모에 키도 별로 크지 않은 요코에게는 일이 별로 들어오지 않았다. 오디션에서는 '눈매가 날카롭다'는 말을 자주 들었다.

너는 친아버지를 많이 닮았다. 어머니 카렌은 죽기 직전에 요코에게 친아버지가 따로 있다는 사실을 알려줬다. 아버지는 길고 날카로운 눈을 갖고 있었던 듯하다.

자신의 외모는 동양적인 얼굴을 하고 있던 아버지에게서 물려받은 것이라곤 하지만 사진을 가지고 있었던 것도 아니다. 아버지가 어떤 얼굴을 하고 있었는지 알기 위해서는 거울 앞에 서서, 거기에 비친 자신의 얼굴에서 어머니와 닮은 부분을 지워나가는 수밖에 없었다.

돈이 떨어지고 난 뒤부터는 시키는 일은 뭐든지 다 했다. 슈퍼마켓에서는 계산기를 두드리는 속도는 누구에게도 뒤지지 않았지만, 어려운 상품명을 읽지 못해 자주 야단을 맞곤 했다. 공사현장에서는 무슨 이유에서인지 전기드릴을 잘 다룬다는 칭찬을 들었다. 고헤이에게는 비밀이지만, 물장사를 하는 곳에서 일한 적도 있었다. 한자를 기억하기 위해서 초등학생용 참고서를 사다 매일 공부했다.

요코에게 있어서 10년간 생활했던 미국은 결국 외국이었지만, 돌아와 보니 일본도 외국이었다. 그 무렵 요코는 자신이 있을 만한 곳은 지구상의 어디에도 존재하지 않는 것 같다는 생각을 했다.

고헤이가 벗은 양복을 옷걸이에 걸고 있었다. 술을 많이 마셨을 때는 옷을 갈아입지 않은 채 잠드는 사람이니, 그렇게 취한 것 같지는 않았다. 고헤이의 옆에는 아직도 코넬리어스가 옷걸이처럼 서 있었다.

이제는 더 이상 놀라지도 않지만, 반숙 계란의 껍데기를 깬 것 같은 머리에서 노른자와 흰자 같은 피와 뇌수가 흐르는 모습, 죽은 물고기 같은 눈동자로 이쪽을 바라보는 얼굴에는 좀처럼 익숙해질 수가 없었다.

요코는 눈을 꼭 감고 심호흡을 한 뒤 다시 눈을 떴다. 똑같은 동작을 몇 번 반복했다. 환영을 지우기 위한 주문이다. 심호흡을 할 때 내일 도시락에 넣을 반찬이나, 화분에 심을 화초를 생각하는 것이 요령이다.

실패다. 요코를 정면으로 바라보고 있던 얼굴이 옆으로 돌아섰을 뿐이다.

오랜만에 모습을 드러낸 오스카 코넬리어스는 슈타와 함께 저녁식사를 시작한 뒤에도 좀처럼 식탁에서 떠나려 하지 않았다. 아무리 눈을 감았다 떠도 헛수고였다. 고개를 숙인 채 먹을 마음이 사라져버린 볶음밥을 숟가락으로 뒤척이고 있자니 뺨에 밥풀이 붙은 슈타가 시선을 보내왔다.

"엄마, 배 아파?"

요코는 옆자리가 눈에 들어오지 않도록 하면서 슈타에게 머리를 흔들어 보였다.

"비엔나소시지가 너무 적니?"

몇 개 되지 않는, 둥글게 썬 비엔나소시지 한 조각을 슈타에게 건네줬다.

결국 셋이서 저녁식사를 마쳤다. 코넬리어스는 밥을 먹고 난 뒤에도 거실 소파에 슈타와 나란히 앉아 애니메이션 방송을 봤다.

설거지를 마치고 천천히 눈을 깜빡인 다음 식탁 쪽을 바라봤더니 소파 위로 불쑥 솟아 있던 호리호리한 등짝이 사라지고 없었다. 드디어 사라졌구나 싶었는데 또다시 나타났다.

하루에 두 번 모습을 드러내기는 이번이 처음이다. 자신의 마음속 어딘가에 있는 스위치가 어떤 작용에 의해 눌리면 재생 화면처럼 환각이 나타난다는 사실은 알고 있었다. 하지만 그 스위치가 어디에 있는지, 언제까지 요코의 마음속에 머물 예정인지에 대해서는 요코 자신도 알 수 없었다. 그렇다고 해서 의사나 카운슬러를 찾아가 상담을 받아볼 수도 없는 일이었다.

요코는 고헤이에게서, 좀 더 정확히 말하자면 고헤이보다 머리 하나가 더 큰 또 한 사람의 얼굴에서 시선을 돌려 원예 안내서의 사진과 글자에만 신경을 집중했다.

여름 화단을 위해 슬슬 씨앗을 뿌려야 할 시기다. 어떤 꽃을 피워볼까?

마리골드? 피튜니아? 꼬마 해바라기? 사루비아도 좋을 것 같은데.

사루비아의 새빨간 색이 튀어 오르는 피처럼 보였다.

올해는 양파에도 도전해 볼까?

달리아는 어떨까?

틀렸다. 꽃 중에는 왜 빨간색이 많은 것일까? 달리아의 빨강은 말라서 굳기 시작한 피의 색깔이다.

글라디올러스? 아마릴리스도 괜찮을 것 같다. 백합은 봄부터 심어도 괜찮았던가?

곁눈질을 해봤다. 위에는 와이셔츠를, 아래에는 사각팬티를 입고 있는 고헤이의 한심한 모습에 코넬리어스가 뜨거운 시선을 보내고 있었다.

원예 관련 책 중에서는 유일하게 재미없는 흙에 대한 내용까지도 진지하게 읽었다.

물이끼, 부엽토, 적옥토, 녹소토. 그렇구나, 비올라를 심을 때는 질석蛭石도 섞는 것이 좋구나.

아참, 씨앗을 뿌리려면 배양토도 사둬야 하지. 조금 멀긴 하지만 원예용 흙은 슈퍼마켓보다 대형마트에서 사는 것이 더 싸. 고헤이에게 부탁해서 이번 일요일에 차로 갔다 와야겠다. 운전을 할 수는 있지만 요코는 면허증이 없었다.

다음에는 꼭. 고헤이는 홋카이도 스타일이라고 하는, 상의 자락을 바지 속으로 넣는 잠옷을 입고 있었다.

시선을 천천히 위쪽으로 올렸다.

코넬리어스가 옷장 위의 수납상자를 바라보고 있었다.

넉넉한 공간. 주택 판매사원은 자랑스러운 듯이 이렇게 말했지만 6피트 2인치나 되는 그에게 일본 가옥은 답답해 보인다.

요코는 눈을 힘껏 감았다. 스위치 오프. 부탁이야. 사라져줘.

눈을 감은 채 머릿속에 있는 열여섯 살의 자신과 여섯 살의 자신에게 이렇게 말했다. 잊자. 생각하고 싶지 않은 일에는 전부 뚜껑을 덮어버리면 돼. 요코의 머릿속에서 수많은 뚜껑이 닫히는 소리가 들렸다.

그래, 좋지 않은 일은 잊기로 하자. 좋은 일들만 생각하는 거야.

좋은 일? 뭐가 있었더라? 에드와 함께했던 10년? 즐겁기만 한 것은 아니었다. 주위에는 온통 적들뿐이었다.

옛날 일을 떠올려봐야 좋을 것은 하나도 없다. 지금이 최고다. 가족이 있고 집도 있다. 더 이상 혼자가 아니다. 문제가 아주 없는 것은 아니지만, 요코가 어렵게 손에 넣은 안주安住와 평화다.

고헤이가 갑자기 요코의 이불 속으로 침입해 들어왔다. 술 냄새 나는 숨결이 다가왔다. 스웨터 밑으로 손을 밀어 넣은 뒤 손가락을 가슴으로 뻗어왔다.

“잠깐, 뭐하는 거야?”

요코는 술 때문에 뜨뜻해진 그의 손을 때렸다. 고헤이는 그래서 좋다고 하지만, 요코는 젖꼭지 주위의 거무스름한 부분이 크고 색이 옅은 자신의 가슴이 콤플렉스였다. 전혀 상관없는 곳에서 본색을 드러내는 아일랜드인의 피. 공중목욕탕에 다니던 시절에는 아래보다 위를 더 열심히 감췄다.

고헤이는 일단 거둬들였던 손을 다시 뻗어 젖꼭지 주위의 거무스름한 부분이 커다란 가슴을 더듬었다.

“하지 마.”

요코는 고헤이의 몸을 밀어냈다.

“다마키가 아직 안 잔단 말이야. 하지 마.” 오스카 코넬리어스도 보이고.

힘을 주어 두 손으로 고헤이의 가슴을 밀치자 보기 좋게 살이 쪘다는 표현이 어색해지기 시작한 고헤이의 몸이 튕겨져 나갔다. 고헤이는 엉덩방아를 찧은 채로 눈을 껌뻑이고 있었다.

섹스는 별로 좋아하지 않는다. 의붓아버지가 떠오르기 때문이다.

어머니가 입원해 있을 때, 이젠 혼자서도 머리를 감을 수 있는데도 의붓아버지는 목욕탕으로 들어왔다. 어머니와 싸움할 때와는 전혀 다른 목소리로 말을 걸어왔으며, 기분 나쁜 손길로 요코의 몸을 쓰다듬었을 뿐 아니라 여섯 살도 되지 않은 요코에게 자신의 페니스를 쥐게 했다. 지금도 용서할 수 없다. 소금을 뿌려서 녹여버리고 말겠어. 미국에 있었을 때라면 산탄총으로 뿌리부터 쏴버렸을지도 모른다.

그때의 요코로서는 알 길이 없었지만, 지금은 분명하게 알고 있다. 그 남자는 어린 여자아이를 좋아했던 것이다. 무서워서 눈을 감고 있었지만 요코에게 만지게 했던 페니스는 딱딱해져 있었다. 침묵을 지키고 있던 어머니 카렌이 갑자기 그 사람은 친아버지가 아니라고 말한 것은 요코에게 '도망쳐'라는 사인을 보낸 것임에 틀림없었다.

"미국에 있는 할아버지가 너를 돌려달라고 하신다. 어떻게 할래? 할아버지가 있는 곳으로 갈래?"라는 말에 요코가 머리를 끄덕이자 의붓아버지가 기쁨인지 슬픔인지 모를 표정을 지었던 이유는 혹을 떼어버리게 됐다는 안도감과 모처럼 장만한 장난감을 빼앗기게 됐다는 불만이 교차했기 때문일 것이다.

고헤이는 바닥에 엉덩방아를 찧은 채 무릎 사이에 끼워 넣듯 고개를 숙였다.

"우웃."

"왜 그래?"

아무래도 진지하게 몸을 원했던 것이 아니었던 듯했다. 어차피 취해 있었기 때문에 쓸모없이 되어버린 것 같았다. 회사에서 좋지 않은 일이 있었는지도 모른다.

고헤이가 손바닥으로 얼굴을 벅벅 문질렀다. 대답이 없다. 조금 전보다 목소리를 약간 부드럽게 해서 다시 한 번 물었다.

"왜, 무슨 일 있었어?"

"……4월부터 자리를 옮기게 됐어."

"정말? 전근?"

나도 모르게 목소리가 커졌다. 며칠 전이었다면 '퍽킹'이라고 마음속으로 외쳤을 것이다. 자신들만의 집을 간신히 손에 넣은 직후였으니. 하지만 지금은 가능하다면 K가 알아버린 이 집에서 이사를 가버리고 싶었다. 물론 그것이 진심이 아니라는 사실은 요코 자신이 가장 잘 알고 있었지만.

고헤이가 자세를 바로 하고 앉았다. 무슨 이유에서인지 무릎을 꿇고 앉았다. 고헤이의 엉덩이가 코넬리어스의 발 위에 얹혀 있었지만 코넬리어스의 상반신을 보지 않았기 때문에 이럴 때 자신의 환각이 어떤 얼굴을 하고 있는지는 알 수 없었다.

어디에 놓아둔 것이었는지, 고헤이가 캔 맥주를 손에 쥐고 있었다. 냉장고에는 발포주밖에 들어 있지 않으니 분명히 편의점에서 사가지고 온 것이리라.

"이제 그만해. 밖에서 마시고 왔잖아."

500리터짜리였다. 350리터 하나를 마시면 얼굴이 빨개지는 고헤이에게는 적은 양이 아니었다.

"우우웃."

"그래, 마셔도 상관없으니까 무슨 일이 있었는지나 말해봐."

요코도 이불 위에 무릎을 꿇고 앉았다. 옛날부터 무릎을 꿇고 앉는 데는 자신이 있었다. 의붓아버지 앞에서 어머니가 늘 그랬던 것을 흉내 냈었기 때문이다. 에드의 농장에서 처음 생활하기 시작했을 때는 식탁이 너무 높았기 때문에 의자 위에 무릎을 꿇고 앉아야 했다. "어떻게 그렇게 앉을 수 있는 거지? 내가 보기에는 무슨 고문 같구나." 놀란 에드가 요코를 위해 호두나무로 다리가 긴 의자를 만들어줬다.

고헤이가 얼굴을 찡그리며 맥주를 들이부었다. 입에서 흘러내린 맥주를 닦더니 트림 끝에 내는 것 같은 목소리로 말했다.

"나, 과장 됐어."

잔뜩 긴장한 채 대답을 기다리고 있던 요코는 하마터면 앞으로 고꾸라질 뻔했다.

뭐야, 그 얘기가 하고 싶어서 그렇게 폼을 잡았던 거야? 고헤이의 특기인 사람 골려주기. 요코를 놀라게 해주려고 일부러 어두운 얼굴을 하고 있었던 것이다.

"잘 됐네. 축하해."

요코가 조금 전에 밀쳐냈던 고헤이의 몸을 끌어안았다. 계장에서 과장으로 승진하는 것이 얼마나 중요한 일인지 요코는 알 수 없었지만, 기뻤다.

걸핏하면 연어를 놓친 곰처럼 등을 구부정하게 하고서는 '과장과장과장과장'이라고 되풀이하는 고헤이의 모습이 왠지 안쓰럽고 가여웠기 때문에, 어느 틈엔가 요코도 고헤이의 과장 승진이 자신의 목표처럼 생각됐다.

요즘 들어 뒷면만 나오던 동전이 드디어 앞면이 됐다. 무거웠던 마음이 조금은 가벼워졌다. 그러고 보니 오스카 코넬리어스의 환영도 사라지고 없었다.

고헤이의 머리를 두 손으로 끌어안아 머리카락을 흐트러뜨렸다.

"나도 맥주 좀 마셔야겠어."

고헤이의 머리는 젤리처럼 힘없이 흔들릴 뿐이었다. 고헤이의 모습이 어딘지 이상했다. 고헤이치고는 연기가 너무 완벽했다.

"……왜 그러는데? 잘 됐잖아."

"내 참."

"뭐가 내 참이라는 거야?"

고헤이의 어깨를 다시 한 번 흔들자 '내 참'이라고 되풀이하더니 술 냄새 섞인 한숨을 내쉬었다.

"꼭 잘 된 것만 같지도 않아. 과장은 과장인데 자회사 과장이야. 4월부터 딤플식품으로 이동."

"아무렴 어때?"

"그런 문제가 아니야. 이동이라기보다 구조조정. 딤플에는 지금 일도 없다고. 그만두라고 하는 것과 다름없어."

고헤이가 뺨을 부풀리며 아랫입술을 내밀었다. 스티커를 사주지 않을 것이라는 사실을 알았을 때의 슈타와 똑같은 모습.

고헤이가 근무하고 있는 제약회사는 얼마 전에 외국계 기업과 합병했다. 고헤이의 말을 빌리자면, '사실상 흡수'였다. 본사에서 내려온 신임 사장은 "산타클로스 같은 얼굴을 하고 있지만 속내는 전혀 달라. 일본식의 의리나 인정은 완전 무시야. 사내는 지금 전전긍긍……"인 듯했다.

"카를로스 곤은 그나마 귀여운 편이지. 그 사람은 코스트 커터가 아니라 헤드 커터란 말이야. 내가 들어간 곳은 일본 회사인데 왜 외국 사람한테 굽실거려야 하는 거지?" 고헤이는 곧잘 이런 불평을 늘어놓곤 했다. 합병이 성사된 직후에는 '이것으로 학벌주의와는 작별이다, 드디어 내가 나설 때가 됐다, 실력을 보여주겠다'며 들떠 있었던 사람이 누군데.

고헤이가 입을 삐죽거리며 골난 아이처럼 중얼거렸다.

"회사 때려치울까?"

"무슨 소리를 하는 거야?"

코넬리어스가 사라진 순간 요코는 건축면적 18평짜리 단독주택의 조그만 현실 속으로 돌아와 있었다. 그러면 이 집을 살 때 받았던 주택융자금을 못 갚잖아. 다마키의 중학교 수업료도 그렇고. 슈타의 수영교실 회비도.

"안 돼, 그만두면. 익숙해지면 괜찮아지는 거 아니야?"

"익숙해져서는 안 되는 일도 있다고, 인간에게는."

이렇게 말하고는 수세미 같은 눈썹을 미남 배우처럼 찡그려

보였다.

"나 나름대로 꿈도 있고."

고헤이의 꿈. 술에 취해서 돌아온 날이면 배짱 좋게 해대던 말을 의미하는 것일까? 직장을 때려치우고 회사를 차리겠다는 둥, 가게를 해보겠다는 둥. 미안하지만 꿈이라기보다 현실도피를 위한 환상으로밖에 들리지 않았다.

얼굴을 똑바로 바라보니 고헤이의 시선이 맥주 쪽으로 달아나 버린다.

좋은 사람. 가끔 밤에 찾아오는 직장 동료들이 하나같이 그렇게 말했다. 동네 아주머니들에게서도 이런 말을 곧잘 듣는다. "좋은 남편이야."

분명 나쁜 사람은 아니다. 15년 동안 함께 살아온 요코도 잘 알고 있는 사실이다. 하지만 좋은 사람은 생활력이 부족한 경우가 많다. 약육강식의 세계에서는 가장 먼저 먹잇감이 되고 만다.

요코에게는 자신의 과거를 파헤치지 않고 그냥 내버려두는 것에 대한 심적 부채가 늘 마음속에 자리 잡고 있었다. 정말로 실현 가능한 꿈이라면 도움을 주고 싶었다. 그러나 지금은 아니다.

"여보, 그런 것들은 아이들이 좀 더 큰 다음에 생각하기로 하자. 어디든 상관없잖아, 과장이 됐으니까."

"하지만 그 회사 월급, 지금 월급의 3분의 2밖에 되지 않아."

"......응?"

"월급의 3분의 2. 보너스는 아마 절반."

상실감에 빠진 듯한 고헤이가 세일을 선전하는 텔레비전 광고 같은 목소리로 말했다.

퍽킹! 장난쳐? 매출이 시원찮아서 외국 기업에 팔렸을 정도의 회사니 지금까지의 월급도 결코 많은 편은 아니었다. 생활비는 지금도 간당간당한다.

매일 아침 전단지에서 다마키에게 어울릴 것 같은 옷이나 슈타가 좋아하는 비엔나소시지, 또는 고헤이가 금방 구멍을 내놓고 마는 양말의 가격을 살펴본 뒤, 설사 그것이 10엔 단위라 할지라도 싸게 살 수만 있다면 멀리 떨어져 있는 가게까지 자전거로 달려간다. 달걀이나 화장지는 특별세일을 하는 날이 아니면 사지 않는다. 거리에서 나눠주는 티슈는 일부러 걸음을 늦춰서라도 꼭 받고, 전기세를 아끼기 위해서 콘센트를 열심히 뽑고 있다.

그렇게 해야 간신히 플러스마이너스 제로다.

'저렴한 입주금'이라는 말에 끌려서 집을 손에 넣기는 했지만, 이는 다시 말하면 '매달 많은 돈을 내야 한다'는 사실을 의미한다. 앞으로 23년 동안 갚아나가야 하는 주택융자금은 후쿠다네를 짓누르고 있는 큰 짐이었다.

이사 올 때 가구나 가전제품을 바꾸기 위해 대출받았던 돈도 아직 다 갚지 못했다. 참, 집을 구입한 직후에는 두 사람 모두 통이 커져서 자동차까지 새 것으로 바꿨지! 그때 대출받은 돈도 아직 남아 있다.

계산은 간단했다. 아무리 엎어치고 매쳐봐야 답에는 늘 마이

너스 기호가 붙는다.

풀이 죽어서 맥주를 마시고 있는 고헤이의 얼굴을 바라봤다.

"어떻게 할 생각이야?"

집을 살 때 통장에 있는 돈까지 전부 다 털었다. '그만두지 않을 거야'라고 딱 잘라 선언한 다마키에게 사립학교에 보낼 돈이 없다고는 말할 수 없다. 타도 이완 소프를 외치고 있는 슈타에게 수영을 그만두라고는 말할 수 없다.

고헤이는 미남 배우라도 된 양 둥그런 얼굴을 찡그렸다.

"나도 여러 방면으로 생각하고 있어."

지나치게 깊이 생각하지 말았으면 했다. 고헤이의 생각은 늘 표적에서 벗어나 있으니까.

"최선을 다할 테니."

최선을 다하지 마.

고헤이는 머리를 조금 식히는 편이 좋을 듯했다. 어쨌든 내일도 회사에 가줘야 한다. 역시 500ml는 너무 많았던 것일까? 처치하지 못한 캔 맥주 구멍에 입김을 불어넣어 거품을 만들고 있는 고헤이의 얼굴 앞에서 요코는 손뼉을 쳤다.

"오늘은 그만 자자. 나머지 얘기는 당신이 술을 마시지 않았을 때 하기로 하고."

"보글보글."

얌전히 이불 속으로 들어가는가 싶더니 어머니에게 어리광을 부리듯 고헤이가 다시 손을 뻗어왔다. 요코는 그의 손을 자신의 긴 손가락으로 쥔 뒤 옆 이불 속으로 밀어 넣었다. 마치 아이에게 하듯 이불 위에서 가볍게 몸을 두드렸다.

"너무 늦었으니 어서 자."

잠이 올 것 같지 않아. 이렇게 말한 고헤이는 5분도 채 지나지 않아 코를 골기 시작했다. 속이 좁은 건지, 넓은 건지 알 수 없는 사람이다.

요코는 잠을 잘 수가 없었다. 스탠드를 끈 방에서 천장을 계속 바라보고 있었다.

지금의 생활을 지키기 위한 가장 좋은 방법이 무엇인지 잘 알고 있다. 요코가 일을 하면 되는 것이다. 사립 중학교의 학부모회에서 귀금속의 양을 경쟁하는 어머니들이야 그렇다 쳐도, 동네 아줌마들은 절반 이상이 자신의 일을 가지고 있다.

생활이 힘들다는 사실을 알면서도 고헤이가 요코에게 일을 하라고 말하지 않는 이유는 결혼하기 전까지 요코가 일자리를 찾느라 고생했다는 사실을 잘 알고 있기 때문일 것이다.

괜찮아. 나도 일을 할 수 있어. 옛날과는 달라. 지금은 '鯵(전갱어)'이나 '南瓜(호박)'라는 한자도 읽을 수 있어. 이제는 도시락집에서 일을 해도 김도시락海苔弁과 해물덮밥海鮮丼을 혼동해서 야단맞는 일도 없을 거야.

요코는 어두운 천장을 바라보며 생각을 이어갔다.

자신이 할 수 있는 일에 대해서.

7

가족들을 보내놓고 난 뒤 요코는 식당 의자를 2층으로 들고 올라가 다마키의 방으로 들어갔다. 덧문을 넣어두는 곳에서 히나雛인형*을 꺼내기 위해서였다.

7단짜리이기 때문에 수납 상자는 커다란 것이 4개. 다마키가 태어나던 해에 시댁에서 보내준 것이다.

1년 중에 단 하루만을 위해서 장식하는 인형. 미국에는 없는 풍습이지만 요코는 인형이 마음에 들었다. 어렸을 때 살았던 집에도 히나 인형들이 장식되어 있었다. 어머니가 할머니에게서 물려받은 인형으로, 조그맣고 간소했으며 지금의 것과 비교하면 인형들의 의상도 상당히 빛이 바래 있었다.

단 위에서 몰래 인형을 내려 혼자 놀던 기억이 난다. 요코의 상상 속에서 세 명의 궁녀는 천황과 황후 부부의 딸들. 다섯 악

* 3월 3일에 딸의 장래를 축복하고 성장을 빌기 위해 히나단에 장식하는 인형.

사는 자신의 동생인 다섯 아들이다. 왼쪽의 대신들은 전부 할아버지. 할머니 역을 맡을 인형이 없었기 때문에 오른쪽의 대신들에게 그 임무를 맡겼다.

활기찬 가족.

외동딸이었던 요코는 세 자매 가운데 둘째. 모형 보리떡을 케이크라 생각하고 8형제가 나눠먹기로 했다. 언니는 덜렁대는 성격이고 여동생은 귀찮은 일을 싫어했기 때문에 나누는 일은 요코의 몫이었다. 조그만 케이크를 여럿이 나눠먹는 일은 커다란 케이크를 혼자서 먹는 것 이상으로 해보고 싶었던 일이었다.

그 인형들은 어디로 가버린 것일까? 틀림없이 이 세상에서 사라졌겠지만, 가능하다면 다시 한 번 만나보고 싶었다. 만일 현재 소재를 알 수 없는 의붓아버지를 다시 만나게 된다 해도 달리 할 말은 없겠지만, 인형을 어떻게 했는지에 대해서 만큼은 꼭 물어보고 싶었다.

먼저 가장 커다란 상자를 꺼내 겹겹으로 묶어놓은 끈을 풀었다. 그 안에는 조그만 상자들이 빼곡하게 들어차 있었다. 그 가운데 하나를 열고 인형을 꺼내 그것을 싸고 있던 기름종이를 정성스럽게 벗겨냈다. 주니히토에十二單* 를 입고 있는 황후였다.

아래층에서 전화벨이 울리기 시작했다.

11시 25분. 사흘 전과 똑같은 시각이었다. 초까지 정확하게 맞췄다 해도 놀라지는 않았을 것이다. 그 남자는 그런 사람이

* 옛날 여관들의 정장.

었다.

요코는 아주 느린 동작으로 팬시 케이스 한쪽 구석에 앉아 있던 테디 베어를 집어 들었다. 그렇게 난리법석을 떨었으면서도, 양쪽 눈동자에는 아직도 슈타가 붙여놓은 스티커가 그대로 붙어 있었다. 억지로 떼어내면 털까지 뽑혀버릴 테니, 불쌍하잖아. 다마키는 그렇게 말했지만, 사실은 그런 감동적인 이유 때문이 아니라 동생에게 본때를 보이기 위해서일 것이다. 이제 다마키는 인형을 끌어안고 잘 나이가 아니다.

그렇지만, 다마키. 몇 살이 되어서도 여자에게는 인형이 필요할 때가 있는 법이란다. 요코는 테디 베어를 두 손으로 끌어안고 계단을 내려왔다.

팩스가 달린 전화기와는 길이가 맞지 않는 칵테일 캐비닛의 한쪽 구석에 테디 베어를 세워놓았다. 스티커가 붙은 눈으로 지켜봐 주길 바랐기 때문이다. 여기에도 필요 이상의 시간을 들였지만 전화벨은 계속해서 울려댔다.

이젠 조용히 해. 요코는 전화기를 조용히 시키기 위해 수화기를 들었다.

── 담 니 니지트 클리코 마지.

갑작스런 외국어. 스와힐리어였다. 뜻은 모른다. 하지만 요코는 어떤 대답을 해야 하는지 알고 있었다.

"응토토 와 니요카 니 니요카."

── 히야, 리틀 걸. 기억하고 있었구나. 우리의 암호를.

K가 남부 사투리가 섞인 영어로 말하기 시작했다. 낮고 탁한

목소리는 예전보다 더 갈라져 있었다. 오래된 우물 밑에서 들려오는 소리 같았다.

── 네 목소리는 조금도 변하지 않았어. 미모도 예전 그대로인가?

"지금 바빠요. 얘기는 간단하게 해주세요."

── 오오, 이거 미안하게 됐군. 그럼 바로 대답을 들어보도록 할까?

요코는 마른 입술을 핥았다. 어떻게 말을 해야 좋을까? 아랫입술을 꼭 깨문 뒤 대답했다.

"그 전에 제게도 조건이 있어요."

자신의 목소리가 다른 사람의 목소리처럼 들려왔다.

── 조건? 보수에 관한 얘긴가? 기본적인 건 25년 전과 똑같아. 선수금은 33%. 나머지는 결행 후에 지불. 성공했을 경우에만.

열여덟 살에 친척 집에서 나온 요코가 이렇다 할 직업도 없이 생활할 수 있었던 것은 25년 전에 받은 보수 덕분이었다. 그것은 부정할 수 없는 사실이었다. 오스카 코넬리어스가 흘린 피로, 자신은 살아온 것이다.

"돈 얘기가 아니에요. 일의 내용."

── 링컨 리무진으로 마중을 나와달라는 건가? 그건 힘들지도 모르겠는데.

같잖은 농담에 대꾸하고 있을 시간은 없다.

"장소. 만일 일을 하게 된다면 너무 멀지 않은 곳에서의 일만 하겠어요. 먼 곳에서의 일은 하지 않아요."

어차피 당장 미네소타로 날아가라는 식의 요구는 하지 않을 것이라는 사실을 알고 있었다. 버번을 많이 마셨을 때 에드가 '동업자들은 세계 곳곳에 아주 많이 흩어져 있다. 공회당에서 친목회를 열 수 있을 정도로 말이다'라고 했으니까.

K가 일부터 요코를 선택해 접촉을 시도한 이유는 이번 일을 해야 할 곳이 일본이기 때문이다. 그 정도는 벌써 짐작하고 있었다.

—— 멀지 않은 곳? 그건 이 나라를 기준으로?

이 나라. 그 한 마디로 알 수 있었다. K는 지금 일본에 있는 것이다.

"그래요. 당일치기로 다녀올 수 있는 곳."

—— 거기서 당일치기란 말이지? 문제없어. 오클라호마시티로 말하자면 노스웨스트 36번지에서 사우스 브로드웨이 애비뉴에 다녀오는 정도니까.

거기서. K는 구체적인 장소를 떠올리며 말을 하고 있는 것 같았다. 지금 K가 사용하고 있는 것은 물론 휴대전화. 게다가 연락할 때마다 다른 번호를 쓰고 있을 것이다. 지금 우리 집 앞에 서서 전화를 하고 있다 해도 이상할 것은 하나도 없었다. 요코는 거대한 민달팽이가 현관문에 붙어 있는 모습이 떠올라 차가워진 목덜미에 손을 가져다댔다. 동요하고 있다는 사실을 깨닫지 못하도록 하기 위해, 평온을 가장한 목소리를 전화기 너머로 흘려보냈다.

"그리고 한 가지 더. 디키디키에 대해서는 알고 싶지 않아요.

필요 없는 정보는 저에게 알려주지 마세요."

디키디키란 지난번 일에서 사용했던 '표적'을 의미하는 암호다. 이것도 스와힐리어인 듯했다. K는 표적의 개인정보에 관해서는 입이 가벼운 편이었다. 그것을 파악해 두는 일도 해야 할 일 가운데 하나라고 말했지만, 요코는 알고 싶지 않았다. 표적은 그냥 표적이면 되는 것이다.

요코는 오스카 코넬리어스에 대해서 너무 많은 것을 알고 있었다. 나이, 출신지, 경력, 직업, 나날의 생활상, 취미와 기호. 그가 호모섹슈얼이며, 나이든 어머니가 플로리다에 살고 계시다는 사실까지도 알고 있었다.

표적은 표적일 뿐. 총알의 표적이 대학 미식축구 선수이거나, 학생 시절에 뛰어난 테니스 선수였다거나, 정부기관에서 오랫동안 근무한, 연금생활을 하고 있는 어머니에게는 자랑스러운 아들이어서는 곤란하기 때문이었다.

── 알았어. 노력하도록 하지. 그렇다면 교섭이 성립됐다고 봐도 되는 거겠지?

요코는 대답하지 않고 테디 베어를 바라봤다. 스티커가 붙어 있는 눈동자로 요코를 지켜보면서 눈을 감아주고 있었다. 두 눈에 붙은 스티커를 오른쪽 손가락으로 만졌다.

요코는 자신이 왼손으로 수화기를 들고 있다는 사실을 깨달았다. 오른손은 필요할 때가 아니면 쓰지 않는다. 이것은 미국에 있을 때의 습관으로, 지금은 완전히 잊어버리고 있었는데.

요코는 오른손으로 테디 베어의 오른쪽 눈에 붙어 있던 스티커를 떼어냈다. 별 뜻 없이 왼쪽 손등에 붙였다.

— 어떻게 된 거야, 리틀 걸?

왼쪽 눈에 붙어 있던 스티커를 떼어낸 뒤 짧게 대답했다.

"예스."

수화기 속으로 손을 밀어 넣어 지금 자신이 내뱉은 말을 끌고 오고 싶은 기분이었다.

— 고마워. 다행이야.

입으로는 그렇게 말했지만 K의 목소리는 그다지 기뻐하는 것 같지도, 놀라는 것 같지도 않았다. 퍼즐 조각 가운데 하나가 제자리에 끼워진 것을 만족스럽게 생각할 때의 목소리 같았다.

— 그렇다면 주문품은? 이번에는 작은 것이어도 상관없고 긴 것이어도 상관없어. 어떤 쪽을 선택할지는 너에게 맡기도록 하지.

주문품이란 K가 준비할 무기를 말한다. 작은 것은 권총, 긴 것은 라이플을 뜻하는 암호였다.

이 전화를 다른 사람이 도청하고 있을 확률은 200% 가운데 1%도 되지 않았지만, 요코도 K의 신중함에 따라 암호로 대답했다.

"작은 것도 긴 것도 필요 없어요. 제가 준비할게요."

이 대답에는 K도 입을 다물고 말았다. 하지만 요코도 양보하지 않았다. 이 집에 K의 무기 같은 걸 들여놓고 싶지는 않았다.

"문제될 게 없는 것으로 준비하도록 하겠어요. 만일 그게 안 된다면……."

여전히 침묵이 이어졌다. 이 남자도 낭패감을 느낄 때가 있는 것일까? 이번 얘기는 없었던 걸로 하지. 절반쯤은 상대방이 그렇게 말해 주길 기대하며, 요코는 대답을 기다렸다.

—— 좋았어. 네게 맡기기로 하지.

입술 끝에서 실망감 때문인지, 안도감 때문인지 자신으로서도 알 수 없는 한숨이 새어나왔다.

—— 단, 계약 내용은 지난번과 동일해. 문제가 생길 경우에는 미안하지만 네 책임이야.

"알고 있어요."

—— 사이드메뉴는?

파인애플(수류탄)이나 바나나(나이프)를 뜻하는 것이다.

"필요 없어요."

25년 전과 똑같은 대화. 그때는 필요 없다고 말해 놓고도 나중에 걱정이 되어, K에게는 비밀로 하고 사이드메뉴를 잔뜩 준비해 갔었다. K가 요코에게 비난 섞인 말을 한 것은 그 일에 관해서뿐이었다.

—— 아무튼 됐어. 며칠 안에 일의 구체적인 내용을 알려주도록 하지. 마음이 바뀌면 언제라도 말하라고. 웬만한 건 다 준비할 수 있고, 네가 최신 메뉴에 자신이 없다면 가르쳐줄 수도 있으니까.

"그보다 알고 싶은 게 하나 있어요. 이 번호를 어떻게 알아냈죠?"

—— 어떻게 알았더라? 잊어버렸는걸. 나이를 먹어서 그런지 요

즘에는 건망증이 심해져서 말이야. 그냥 넘어가기로 하지. 그러는 편이 네게도 좋을 거야.

무슨 뜻이지?

"약속하세요. 이번 일이 마지막이에요. 이제 저에 대해서는 더 이상 생각하지 마세요. 이번이 마지막이 됐으면 좋겠어요."

—— 안타깝군. 정말 안타까운 일이야. 알았어. 이번 일이 끝나면 너에 대해서는 잊도록 노력하지. 자세한 내용은 나중에 다시 연락하겠어. 기대할게, 리틀 걸.

이렇게만 말하고는 다음 연락방법에 대해 말하지도 않은 채 전화를 끊어버렸다. 이것도 25년 전과 똑같았다. 기시체험을 하고 있는 듯했다. 손등의 스티커를 바라보며 요코는 길게 한숨을 내쉬었다.

다마키의 방으로 돌아가 다시 히나 인형 앞에 앉았다.

남자 인형에는 손을 대지 않고 다른 상자를 꺼냈다. 비슷해 보이는 상자였지만 어디에 무엇이 들어 있는지 금방 알 수 있었다.

3월 3일은 지난주였다. 그 다음날 정리를 해뒀기 때문이다.

세 번째 상자에서 몇 가지 장식물을 꺼낸 뒤, 이번에는 길고 가느다란 상자를 끄집어냈다. 거기에는 조립식 히나단이 들어 있었다. 일곱 개의 단과 그것을 지탱하는 지지대. 그것도 전부 기름종이로 정성스럽게 싸두었다.

포장을 푼 뒤 평평한 ㄷ자처럼 생긴 판자의 바닥을 더듬어봤다. 고무테이프를 떼어낸 뒤 붙여놓았던 물건을 꺼냈다.

금속으로 만들어진 가느다란 원통. 얼핏 히나단의 지지대처럼 보이기도 했다. 전체가 둔탁한 검은 빛을 띠고 있다는 점이 다르긴 했지만. 라이플의 총신이었다.

또 다른 판자에서는 핸드가드를 꺼냈다. 그리고 다른 판자에서는 노리쇠, 리시버, 공이치기, 소음기…….

초롱 안에는 분해한 조준경.

미니어처가 들어 있는 네모난 상자 안에는 스프링과 나사.

오르골과 함께 축하의 말이 흘러나오는 상자에는 다른 나뭇조각이 들어 있었다. 호두나무로 만든 총대였다.

둥글게 만 양탄자의 끈을 풀자 새빨간 천이, 스누피가 그려진 카펫을 핥듯 펼쳐졌다.

가장 섬세한 기관부의 조그만 부품들은 이 속에 있다. 조립할 때 필요한 토크렌치와 비닐로 겹겹이 싸놓은 총알 케이스도.

마지막으로 황후 인형을 집어 주니히토에 안으로 손가락을 집어넣었다. 오른쪽 소매에는 방아쇠, 왼쪽 소매에는 방아쇠울이 들어 있다.

나무로 된 바닥 위에 깨끗이 닦은 돗자리를 펼친 뒤 모든 부품을 늘어놓았다. 양손에 일회용 고무장갑을 꼈다. 그런 다음 미키마우스의 두 팔이 바늘인 벽시계를 바라봤다. 초침이 12를 가리키는 순간 드라이버를 손에 쥐었다.

시작.

전부를 마치고 다시 기계를 보니 미키마우스의 오른팔이 숫자 두 개만큼 이동해 있었다. 12분 37초. 에드가 봤다면 이렇게 말했을 것이다.

"내가 이겼구나. 어떻게 된 거냐. 오늘은 너의 컨디션이 별로 좋지 않은 것 같은데."

25년이라는 세월이 너무 길었던 탓일지도 몰랐다. 요코는 손바닥을 바라봤다.

하는 수 없지, 뭐. 내가 이길 때면 에드는 늘 이런 말로 분을 삭였잖아. "늙은이를 너무 비웃진 말아라. 중요한 것은 조립이 아니야. 표적에 명중시키는 것이지"라고.

요코는 마음을 가다듬고, 예전에는 9분 30초 이내에 조립을 마쳤던 라이플 총을 바라봤다.

레밍턴 M700.

할아버지가 가장 좋아하던 총이었다.

사냥총으로 쓰이는 상업용 모델이지만 미국 해병대의 저격용 라이플의 원형이다. 미국에서는 경찰관들도 사용하고 있다. 에드는 레밍턴 M700을 손에 들고 곧잘 이렇게 말하곤 했다. "이 놈은 내 파트너야."

죽기 6개월 전, 병원에서 잠깐 퇴원한 에드는 요코가 쓰고 있던 것을 제외하고는 집 안에 있던 모든 총을 처분했다.

"의사가 과격한 운동은 하지 말라고 했어. 퇴원하고 나서도 총이 있으면 틀림없이 사냥이 하고 싶어질 거야. 술병과 마찬가지지. 아예 치워버리는 게 나. 안타깝지만 이번 기회에 전부 고철로 만들어야겠어."

거짓말이라는 사실을 알고 있었지만 요코는 미소로 대답했다.

"걱정하지 마. 병이 다 나으면 내가 새 총을 선물할게."

억지로 미소 짓고 있는 얼굴에서 눈물이 떨어지지 않도록 주의하면서.

자신의 죽음이 얼마 남지 않았다는 사실을 깨달은 에드는 집 안의 총기 가운데 무엇인가가 발견되는 것을 두려워하고 있었던 듯하다. 그것이 불씨가 되어 요코에게 위험이 미치지 않도록 미연에 방지한 것이라고 생각한다.

"레밍턴 라이플만은 그냥 내버려둬. 나도 써보고 싶으니까."

에드는 고개를 옆으로 흔들며 웃어 보였을 뿐이지만, 병원으로 돌아가야 하는 날 아침이 되자 식탁 위에 이 레밍턴을 올려놓고 이렇게 말했다.

"이건 너에게 맡기고 갈게. 하지만 말이다, 요코, 이것만은 약속해. 너만 사용해야 한다. 그리고 만약에, 어디까지나 만약이지만, 내가 병원에서 돌아오지 못하면 그때는 이놈을 분해해서 할리의 고철공장에 버리도록 해라. 꼭 그래야 한다. 다른 사람이 내 파트너에 손을 대게 하고 싶지는 않거든. 너라면 이해할 수 있지?"

요코가 할아버지의 말을 듣지 않은 경우는 손가락으로 꼽을 정도밖에 되지 않는다. 그 얼마 되지 않는 경우 가운데 하나가 바로 이 총이다.

일본으로 돌아오면서 요코도 자신의 총을 처분했다. 마치 수족을 잃은 기분이었지만 가지고 갈 수도 없는 일이었다. 이 레밍턴 M700만은 예외였다.

일본으로 가져갈 휴대용 가방 속에 총을 숨겼다. 무엇이든 상관없으니 에드를 추억할 만한 것 하나쯤은 가져가고 싶었다. 에드의 유품으로 이보다 더 좋은 것도 없으리란 생각이 들었다.

에드는 사냥할 때 쓰던 레밍턴을 최신식 돌격용 자동소총만큼이나 세밀하게 분해할 수 있도록 개조를 해두었다. 오랜 기간, 요코는 할아버지가 왜 저렇게 번거로운 일을 했을까 알 수 없었지만, 어떻게 해야 세관을 빠져나갈 수 있을지를 고민하며 부품을 가방 여기저기에 숨기는 동안 모든 것을 이해할 수 있었다.

에드는 총기 분해를 일에 활용하고 있었던 것이다. 라이플을 숨겼으리라고는 짐작할 수도 없는 조그만 짐 속에 분해한 부품들을 넣어 현장 가까이까지 잠입했을 것이다.

세관을 통과할 때는 긴장이 됐지만 폭발물검출시스템(EDS)은 물론, X선 금속탐지기조차 일반화되지 않았던 시절이다. 설마 열여섯 살짜리 여자아이가 라이플을 밀수하리라고는 누구도 생각지 못했을 것이다. 가지고 들어오는 일은 아주 간단했다.

레밍턴은 할아버지가 죽은 날 딱 한 번 쏴봤다. 첫 발은 조포弔砲.

훌륭한 총이었다. 방아쇠의 감촉이 부드러워서, 같은 라이플이라 해도 바벨처럼 무거운 M1 개런드에 비하면 다루기가 편했다. 300야드 떨어진 곳에 있는 토마토를 쏘아 맞혔다. 방울토마토였는데도.

물론 그 후에 사용할 일은 두 번 다시 없었지만 요코는 1년에 한 번, 이렇게 꺼내서 정성스럽게 닦고 조립해 본 다음 다시 분해해 상자 안에 숨겼다. 에드에 대한 요코 나름의 공양이었다.

에드가 세상을 뜬 것은 1980년 2월 20일. 오클라호마의 농장에 큰 눈이 내린 날이었다. 성격도 참 급하다고 고헤이는 웃지만, 요코는 언제나 그날 인형을 꺼냈다.

"잘 들어라, 요코. 손질만 잘 해놓으면 총은 몇 년이고 쓸 수 있단다. 믿을 수 있는 파트너를 얻으려면 오랜 사귐이 필요하지. 꼭 새로운 총이 좋은 총이라고는 말할 수 없으니까. 요코가 좋아하는 콜트 거버먼트, 그게 언제 만들어졌는지 아니? 1912년, 발칸 전쟁이 일어난 해야. 총은 스포츠카나 냉장고와는 다르단다. 기본구조는 옛날부터 바뀌지 않았지. 누구나 손쉽게 멋진 효과를 얻을 수 있는 것은 아니야. 성능 좋은 도구가 되느냐, 그저 고철덩어리에 지나지 않게 되느냐는 그것을 사용하는 사람의 손에 달려 있지."

알았어, 할아버지. 손질은 빈틈없이 해두었다. 충분히 사용할 수 있을 것이다. 걱정이 되는 것은 총알뿐. 보존 상태는 완벽했지만 일에 쓰기에는 조금 불안한 마음이 없지 않았다.

평소에는 손질만 했을 뿐, 그것이 끝나면 바로 분해해서 다시 넣어두었다. 방아쇠를 당겨보는 것은 물론, 자세를 취해 본 적조차 없었지만 요코는 25년 만에 조준을 해봤다.

바로 일주일 전에 손질을 해두었기 때문에 총에서는 아직도 기름 냄새가 났다. 총을 닦는 기름 대신 요코는 자동차의 녹을 방지하는 기름을 사용했다.

총대를 뺨에 댄 뒤 오른쪽 어깨를 이용해 단단히 고정했다. 방아쇠를 당기는 오른쪽 검지는 가볍게. 총대를 누르는 엄지에는 힘을 주고. 총신을 받치는 왼손은 손가락의 간격을 조금 벌려 너무 세게 쥐지 않도록.

에드에게서 배운 라이플 사용법이다. 기본은 다른 모든 총과 마찬가지.

긴장과 이완. 갓 블레스 유.

벽시계 안에서 한가하게 웃고 있는 미키마우스의 머리를 조준했다.

등 뒤에 누군가가 서 있는 느낌이 들었다. 틀림없이 코넬리어스일 것이다. 하지만 요코는 더 이상 마음에 두지 않았다.

8

요코가 사는 곳에는 청소차가 이른 시간에 온다. 그래서 슈타를 유치원 버스가 서는 곳까지 데려다줄 때 쓰레기를 내놓고 있다.

"엄마, 내가 하나 들까?"

"무거워."

"괜찮아. 접영을 잘하려면 왕력을 키워야 하니까."

"완력을 말하는 거니?"

"응."

괜찮아, 괜찮아. 슈타가 그렇게 말하기에 봉투 두 개 가운데 가벼운 쪽을 건네줬다. 양쪽 모두에 음식물쓰레기가 잔뜩 들어 있었기 때문에 보기보다는 무거웠다. 요코는 예전부터 음식물 쓰레기로 비료를 만드는 컴포스트라는 기계가 있었으면 좋겠다고 생각했지만, 너무 비싸서 엄두도 못 내고 있다.

걷기 시작한 순간, 슈타의 모습이 옆에서 사라지더니 봉투 끄는 소리와 끙끙거리는 소리가 들리기 시작했다. 으샤, 으샤,

으샤.

뒤돌아보니 슈타는 두 손으로 쓰레기봉투의 묶은 곳을 쥔 채 얼굴이 새빨개져서 게걸음을 걷고 있었다. 쓰레기봉투를 들고 있다기보다 커다란 고무공으로 체조를 하고 있는 것처럼 보였다.

"괜찮니?"

"괜찮십니다."

괜찮아 보이지는 않았지만 그냥 내버려두기로 했다. 몸을 단련하는 일은 나쁜 것이 아니다. 할아버지 에드도 이렇게 말했다. "자신의 몸을 자유자재로 컨트롤할 수 있도록 단련해 두는 건 중요한 일이야. 서바이벌이 필요할 때 자신을 지켜주는 건 다른 누구도 아닌 바로 자기 육체니까"라고. 병이 악화되기 전까지 에드는 매일 아침이면 한 손으로 팔굽혀펴기와 복근운동을 했다. 할아버지면서 왜 그렇게 운동을 해? 요코가 이렇게 물었을 때였던 것으로 기억한다.

"요코, 전장은 정직하단다. 가장 먼저 죽는 건 발이 느린 병사, 그리고 장거리를 걷지 못하는 병사야."

여자이기 때문에 크고 강한 근육을 가질 수는 없지만, 자신을 완벽하게 컨트롤할 수 있을 만큼의 근력은 키울 수 있다. 요코는 쓰레기봉투를 오른쪽 엄지와 중지만으로 들고 있었다. 라이플을 지탱하는 이 두 개의 손가락을 다시 단련하기 위해서였다.

며칠 전부터 트레이닝을 시작했다. 복근운동 30회를 3세트. 한 팔로 팔굽혀펴기를 좌우 10회씩 각각 5세트. 젖은 빨래가 가득 담긴 바구니를 끌어안고 스쿼트 100회.

몸을 제대로 움직이는 건 10여 년 만의 일이었지만, 생각했던 것보다 체력은 떨어져 있지 않았다. 두 아이를 키워 왔기 때문일 것이다. 갓난아기를 안아 올리기도 하고 내려놓기도 하고, 등에 업은 채 시장바구니를 양손에 들고 걸어 다니기도 하고. 육아는 3kg짜리 가벼운 부하에서 시작해 하루에 몇십g씩 부하를 더해 가는 장기적인 웨이트트레이닝과 같다.

쓰레기봉투를 왼손으로 바꿔 잡고 엄지와 새끼손가락, 검지로 들어 위아래로 가볍게 움직였다. 왼손은 이 세 손가락이 포인트다.

레밍턴 M700은 상자 안에 다시 넣지 않고 분해해서 빈 청소기 상자에 넣은 뒤 창고 깊숙한 곳에 숨겨두었다. 어제도 조립하는 연습을 했는데, 조리용 타이머로 시간을 쟀다. 10분 28초. 최고 기록까지는 아직도 1분 이상이 부족했지만 손가락 끝에 닿는 감촉만으로도 그것이 어떤 부품인지 알 수 있었다. 오른손을 움직이면서 왼손으로 다음 부품을 집어 들던 옛날의 감촉이 점점 되살아나기 시작했다.

조립한 총으로 이미지트레이닝도 하고 있다. 총알을 장전하지 않은 채 목표물을 조준하고 방아쇠를 당겼다. 하지만 몇 번을 반복해도, 실제로 사격을 해보지 않은 상태로 '일'에 들어가야 한다는 것 때문에 불안해서 견딜 수가 없었다.

"엄마~, 기다려."

"힘 내, 이제 다 왔어. 네가 한다고 한 거니까 끝까지 해야 하는 거야."

"알겠십니다, 헤롱헤롱."

쓰레기 버리는 곳은 유치원 버스가 서는 곳의 조금 앞. 회사에 출근하는 사람들이 내놓은 뒤였기 때문에 쓰레기봉투는 벌써 산더미처럼 쌓여 있었다.

산을 무너뜨리지 않도록, 그리고 산기슭이 더 이상 넓어지지 않도록 놓을 수 있는 곳을 신중하게 찾았다. 쓰레기봉투의 산은 동네 아주머니들과 공동으로 제작하고 있는 예술작품과 같았다. 산의 뒤쪽으로 돌아선 요코가 눈썹을 찌푸렸다.

또야?

슈퍼마켓의 노란색 봉투가 몇 개나 길 위에 나뒹굴고 있었다. 서로에 대한 배려를 조금씩 쌓아올린 모두의 공동 작업을 비웃는 듯한 방치 방법이었다.

언제나 이 모양이었다. 이 동네 사람들은 잘 이용하지 않는 옆 동네 고급 슈퍼마켓의 봉투였기 때문에 동일인의 소행이라는 사실을 금방 알 수 있었다. 버리는 행태뿐 아니라 내용물도 엉망진창. 오늘은 불에 타는 쓰레기를 버리는 날임에도 스티로폼은 물론, 비닐봉투와 알루미늄캔까지 들어 있었다.

물론 확신범. 환경미화원이 눈치 채지 못하도록 채소를 다듬고 난 쓰레기와 남은 밥을 겉쪽에 둘러 내용물을 숨겼다. 그런 식으로 버리면 까마귀나 도둑고양이의 좋은 표적이 되기 때문에 다른 아주머니들은 남은 밥을 봉투 안쪽으로 찔러 넣는 편인데.

요코는 흩어져 있는 노란색 봉투를 주워다 쓰레기 더미의 중턱에 올려놓았다. 그 탓에 산이 매우 불안정해졌다. 카드로 성을 쌓을 때처럼 가장 높은 곳에 조심스럽게 자신의 쓰레기봉투를 올렸다.

"골~~~인."

쓰레기봉투와 씨름을 하던 슈타가 드디어 도착했다. 산을 한 층 더 높이 쌓아올렸다. 신중하게 신중하게.

예스! 간신히 성공했다.

이렇게 생각한 순간, 중간에 있던 노란색 봉투가 튕겨져 나와 산이 무너졌다.

나 이거, 참.

노란색 봉투에서 삐져나온 생선뼈를 손가락으로 집어 안으로 넣으면서 요코는 입술을 깨물었다. 이런 사람은 용서할 수 없어. 지구에 기상이변이 일어나는 건 바로 이런 사람들이 있기 때문이야. 농담이 아니라 정말 그렇게 생각한다.

요코나 그 주변에 살고 있는 아주머니들은 왜 지구온난화가 진행되는지, 오존층이 파괴되는지 그 복잡한 이유에 대해서는 알지 못한다. 하지만 CO_2나 산성비에 대한 여러 지식을 말하면서도 앞 다투어 배기량이 큰 차를 갖고 싶어 하는 남자들보다 훨씬 더 환경문제에 민감하다.

바다를 더럽히는 식용유는 배수구에 흘려버리지 않고 약제로 굳힌 뒤 쓰레기로 버린다. 빈 캔이나 페트병은 재활용 회수기에, 스티로폼이나 비닐봉투는 그냥 버리지 않고 다시 쓸 데가 없을까를 고민한다. 자신의 아이들이 어른이 됐을 때 세상이 살기 어려워지는 것을 원하지 않기 때문이다. 오존층이 파괴되면 주름, 주근깨에도 신경 써야 하고.

누가 범인인지는 알고 있었다. 쓰레기를 담은 노란색 봉투를 한아름 끌어안고 있던 사람과 쓰레기장에서 딱 한 번 마주친 적이 있었다. 소라를 잡을 때 쓰는 그물처럼 웨이브가 잔뜩 들어간 머리에 눈썹이 없는 여자였다. 젊어 보이려고 애쓰긴 했지만, 아마도 요코보다 몇 살 위일 것이다. 사는 집도 알고 있었다. 요코의 집에서 길을 건너 몇 집 옆에 있는, 널따란 정원에 도자기로 만든 백설공주의 일곱 난쟁이들을 세워놓은, 부지 안을 아름답게 꾸미는 데 열성적인 모조벽돌집이었다. 그때도 타지 않는 쓰레기를 봉투 안에 숨겨 넣었다는 사실을 알았기 때문에 요코가 책망하는 듯한 눈길로 바라봤더니, 오히려 그녀가 요코를 노려봤다. 아무런 말도 하지 못하고 다른 곳으로 시선을 돌려버린 자신이 한심하게 느껴졌다.

다음에 또 만나면 그냥 내버려두지 않겠어. 요코는 험한 말을 섞어가며 여자에게 잔소리를 해대고 있는 자신의 모습을 그려보려 했다.

그려보려 했을 뿐, 아마 그렇게 하지는 못할 것이다. 미국에서 자랐지만 요코는 자기주장을 강하게 내세우지 못한다. 타고난 성격이거나, 일본으로 돌아왔을 때 말의 억양이나 한자가 어설프다고 놀림을 당해 내성적인 성격으로 변해버려서인지도 모른다.

그 대신 특수 쓰레기인 건전지를 쓰레기봉투에 넣은 뒤 블랙잭을 만들어 눈썹이 없는 얼굴을 내려치는 모습을 떠올렸다. 이것은 쉽게 상상이 됐다.

드디어 쓰레기산 쌓기를 마쳤다. 노란색 봉투는 전부 한쪽 옆으로 치워놓았다. 요코는 눈에 보이지 않는 블랙잭을 들고 있는 듯 주먹을 쥐고 머릿속으로, 슈타에게는 들리지 않는 말을 내뱉었다. 슈타가 밑에서 요코의 블라우스 자락을 잡아당겼다.

"엄마, 왜 무서운 얼굴을 하고 있어?"

슈타를 유치원에 보내고 나면 요코는 잠시 동안 휴식시간을 갖는다. 부엌에 놓아둔 카세트라디오를 켜놓고 커피를 끓여 조간신문과 전단지를 천천히 읽는다. 듣는 것은 CD가 일반적으로 보급되기 이전부터 가지고 있던 음악 테이프. 미국의 오래된 팝송이나 컨트리뮤직. 에드의 라디오를 통해서 들었던 이 음악들보다 더 멋진 곡을 요코는 아직 찾아내지 못했다.

하지만 그것은 며칠 전까지의 이야기. 지금은 다르다.

식구들이 없는 동안 웨이트트레이닝을 마쳐야 하고, 라이플을 조립해 이미지트레이닝을 해둘 필요도 있었다. 사실은 조깅도 하고 싶었지만 좀처럼 시간이 나질 않았다. 요코는 종아리 근육을 단련하기 위해 까치발을 한 채 빠른 걸음으로 집에 돌아왔다. 어떤 상황에서 총을 쏘게 될지 아직은 알 수 없지만, 서서 쏴야 하는 경우라면 다리와 허리의 힘이 중요하다.

우편함에서 우편물을 꺼내든 뒤 바로 창고 쪽으로 향했다.

창고 앞에서 발걸음을 멈췄다. 걸어가면서 훑어보던 다이렉트메일 투성이의 우편물 속에 하얀 봉투가 섞여 있는 것이 눈에 들어왔기 때문이다.

놀랍게도 고헤이에게 온 것이 아니라 요코에게 온 것이었다. 받는 사람의 주소와 이름은 컴퓨터로 인쇄한 글씨. 뒷면의 보내는 사람 이름은 손으로 쓴 것이었는데 머리글자만 알파벳으로 적혀 있었다.

K · S

뜯어낸 봉투 속에서 나온 편지는 짧은 내용이었다. 컴퓨터로 작성한 영문으로, 이런 내용이 적혀 있었다.

친애하는 요코

일본에 머무는 동안 당신에게서 받은 우정과 따뜻한 접대에 깊이 감사하고 있습니다. 말로는 도저히 표현할 수 없을 정도로. 지하철로 안내해 주신 도쿄의 멋진 모습을 지금도 잊지 못합니다.

올해 다시 만나 뵐 수 있는 기회를 얻게 된 것은 제게 커다란 기쁨입니다. 이번에도 꼭 긴자의 일본음식점에 데려가 주시기 바랍니다.

그러고 보니 빌려주셨던 열쇠를 돌려드려야 할 것 같군요. 동봉하겠습니다.

그럼 안녕히 계십시오.

당신의 친구, 캐시 세일즈

캐시 세일즈. 물론 아는 사람 가운데 이런 이름을 가진 사람은 없다.

봉투를 거꾸로 들어 흔들어보니 열쇠가 나왔다. 조그맣고 간단한 열쇠였다. 편지를 다시 한 번 읽어가며 지명이나 교통수단과 관련된 말들을 찾아냈다.

도쿄, 지하철, 긴자.

바로 이해할 수 있었다. 지난번과 같은 방법이었다. 열쇠는 지하철 긴자역에 있는 코인로커의 복사열쇠. 열쇠의 날 부분을 복사한 뒤 손잡이 부분을 평범한 것으로 개조했다. 손잡이에 새겨진 글자를 읽었다.

A6 184.

A6번 출구 가까이에 있는 184번이라는 뜻일 것이다. K가 전화로는 말하지 않았던 정보를, 요코는 거기서 얻을 수 있었다.

하지만 우편으로 보내다니, K치고는 조심스럽지 못한 방법이다. 25년 전에는 코인로커 열쇠를 가지러 은행 대여금고까지 갔었다. 미국만큼은 아니지만, 최근 우리나라의 우편 사정도 그렇게 믿을 만하지 못하다는 사실을 모르고 있는 듯했다.

어디서 편지를 보냈을까? 소인을 살펴보니 '교토京東'라고 찍혀 있었다. 들어본 적도 없는 지명이었다. 날짜를 본 순간 갸우뚱하던 고개가 멈춰버렸다.

79.10.31.

소인은 위조된 것이었다. 이는 25년 전 '일'을 결행한 날.

어디선가 K의 웃음소리가 들려오는 듯했다. '배신하지 마.'

틀림없이 그 말이 하고 싶었던 것이리라. '너의 과거를 다른 사람들에게 알리고 싶지 않다면 배신하지 마'라고.

이 편지는 단순한 통신문 구실만을 하는 것이 아니라 경고장의 의미도 함께 지니고 있었다. 게다가 우편으로 보낸 것이 아니라 누군가가 요코네 우편함에 직접 넣은 것. K는 요코가 자신의 감시하에 놓여 있다는 사실을 과시하고 싶었던 것이리라.

자신도 모르게 목덜미로 손을 가져갔다. 목덜미의 털이 빳빳하게 곤두선 느낌이 들었기 때문이다. 머릿속에서는 문 위를 기어 다니던 민달팽이가 집 벽을 타고 다니면서 침입할 틈을 찾기 위해 머리를 꿈틀대고 있는 광경이 떠올랐다.

9

정말 오랜만에 도심에 나왔다.

복잡한 거리를 제대로 걸을 수 없어서 지나치는 사람들과 자꾸만 부딪히려 했다. 요코가 자신도 이젠 아줌마라고 느낀 순간이었다. 오클라호마에서 기른 순발력도 도쿄의 살인적인 인파 속에서는 통하지 않았다.

집에서 나온 지 벌써 2시간이 지났다. 서둘러야 한다. 오늘은 다마키가 학원에 가는 날이다. 친구인 리키야의 집에 놀러간 슈타도 5시 조금 넘어서까지는 데리러 가야 한다. 6시부터 리키야의 엄마가 일을 하러 나가기 때문이다.

원래 요코가 살고 있는 동네에서 긴자까지는 1시간이 조금 넘게 걸리지만, 이렇게 시간이 걸린 이유는 오는 도중에 두 번 정도 전철에서 내렸기 때문이다.

문 가까이에 서 있다가 출발을 알리는 벨소리가 울리면 문이 닫히기 직전에 전철에서 뛰어내렸다. 미행이 있을 경우에는 그렇게 하면 상대방을 따돌릴 수 있다. 상대방이 둔한 사람이라면 미행자를 발견할 수도 있다. 지난번에 일을 할 때 연락장소로 이동할 경우 반드시 실행하라고 K에게 지시받은 사항이었다. 오클라호마 주에서는 16세부터 면허증을 취득할 수 있기 때문에 당시 요코는 이미 에드의 픽업트럭을 운전하고 있었지만, 그것은 절대 금지사항이었다.

미행자는 없었다. 요코는 K의 동료 가운데 누군가가 여기에 걸려들어서 함께 승강장으로 뛰어내리길 기대하고 있었다. 평소에는 아무렇지도 않게 타고 다니던 전철이 오늘은 여섯 살 여름에 처음으로 타본 스쿨버스처럼 느껴졌다.

개찰구를 빠져나와 A6번 출구 쪽으로 걸어가며 코인로커를 찾았다.

지하통로의 구석진 곳에 있는 조그만 코인로커였다. 184번 로커는 기둥 뒤편, 주위에서 잘 보이지 않는 곳에 있었다.

열쇠를 꺼내 찔러 넣었다.

안에는 종이봉투가 하나. 호텔 이름이 찍혀 있는 조그만 봉투였다.

여기서 주저하거나 로커 안을 응시해서는 안 된다. 열기 전부터 마음속으로 그렇게 다짐하고 있었다. 자신의 물건이 거기에 있는 것이 당연하다는 듯 아주 자연스러운 동작으로 종이봉투를 집었다. 물론 왼손으로. 준비해 온 대형 손가방 안에, 서두르는 것 같지 않은 빠른 손놀림으로 넣었다.

코인로커 안에는 진짜 열쇠도 놓여 있었다. 얼굴 한 번 본 적

없는 사람이었지만 K가 요코에게 어떻게 하길 바라는지 훤히 알 수 있었다.

요코는 동전을 넣고 무엇인가를 다시 넣는 시늉을 한 다음, 문을 닫았다. 가짜 열쇠를 뽑아내고 진짜 열쇠를 꽂았다.

유난히 느린 발걸음으로 그곳에서 빠져나와 한동안 걸어가다가 장갑을 벗었다. 얇다고는 하지만 3월 중순에 장갑은 어울리지 않는다. 손바닥에는 땀이 배어 있었다.

사실, 집에 돌아갈 때까지는 내용물을 확인하지 않는 편이 더 좋을 테고 지난번 일을 할 때는 실제로 그렇게 했지만, 지금의 요코에게는 가족들의 시선이 있다. 지상으로 올라와서 눈앞에 있는 백화점으로 들어가 안내판에서 화장실의 위치를 확인했다.

사람이 있었던 1층과 2층 화장실에서는 화장을 고치는 시늉만 하고 나왔다. 사람이 없는 3층 화장실의 가장 끝 칸으로 들어갔다. 대걸레가 들어 있을 도구실 옆이었다.

변기에 앉아 만약을 위해서 벽의 위쪽을 살펴본 다음, 종이봉투를 뜯었다. 안에는 선물상자가 하나 들어 있을 뿐이었다. 그렇게 큰 것은 아니었으며 무겁지도 않았다.

포장지를 뜯어냈다. 초콜릿 상자가 나왔다.

뚜껑을 열어봤다. 트뤼프 초콜릿 한 다스.

뚜껑 안쪽에 네 번 접은 종이가 끼워져 있었다. 다시 한 번 머리 위를 살펴본 뒤 그것을 집어 들었다.

종이 안에는 사진이 들어 있었다. 요코가 저격해야 할 사람의 사진이었다. 서비스 판*에 현상을 한 것인데, DPE로 작업한 것이라면 요코가 바라보고 있는 뒤쪽 면에 반드시 있어야 할 필름 메이커의 로고가 찍혀 있지 않았다.

일을 하는 현장에 표적의 사진을 가져가서는 안 된다. 꿈에 나올 정도로 미리 뇌리에 얼굴을 각인시켜 놓아야 하지만, 요코는 아직 보고 싶지 않았다. 우선은 종이에 적힌 영문을 읽어보기로 했다. 느닷없이 이런 말이 눈에 띄었다.

> 나의 스위트 하트에게
>
> 지금 나는 당신과 함께했던 그날 밤의 일만을 생각하며 살아가고 있소. 당신의 얼굴만이 나를 살아가게 하고 있으며, 그 외의 모든 일상은 박물관 벽을 바라보고 있는 것처럼 무미건조하고, 빛을 잃었으며, 죽은 자들의 나라처럼 무료하오. 지금 와서 생각해 보면, 무료함의 시작은 아내와 함께 생활하기 시작한 그날부터였소.

이게 뭐야? 연애편지? 그것도 불륜 상대에게 보내는? 고풍스럽고 딱딱한 영어를 사용한 문장이 줄줄이 이어져 있었다. K가 보내는 메시지가 어딘가에 숨겨져 있을 터였지만, 그 뒤로도 아주 일반적인 컴퓨터로 작성한 듯한, 평범한 서체에는 어울리지 않는 초콜릿처럼 달콤한 문장들이 계속되고 있었다.

---

* 117mm×84mm.

당신의 사진을 칭찬과 초조함이 섞인 한숨만으로 바라보고 있소. 뜨거웠던 당신과의 하룻밤을 되새길 때마다 나는 한순간이나마 죽은 자들의 나라에서 되살아날 수가 있소. 그날의 사진을 나도 보내야겠다고 생각했소. 당신이 같은 생각을 갖고 있다면 이보다 더 기쁜 일도 없을 줄로 아오.

목소리와 달리 K는 로맨티스트인 듯하다. 통신문을 위한 단순한 위장이라기보다 자아도취에 빠져 있는 사람처럼 보였다. 그리고 이런 문장으로 끝을 맺고 있었다.

3월 23일, 요코하마의 그 호텔에서 기다리고 있겠소. 목숨을 걸고서라도 다시 한 번 당신을 만나고 싶소. 분명하다고는 말할 수 없지만 아마도 20층에 있는 스위트룸에서 묵게 될 것 같소. 오후 5시부터 외출할 예정이오. 8시면 돌아올 수 있을 줄 아오.

마지막으로 서명,

당신의 크레이그 리어던

결행일은 3월 23일. 매달, 규칙적이라고는 할 수 없지만 생리일에서 조금 벗어난 날이라는 건 고마운 일이다.

객실의 호수는 정확하지 않지만 표적은 요코하마에 있는 호텔에 묵는다. 오후 5시에 외출을 했다가 오후 8시 무렵에 돌아온다. 그 두 번이 저격하기에 가장 좋은 절호의 기회. 표적의 이름은 크레이그 리어던.

요코는 종이봉투에 새겨진 호텔의 이름을 바라봤다. '포천 호텔', 장소는 이곳이다.

마음은 무거웠지만 보지 않을 수도 없는 일이었다. 요코는 뒤집어놨던 사진을 앞으로 돌렸다. 자신과의 불륜에 빠져 있는 '나의 리어던 씨'에 대한 임무를 수행하기 위해서.

사진은 생각했던 것보다 선명했다. 오스카 코넬리어스 때는 숨어서 찍은 사진이었지만, 이것은 본인의 동의하에 찍은 사진인 듯했다.

어디서 찍은 사진인지는 알 수 없었다. 뒤쪽으로 보이는 에드워드 왕조 양식의 건물로 봐서 일본이 아니라는 사실은 알 수 있었다.

이쪽을 향해 웃음 짓고 있는 사람은 백인 중년남성이었다. 요즘 미국에서는 어떤 스타일이 유행인지 알 수 없지만, 옛날식으로 말하자면 대학 미식축구 선수가 좋아할 만한 정장차림. 엄지를 위쪽으로 세운, 아저씨다운 포즈를 취하고 있었다. 지지자의 부탁으로 정치가가 기념사진을 찍은 것 같은 느낌이었다.

40대 중반일까? 검은 머리에 약간 거무스름한 피부. 미남이라고 해도 좋을 만한 얼굴이었지만, 너무 크다 싶은 매부리코가 미남이라는 표현을 방해하고 있었다.

사진을 네 번 접어서, 영수증이 가득한 지갑 안에 넣었다.

편지는 집으로 가져가서 태워버릴 생각이었다. 고헤이의 영어실력은 그리 대단하지 않았지만, 회사가 외국계 회사와 합병

한 직후에는 의욕적으로 비즈니스 영어를 공부했다. 지금은 먼지를 뒤집어쓰고 있는 전자사전을 찾아가며 읽기라도 하면 가정불화의 불씨가 될 것이다.

초콜릿은 아이들에게 선물로 주고 싶었지만, 외출의 구실로 삼았던 역 앞 쇼핑센터에서는 팔 것 같지 않은 물건이었기 때문에 그냥 처분할 수밖에 없었다.

요코는 변기에 앉은 채로 트뤼프 초콜릿을 입에 넣었다. 서둘러 돌아가서 슈타를 데리러 갔다가 다마키에게 저녁을 차려줘야 한다. 모처럼 얻은 고급 초콜릿이지만 안타깝게도 천천히 맛볼 여유가 없었다. 요코는 정신없이 계속해서 초콜릿을 깨물어 삼켰다. 2열로 늘어서 있던 트뤼프 초콜릿의 한쪽 열이 순식간에 사라져버렸다.

지금은 체중을 늘리고 싶지 않았다. 물론 미용 이외의 목적을 위해서. 하지만 버리고 싶지도 않았다. 초콜릿의 달콤함이 요코를 취하게 만들었다. 요코는 평소 술을 마시지 않지만, 고헤이가 취해서 집에 들어오는 기분을 조금은 알 것도 같았다. 12개를 전부 먹어치운 요코는 립스틱이 지워지는 것에는 신경쓰지 않은 채 손가락으로 입술을 닦았다. 그 손가락을 핥은 뒤 달콤한 냄새가 나는 한숨을 내쉬었다.

지금은 도중에 내릴 여유가 없었다. 집으로 돌아가는 전철은 텅 비어 있었지만 요코는 자리에 앉지 않고 몇 개의 역을 지날 때마다 다음 칸으로 이동했다.

미심쩍은 움직임을 보이는 사람은 눈에 띄지 않았다. 요코는 K가 미국식으로 신중하게 일을 진행하고 있다는 사실을 처음에는 남 몰래 비웃었다. 여기는 일본이다. 총리조차 자신의 암살 가능성에 대해 전혀 생각하고 있지 않음이 틀림없는 나라다. K가 암살을 계획하고 있다는 사실 따위는 누구도 눈치 챌 리 없다. 그렇게 생각하고 있었다.

하지만 지금의 요코는 K의 용의주도함을 이해할 수 있었다. 그래, 적이 어디에 숨어 있는지 알 수 없는 일이다. 한순간의 방심이 명줄을 끊어놓을 것이다. 우리나라에서 사용되고 있는 비유적인 의미로써가 아니라 진짜로 명줄을 끊어놓을 것이다.

요코는 전철 문 옆에 서서 창밖을 바라보는 척하며, 어두운 창에 비친 전철 안의 모습에 시선을 두고 귀를 쫑긋이 세운 채 뒤쪽의 움직임에 모든 신경을 집중했다.

오랫동안 잊고 있던 감각이었다. 겨우 며칠 전까지만 해도 죽음이나 위험과는 무관한 생활을 했다는 것이 마치 먼 옛날의 일처럼 느껴졌다. 나는 무엇인가를 잃은 것이다. 이제 더 이상 예전의 일상으로는 돌아갈 수 없다.

창에 비친 자신의 얼굴을 바라보며 요코는 생각을 이어갔다. '잃은 것이 아니라 한동안 빌렸던 것을 빼앗겨버린 것인지도 모른다. 나는 돌아갈 수 없는 것이 아니라 돌아가려 하고 있는 것이 아닐까' 라고.

10

"저기, 다음 주 금요일 말인데."

요코는 거실에서 말린 빨래를 개며 소파에 누워 있던 고헤이에게 말을 걸었다.

"나 외출해도 괜찮아?"

고헤이가 고개만 치켜든 채 멍한 시선으로 바라봤다.

"어디?"

"동창회."

고헤이가 묘한 표정을 지었다. 요코가 참석할 만한 동창회라면, 미국에서 돌아와 편입한 일본의 고등학교 정도밖에 없다. 하지만 고헤이에게 그 1년 동안의 생활에 대해 말한 적이 거의 없으며, 연락을 주고받는 친구가 없다는 사실을 그도 잘 알고 있기 때문이리라.

딱히 할 말도 없었다. 기묘한 전학생. 요코는 그런 시선을 받으며 학교에 들어갔고, 기묘한 전학생인 채로 졸업했다.

미국에서는 결코 성적이 나쁘지 않았지만, 일본에서는 영 아니었다. 어려운 한자를 못 읽었기 때문이다. 요코에게 있어서 영어시험은 제시문의 해석이 오히려 더 어려웠다. 그래도 반에서 꼴등을 하지는 않았다. 그런 학교였다. 요코의 묘한 일본어를 재미있어 하던, 유일했던 친구는 임신을 해서 중퇴. 체육시간에 유달리 눈에 띄던 요코를 자신의 그룹에 끼워 넣으려 했던 불량소녀는 품행 불량으로 퇴학. 요코가 다닐 학교로 친척부부가 이곳을 선택한 이유는 수업료가 싸고 적만 두고 있으면 졸업을 시켜주는 그런 학교였기 때문이다.

"오랜만에 연락을 받았어. 그랬더니 갑자기 옛날 생각이 나서 가겠다고 말해 버렸거든. 낮에 만나서 밤까지. 조금 긴 것 같아 미안하긴 하지만."

스스로도 말이 너무 빠르다는 것을 느꼈지만, 일단 내뱉은 거짓말을 감싸려는 듯 차례차례 말이 튀어나왔다.

"그렇게 늦게 돌아오진 않을 거야. 저녁밥을 준비해 두겠다고 했더니 다마키가 자신만만하게 자기가 만든다고 하더라고. 평소에는 도와달라고 해도 손가락 하나 까딱하지 않는 애가."

미소 짓고 있는 얼굴이 팩을 할 때처럼 딱딱하게 굳어 있었다. 고헤이의 눈을 똑바로 쳐다볼 수가 없어서 구겨진 슈타의 양말을 펴는 시늉을 했다. 고헤이가 벌떡 일어났다. 요코의 얼굴을 흘낏 쳐다보더니 유리 탁자 위에 있던 신문을 집어 들었다.

"알았어."

간단하게 말했다. 고헤이가 '안 된다'고 말할 리 없다는 사실을 잘 알고 있었지만, 요코의 가슴에서 갑갑함이 사라졌다. 사라지기는 했지만 따끔하게 아파왔다. 미국에서 살던 때의 진실을 말하지 않는 대신, 그 이외의 거짓말은 별로 하지 않기로 했기 때문에.

"차 마실래?"

일어서려고 하는 요코에게 고헤이가 웅얼거리듯 대답했다.

"아니, 됐어."

요코의 눈을 보려 하지 않았다. 갑자기 불안해졌다. 자신의 거짓말에 대해서가 아니라 고헤이 자신에 대해서다. 요코의 말을 의심하기는커녕, 오른쪽 귀에서 왼쪽 귀로 모든 말들이 흘러나가버리고 있는 듯한 느낌이 들었다.

요즘 들어 고헤이의 말수가 부쩍 줄었다. 입을 다물고 있지 못하는 성격인데. 오늘도 조금 전까지 한 마디도 하지 않았다. 곰 인형이 소파에서 나뒹굴고 있는 듯한 느낌이었다.

매일 취해서 늦게 돌아오는 것은 사람들과의 만남이 있어서가 아니라, 혼자 마셔서 그런 듯했다. 고헤이치고는 뜻밖의 일이었다. 용돈이 떨어졌기 때문에 요즘에는 술을 마시지 않고 온다. 그것도 놀랄 정도로 이른 시간에. 돌아오자마자 잠옷으로 갈아입고 곰 인형으로 변해버린다.

말없이 저녁밥을 먹고 멍하니 텔레비전을 바라보다, 슈타가 수영교실에서의 성과에 대해 이야기해도 건성으로 고개만 끄덕일 뿐이었다. 다마키가 끔찍이도 싫어하는, 실없고 썰렁한 농담도 요즘은 하지 않는다. 그리고 아이처럼 일찍 잠자리에 든다.

지난 주말에도 이틀 내내 잠옷을 입은 채 뒹굴기만 했다. 슈타가 '유원지, 유원지'라고 노래를 불러도, 이불 위에서 방방 뛰어도 '오늘은 좀 봐줘라, 피곤하니까'라는 말만 되풀이할 뿐이었다.

피곤한 게 아닐 것이다. 요즘 빨래바구니로 들어가는 고헤이의 양말에서 별로 냄새가 나지 않는다. 아마도 건강 샌들을 신은 채로 회사 책상에 앉아 있는 날이 많은 듯했다. 고헤이가 있는 영업이라는 부서에서 그것은 일이 없음을 의미한다는 사실쯤은 요코도 알고 있었다.

회사에 대한 불평을 늘어놓던 때가 오히려 요코의 마음은 더 편했다. 얼마 전까지만 해도 생각이 조금 지나치다 싶을 정도로 불평만을 늘어놓았다.

"CEO는 나를 눈엣가시로 여기고 있어. 왜 그런지는 모르겠지만. 정말이야, 전에 그 녀석이 사내 시찰을 돌 때 부서 사람들이 전부 나가서 맞았거든. 그런데 그 녀석 내 얼굴만 뚫어져라 노려보더라고."

그 녀석이라는 건 미국 본사에서 온 새로운 사장 케네스 카우프만을 가리키는 것. 고헤이의 말의 따르면, 커넬 샌더스 같은 외모로 언뜻 보기에는 온후하지만 눈이 날카롭고 차가운 느낌을 준다고 한다.

"뒷구멍으로, 사람들에게는 말할 수 없는 짓을 여러 가지로 해온 얼굴이야, 그 얼굴은. 목소리도 말이지, 더빙한 외국영화의 악역 같은 목소리라니까. 굵고 탁해서 묘하게 위협적이면서도 어두운 느낌."

심지어, 자회사로 가게 된 것은 케네스 카우프만이 뒤에서 조종했기 때문이라고 말하기도 했다. 아무리 그래도 그렇지, 계장인 고헤이를 새로 부임한 외국인 사장이 내치려 한다고 생각하다니, 피해망상으로밖에는 여겨지지 않았다. 마음의 병이나 아니면 좋으련만.

요코는 짐짓 밝은 목소리로 말을 걸었다.

"다마키가 카레라이스에 도전하려나 봐. 괜찮을까? 그 아이가 전에 비프스튜를 만든다며 홀 토마토 통조림을 전자레인지에 넣어 폭발하게 만들었던 일, 얘기했던가?"

듣고 있지 않았다. 멍하니 석간신문을 읽고 있을 뿐. 아니, 읽고 있지도 않을 것이다. 아까부터 계속 똑같은 곳이 펼쳐져 있었다.

"당신, 왜 그래?"

"차, 내가 끓일게."

드디어 자리에서 일어났다. 아무래도 고헤이에게도 하고 싶은 말이 있는 듯했다. 고헤이가 타준 옅은 녹차를 한 모금 마신 뒤 요코는 같은 말을 되풀이했다.

"왜 그래? 뭐, 하고 싶은 말이라도 있는 거야?"

고헤이가 시선을 위로 해 요코의 얼굴을 살폈다. 그렇게 생각해서 그런지, 둥근 얼굴의 뺨이 조금 여윈 듯했다. 눈 밑의 다크서클도 전에는 없었던 것이다. 꾸무럭꾸무럭 차를 마시며 몇 번이고 요코의 얼굴 쪽으로 시선을 던지더니 드디어 입을 열었다.

"……회사, 그만둬도 될까?"

역시, 그거였군.

"더는 안 되겠어, 나. 더 이상 참을 수가 없어. 딤플식품으로의 이동이 결정되자마자 회사에서 딤플식품의 인사고과 시스템을 바꾸겠다고 난리야. 완전 실력주의. 목표를 달성하지 못하면 자르겠대. 말도 안 되는 소리지. 목표고 뭐고, 딤플의 상품 가운데 팔리는 게 뭐가 있다고. 부서 사람들은 벌써부터 나를 실업자처럼 바라보고 있다니까. 이상해. 왠지 내가 표적이 된 듯한 느낌이야. 역시 카우프만에게 미움을 사고 있는 걸까?"

"하지만……, 그만두면 어쩔 생각인데?"

"회사를 만들겠어."

"회사?"

"응."

"하지만 갑자기, 그런……."

"걱정할 거 없어. 나 혼자 하겠다는 게 아니야. 공동 경영. 전부터 말이 있었거든. 함께 꽃가루 알레르기와 관련된 사업을 해 보지 않겠느냐고. 의료용 필터로 꽃가루가 들어오지 않는 방충망을 만드는 거야. 그걸 인터넷에서 판매하는 거지. 이거, 대박 터질 것 같아."

고헤이가 원래대로 자신의 말솜씨를 되찾았다. 이번에는 요코가 곰 인형이 될 차례였다.

"왜 있잖아, 동기인 야스이. 알지? 작년, 회사에 발전 가능성이 없다고 때려치운 녀석. 그 녀석이 벌써 준비를 시작했거든.

제품화해 줄 곳을 찾고 있어. 녀석은 기획력이 뛰어나. 이제부터는 내 영업력에 달렸다는 게 녀석의 말이야."

야스이 씨는 요코도 기억하고 있다. 한 번, 취한 고헤이가 집으로 데려온 적이 있었다. 목소리가 크고 아주 친한 척 말하던 사람이었다.

"조금만 더 참아봐. 해보지도 않고 어떻게 알아. 회사가 어디든 죽으라는 법은 없으니까."

"더 이상은 안 되겠어."

고헤이가 등을 구부려, 북풍 같은 소리를 내며 차를 마셨다. 요코는 곧 K가 송금해 주기로 되어 있는 보수를 떠올렸다. 끌어안고 있는 비밀의 중압감에 짓눌리기라도 한 것처럼 결국 이렇게 말해 버리고 말았다.

"그럼 당신 마음대로 해. 새로 옮길 회사에서 좀 더 노력해보다가 아무래도 안 되겠다 싶으면."

갑자가 큰돈이 들어온 것은 할아버지의 토지에서 유전이 발견됐기 때문이라고 둘러대면 될 것이다. 고헤이라면 의심하지 않을 것이다.

"정말?"

고헤이가 눈을 반짝였다. 요코가 한 말의 앞부분만 듣고 있었던 듯하다.

"좋았어, 나 최선을 다할게. 당신은 이제 부사장 사모님이야."

갑자기 기운이 나는 모양이었다. 서둘러 부엌으로 향한 이유는 발포주를 가지러 가기 위해서일 것이다. 어쩐지 슈타가 스목*대신 양복을 입고 있는 것과 다를 바 없다는 생각이 들었다. 저 사람이 과연 회사를 경영할 수 있을까?

완료.

주방용 타이머를 눌렀다. 디지털 표지가 남은 시간 7초를 나타내고 있었다.

9분 53초.

총을 조립하는 데 걸리는 시간이 드디어 9분대로 떨어졌다. 요코는 손바닥을 비비며 조그맣게 "예스"라고 외쳤다.

물론 현장에 도착해서 총을 나사 하나부터 다시 조립하는 것은 아니다. 몇 개의 부분으로 분해해 숨겨가지고 갈 생각이었다. 단, 현장에서의 조립은 1초를 다투는 승부가 될 것이다. 총에 익숙해지고 총을 자기 손가락처럼 다루기 위해서는 어쨌든 10분 안에 조립할 것. 요코는 지금까지 그 목표를 자신에게 부과하고 있었다.

어제부터는 복근운동을 5세트로 늘렸으며, 한손으로 팔굽혀 펴기는 한 세트를 15회로 늘렸다. 슈퍼마켓에서 생수를 한꺼번에 사다가 팬티스타킹으로 몇 개씩 묶은 뒤 덤벨 대용으로 쓰고 있다. 계단을 오르내릴 때는 언제나 까치발.

조깅도 시작했다. 지난 일요일에 고헤이가 유원지에 데려가

* 옷의 더러움을 방지하기 위해 겉옷 위에 덧입는 어린이의 놀이옷(편집자 註).

주지 않아 골이 나 있던 슈타를 데리고 근처 녹지로 자전거 연습을 하러 간 이후부터다.

보조바퀴가 없으면 자전거를 타지 못하는 슈타는 처음엔 넘어지기만 하면서 "어른이 돼서도 보조바퀴를 달고 다니면 되잖아"라고 울상을 짓더니, "잘 타게 되면 어린이용 자전거가 아니라 산악용 자전거를 사줄게. 멋있는 스티거를 붙이면 좋을 거야"라고 말했더니 갑자기 열을 올리기 시작했다.

첫날 저녁 무렵, 요코가 손을 놓아도 앞으로 나갈 수 있게 됐다. 5m 정도밖에는 가지 못했지만.

이틀째부터는 5m가 갑자기 50m가 됐다.

사흘째부터는 더 이상 요코의 도움이 필요 없었다.

그 후로도 거의 매일 함께 달리고 있다. 예외는 바겐세일을 하는 마트에 가겠다고 하고는 요코하마로 사전답사를 갔을 때 정도.

완전히 익숙해진 슈타는 더 이상 요코가 함께 달릴 필요가 없는데도 자신의 씩씩한 모습을 자랑하고 싶어서인지 언제나 먼저 말을 꺼내왔다. "엄마, 자전거 타러 가자."

슈타의 자전거 뒤를 따라 달리다보면 한동안이나마 현실을 잊을 수 있었다. 바람에 살랑살랑 머리카락을 흩날리면서 첫날의 울상이 거짓말처럼 느껴지는 환성을 지르는 조그만 등을 바라보고 있노라면, 왜 K에게 '예스'라고 대답했을까라는 후회가 들었다. 지금이라도 거절할까라는 생각도 들었다. 더 이상 되돌릴 수 없다는 사실을 알면서도.

어제 K에게서 세 번째 전화가 걸려 왔다.

담 니 니지트 클리코 마지.

응토토 와 니요카 니 니요카.

스와힐리어로 암호를 교환한 뒤 K는 이렇게 말했다.

── 건강한 것 같아 다행이군. 이 시간에는 언제나 혼자인가, 리틀 걸?

"네."

걸려 온 것은 예전과 다름없이 11시 25분. 마치 시각을 알리는 시보 같았다. 이 시간에는 혼자 있느냐고? '가족이 있다는 사실을 나는 알고 있어'라고 말하고 싶은 것일까?

── 그런데 초콜릿은 마음에 들었나 모르겠군.

"잘 먹었습니다. 하지만 양이 너무 많았어요. 덕분에 다음날 얼굴에 뭐가 나서 고생이 이만저만이 아니었어요."

요코가 말다운 말로 대답한 것이 기뻤는지 K는 꺼칠한 소리로 웃었다.

── 그럼, 모든 걸 이해했겠지? 질문은 없나?

"있어요." 가장 중요한 일이다. "아직 보수를 어떤 방법으로 지불할 건지에 대해서는 듣지 못했어요."

── 아아, 그렇지. 바로 처리하도록 하지. 현금과 은행계좌, 어느 쪽이 좋은가? 송금을 원한다면 스위스나 케이맨제도의 비밀계좌를 가지고 있다면 고맙겠는데. 우루과이도 상관없고.

가지고 있을 리가 없다. 현금이라고 대답했다.

── 영수증은 필요 없어.

K의 목소리는 경쾌했다. 지금까지는 도청을 걱정해서 일이나 자신의 조직과 관계된 이야기는 농담할 때조차도 입에 담지 않았는데. 일본에서는 발각될 가능성이 미국에서보다 훨씬 더 적다는 사실을 깨달은 것일까? 하지만 발각될 가능성이 적은 것은 이렇게 정보를 전달할 때뿐이다. 현장에서의 일은, 미국에서 할 때보다 훨씬 더 어려울 것이다. 일본은 미국보다 사람들의 눈이 훨씬 더 많고 엄격하다.

── 그럼 나도 한 가지 물어봐도 되겠나? 당일의 메뉴는 대체 무엇으로 할 생각이지?

"긴 것."

── 긴 것이라…….

라이플 총의 종류를 알고 싶어 하는 듯했다.

"좀 더 자세히 말해야 하나요?"

── 아니, 됐어. 콘은 있나?

콘은 총알을 뜻하는 암호. 어떻게 대답해야 좋을지 몰랐다. 총알은 섬세하다. 5년이나 10년쯤이야 상관없겠지만, 25년 전의 것을 사용해도 괜찮을지 요코로서는 알 수 없었다.

── 스파이스만 준비해 줄 수도 있어.

스파이스란 총알을 직접 만들 때 쓰는 화약을 말하는 것. 에드는 창고에 전용 공구를 갖춰놓고 탄피를 주워다가 총알을 직접 만들었다. "내 총에는 내가 만든 총알이 알맞아"라며.

물론 그랬을 테지만, 단순히 사슴을 잡는 정도였다면 별 의미가 없었을 것이다. 지금 생각해 보면, 탄피를 함부로 버리는 것이 아까워서 그랬을지도 모른다. 에드에게는 절약이라는 말이 필요 없을 정도의 재산이 있었으며, 다른 대부분의 미국인과 마찬가지로 석유와 철은 물이나 흙처럼 무진장으로 있다고 믿어 의심치 않는 사람이었다. 하지만 총과 총알에 대해서만큼은 인색했다. 프레스기로 탄피의 크기를 신중하게 조정하면서 에드가 이런 말을 한 적도 있었다.

"전장에서 단 한 발의 총알이 없어서 죽어간 녀석도 있어. 알겠니, 요코. 총알을 낭비하는 것은 금물이야."

요코도 에드에게 직접 만드는 법을 배우긴 했지만 지금은 프레스기도, 화약계량기도 없다. 다시 만들 수 있는 상황이 아니었다. 조금 망설이다 K에게 대답했다.

"필요 없어요."

요코가 가지고 있는 총알도 이 레밍턴에 맞춰서 에드가 직접 만들었음이 틀림없을 것이다. 그러니 그 총알을 믿도록 하자.

입을 다물어버린 K에게 요코가 다부지게 말했다.

"괜찮아요. 난 그 사람 손녀니까요."

── 알았다, 리틀 걸. 너라면 틀림없이 해내리라 믿는다.

지붕 위 빗물받이 통에서 낙엽이 구르는 소리 같은 K의 갈라진 목소리가 평소보다 훨씬 더 답답하게 들렸다.

조립을 마친 레밍턴 M700으로 자세를 취해 몇 번 방아쇠를 당겨봤다. 일을 하기 전에 꼭 해야 할 일이 있었다. 시험사격. 단지 총알만의 문제가 아니었다. 요코에게는 요코만의 사격 버릇이 있고, 총에도 각 자루마다 특징이 있는 법이다. 에드의 레밍턴이 가진 특징을 떠올리고, 서로 간의 궁합을 재확인하기 위해서는 반드시 거쳐야 할 과정이었다. 사격장에서 탄도와 영점을 조정하는 호사스러운 일을 할 수 없다는 사실은 잘 알고 있었다. 하다못해 한 발만이라도.

하지만 대체 어디서?

이 부근에서 가장 넓은 곳이라고 해봐야 슈타와 자전거 연습을 하러 가는 강변의 녹지 정도다. 라이플의 연습사격은커녕 골프채만 휘둘러도 사람들이 깜짝 놀랄 것이다.

오클라호마의 농장 주위에서는 어디를 가더라도 사람의 그림자를 찾기가 더 어려웠지만, 일본은 도심에서 떨어진 이곳에서조차 어디를 가더라도 사람이 있다.

요코는 문득 깨달았다. 사람들의 눈에 띄지 않는 안전한 장소가 딱 한 군데 있었다.

요코는 라이플을 들고 2층으로 올라갔다. 계단을 올라 바로 오른쪽에 있는 슈타의 방으로 들어갔다.

생각해 보니 안전한 장소란 바로 자신의 집이었다. 집 안에서 쏴보자. 그렇게 결심한 순간 표적도 결정이 됐다.

창틀에 스티커를 빙 둘러 붙여놓은 창을 아주 조금 열었다. 커튼 사이를 통해서 길 건너편, 몇 집 건너에 있는 집으로 시선을 향했다. 노란색 봉투를 버리는 여자의 집이었다. 눈에 띄게 넓은 정원이 있었기 때문에 현관 옆에 서 있는 조악한 비너스상을 그 창을 통해서도 볼 수 있었다.

표적은 저것이다. 총알을 남기고 싶지는 않았다. 이 각도에서 저 비너스상의 머리를 쏘면 총알은 정원 끝에 있는 철책을 지나 그 너머의 강에 빠질 것이다. 단, 오른쪽 눈 부근을 정확히 쏴서 맞혔을 때의 이야기지만.

요코의 머릿속에 실패를 하리라는 생각 따위는 없었다. 거리는 60야드. 라이플을 쏘기 시작했을 무렵의 장난과도 같은 거리다.

총구에는 소음기를 장착했다. 할아버지가 했던 옛날 '일'에 대한 99%의 확신이 100%가 된 것은, 에드가 요코에게 건네준 레밍턴 M700의 비품 속에서 군용 소음기를 발견했을 때였다. 엽총에는 필요 없는 것이었다. 최후를 눈앞에 둔 에드는 진실을 숨길 마음이 없었으며, 오히려 요코에게만은 알리고 싶었던 것이라 생각한다. 타인에게는 말할 수 없는 자기 과거의 영광을.

소음기를 장착하면 총신은 한층 더 길어진다. 요코는 앞으로 내밀었던 왼쪽 발을 3분의 1보 정도 뒤로 당겼다.

탄환은 딱 한 발만 장전했다. 뺨에 총대를 바싹 가져다댔다. 호두나무로 만들어진 총대는 처음에만 싸늘하지, 그 다음부터는 살포시 따뜻해진다. 갑자기 어렸을 적 침대에서 잠들기 전에 에드가 뺨을 쓰다듬어주던 때가 생각났다. "잘 자라, 마이 리틀 프린세스."

시력이 2.0인 요코에게는 조준경이 필요 없을 정도로 가까운 거리였지만 예행연습이라 생각하고 그대로 장착해 두었다.

나뭇가지들이 수런대고 있었다. 바람은 왼쪽에서 불어오고 있었다. 풍속은 3.5에서 4m 정도. 이런 거리에서는 계산에 넣을 필요가 없는 바람이었다.

조준경 속 비너스의 얼굴에 눈썹 없는 여자의 얼굴을 갖다 붙이는 상상을 했다. 무슨 일이 있어도 명중시키고 말겠어.

공이치기를 잡아당겼다. 왼손을 너무 꽉 쥐어서는 안 된다. 왼쪽 어깨를 움츠려서 총을 몸의 중심에서 감싸듯이. 왼쪽 발에는 힘을 주고. 너무 뒤로 젖혀지지 않도록 주의. 몸을 앞쪽으로 기울였다.

그리고 중요한 주문.

갓, 블레스, 유.

다시 한 번.

갓, 블레스,

유. 방아쇠를 당겼다.

타이어가 터지는 것처럼 둔탁한 소리. 반동이 팔을 엄습했고, 그런 다음 전신을 관통했다.

총알은 비너스의 오른쪽 눈을 관통하며 머리를 산산이 날려버렸다. 강의 수면에 파문이 퍼져가는 것이 보였다.

그 순간 요코의 몸을 타고 전류가 흘렀다. 잊고 있었던 감촉이 되살아났다. 등골이 오싹오싹 떨려왔다. 그것은 트뤼프 초콜릿보다 백배나 더 달콤한 떨림이었다.

11

38도 2부. 체온계를 본 요코는 눈을 둥그렇게 떴다.

결행일이 내일로 다가왔는데 생각지도 못했던 문제가 발생하고 말았다. 다마키가 감기에 걸려 열이 나고 있었다. 요즘 '일'에 정신이 팔려서, 학원에 갈 때면 어른스럽게 얇은 옷을 입으려 하는 다마키의 옷에 신경 쓰지 못했던 탓일까? 오늘은 이것저것 해야 할 일들이 있는데, 이렇게 열이 나는 아이에게 학교에 가라고 할 수도 없는 노릇이었다.

어쩔 줄 몰라 하고 있는 요코와는 상관없이 다마키는 더할 나위 없이 활기에 넘쳤다. 이마에 해열 냉각시트를 붙인 채, 평소에는 중간까지밖에 보지 못하던 아침의 와이드쇼를 보고 있었다.

"다마키, 누워 있는 게 좋지 않겠니?"

"심심하단 말이야."

텔레비전 화면에서는 연예계 뉴스가 흘러나오고 있었다. 요즘 들어 번갈아가며 일본을 방문하고 있는 한국 남자배우들에 대한 소식이었다. 요코와 비슷한 또래의 여자들이 경박한 환호성을 지르고 있는 광경을 바라보면서 요코는 마음속으로 머리를 쥐어뜯었다. 어쨌든 오늘 트레이닝은 중지.

"왜 그래, 엄마? 왠지 안절부절못하는 것 같은데."

"아니야."

못하고 있다. 부엌으로 내려왔을 때 다마키의 뺨이 사과 같은 색을 띠고 있기에 열을 재보게 했던 것이다. 이렇게 아무렇지도 않을 줄 알았다면, 쓸데없는 말을 하지 말 것을 그랬다.

아이들이란 참으로 이상하다. 부모의 관심이 자신에게 향해 있지 않을 때면 그 사실을 눈치 채기라도 한 듯 열이 난다. 아이들만 남겨둔 채 부부가 외출하려 하거나, 한쪽 아이에게만 신경 쓰고 있거나 할 때마다 몇 번이고 사람을 당황하게 만들었던지.

요코는 초조함을 감추고 조간신문을 집어 들었다. 톱기사는 오늘도 먼 외국에서의 전쟁. 그냥 보는 척만 할 생각이었지만 1면 아래쪽 기사에 시선이 고정되고 말았다.

'크레이그 리어던 씨, 방일.'

커다란 기사는 아니었지만 사진도 딸려 있었다. 그 남자가 엄지를 세운 포즈로 웃고 있었다.

'환경문제 활동가로 차기 미국 대통령선거 출마를 표명한 변호사, 크레이그 리어던(47) 씨가 21일 방일했다.'

'신문사와의 인터뷰에서, 경제발전을 우선시하는 미국 군사

복합체의 비대가 뒤늦은 환경대책의 원인이라며, 환경보호에 소극적인 미국 정부를 통렬하게 비판.'

텔레비전에서는 전혀 기사화되지 않았음에도 컬러 사진까지 게재한 것은 이 신문사가 그를 초청했기 때문인 듯했다.

'리어던 씨는 22일에 NPO 단체가 주최하는 강연회에 출석, 23일에는 요코하마의…….'

요코는 중간에서 신문을 던져버렸다. 코넬리어스 때와 마찬가지. 알고 싶지 않은데 이번에도 표적에 대해서 알아버리고 말았다.

와이드 쇼가 끝날 시간이 되어서야 다마키는 드디어 침대로 돌아갔다. 약이 듣기 시작했는지 열도 내린 듯했다. 요코는 먼저 슈퍼마켓에 다녀오기로 했다.

달걀이 떨어졌다는 사실을 떠올리고는 바구니에 담았다. 다마키의 점심은 가족 가운데 누군가가 감기에 걸리면 반드시 등장하는 달걀죽.

채소가 진열된 매장을 천천히 둘러보며 무엇이 필요할지를 생각했다.

파가 진열된 곳에 멈춰 서서 물건을 고르기 시작했다. 평소에 사던 세 뿌리에 190엔 하는 파가 아니라 시모니타* 파를 집어 들었다. 보통 파보다 세 배 정도나 두꺼웠다. 그런 만큼 가격

---

* 군마 현 남서부에 있는 마을.

도 두 배. 손가락을 둥글게 말아 굵기를 확인했다. 굵기는 충분. 하지만 길이가 조금 불만족스러웠다.

산더미처럼 쌓여 있는 파를 헤집어 필요한 만큼의 길이를 가진 것을 찾아냈다. 한 뿌리만 있으면 되지만 일단 세 뿌리를 준비하기로 했다.

다음은 무. 봄에는 조그만 무들이 많다. 길이가 적당한 것은 쉽게 찾아냈지만, 이번에는 굵기가 모자라는 것들뿐이었다. 상점가의 채소가게에서 팔고 있던 미우라三浦 산이 더 나을지도 몰랐다. 무는 그곳에서 사기로 했다.

가공식품을 진열해 놓은 매장으로 가서 컵수프 가루와 원두커피 필터, 봉투에 든 팝콘을 바구니에 담았다. 특별히 필요한 것은 아니었다. 부피는 있지만 가벼운 것이라면 무엇이든 상관없었다. 그런데도 자신도 모르게 집에서 바로 쓸 수 있는 것들만을 고르게 된다.

원예용품 코너로 발걸음을 옮겼다. 살충제를 사기 위해서였다. 크기는 작지만 독성이 강한 것.

민달팽이 구제용 스프레이를 발견했다. 지금까지 여기서는 팔지 않던 상품. 손을 내밀었다가 라벨에 붙어 있는 그림이 기분 나빠서 바로 거둬들였다. 결국에는 '만일 눈에 들어간 경우에는 바로 씻어내고 의사의 진료를 받으세요'라는 주의가 눈에 띌 만큼 크게 표시된 것을 골랐다.

계산대를 지나서 전부 봉투에 담았다. 비닐봉투가 적당히 부풀어 오를 정도의 양이었다. 됐어, 준비는 끝. 요코는 봉투를 왼손 엄지와 약지, 새끼손가락만으로 들고 슈퍼마켓에서 나왔다.

집으로 돌아와 보니 다마키가 또 거실에 내려와 있었다.

"누워 있으라고 했잖아."

"짐이 왔는데, 그럼 어떻게 해?"

"짐?"

아마 시댁에서 보내온 소포일 것이다. 내용물은 틀림없이 호박. 뜯지 말고 그냥 내버려두기로 하자. 요즘 한동안 안 보인다 싶었는데 다시 오스카 코넬리어스의 모습이 나타날 것만 같았다. 특히 결행일에는 그 얼굴을 보고 싶지 않았다.

"인감도장이 어디에 있는지 잘도 알았네."

요코가 이렇게 말하자 다마키가 고개를 갸우뚱했다.

"인감도장?"

"응, 우리 집에 오는 우체부 아저씨는 꼭 인감도장을 달라고 하니까. 이번에는 사인이면 된다던?"

"사인? 아무것도 안 했는데. 초인종 소리가 나서 현관문을 열었어. 그랬더니 문 밖에 짐이 놓여 있던걸."

그런 소포나 택배가 있을 리 없다.

"……그럼, 소포는 어디 있니?"

부엌 쪽으로 시선을 돌린 다마키가 얼굴을 찡그렸다.

"뭔가 좀 이상해. 안에서 바스락바스락 하는 소리가 들리는 것 같아."

부엌 싱크대 위에 놓인 것은 스티로폼으로 된 네모난 상자였다. 발송장이 붙어 있기는 했지만 받는 사람 주소뿐, 보내는 사람의 이름은 적혀 있지 않았다.

"소리가 들릴 리 없잖아."

"하지만 분명히……."

다마키가 등에 바싹 달라붙어서 상자를 바라봤다. 요코는 뒤돌아서 다마키의 이마를 짚었다.

"틀림없이 열이 있어서 그럴 거야. 이거 봐, 다시 오른 것 같은데. 얌전히 누워 있어. 안 그러면 조금 있다 이상한 신음소리나 여자의 울음소리가 들릴지도 몰라."

아직도 어린아이였다. 공포영화 예고편만 나와도 채널을 돌려버릴 정도로 겁쟁이인 다마키가 눈을 둥그렇게 뜨고 귀를 막았다.

"부탁이야. 엄마도 같이 가자."

"점심 준비해야지. 그게 끝나면."

2층 방문이 닫히는 소리를 듣고 나서야 스티로폼 상자로 손을 가져갔다.

정말이다. 분명히 안에서 조그만 소리가 들려왔다.

가볍게 흔들어봤다. 딸그락하고 둔탁한 소리가 들려왔다.

상자를 바닥에 내려놓은 뒤 겹겹으로 친친 감아놓은 테이프를 뜯어냈다. 만일의 경우에 대비해 냄비 뚜껑으로 얼굴을 가린 채 상자를 열었다.

셋을 헤아렸다. 폭발하지는 않을 모양이었다. 냄비 뚜껑 너머로 슬금슬금 얼굴을 내밀었다.

힉. 자신도 모르게 목구멍 속에서 비명을 지르고 말았다.

상자 안에서 무엇인가가 움직이고 있었다. 요코가 내려다보니 상자 안에서도 요코를 올려다보고 있었다. 검푸른 생물이었다. 네 마리. 전부가 커다란 집게를 쳐들고 있었다.

집게에 고무줄을 감아 벌리지 못하도록 해놓았다. 바다가재였다.

K다. K가 누군가를 이곳으로 또 보낸 것이었다. 게다가 간접적이라고는 하지만 딸과 접촉을 했다. 목덜미를 타고 벌레가 기어가는 듯한 느낌에 휩싸인 요코는 목덜미를 더듬었다.

상자 안에서 바다가재를 끄집어냈다. 진짜 물건은 바닥에 깔아놓은 보냉제 안에 있다는 사실을 금방 눈치 챌 수 있었다.

부엌칼로 보냉제를 뜯어보니 안에서 서리 맞은 1만 엔짜리 지폐가 나왔다.

얼어붙은 돈다발을 꺼냈다. 너무 적다는 느낌이 들었다.

세어보니 한 다발이 50여 장. 그것이 네 개. 그렇다면 200만 엔이 조금 넘는다는 의미다. '기본적으로 보수는 25년 전과 같다. 선금은 33%.' K는 분명 그렇게 말했다. 상자 안을 구석구석 살펴봤지만 돈은 역시 그것밖에 들어 있지 않았다.

지난번에는 총액이 60,000달러였다. 따라서 선금은 20,000달러.

순간 요코는 모든 사실을 깨달았다. 25년 전에는 1달러의 가격이 250엔 정도였다. 따라서 보수는 1,500만 엔. 지금보다 물가도 쌌으니 열여섯 살짜리 소녀에게는 어마어마하게 큰돈이었다. 하지만 지금은.

바다가재들이 바닥을 기어서 부엌 쪽으로 도망가려 하고 있었다. 서둘러 잡아서 상자 안에 집어넣었다. 한 마리가 눈에 띄지 않았다. 뒤돌아보니 엎드려 있는 요코의 엉덩이 밑에서 벌어지지 않는 집게를 쳐들고 있었다. 그 녀석도 상자 안에 던져 넣고 요코는 중얼거렸다.

"Shit(제길)!"

선금 200만 엔은 비닐에 싸서 싱크대 맨 아래 칸 중에서도 가장 구석에 넣어둔 누카도코* 속에 담가놓았다. 시어머니가 항아리째 준 것인데, 슈타도 다마키도 절임을 별로 좋아하지 않았기 때문에 거의 꺼내는 일이 없었다. 가끔은 도움이 될 때도 있다.

스티로폼 상자가 갑자기 덜그럭덜그럭 흔들리기 시작했다. 뚜껑을 열어봤다. 네 마리 중에서도 제일 커다란 바다가재가 경련이 일어난 듯 몸을 떨고 있었다. 그 한 마리만은 전혀 움직이지 않았기 때문에 벌써 죽은 것이라 생각하고 있었다.

바다가재를 집어 들었다. 흔들리고 있는 것은 권총의 손잡이만큼의 크기는 될 듯한 복부였다. 단속적으로 떨면서 묵직한 소리를 내고 있었고, 거기에 맞춰서 집게와 다리도 부들부들 흔들렸다. 드디어 어떻게 된 일인지 요코도 사태를 짐작할 수 있었

---

* 쌀겨에 소금과 물을 섞어 통에 담은 것.

다.

바다가재의 배를 손톱으로 긁어보니 리모트컨트롤의 건전지를 넣는 부분처럼 꼬리 안쪽의 껍데기가 벗겨졌다. 바다가재의 속살은 없었고, 그 대신 포장된 조그만 꾸러미가 들어 있었다. 그것이 소리와 진동의 발신지였다. 라미네이트 튜브처럼 생긴 포장을 벗겨냈다.

들어 있던 것은 소형 휴대전화였다. 진동으로 설정되어 있는 휴대전화가 즉시 눈치 채지 못한 요코에게 야유를 보내듯 낮게 울리고 있었다.

함께 들어 있던 몇 개의 조그만 덩어리가 싱크대 위로 떨어져 금속이 서로 부딪치는 소리를 냈다.

총알이었다. 전부해서 세 발.

얼음처럼 차가운 휴대전화의 뚜껑을 열었다.

요코가 휴대전화를 가지고 다니기 시작한 것은 극히 최근의 일이다. "가지고 있는 애들이 더 많으니까 나도 갖고 싶어"라고 말하는 다마키에게, 나도 가지고 있지 않으니 참으라고 했다. 하지만 학원에 다니기 시작한 다마키의 귀가 길이 걱정됐기 때문에 선불식 휴대전화를 장만해 주면서 함께 구입했던 것이다. 그래서 조작법에 그렇게 능숙한 편은 아니었지만, 조작 버튼이 요코가 가지고 있는 것과 아주 비슷했기 때문에 당황하진 않았다. 같은 회사, 같은 계열의 기종이었다.

"여보세요."

—— 담 니 니지트 클리코 마지.

K의 목소리가 들려왔다. 이것도 보냉제의 영향 때문일까? 차가운 목소리였다. 휴대전화의 존재를 깨닫지 못해 전화를 평소보다 1분 정도 늦게 받은 것이 편집증적으로 시간을 엄수하는 K를 화나게 만들었을지도 모른다. 부엌의 시계는 11시 26분을 가리키고 있었다.

기분이 상하기는 요코도 마찬가지였다. 스와힐리어의 암호를 교환할 기분이 들지 않아 요코는 처음부터 영어를 사용했다.

"어쩌자는 거예요? 왜 이런 짓을?"

── 아, 리틀 걸. 통화에 성공했군. 스피커가 얼어버린 게 아닐까 걱정했는데.

요코의 어투가 효과를 발휘했는지 K의 말투가 회유적으로 변했다.

── 역시 메이드 인 재팬이군. 미국 제품이었으면 네 말이 에스키모어처럼 들렸을지도 몰라.

K는 여기서 말을 끊었다. 토크쇼를 하고 있는 사람처럼 웃음과 박수를 기대했다면 꿈 깨시기 바란다. 요코는 한층 더 차가운 목소리로 대답했다.

"이런 접촉방법은 삼가주세요. 약속에는 없었던 걸로 기억하는데요."

── 휴대전화를 말하는 건가? 25년 전에는 없었던 물건이니까. 내일 일을 생각하면 있는 게 편리할 걸. 너에게 어울릴 것 같아서 장미색으로 했는데, 다른 색으로 할 걸 그랬나?

"그게 아니라……."

자신이 집을 비운 사이 다마키에게 짐을 전달했다는 사실에 대해 항의할 생각이었지만, 그만두기로 했다. 이 남자에게는 가족에 대해 말하고 싶지가 않았다. K는 입을 다물어버린 요코에게 억지로 만들어낸 듯한 밝은 목소리로 말을 해왔다.

— 선물은 마음에 드나?

"바다가재와 팁을 말하는 건가요?"

생각해낼 수 있는 최고의 비아냥거림을 담아서 한 농담이었는데, 이번에는 K가 입을 다물어버렸다. 상대방도 요코에게 웃음과 박수를 보낼 생각은 없는 모양이었다. 갑자기 사무적인 어조로 본론에 대해 말하기 시작했다.

— 표적의 방이 결정됐다. 1080호. 잘 부탁해(업 위즈 유). 잘 좀 대접해 주라고.

업 위즈 유. 요코가 잊지나 않았는지 걱정이 됐던 것일까, 그 말에 특히 힘을 주었다. 잊고 싶지만 잊을 수가 없었다. 그 사실을 전달하기 위해 K의 말을 그대로 되풀이했다.

"업 위즈 유? 당신은 옛날부터 그 말만 하는군요."

— 고마워. 기억하고 있다니 기쁘군.

업 위즈 유. 25년 전에 정한, 중요한 숫자를 말할 때의 암호다. K가 이 말을 한 경우에는 가장 위에 있는 숫자에 1을 더하고 다음 숫자에 2를 더한다. 숫자가 더 있으면 3을 더하고, 4를 더하고……. '녀석을 짓밟아줘(다운 위즈 힘)'이라고 말한 경우에는 이것과 정반대로 하면 된다. 오스카 코넬리어스의 주소가 25번지라는 사실을 전달할 때, K는 흑인들의 비속어를 써가며 이렇게 말했다. "37번지에 살고 있는 개 같은 녀석에게 완전히 당했어. 녀석을 짓밟아줘."

즉, 표적이 묵을 방은 요코하마 포천호텔의 2214호실.

점점 구체적인 말이 오가게 되면서부터 요코는 마음이 흔들리기 시작했다. 자신이 이번에도 일을 잘해낼 수 있을까?

"짐에 총알(곤)이 들어 있던데, 이건?"

── 만약을 위해서야. 네 라이플에 맞는 거라면 좋겠는데.

308탄이었다. 레밍턴에도 쓸 수 있는 총알이었다. 아니, 요코가 쓰려 하는 에드의 총알과 같은 것이었다. 다른 점은 그것이 관통력이 뛰어난 완전 피갑탄被甲彈이라는 것뿐.

"......어떻게······." 요코가 아직도 에드의 총을 가지고 있다는 사실을 안다고밖에는 달리 생각되지 않았다.

K는 요코가 흘린 중얼거림의 의미를 바로 깨달은 듯했다.

── 역시, 곤은 그것이 맞는군. 준비한 보람이 있어. 잘 들어, 리틀 걸. 나는 네가 생각하고 있는 것보다 훨씬 더 많이 너에 대해 알고 있어.

갈수록 자신이 꽁꽁 묶여가고 있는 듯한 느낌이 들었다. 집게를 고무줄로 감아 냉동우편용 상자에 넣어 보내온 바다가재처럼.

── 필요한 것은 전부 보냈다고 생각해도 되겠지? 아무튼 그걸 확인하고 싶었을 뿐이야. 내일 다시 전화하도록 하지.

"잠깐만요, 역시 저는······."

2층에 있는 다마키의 귀에 들어가지 않도록 속삭이고 있던 목소리가 자신도 모르게 커졌다.
── 응? 왜 그래?

K의 물음은 무슨 말을 하려는지 다 알고 있다는 듯 여유가 넘쳐나는 목소리로 들렸다. 미리 준비해 둔 다음 말이 목구멍에 걸려버렸다. 요코는 입을 다문 채 텅 빈 배를 드러내고 있는 바다가재의 사체를 바라봤다.

바다가재는 총 네 마리. 가족의 수와 똑같은 개수였다. 그것은 마치 '나는 네 가족에 대해서도 아주 잘 알고 있어'라는 K의 메시지처럼 느껴졌다. 어쩌면 요코가 가지고 있는 휴대전화 기종도 벌써 알고 있을지 몰랐다. 거대한 민달팽이는 요코가 생각했던 것보다 훨씬 전부터 이 집 주위를 기어 다닌 듯했다.

계단을 내려오는 소리가 들렸다. 안 돼, 다마키다. 요코가 전화하는 소리에 눈을 뜬 것일지도 몰랐다. 다미키는 반 친구 가운데 한 명이 쉬는 시간에 안부전화를 한 것이라고 믿고 있으리라. 당황해서 일본어로 말했다.

"어머, 그러니? 너도 큰일이구나. 우리도 마찬가지야."
── 왜 그러는 거야? 리틀 걸. 갑자기 무슨 소리 하는 거야?

"미안해, 지금은 조금 바빠, 내일 보자."

중요한 말을 하지 못한 채 요코가 먼저 전화를 끊어버렸다.

휴대전화를 앞치마 주머니에 넣은 것과 거의 동시에 다마키가 비명을 질렀다.

"캬~."

다시 상자에서 기어 나온 바다가재 한 마리가 부엌에서 집게를 쳐들고 있었다.

바다가재는 산 채로 찬 물에 넣어 삶는 것이 요령이야.

중국요리점 '드래건 클로'의 주방장 쿠완은 광동어 억양이 섞인 영어로, 미국의 과격한 동물애호단체 사람들이 들으면 사살당할지도 모를 말을 했다.

그의 말대로 해보려 했지만 아무래도 잘 되지 않았다. 냄비 속의 물은 바다가재가 상자 속에서 바스락바스락 소란을 피우는 동안 다 끓어버리고 말았다. 받은 것이니 하는 수 없다. 오늘 밤에는 바다가재 찜이다.

그런데 돈은? 선금 200만 엔은 어떻게 하지? 요코는 스티로폼 상자 안으로 한숨을 밀어 넣었다.

보수는 6만 달러. 일본 엔화로 하면 600만 엔이 조금 넘는다. 그리고…….

요코는 상자 안에서 한 마리를 집어 올렸다. 6만 달러 플러스 바다가재 4마리.

25년 전에도 그랬던 것처럼 자신에게 소중한 사람을 위해서라면 사람을 쏠 수도 있다. 자신과는 아무런 관계도 없는 타인을 시체로 만들 수도 있다. K에게서 전화를 받았던 때부터 요코는 그렇게 생각하고 있었다. 그렇게 생각하려고 노력했다.

하지만 600만 엔은 어떤가? 이 집을 살 때 대출받은 돈의 잔금보다 훨씬 더 적은 금액이다. 이 금액이 요코가 핑계로 삼고 있던 '가족을 위해서'라는 대의명분을 한 방에 날려버리고 말았다.

'사람의 목숨은 돈으로 환산할 수 없다.' 비행기 납치나 인질사건이 벌어질 때마다 우리나라에서 당연하다는 듯이 부르짖는 말이다. 하지만, 사람에게 총알을 쏘기 위한 도구를 진공청소기와 비슷한 가격이면 손에 넣을 수 있고, 계산대 안의 100달러를 빼앗기 위해 사람을 쏘는 일이나 계산대 속에 숨겨놓은 총으로 맞서 쏘는 일이 지극히 당연하며, 외국으로 사람을 죽이러 가면 주급 400달러를 보장받을 수 있고, 그것을 거부하는 인간은 나라의 리더로서 실격이라는 낙인이 찍히는 그런 나라에서 열여섯 살까지 살았던 요코에게 있어서는 '돈의 문제'였다.

25년 전에는 할아버지의 마지막 6개월 및 사후 안식을 오스카 코넬리어스의 목숨과 천칭 위에 올려놓고 재고 있었다. 그리고 에드의 안식을 선택했다. 보수 같은 것을 받을 생각은 조금도 없었다. 하지만 이번에는 어떤가? 슈타와 다마키와 고헤이를 위해서? 아니, 어쩌면 자신의 자존심이나 몸을 지키기 위해서인지도 몰랐다. 그리고 그것을 돈으로 환산하면 겨우 600만 엔.

다마키가 내려오지 않았다면 요코는 K에게 일을 하기 싫다고 말할 생각이었다. 그것을 K가 용납할지 어떨지는 알 수 없었지만.

2주일 전, 자신은 왜 '예스'라고 대답해 버렸던 것일까? 요코는 자신이 'K의 최면술에 걸려들었던 게 아닐까', '사고능력을 빼앗겨버렸던 게 아닐까' 절반쯤은 진심으로 그렇게 생각하기 시작했다.

부엌문을 통해서 정원이 보였다. 오클라호마 사람들이 봤다면 농담으로 여겼을 만큼 좁다란 장소에 세심한 손질로 아담하게 꾸민 정원이었다. 하지만 그것이 지금 요코의 현실.

역시 일을 거절해야 한다. 요코는 집게 쪽을 잡아서 들어 올린 바다가재의 나무열매 같은 눈을 바라보며 물었다.

그렇지?

아무런 대답도 하지 않는 갑각류에게 '미안'이라고 말한 뒤 끓고 있는 냄비 속으로 떨어뜨렸다.

바다가재라니, 몇 년 만일까? 마지막으로 먹은 것이 에드와 돌리스가 함께 있을 때였으니 벌써 30년 전이다.

이런 맛이었던가? 빨갛게 물든 껍데기를 바라보며 고개를 갸우뚱했다. 지금의 요코에게는 고무를 씹고 있는 느낌밖에는 들지 않았다.

한 마리에는 살이 없었기 때문에 세 마리를 4인분으로 나눴다. 고헤이가 좀처럼 돌아오지 않는 데다 연락도 없었기 때문에 먼저 저녁밥을 먹고 있었다. 한동안 자중하는 듯하더니 또 술을 마시고 돌아올 생각인 것일까?

"다음에는 새우튀김을 해줘"라고 말하는 슈타는 요리의 맛보다는 바다가재의 집게가 더 마음에 들었는지 바다가재 찜을 사방에 흘리고 먹으면서 집게를 가지고 놀고 있었다.

"바르탄 행성인. 후후후."

"그만 좀 해라, 바보야."

다마키는 바다가재의 모습이 징그러운 듯 껍데기는 옆으로 치우고 살만 접시에 담아놓았다. 언제나 다마키에게 당하기만 하는 슈타는 누나의 새로운 약점을 알게 된 것이 한없이 기쁜 모양이었다.

"후후후후."

"발로 차버린다."

이제는 다마키의 열도 떨어졌다. 내일은 학교에 갈 수 있을 것이다. 문제가 아주 없지는 않지만, 어쨌든 요코의 앞에 놓인 것은 평화로운 식탁이다. 일본 어딘가에서 어린이가 소아성애자에 의해 살해당했다는 소식을 들고 당장 휴대전화를 사러 달려가는 자신의 엄마가 살인을 저지른 적이 있다는 사실은, 바다가재 껍데기 하나만 가지고도 수선을 피우며 비명을 지르는 아이들에게는 상상도 할 수 없는 일이리라. 게다가 내일 사람을 죽이러 간다는 일 따위는.

요코는 계속 생각에 잠겨 있었다. 당일이 되어서야 취소, 만일 그렇게 한다면 K는 요코와 가족들을 어떻게 할까? 그런 생각이 들자 무서워서 거절할 수가 없었다. 하지만 '일'을 하고 싶다는 생각은 도무지 들지 않았다.

"누나, 오늘 학교 땡땡이쳤어?"

"땡땡이친 게 아니야. 너 까불면, 꼬집어준다."

"후후후후."

요코는 문득 한 가지 생각을 떠올렸다.

그래, 간단한 일이었다. 지금까지 왜 이 생각을 하지 못했을까?

일을 하기는 하되 실패하면 되는 것이다.

K는 이렇게 말했었다. "선금은 33%. 나머지는 결행 후에 지급. 성공했을 경우에만."

선금만 감사하게 받기로 할까? 월급이 조금 깎여도 상관없으니 고헤이에게는 회사를 그만두지 말라고 한다. 요코도 일을 한다. 둘이서 힘을 합하면 주택융자금과 다마키의 수업료, 슈타의 학원비 정도는 마련할 수 있을 것이다. 아마도.

현관에서 초인종이 울렸다. 장난치는 아이처럼 연속해서. 고헤이다. 요코보다 먼저 슈타가 의자에서 벌떡 일어나 현관 쪽으로 달려갔다. 다마키는 그런 슈타의 등에 대고 콧방귀를 꼈다.

"오오, 이게 뭐야? 굉장한데! 대하?"

오랜만에 고헤이의 표정이 밝았다. 술에 취하지도 않았다. 잘 됐다. 조금은 의욕을 되찾은 모양이었다.

"고급요리 재료를 선물로 주는 행사에 응모했는데, 당첨됐어."

미리 준비해 둔, 조금은 궁색한 변명을 했지만 고헤이는 의심은커녕 마음에도 두지 않는 듯했다. "옷 갈아입고 올게"라고 아이들에게 말한 뒤, 가만히 손짓을 해서 요코를 불렀다.

"왜, 무슨 일인데?"

마침 잘 됐다. 나도 할 말이 있었는데. 요코는 고헤이의 뒤를 따라서 침실로 들어갔다. 나도 일을 찾아볼 테니, 당신도 조금만 더 힘을 내요, 요코가 그런 말을 꺼내기도 전에 고헤이가 만

면에 미소를 지으며 말했다.

"회사 그만뒀어. 부장에게 사표를 집어던졌지. 지금도 야스이와 새로운 회사에 대해 이야기하고 오는 중이야."

"응?"

오 마이 갓. 사람의 마음도 몰라주고. 요코의 마음은 다시 한 번 흔들리기 시작했다.

12

그날 아침, 요코는 다른 날보다 정성스럽게 화장을 했다. 파운데이션으로 눈 밑에 흩어져 있는 주근깨를 지웠다. 어렸을 때부터 요코의 고민의 씨앗이었다.

보는 사람에 따라서는 매몰찬 인상이라고 생각할 수도 있는, 살이 없는 볼에도 메이크업을 했다.

눈썹을 다듬었다. 오늘은 왠지 눈초리가 위로 올라간 듯하다.

마스카라는 사용하지 않고 아이섀도는 아주 옅은 베이지. 평소에는 눈 화장을 많이 하지 않는다. 색이 옅은 눈동자가 눈에 띄는 것이 싫었기 때문이다.

그렇게 많지 않은 립스틱 가운데 가장 짙은 빨강을 골랐다.

화장에 시간을 들이는 이유는 동창회에 참석한다는 구실을 그럴 듯하게 보이기 위해서이지만, 자신의 마음을 다잡기 위해서이기도 했다.

용기를 북돋우려는 것은 아니다. 흥분이나 불안을 잠재우려는 것도 아니다. 화장으로 자신을 변신시키는 것이다.

거울에 비친 것은 평소의 나와는 다른 인간. 몰래 쓰레기를 버리는 남에게 주의 한 번 주지 못하는 나약한 주부가 아니라 터프하고 쿨하며 비정한 여인. 그렇게 생각하려 했다.

립스틱 바르기를 마치고 화장솜을 끼운 입술을 꼭 다물었다. 됐어.

오전 8시 30분. 다마키는 오늘도 '몸이 무겁다, 머리가 아프다'며 학교에 가지 않으려 했다. 열도 떨어졌고 혈색도 좋은데. 어제 안부전화를 걸어 온 사람이 아무도 없었기 때문일지도 모른다.

"학교에 가지 않을 거면 조용히 누워 있어. 카레 같은 건 만들 생각도 하지 마."

이렇게 말하자 드디어 자기 방으로 옷을 갈아입으러 갔다. 다마키는 요코 대신 저녁밥을 만드는 일에 이상할 정도로 집착했다.

막내아들의 등교거부 때문에 골머리를 썩고 있는 마모토 씨는 "분명 꾀병이 아니라, 진짜로 몸이 좋지 않은 것이 첫 징후야"라고 말했다. 다마키의 몸이 좋지 않은 이유가 정신적인 것에 의한 게 아니었으면 좋으련만.

회사에 사표를 집어던지고 왔다는 고헤이가 오늘부터 집에 있었다면 큰일이었겠지만, 다행히도 "바로 그만둘 수 있는 건 아니야. 인수인계가 끝날 때까지는 있어달라고 부장이 파랗게 질려서 붙잡는 통에. 회사도 이젠 알았겠지. 내가 없으면 얼마나 힘들어지는지를"이라고 말하며 예전보다 훨씬 더 당당한 모습으로 출근했다.

슈타는 스목으로 갈아입은 채 요코를 기다리며 현관에서 접영 연습을 하고 있었다.

"나가자."

벽에서 턴을 해 배영 자세를 취하고 있던 슈타가 요코의 얼굴을 올려다보다니 멍하니 입을 벌렸다.

"어, 엄마 평소하고 다른데."

"그래?"

"응, 조금 예뻐."

"고마워."

어떤 목적으로 화장을 했든, 칭찬을 들으면 기분이 좋아지는 법이다. 평소보다 상냥한 목소리로 말했다.

"자, 그만 가자. 오후에는 어떻게 해야 하는지 알고 있지? 아빠가 리키야네 집으로 데리러 갈 때까지 얌전히 있어야 해."

왼손에 타지 않는 쓰레기봉투를 든 채로 오른손을 슈타에게 내밀었다. 평소보다 조금 더 세게 쥐었다.

집으로 돌아와 탈수가 끝난 빨래를 널었다. 다른 건 몰라도 슈타의 스목만은 매일 빨아야 한다. 정원으로 나가 화단과 플랜터에 빠른 손놀림으로 물을 주었다. 시간이 없었지만 긴장과 망설임을 잠시라도 잊기 위해 요코는 사소한 잡일에 신경 썼다.

옷장 앞에 서서 무엇을 입고 갈지 생각했다. 다마키의 입학식에 입고 갔던 정장? 너무 형식을 갖춘 옷은 눈에 띈다. 어떤 장소에서도 부자연스럽지 않은 옷을 골라야 한다. 그리고 무엇보다도 움직임이 편한 것.

언뜻 바지가 활동적일 것 같았지만, 길이를 전부 하이힐에 맞춰놓았다. 신은 굽이 없는 것으로 하고 싶었다. 사람들 눈에 띄지만 않는다면 차라리 운동화가 더 움직이기 편하다. 굽이 없는 구두에 맞는 스커트라면.

몇 벌 되지 않는 외출복 가운데 플레어스커트를 꺼낸 뒤, 속옷과 세트로 된 스웨터를 골랐다. 아직은 좀 얇은 듯했지만, 겨울에도 캐미솔을 입고 다니는 요즘의 젊은이들을 생각하면 그렇게 신경 쓸 일도 아니다. 거울 앞에서 옷을 대본 뒤 옷걸이에 걸었다.

옷이 결정되면 여자의 외출준비는 끝난 것이나 마찬가지다.

부엌으로 가서 저녁거리 준비를 시작했다.

다마키를 위해서 시스템키친 한쪽에 감자, 당근, 양파, 카레를 내놓았다. 특가로 파는 날 한꺼번에 사다 냉동실에 보관했던 돼지의 어깨살 로스도 꺼냈다.

어제 산 채소들은 냉장고에 전부 들어가지 않아 봉투째 바닥에 내려놓은 상태다. 먼저 무를 꺼냈다. 어린아이의 다리 정도 되는 굵기에 흙이 그대로 묻어 있는 무였다. 생선의 배를 가르듯 무를 옆으로 눕혀놓고 옆에서부터 칼을 찔러 넣었다. 무를 길게 반으로 나눈 것은 이번이 처음이다. 두 개로 나눈 무의 단면을 껍데기에서 가까운 부분만 남겨두고 전부 파냈다.

청소기의 호스만큼이나 굵은 파는 한쪽 끝에 칼집을 내서 속을 빼냈다.

그런 다음, 직접 구운 빵을 파는 빵집에서 사온 바게트를 꺼냈다. 미식축구공만한 크기치고 싼 편이라 동네에서는 '득'이라는 좋은 평을 듣고 있었지만, 너무 딱딱해 아이들이 별로 좋아하지 않았기 때문에 평소에는 잘 사지 않는다. 이것도 옆에서부터 칼을 넣어 가른 다음 안을 비워냈다.

맞다, 요리할 때 쓰고 반 정도 남은 연근이 있었지. 그것도 꺼내놓아야지.

무에서 파낸 속이나 파에서 빼낸 속은 물론 버리지 않는다. 찌개를 끓일 때 쓸 수 있다. 비닐봉투에 담아서 야채실에 넣어 두었다.

창고로 가, 분해해서 보관해 둔 레밍턴 M700을 꺼내왔다.

사용하는 것은 오늘이 처음이자 마지막이다. 에드는 사진 찍기를 극단적으로 싫어했기 때문에 요코는 할아버지의 사진을 한 장도 가지고 있지 않았다. 에드를 추억할 수 있는 유일한 물건을 잃는다는 것은 괴로운 일이었지만, 오늘 일이 끝나면 이 총을 처분할 생각이었다.

그러니 마지막 조립.

탁자 위에 조리용 타이머를 놓고, 에드가 언제나 그랬던 것처럼 손뼉을 친 다음 드라이버를 집었다. 시작.

9분 44초. 오클라호마에 있던 때에 비해서는 아직 늦은 편이었지만, 지난 2주일만 놓고 본다면 최고 기록이다.

총을 들어 자세를 취해 본 뒤 내려놓았다. 그 동작을 반복했다. 어떤 상황에서 쏘게 될지 알 수 없었다. 입사, 복사, 좌사. 각각의 감각을 확인해 봤다.

다시 한 번 총을 분해했다. 평소 하던 것처럼 너트나 볼트로까지 되돌리는 것이 아니라 몇 개의 부분으로만 나눴다.

방아쇠와 핸드가이드가 있는 기관 부분. 그것을 속이 빈 무속에 넣었다. 남은 밥을 으깨 접착제 대신 사용해서 밀봉했다. 흙을 발라 연결 부분을 눈에 띄지 않게 했다.

총신은 가장 긴 파 속에 넣었다. 하얀 부분만으로는 전부 가릴 수 없었기 때문에 튀어나온 부분은 이 파 특유의 풍성한 잎으로 싸서 고무줄로 묶었다.

과연 덕용 사이즈는 다르다. 바게트 안에 총대가 쏙 들어갔다. 소음기와 조준경은 랩으로 감쌌다. 그것을 해동되고 있는 어깨살 로스를 빼낸 용기에 놓았다. 위에 고기를 덮었다. 오늘 저녁 카레에 쓸 만큼만 남겨두고 전체를 감싼 다음 다시 랩을 씌운 것을, 이번에는 슈퍼에서 늘 넉넉하게 받아오는 비닐봉투에 넣었다.

연근의 구멍에는 총알. 에드가 만든 것을 한 발. K가 보내준 피갑탄을 한 발. 조금 망설였지만, 총알은 그것만 가지고 가기로 했다. 세 번째 발을 필요로 하는 상황은 있을 수 없다.

남은 고기를 다시 냉장고에 넣은 다음 다마키에게 메모를 남겼다. '고기는 냉장고 속에.' 감자껍질을 벗길 때 쓰는 칼로 눌러놓았다. 다마키는 어디에 있는지 모를 게 뻔했기 때문에.

레밍턴을 숨긴 채소와 고기를 슈퍼마켓 봉투에 넣은 뒤, 봉투에 든 팝콘과 커피 필터 묶음, 컵수프 가루가 든 상자 등 가볍지만 부피가 나가는 물건들로 주위를 덮었다. 까마귀나 고양이의 표적이 되지 않도록 남은 밥을 쓰레기봉투의 안쪽에 숨기는 식으로.

한쪽 손으로 들어봤다. 총대가 호두나무로 만들어진 할아버지의 라이플은 레밍턴 중에서도 가벼운 편이었다. 고헤이와 팔씨름을 하면 3초 만에 이길 수 있을 정도의 완력을 가진 요코가 가볍게 들고 있는 척하기란 어려운 일이 아니었다.

마지막으로 만일의 경우에 호신용으로 사용할 작정으로 살충 스프레이를 넣은 다음, 봉투를 커다란 손가방에 넣었다. 드라이버와 토크렌치는 작은 가방 밑에.

11시를 알리는 시보에 맞춰서 평소에는 거의 사용하지 않는 디지털 손목시계를 단 1초의 오차도 없이 맞춰놓았다. 아직은 시간이 있었다. 요코는 손톱을 다듬기로 했다. 손톱을 기른 적은 단 한 번도 없었다. 짧게 깎여 있는 손톱을 줄로 갈았다. 총신을 쥐어야 할 왼쪽 손의 손톱은 더욱 정성스럽게.

투명 매니큐어를 발랐다. 요코는 언제나 꼼꼼하게 바르질 못한다. 붓을 들고 있는 자신의 손이 떨고 있다는 사실을 깨달았다. 감정을 억제하기 위해서 기계적으로 준비를 했지만, 사실은 겁이 나서 견딜 수가 없었다.

일부러 실패하자고 결심한 뒤에도 불안해서 견딜 수가 없었다. 내가 저격하는 모습을 누군가에게 들키면 어떻게 하지? 설사 실패했다 해도 발각되면 살인미수다. 표적에게는 상처를 입히지 않는다 해도 아이들의 마음에는 깊은 상처를 주게 된다. 마음 약한 고헤이에게도.

그러니 정말로 일을 성공시키겠다는 기분으로 임하지 않으면 안 된다. 요코는 그렇게 생각했다.

그리고 또 한 가지, 걱정이 있었다. 과연 자신이 실패할 수 있을까 하는 점이었다.

여섯 살 때부터 표적에 총알을 명중시키는 것만을 몸에 익혀왔다. 요코에게는 표적을 맞히는 것보다 못 맞히는 것이 더 어려운 일처럼 느껴졌다. 표적 앞에 서서 방아쇠를 당길 때가 되면 손가락이 별개의 생물처럼 제멋대로 움직여버릴지도 모를 일이다. 그런 생각이 들자 불안해서 견딜 수가 없었다. K에게 연락을 받은 날부터는 트레이닝을 할 때도, 요코하마로 사전답사를 갔을 때도 요코는 머릿속으로 계속해서 시뮬레이션을 반복했다. 그 순간순간에는 아무런 고민도 없이. 마음과는 또 다른 장소에서 생각하고 있으며, 머리보다는 몸이 먼저 반응하고 있는 것 같은 느낌이었다. 모든 행동이 예전부터 자신의 몸속에 프로그래밍되어 있었던 게 아닐까 하는 생각이 들 정도였다. 너무 총에만 신경을 써왔기 때문이다. 틀림없이 훈련 과다.

훈련 과다? 요코는 문득 자신 속에 4분의 1만큼만 흐르고 있는 피를 생각했다. 아일랜드계의 거칠고도 다정한, 암살자의 피.

어쩌면 자신은 K의 전화를 마음속 한구석에서…….

요코는 거기서 생각을 멈췄다.

매니큐어를 손가락 끝에도 발랐다. 이쪽은 정성스럽게, 듬뿍듬뿍 덧칠을 했다. 왼손을 마치고 말린 다음 오른손. 지문을 지우기 위해서였다. 완전히 지울 수는 없지만 이렇게 하면 금속이나 유리에 세게 접촉하지 않는 한 흔적을 희미하게 할 수 있다.

두 손을 흔들어 손가락을 말리면서 요코는 시계에 시선을 고정했다. 옆에는 어제 도착한 휴대전화가 놓여 있었다.

11:24. 디지털 숫자가 25로 바뀌는 순간 착신음 소리를 작게 해놓은 휴대전화가 울렸다. 무슨 생각에서였는지 K는 착신음을 '슬픈 빗소리'로 해두었다. 미국의 오래된 팝송이었다.

스와힐리어의 암호에 이어서 K의 목소리.

── 리틀 걸. 드디어 오늘이군. 어제 잠은 잘 잤나?

"네, 푹 잤어요."

거짓말이었다. 오늘 자신이 어떻게 해야 하는지에 대해 새벽녘까지 생각했다. 화장이 잘 먹지 않은 이유도 틀림없이 그 때문일 것이다.

── 일에 앞서 질문은 없나?

"네, 없어요."

간단하게 대답했다.

── 정말 추가 오더는 필요 없는 거겠지? 가지고 있는 긴 것은 완벽한가?

기분 탓인지, K의 어조에서 평소의 부드러움이 사라진 것 같았다. 결행일에는 K도 역시 긴장하는 것일까?

"네, 문제없어요."

── 너라면 틀림없이 해내리라 믿지만, 성공을 기원한다. 아니, 성공하지 못하면 우리가 곤란해져. 이번 손님을 초대하기 위해서 우리는 오랜 준비기간과 적잖은 자금을 썼으니까.

그에 비해서는 보수가 너무 적다. 아무렴 어때. 어차피 보수는 받지 않을 텐데. 나는 실패할 생각이니까.

── 별로 생각하고 싶지는 않지만, 만일 실패할 경우 내 처지가 아주 난처해져. 미안하지만, 네 책임을 묻는 목소리를 어디까지 억누를 수 있을지는 나도 알 수 없어.

마치 요코의 마음을 꿰뚫어본 듯한 말이었다.

"자, 잠깐만요. 책임이라니, 무슨 말이죠?"

K는 대답하지 않았다. 무언의 협박. 요코는 머릿속이 텅 비어버린 느낌이었다. 텅 비어버린 머리와는 또 다른 곳에서 말을 입술로 보냈다.

"우리 가족에게 쓸데없는 짓을 했다가는 가만히……."

그 순간 전화가 끊겼다. 요코는 휴대전화를 노려보며 다시 울리기를 기다렸지만 핵심이 되는 말을 해서는 안 된다는 규칙을 어긴 요코를 벌하듯 침묵만이 이어졌다.

10분 후에 울린 것은 집 전화였다.

── 어떤가, 리틀 걸. 조금은 냉정을 되찾았나? 말을 조심해서 해야지. 어쨌든 나는 너의 고용인이니까 말이야. 아마 오랜만에 일을 해서 조금은 흥분한 것 같은데, 걱정할 것 없어. 나는 너의 성공을 믿어 의심치 않으니까. 성공하기만 하면 아무런 문제도 생기지 않아.

"조금 전의 이야기 말인데……."

— 그 이야기는 이제 끝난 걸로 하지.

요코는 입술을 깨물었다. K는 틀림없이 요코가 일부러 실패해야겠다고 생각하리라는 사실도 예상하고 있었던 듯했다.

— 지금부터 내가 지정한 장소로 가. 네게 줄 선물이 있어.

내가 지정한 장소? K는 요코를 프로로 인정하고 있었던 게 아니다. 25년 전과 마찬가지로 살인을 위한 도구로 사용할 생각이다. 요코는 일주일 전 사전답사를 갔을 때, 경우에 따라서 대응할 수 있도록 몇 군데의 저격 포인트를 찾아놓았다. 어차피 일을 해야 한다면 자기 나름대로의 방법으로 일을 처리하고 싶었다. 꼭두각시가 되기는 싫었다.

"잠깐, 내게는 나 나름대로의 생각이 있는데요."

상대방의 말대로 움직였다가 실패를 하게 되는 경우는 생각하고 싶지도 않았다.

— 그거 듬직하구먼. 그런데 미안하지만, 우리에게는 우리 나름대로의 계획이 있어서 말이지. 워낙 빈틈이 있어서는 안 되는 경우라서.

산책로를 가르쳐줄 때와 같은 어조로 말하는 K의 설명을 다 듣고 난 뒤, 요코는 다시 한 번 말을 꺼냈다.

"내 계획은 듣지 않아도 된단 말이죠?"

K는 침묵으로 요코의 말을 막았다. 이건 마치 기계를 대하는 듯한 태도다. 요코는 K가 세운 계획이라는 거대한 총의 조그만 방아쇠에 지나지 않는다. 교환 가능한 방아쇠.

한 번밖에 경험이 없으며 25년이라는 공백이 있는 요코를 왜 K가 지명했는지가 늘 의문이었다. 하지만 이제 조금은 알 것도 같았다. 25년 전에 비하면 K는 무리한 방법을 취하고 있으며, 어딘지 모르게 쫓기는 듯한 느낌을 주었다. K는 다른 암살자를 준비하려 했지만, 어떤 사정 때문에 계획에 차질이 생겼던 것은 아닐까?

── 다른 질문은?

드디어 K가 입을 열었다. 차가운 어조였다.

"실패했을 경우, 내가 어떻게 책임져야 하는지에 대해서는 말해 주지 않을 거죠?"

── 미안하지만.

"그럼 한 가지만. 디키디키의 휴대전화번호를 가르쳐줘요. 당신들은 알고 있겠죠?"

도둑은 자신의 집에 커다란 자물쇠를 채운다. 그처럼 도청을 두려워하고 있는 이유는 자신들이 온갖 도청기술을 가지고 있기 때문일 것이다. 호텔 방에서부터 스케줄까지 전부 노출되어 있는 표적은 이미 알몸이나 다를 바 없을 것이다.

── 당사자와 접촉할 생각인가? 그건 그만두는 편이 좋을 거야.

요코의 안전이 아니라 증거가 남을지도 모른다는 사실을 걱정하고 있는 듯한 어투였다.

"실패해서는 안 되잖아요. 만일의 경우에는 당사자에게 직접 서비스하도록 하죠. 파이는 반드시 처리할 테니."

파이를 처리한다. 이는 증거를 남기지 않겠다는 암호. 잠시

후 K가 번호를 불러줬다. 끝에 업 위즈 유를 붙여서. "일과 관련된 숫자는 메모를 남기지 말고 그 자리에서 전부 암기하도록 해. 에드의 말에 따르면 너는 기억력이 좋다고 하니까." 지난번에 일을 할 때는 그렇게 말하기에 그대로 했다. 하지만 41세의 기억력은 옛날처럼 믿을 만한 것이 못 된다. 요코는 K가 눈치 채지 못하도록 가까이에 있던 영수증 뒤에 번호를 적었다. 나중에 확실하게 계산해서 천천히 외운 뒤 부엌에서 태워버리면 된다.

── 일이 생기면 다시 연락하도록 하지. 굿 럭.

이렇게 말한 뒤 전화를 끊었다.

어떻게 할 거야? 정말 할 거야? 겨우 600만 엔을 위해서?

요코는 조금 전보다 훨씬 무겁게 느껴지는 짐을 들고 집을 나섰다. 마음은 반대방향으로 도망치고 싶어 했지만, 발은 전철역을 향해서 똑바로 움직이고 있었다.

요코하마역의 개찰구를 나와 중앙 홀 끝에 있는 백화점으로 향했다. 목적지는 지하의 식품매장이었다.

가격은 요코가 주로 이용하는 슈퍼마켓보다 훨씬 더 비쌌지만, 여기서 청과물과 고기 등 아주 일상적인 식품도 팔고 있다는 사실을 이미 답사 때 확인해 두었다.

포테이토칩 세 봉지를 사서 들고 있던 봉투에 넣은 뒤 부인잡화매장으로 발걸음을 옮겼다. 여기서는 스카프를 샀다. 겨우 스카프 한 장을 샀을 뿐인데, 커다란 종이봉투를 주었다. 필요한 것은 포테이토칩이나 스카프가 아니라 백화점의 로고가 들어간 봉투였지만, 요코는 에스컬레이터를 타고 내려가며 이런 생각을 했다. 빨간색이 아니라 옅은 보라색 스카프를 살 걸 그랬나. 무슨 이유에서인지 나이를 먹어갈수록 점점 더 화려한 색을 고르게 된다.

백화점에서 나와 다리를 건너 K가 지정한 곳까지 걸어갔다. 역 근처임에도 도쿄에서는 찾아볼 수 없을 정도로 널따란 공터가 이어져 있었고, 그 끝에 체스의 말처럼 생긴 랜드마크타워가 솟아 있었다.

K가 지정한 장소는 지도로 확인할 필요도 없었다. 사전답사는 한 번밖에 오지 않았지만 현장 주변의 모습은 전부 머릿속에 들어 있었다.

현장을 걸어서 지나가면 그만큼 사람들의 눈에 띄게 된다. 누군가의 기억에 남게 될지도 모르고 도시 곳곳에 설치된 감시카메라에 찍힐 가능성도 있었다.

"사전답사는 무조건 꼼꼼하게 한다고 좋은 게 아니야. 한 번으로도 충분하지." 배운 적은 없지만, 만일 에드에게 조언을 구했다면 틀림없이 이런 대답을 들었을 것이라는 생각이 들었다. 에드는 단 한 번의 여행으로 '일'을 마무리 지었다. 그것도 아주 짧은 기간에. 요코를 혼자 오랫동안 오클라호마에 남겨두지 않기 위해서 그렇게 했던 것인지도 모르지만.

오른쪽으로 보이기 시작한 쇼핑 시설의 간판을 확인한 뒤 그곳 주차장으로 들어갔다.

평일 오전인데도 커다란 주차장의 반 정도가 차 있었다. K가 가르쳐준 번호의 차량을 찾기까지에는 조금 시간이 걸렸다. 아주 평범한 가족이 탈 것 같은, 너무 크지도 않고 너무 작지도 않으며, 너무 비싸지도 않고 너무 싸지도 않은, 평범함의 견본과도 같은 세단이었다.

다른 사람들은 의심조차 하지 않겠지만, 요코는 위장 번호판이라는 사실을 한눈에 알아볼 수 있었다.

K는 이런 일로 내가 기뻐하리라 생각했던 것일까?

차량 번호는 0614. 6월 14일. 요코의 생일이었다.

문 앞에 서서 작은 가방을 꺼내, 있을 리 없는 자동차 열쇠를 찾는 척했다. 실제로 요코가 꺼내든 것은 10엔짜리 동전이었다. 주위에 사람의 그림자조차 없었지만 연극을 계속했다. 10엔짜리 동전을 땅바닥에 떨어뜨렸다.

줍는 척하면서 허리를 굽혀 자동차 밑을 들여다봤다. 10엔짜리로 한 이유는 가장 눈에 띄지 않기 때문에. 그리고 무엇보다 그냥 없어진다 해도 아깝지 않기 때문에. 과연.

K가 말한 바로 그 자리에 테이프로 붙여놓은 자동차 열쇠가 있었다.

일어서는 순간 10엔짜리 동전 대신 열쇠를 떼어내 손 안에 쥐었다.

자동차 문에 열쇠를 꽂고 몸을 밀어 넣었다. 대시보드를 열어보니 K의 말대로 봉투가 들어 있었다.

거꾸로 들어 흔들어봤다. 손수건을 사용해 주워 올렸다. 호텔의 카드키였다. 포천호텔의 것이 아니었다. 요코는 머릿속에 있는 주변도를 훑었다. 바로 가까이에 있는, 조금 작은 호텔이었다. 방 번호는 '2308'.

흠. 여기로 가란 말이지.

K가 지정한 곳이 자동차 안이라는 것은 참으로 잘된 일이었다. 커다란 손가방 안의 슈퍼마켓 봉투에 담겨 있던 물건들을 백화점 식료품 매장에서 받은 봉투로 옮겨 담았다. 사실 요코는 이것들을 공중화장실에서 옮길 계획이었다.

핑계 김에 화장도 고쳤다. 입술이 말라서 계속 핥아댔으니 립스틱이 전부 지워졌을 것이다. 룸밀러를 기울여 립스틱을 다시 발랐다. 헝클어진 머리를 바로하고 있는데, 거울에 자신이 아닌 누군가가 비치고 있다는 사실을 깨달았다.

뒤쪽 의자에 누군가가 앉아 있는 것이다.

본능적으로 몸을 움츠렸다. 오른손을 긴급탈출용 해머가 있는 쪽으로 뻗으면서 거울로 상대방의 모습을 살폈다. 거울에 비친 사람이 누군지를 깨달은 순간, 요코의 몸에서 힘이 빠져나가는 동시에 큰 한숨이 흘러나왔다.

"당신이었군요. 며칠 만이죠? 요즘엔 왜 안 보였어요?"

대담하게 거울 속의 창백한 얼굴에게 말을 걸었다. 하지만 오스카 코넬리어스는 아무런 대답도 하지 않은 채 요코의 등을 멍하니 바라보고 있을 뿐이었다.

"미안하다고 해봐야 소용없는 일이겠죠? 당신은 내 속에 있으니까요. 하지만 말할게요. 미안해요."

눈물이 나올 것만 같았다. 이제 막 화장을 고쳤는데.

"화를 낼지도 모르겠지만, 이런 거라도 상관없다면 드세요."

요코는 알고 싶지 않았지만 K가 가르쳐준 오스카 코넬리어스의 프로필에 '인스턴트식품을 좋아함'이라는 항목이 들어 있었다는 사실이 떠올랐던 것이다. 요코는 포테이토칩 봉지를 쥔 채 뒤를 돌아봤다.

뒷좌석에는 아무도 없었다. 코넬리어스가 있던 자리에 마늘 맛 포테이토칩을 놓은 뒤, 나머지 두 개는 봉지를 두드려 내용물을 산산조각 낸 다음 동네 슈퍼마켓 봉투에 넣었다.

자동차에서 나와 다시 동전을 떨어뜨렸다. 10엔짜리 동전이 없었기 때문에 5엔. 처음부터 끝까지 요코의 행동을 지켜본 사람이 있었다면 정말 칠칠맞은 여자라고 생각했을 것이다. 열쇠를 원래 있던 자리에 붙여놓았다.

쓰레기통에 슈퍼마켓 봉투를 집어넣은 뒤 주차장에서 나왔다.

요코하마 포천호텔은 미나토미라이21이라 불리는 일대의 한쪽 끝, 요코하마 항이 내려다보이는 곳에 있었다. 배의 돛 모양을 하고 있는 30여 층짜리 호텔이었다.

요코가 열쇠를 가지고 있는 호텔은 그 바로 앞, 포천 호텔과 마주보듯 서 있었다. 두 호텔로 이어진 길 오른쪽은 커다란 놀이공원이었다. 요코는 먼저 포천호텔로 갔다.

호텔에 들어가기 전까지는 백화점 봉투 두 개를 한 손에 들고 걸었다. 무기를 휴대했다는 사실을 감추려면 아무래도 거동이 이상해져 버린다. 이렇게 해서 간접적으로라도 사람들의 눈에 노출되는 것이 오히려 의심을 덜 받는다. 요코는 그 사실을 25년 전 일을 하면서 깨달았다. 미네소타로 향하는 도중에 열차 안에서 콜트 S.A.A.와 예비용 총을 넣어둔 여행용 가방을 땀을 삘삘 흘려가며 끌어안고 있던 요코에게 사람들은 이상하다는 듯한 시선을 보냈다. 하지만 결행일 밤에는 할로윈 과자를 받기 위한 바구니에 숨겨 돌아다녔더니 이상하다는 듯이 쳐다보는 사람은 아무도 없었다.

길 바로 건너편에서 회전식 놀이기구가 움직이기 시작하더니 아이들과 젊은 여자들의 즐거운 비명소리가 들려왔다. 요코는 다마키와 슈타가 떠올라 조금 전에 립스틱을 새로 바른 입술을 깨물었다.

표적에게는, 가능한 한 머릿속에서 이름을 떠올리지 않으려고 노력하지만, 크레이그 리어던에게는 미안하게도 이것은 더 이상 일방적인 살인이 아니라 그가 알지 못하는 곳에서 시작된 죽느냐 죽이느냐 하는 서바이벌게임이었다.

샹들리에는 요코네 식탁보다 클 것이다. 포천호텔의 실내장식은 눈이 부실 만큼 흰색과 금색으로 통일되어 있었다. 로비에는 사람들이 아주 많았다. 그것도 다 여자들뿐. 요코와 비슷한 나이의 여자들이 많은 듯했다.

무슨 모임이라도 있나 싶었는데, 손에 들고 있는 한글 플래카드와 얼굴사진을 붙인 보드를 보고 그녀들의 정체를 알 수 있었다.

한국 남자배우의 꽁무니를 따라다니는 사람들. 자신들이 좋아하는 배우가 일본에 와서 이 호텔에 묵고 있는 것이리라. 프런트에서는 극성팬 몇 명이 방의 호수를 가르쳐달라며 종업원을 다그치고 있었다. 바겐세일에 모여든 중년여성의 수만큼이나 되는 사람들이 숙박객도 아니면서 당당하게 계단을 오르내리고 있었으며, 엘리베이터도 거의 점거해 버렸다.

2214호의 위치를 확인하려 했던 요코에게는 더할 나위 없이 좋은 상황이었다. 이런 상황이라면 눈에 띌 염려도 없을 것이다. 라운지 의자에 놓여 있던 플래카드를 잠깐 빌려 22층으로 올라갔다.

22층에도 배우의 방을 찾아서 배회하는 사람들이 있었다. 요코는 그들의 뒤에 바싹 붙어서 복도를 걸어갔다. 호텔이란 참으로 이상한 곳이다. 죽 늘어서 있는 문 너머에서는 누군가가 침대에서 잠을 자고 있거나 목욕을 하고 있는데, 문 하나 너머에 있는 복도에서는 거의 길거리와 마찬가지로 사람들이 오가고 있다. 아파트보다 훨씬 더 무방비 상태.

2214호는 22층의 구석. 삼각형을 한 호텔의 거의 꼭지점에 가까운 부분이었다. 스위트룸인 듯했다. 옆방과는 조금 떨어진 곳에 문이 있었다.

오후 2시 40분. 표적은 이미 체크인을 했을까? 문을 가만히 응시하며 안에 대고 말했다.

미안해요. 나와 우리 가족을 위해서 죽어줘야겠어요.

열쇠를 가지고 있었음에도 K가 준비해 둔 방으로 향하는 요코의 발걸음은 포천호텔의 복도를 걸을 때보다 훨씬 더 긴장되어 있었다.

손수건으로 손을 감싼 뒤 카드키를 문에 꽂았다.

2308호는 아담한 트윈룸이었다. 창밖으로 요코하마 항이 내려다보이긴 했지만 멋진 전망이라고는 할 수 없었다. 눈앞에 서 있는 포천호텔이 방해하고 있었기 때문이다.

이 호텔로 갈 것을 지시받은 순간부터 K의 의도를 파악했지만, 이 정도로 밥상을 잘 차려놓았을 줄은 꿈에도 생각지 못했다. 표적의 2214호는 이 방의 바로 맞은편.

각도상으로 보면 약간 기울어져 있지만 문제가 될 정도는 아니었다. 23층을 준비한 것은 설계상의 차이 때문으로, 이 호텔의 각 층 높이가 포천호텔보다 약간 낮기 때문이다. 이곳과 2214호와의 높이 차이는 반 층 정도. 게다가 창밖에는 고층 호텔에서 쉽게 찾아볼 수 없는 발코니까지 있었다.

그렇군. 호텔에서의 저격. 참 우아한 일이군. 마치 여우사냥을 나온 영국의 여왕님 같잖아. 틀림없이 일본 도회지에는 저격수가 몸을 숨길 수 있을 만한 장소가 그렇게 많지는 않을 것이다. 탄도를 통해 저격 장소가 이 방이라는 사실이 발각된다고 해도. 이미 그 순간에는 가명으로 이 방에 숙박했을 누군가는 외국으로 떠났을 것이다.

더할 나위 없는 주도면밀함. 왠지 마음에 들지 않았다.

가방에서 장갑을 꺼냈다. 손가락이 나오는 것이 아니면 저격

총은 쏠 수 없다. 요코가 살고 있는 동네에서 사격용 장갑을 팔고 있을 리 없었기에, 스포츠 용품점에서 골프용 장갑을 샀다.

카펫에 집에서 가져온 신문을 깐 뒤 비닐봉투에 담겨 있던 물건들을 그 위에 꺼내놓았다. 신문 한쪽에 크레이그 리어던이라는 글자가 있는 것을 보고 요코는 당황해서 다른 면을 펼쳤다.

이 신문사가 초빙했기 때문일 것이다. 아침저녁으로 신문에서 리어던에 관한 기사를 심심찮게 볼 수 있었다. 읽지 않으려 해도 시선이 자꾸만 지면으로 향했다.

"디키디키에 대해서 가능한 한 많은 정보를 입수하는 것은 매우 중요한 일이다." 이는 K의 말이었지만, 에드 역시 그렇게 하고 있었을지도 모른다.

'리어던 씨의 차기 대통령선거 출마를 놓고 돈키호테라고 평하는 사람들도 많지만, 득표수에 따라서는 미국의 환경정책 전환에 박차를 가해 리어던 씨가 제안하는 전 세계적 규모의 순환형 사회로의 첫걸음을 내딛게 될 가능성도 있다.'

'리어던 씨는 공화당의 군수산업 우선주의를 강력하게 비난하고 있지만, 대통령선거에서 영향을 받는 쪽은 오히려 지지층이 겹치는 민주당이다. 양 진영에게 있어서 리어던 씨의 출마 표명은 협박이다.'

대체 누가, 무슨 이유로 그를 매장시키려 하는 것일까? 실제로 손을 써야 하는 요코는 아무것도 알지 못했다. 신문 기사를 통해서 희미하게나마 알게 된 것은, 자신이 하려고 하는 일이 쓰레기 분리수거를 하지 않는 여자의 행동보다 몇만 배나 더 세상에 위험을 주는 일이라는 사실.

그건 알고 있었다. 알고는 있었지만, 어쩔 수 없다. 지금의 요코에게는 가족이 지구보다 더 소중했기 때문이다.

봄나물 요리법을 특집으로 실은 가정란 위에 총신, 총대, 기관부, 조준경, 소음기를 놓았다. 채소는 현장에서 떠날 때도 필요한 물건이었기 때문에 부서지지 않도록 가만히 내려놓았다.

조준기만 손에 든 채 2214호를 바라봤다. 조망을 숙박객에 대한 서비스 가운데 하나로 삼고 있는 것이리라. 발밑까지 내려오는 커다란 통유리. 저격수에게도 서비스가 아닐 수 없다. 커튼은 닫혀 있었다. 불도 켜져 있지 않았다. 아직 시간은 있다. 지금은 어쨌든 한 번밖에 없을 기회를 기다려야 한다.

드라이버를 집어 라이플을 조립했다. 몇 개의 부분으로 나눈 것을 하나로 합치기만 하면 되었기에 순식간에 끝나버렸다.

선물상자를 열고 빨간 스카프를 꺼내 머리를 뒤로 묶었다.

일을 마치면 이곳에서 바로 떠나야 한다. 필요한 것들만 남겨놓고 다른 것들은 한 군데 모아두었다. 방 안의 물건에는 일절 손을 대지 않았다.

손등으로 창문의 걸쇠를 돌린 다음 총신으로 창문을 열었다.

유리창을 사이에 두고 저격할 경우에는 탄도에 미묘한 변화가 생긴다. 특히 각도가 있는 장소에서 쏜 경우에는 오차가 더욱 커진다. 308은 비교적 그런 영향이 적은 총알이지만, 만약을 위해서다. 분하기는 하지만 K가 보내온 피갑탄을 사용하기로 했다.

오후 3시 27분. 레밍턴 M700에 총알을 장전했다.

의자를 창가로 가져왔다. 격자 모양으로 된 등받이를 창 쪽으로 향하게 하고 거기에 총신을 찔러 넣은 다음, 커다란 손가방을 밑에 놓고 고정시켰다. 조준경을 2214호에 맞춰놓은 다음 한쪽 무릎을 세워서 앉았다.

커다란 손가방에서 생수와 종이로 싸놓은 핫도그를 꺼냈다. 점심을 먹지 않았다는 사실을 깨달았기에 유원지 옆에 서 있던 트럭에서 팔고 있는 것을 사왔다. 뱃속은 볼링공을 삼킨 것 같았고 식욕을 전혀 느낄 수 없었지만, 먹지 않으면 몸을 정확히 움직일 수 없다.

물새가 물고기를 삼키듯 핫도그를 입 안으로 밀어 넣은 뒤, 입술에 묻은 새빨간 케첩을 핥았다.

표적은 5시에 외출했다가 8시에 돌아온다. 집으로 돌아갈 시간이 늦어지는 게 걱정이긴 했지만, 기회는 오후 8시 이후에 올 것이다. 밖이 어두워지면 좀 더 확실하게 저격하기 위해 요코는 발코니로 나갈 생각이었다.

조준기를 오랫동안 들여다보고 있으면 렌즈 속으로 마음이 빨려 들어갈 것만 같다. 집중력을 유지하기 위해서 요코는 노래를 부르기로 했다. 무슨 노래든 상관없었지만, 입 안에서 흘러나온 것은 '트윙클 트윙클 리틀 스타'였다.

처음 미국에 갔을 때, 요코는 밤에 좀처럼 잠이 오지 않아서 매일 밤 어둠 속에서 천장만 바라보고 있었다. 눈을 감을 수 없는 인형처럼. 그 사실을 알게 된 에드가 침대 옆에서 불러주던 노래였다. 안타깝게도 에드의 노래실력은 사격 솜씨와는 전혀 딴판이어서, 요코의 눈은 더욱 말똥말똥해질 뿐이었지만.

트윙클 트윙클 리틀 스타.

하우 아이 원더 왓 유 아.

커튼이 열리지 않은 채, 불도 켜지지 않은 채 시간은 5시를 넘어섰다.

트윙클 트윙클 리틀스타.

하우 아이 원더 왓 유 아.

오후 6시.

잠이 부족했기 때문에 머리가 무거웠다. '그때'를 최고의 상태로 맞기 위해서 지금 잠깐 자둘까? 잠을 자다 시간을 놓쳐버리는 일은 없을 것이다. 아이를 낳은 뒤부터 요코는 잠을 자유자재로 조절할 수 있게 됐다. 슈타의 소풍날, 다마키의 중학교 입학시험 날, 주부에게 있어서는 전쟁과도 다를 바 없는 시간을 몇 번이고 경험해 봤다. 요령은 자신이 일어나야 하는 시간을 머릿속으로 세 번 되뇌는 것.

눈을 뜬 것은 정확히 30분 후였다.

꿈을 꾼 것 같은 느낌이었지만, 꿈 내용은 기억나질 않았다. 꿈속에서 요코는 41매그넘 밀리터리 앤 폴리스를 쥐고 있었던 듯하다. 그렇다면 하이스쿨 1학년 무렵에 대한 꿈이었다.

잠을 잔 덕분에 힘이 좀 솟는 듯했다. 슈타가 너무 늦게까지 깨어 있지 않도록, 늦어도 11시까지는 돌아가자. 요코는 자기 마음의 나사를 조인 뒤 다시 조준경 너머를 바라봤다.

오후 7시 35분. 2214호에 불이 들어왔다. 표적이 돌아온 것이다.

방에 돌아왔을 때가 기회. 요코는 그렇게 생각하고 있었다. 호텔 방에 들어선 사람들이 하는 행동은 그렇게 많지 않다. 도회지의 고층 호텔에 묵는 사람들이 하는 행동 가운데 하나는 창을 통해서 야경을 바라보는 일이다.

총을 들고 발코니로 나갔다. 바다에서 불어오는 바람이 강했다.

잠시 뒤 커튼 바로 너머에서 사람의 그림자가 움직이기 시작했다. 표적의 실루엣. 생각했던 것보다 키가 작은 남자였다.

목 밑으로 늘어진 스카프 끝으로 손가락의 땀을 닦았다.

자동식 커튼이 중앙에서부터 벌어지더니 좌우로 열렸다.

언제나 외우던 주문을 외웠다.

갓, 블레스, 유.

가운으로 갈아입은 표적의 어깨가 보였다.

다시 한 번.

갓.

요코는 아플 정도로 조준기에 바싹 대고 있던 눈을 둥그렇게 떴다. 아니다. 리어던이 아니다.

거기에 서 있는 것은 동양인. 머리가 벗겨진 노인이었다. 리어던의 관계자일까?

잠시 뒤, 노인 옆으로 다른 한 사람이 다가왔다. 그 사람은 여성. 아무리 봐도 두 사람은 관광을 위해 이곳을 찾은 일본인 노부부였다.

요코는 몸속의 피가 머리에서 밑으로 떨어지는 소리를 들었다.

1080호. 틀림없이 그렇게 들었다. 나의 실수?

포천호텔에서 확인했던 방의 위치를 떠올렸다. 틀림없이 저기. 삼각형의 정점에서부터 두 번째 창문.

설마, 계산 착오? 1+1, 0+2, 8+3, 0+4. 2214. 아니, 정확해.

K의 말을 잘못 들었나? 아니, 분명히 이렇게 말했다. "업 위즈 유"라고.

게다가 아무리 생각해도 이 방은 2214호에 묵는 사람을 저격하기 위해서 준비된 것이다.

어딘가에서 계획이 틀어졌음이 틀림없다. 요코는 손질한 지 얼마 되지 않은 손톱을 깨물었다.

어떻게 하지? 나는 K의 전화번호를 모르는데. 연락을 기다리는 수밖에 없었다. K의 동료는 요코와 같은 광경을 목격했을 것이다. 요코가 할 수 있는 일은 계속해서 손톱을 물어뜯는 것뿐이었다.

3분 뒤, 앞니가 매니큐어를 엉망으로 만들어놓기 전에 휴대전화가 울렸다.

K의 목소리가 귓속으로 파고들었다. 늘 하던 스와힐리어는 생략.

── 리틀 걸, 문제가 생겼어. 디키디키가 직전에 방을 취소했어.

"......어떻게 할 건가요?"

목소리가 떨려왔다.

── 2514호야. 방을 바꾼 듯해.

K의 목소리는 냉정함을 유지하고 있는 것처럼 들렸지만, 동요하고 있다는 사실을 분명히 알 수 있었다. 업 위즈 유라거나, 다운 위즈 힘이라고도 말하지 않았다. 암호화하지 않은 숫자를 그대로 말한 것이다.

── 의외로 용의주도한 사람이야. 우리의 움직임을 눈치 챘을 리 없는데. 어떻게 된 일일까?

처음으로 들어보는 불평 섞인 소리. K의 갈라진 목소리가 평범한 노인의 것처럼 들려왔다. 가만히 생각해 보면 맞은편 호텔에서 표적의 방을 저격한다는 것은 참으로 허술한 계획이었다. 우리나라 경찰을 얕잡아보고 일을 꾸민 것이라고밖에는 달리 생각되지 않았다. 요코는 귀찮은 암호를 사용하지 않고 물었다.

"25층이라는 말인가요?"

── 응. 2214호의 바로 위. 세 층 위야.

23층인 이 방보다 2층 위. 저격에 가장 좋은 포지션은 '표적의 조금 위쪽'이다. 게다가 밑에서는 방 안에 있는 사람을 노릴 수가 없다.

"분명한가요? 틀림없는 거죠?"

자신도 모르게 슈타나 다마키를 나무랄 때의 어투로 변해버렸다.

── 그래. 이번에는 틀림없어. 방에 들어가는 것을 확인했으니까.

"여기서는 무리라는 걸, 당신도 알고 있겠죠?"

── 지금부터 새로운 포인트를 준비하도록 하지. 괜찮아. 별 문제 없을 거야, 리틀 걸.

K의 말은 요코에게가 아니라 자기 자신에게 하고 있는 것처럼 들렸다. 정말 못해 먹겠네, 이젠 이 일에서 손을 떼겠어요. 이렇게 말하면 K가 받아들여줄까? 요코는 손톱을 물어뜯으며 생각했다. 거기에 답이 적혀 있기라도 하듯, 눈을 가늘게 뜨고 눈앞의 허공을 바라봤다.

힘들 것이다. 허술한 계획이라곤 하지만, 25년 전과 마찬가지로 오늘을 위해서 오랜 기간 준비해 왔고, 또 많은 사람들이 움직였을 것이다. 거액의 돈도. 그만둔다는 것은 실패와 매한가지. 아니, K의 분노는 실패했을 때보다 더욱 클 것이다. 요코는 무슨 일이 있어도 암살을 성공시켜야만 한다.

── 거기서 나오도록 해. 뒤처리는 우리가 하도록 하지.

"이젠 됐어요. 저는 제 계획을 실행하겠어요."

── 잠깐, 잠깐만. 바로 새로운 지시를 내리겠어.

"뭐, 쓸 만한 아이디어라도 있나요?"

K는 입을 다물어버렸다. 물론 없겠지.

"한 가지 부탁할 게 있어요. 만일 내가 이번 일에 성공하면 앞으로는 나와 우리 가족의 일에 관여하지 마세요."

── 10분, 아니 5분만 기다려. 새로운 방을 준비하겠어.

"더 이상 기다릴 수 없어요. 그럼, 부탁할게요."

요코는 일방적으로 전화를 끊었다. 자신의 계획을 실행에 옮기기 위해서는 단 1초도 기다릴 수 없었다. 레밍턴 M700을 분해해 빠른 손놀림으로 정리했다. 무는 무게를 견디지 못해 부러지기 일보직전. 이번이야말로 진짜 마지막 기회다.

신중하게, 신중하게. 조급해진 마음을 억누르며 방 안으로 가지고 들어온 것들을 무의 이파리조각까지 모조리 치운 다음, 비닐봉투와 커다란 손가방 속에 넣었다.

이 방에 들어온 후로는 방문에서 창문까지 일직선으로 걸었으며, 화장실을 포함해 필요 없는 곳으로는 발걸음을 옮기지 않았고, 문의 손잡이 이외에는 손을 댄 곳도 없었다. 하지만 주의에 주의를 거듭해, 집에서 가져온 바닥 청소용 롤러로 자신이 이동했던 범위만큼 베란다와 카펫을 청소했다.

뒤처리는 우리가 하겠다고? 어림도 없는 소리.

이제 더 이상 K를 믿을 수 없었다. 그렇다면 만일 여기서 요코가 저격에 성공했다 해도, 탄도에 의해 바로 이 방이 의심을 받게 됐을 경우에는 누구에게 뒤처리를 시킬 생각이었단 말이지? 요코가 혐의를 받게 됐을 때의 구제방법 따위는 애초부터 계획에 없었던 것이다.

문제가 일어난 경우에는 자기책임. 25년 전에도 그렇게 약속했었다. 요코에게도 나름대로 준비한 것이 있었다.

작은 손가방에서 둥글게 만 티슈를 꺼냈다. 안에는 머리카락이 10여 개. 누구의 것인지는 모른다.

동창회에 가야 하니 머리도 좀 만져야겠지? 며칠 전에 가족 가운데 누구에게랄 것도 없이 핑계를 댄 다음 미용실에 갔었다. 거기서 모아온 것들이다. 운동화 밑에 양면테이프를 붙여놓은 채 걸은 것만으로도 컬러 견본처럼 색색의 머리카락을 손에 넣을 수 있었다.

베란다의 배수용 홈에 몇 가닥을 떨어뜨리고, 다시 몇 가닥을 카펫 위에 흩뿌렸다. 몇 가닥을 그대로 남겨둔 채 티슈를 다시 둥그렇게 말았다.

문을 살짝 열어 복도에 아무도 없다는 사실을 확인한 뒤 방에서 나왔다. 마지막으로 발자국이 남지 않도록 신발 위에 신고 있던 비닐 덮개를 벗었다. 그런 다음 요코는 엘리베이터를 타고 아래층으로 내려갔다. 자신의 계획을 실행하기 위해서.

13

카드키를 대시보드에 던져 넣고 자동차 열쇠는 원래대로 주차장에 있는 세단 밑에 붙여놓았다. 처음 꺼냈을 때보다 손은 더 많이 갔지만 사람들의 눈을 의식할 필요는 없었다. 주위는 벌써 어둠에 둘러싸여 있었다.

시간은 오후 8시 12분. 달려가고 싶었지만, 꾹 참고 빠른 걸음으로 걸었다. 암살 현장이 될 이 근방에서는 눈에 띄는 행동을 자제해야만 한다. 어디까지나 장을 보러 나왔다가 귀가를 서두르는 주부를 가장하고서, 요코는 다시 포천호텔이 서 있는 미나토미라이21의 해안 쪽으로 발길을 돌렸다.

왼쪽으로 우뚝 솟은 랜드마크타워에서는 실내등이 하나둘 꺼져가고 남겨진 창이 기하학적 모양을 그리고 있었지만, 오른쪽으로 펼쳐진 놀이공원은 아직도 영업 중이었다. 운하를 사이에 끼고 양쪽에서 제트코스터와 회전목마, 관람차가 제각각 현란한 빛의 원을 그리고 있었다.

서둘러야지. 개장 시간은 오후 9시까지다.

입장료 없이도 안으로 들어갈 수 있다는 사실은 이미 알고 있었다. 그 덕분에 사전답사 때는 어디다 청구할 데도 없는 답사비용을 절약할 수 있었다.

목적지는 운하 위에 걸려 있는 다리를 건넌 지점이었다. 다리 중간쯤에서 가방 속에 있는 휴대전화의 진동이 느껴졌다. 이것으로 다섯 번째. 하지만 요코는 전화를 받을 마음이 없었다.

K는 화를 내고 있겠지만, 명령을 듣고 싶은 마음은 없었다. 체스의 말처럼 K의 명령에 충실히 따른다고 해도 실패할 경우 책임은 전부 요코에게로 돌아올 것이다. 그렇다면 내 마음대로 하겠어. 호텔 발코니에서 맞은편 창을 조준하는, 리조트계획 같은 작전은 이제 사양하겠어.

오늘을 위해서 요코 자신도 몇 가지 계획을 세웠다.

오후 5시부터 8시. 표적의 외출시간을 알고 있으니 호텔에서 나올 때, 아니면 돌아올 때를 노린다. 이것이 계획 ①이다. 가장 확실한 방법이었다. 포천호텔의 주차장으로 들어가는 입구는 주위의 시선이 잘 닿지 않도록 설계되어 있었다. 몸을 숨길 만한 장소는 얼마든지 있었다. 상황에 따라 변경할 수 있도록 장소를 여러 군데 상정해 놓았다. 하지만 표적이 이미 방으로 들어가 버렸을 지금은 사용할 수 없는 방법이다.

계획 ②를 실행하기로 했다. 계획 ①에 실패했을 경우에 대비해 준비해 둔 방법. 이는 한 발로 승부를 내야 하는 도박과도 같은 방법이었다.

다리를 건너면 널따란 카페테라스가 나온다. 밤이라고는 하지만 금요일이다. 평일 낮에 왔을 때보다 많이 붐볐다.

손님으로 가득 차 있는 테이블 사이를 뚫고 지나갔다. 왼쪽에는 무와 파가 삐져나와 있는 백화점의 비닐봉투. 봉투가 늘어날 정도로 무거웠지만 요코는 계속해서 가벼운 것을 들고 있는 척했다. 안에 레밍턴 M700이 숨겨져 있으리라고는 누구도 상상하지 못할 것이다. 게다가 이 시간대의 손님들은 하나같이 연인들. 서로의 얼굴을 바라보느라 정신이 없어서 요코의 존재에 신경 쓰는 사람은 아무도 없었다.

요코는 머리 위를 올려다봤다. 번쩍번쩍 빛을 내뿜고 있는 거대한 원이 밤하늘에 우뚝 솟아 있었다. '갤럭시 클록' 미나토미라이21에서 인기를 끌고 있는 것 가운데 하나인 관람차였다.

폐장시간까지 얼마 남지 않았다. 연인들에게 인기가 좋은 갤럭시 클록의 표를 파는 시간이 지나버리는 게 아닐까 걱정했지만, 다행히 표를 손에 넣을 수 있었다. 오늘의 마지막 손님이 될 것임이 틀림없는 사람들 뒤에 서게 된 요코는 입술을 동그랗게 말아 가만히 한숨을 내쉬었다. 매너모드로 설정해 놓은 휴대전화가 또 울리기 시작했다. 집중력을 잃어서는 안 된다. 전원을 꺼버렸다.

시간은 오후 8시 33분. 손목시계를 볼 필요도 없었다. 갤럭시 클록은 시계를 본 뜬 조형물이었다. 중앙에 시간을 알리는 디지털 숫자가 표시되어 있었으며, 초침 대신 회전축이 1초에 하나씩 빛을 발하고 있었다. 밤하늘에 걸려 있는 어마어마하게 커다란 벽시계. 높이는 100m가 넘는다.

게임센터 위층에 있는 승강장 바로 옆으로 제트코스터가 스치고 지나갔다. 환성과 비명이 전광장식의 전시장 같은 실내에 울려 퍼졌다.

웃음을 주고받기도 하고 서로 속삭이기도 하는 젊은 남녀들 사이에 섞여 있던 요코는 누구와도 눈을 마주치지 않으려고 고개를 숙인 채 순서를 기다렸다. 떠오르는 슈타와 다마키의 얼굴을 떨쳐내고, 머릿속에서 레밍턴을 조준했다. 손의 위치, 무릎의 각도, 보폭을 되풀이해서 확인했다. 잠시 후면 만지게 될 방아쇠의 차가운 감촉으로만 머리를 가득 채우려 애썼다.

원형 통이 천천히 내려와 손님을 뱉어놓은 뒤 천천히 전진하면서 새로운 손님을 태우고 하늘로 올라갔다. 설렘으로 가득 찬 교성을 지르며 관람차에 오르는 연인들에게는 특별한 밤이 될지도 모르겠지만 유원지에서는 매일, 골백번도 더 반복되는 기계적인 작업에 불과하다.

드디어 순서가 왔다. 요코에게도 특별한 밤이 시작됐다.

직원은 마치 기계의 일부처럼 묵묵히 손님들을 안내했다. 전에 왔을 때와 마찬가지로 백화점 비닐봉투를 들고 혼자 타려는 요코를 의심하는 기색은 보이지 않았다.

관람차에 올라탔다. 문이 닫히고 천천히 상승해 간다. 이제 이곳은 밀실이다. 주위의 시선이 닿지 않는다.

요코는 왼쪽 의자에 앉았다. 이쪽이라면, 유일하게 사람들의 눈에 노출될 가능성이 남아 있는 하나 위의 관람차에서도 등밖에 보이지 않는다. 하긴, 요코의 바로 앞에 서 있다가 자석처럼 찰싹 달라붙은 채 탑승한 커플은 다른 관람차 따위에는 흥미도 없을 게 뻔하지만.

조리용 장갑을 끼고 바닥에 신문지를 깐 다음 비닐봉투 안의 내용물들을 늘어놓았다.

흙이 묻은 무를 바이올린 케이스처럼 열어서 레밍턴 M700의 기관부를 꺼냈다.

점보 사이즈 바게트에서 총대.

시모니타 파에서 총신.

시간 한정 특가품이라는 스티커가 붙어 있는 고기 팩에서 조준기.

소음기는 사용하지 않기로 했다. 총신이 길어지면 좁은 관람차 안에서는 다루기가 힘들어진다. 유원지의 소란스러움과 저격 장소를 고려한다면 소리에는 신경 쓰지 않아도 된다.

요코의 계획 ②의 저격 장소는 관람차의 정점. 지상에서 약 110m 하늘 위다.

마지막으로 작은 손가방에서 드라이버를 꺼냈다.

두 손으로 손뼉을 쳤다. 레디 고.

만에 하나 목격 당할 경우에 대비해 의자에 앉은 채로 조립을 했다.

미리 방아쇠와 핸드가이드를 장착해 둔 기관부에 총신을 끼우고 총대를 연결했다. 마지막으로 조준경.

채 3분도 지나지 않아서 준비가 끝났다. 나사 하나부터 조립하기 시작해도 9분대의 시간이면 충분한, 예전의 실력을 되찾은 요코에게는 손쉬운 작업이었다.

관람차의 일주 소요시간은 사전답사 때 재두었다. 정확히 15분 만에 일주. 그러니까 정점에 도달하는 것은 탑승한 지 7분 30초 뒤.

남은 일은 기다리는 것뿐이다. 자신이 어떻게 해야 하는지에 대한 시뮬레이션은 줄을 서서 기다리는 동안 머릿속에서 전부 끝낸 상태였다. 시간이 되면 몸이 저절로 움직일 것이다. 요코는 의자 끝에 걸터앉아 무릎 위에 있는 할아버지의 레밍턴 M700을 끌어안았다.

관람차에 탄 이후, 처음으로 창밖을 바라봤다.

별이 없는 밤이었다. 있었다 해도 도시의 희미한 별빛은 놀이공원의 인공적인 불빛에 의해 지워지고 말았을 것이다. 요코는 의지하듯 레밍턴의 총신을 꼭 쥐었다. 머릿속으로는 오클라호마의 밤하늘을 떠올리고 있었다.

저녁식사 후, 에드는 가끔 테라스로 나가 흔들의자를 흔들면서 버번을 마시곤 했다. 잔은 사용하지 않고 언제나 병째 마셨다. 손재주가 좋았던 에드는 요코를 위해 호두나무로 조그만 흔들의자를 만든 뒤 자신의 의자 옆에 놓아두었다.

별이 반짝이는 오클라호마의 밤하늘은 넓고 낮았다. 손을 뻗으면 여섯 살인 요코의 손도 닿지 않을까 싶을 정도로. 벨벳으로 된 깔판 위에 사금을 흩뿌려놓은 것처럼 많은 별들은 그 개

수가 무시무시할 정도였다. 에드는 요코에게 별과 별자리의 이름을 가르쳐줬다. 요코는 별에 이름이 있다는 사실을 그때 처음 알았다.

"군인아저씨였는데, 별 이름을 어떻게 알고 있어?"

요코가 물은 적이 있었다. 에드는 이렇게 대답했다.

"군인이었기 때문이지. 밤에 무선이 닿지 않는 지점에서 자신이 있는 곳을 파악하는 데는 별의 위치가 가장 유용하니까."

에드가 싸웠던 유럽과 오클라호마는 별이 보이는 위치도 그렇고, 시간도 아주 많이 달랐다고 했다.

"같은 별은 볼 수 있어도, 같은 밤하늘은 볼 수 없는 법이란다."

요코는 이름을 배운 별들을 찾아보려고 지금도 도쿄의 흐릿한 밤하늘을 올려다보곤 한다. 틀림없이 별은 같은 별이었지만, 에드와 함께 바라보던 오클라호마의 밤하늘은 보이지 않았다.

트윙클 트윙클 리틀 스타.

문득 에드의 노랫소리가 떠올랐다. 자장가로 불러주던 '트윙클 트윙클 리틀 스타'를 요코가 마음에 들어 한다고 착각한 에드는 테라스에서도 곧잘 이 노래를 불렀다. 변함없이 음정을 틀려가면서. 고음부에서는 꼭 음정이 엇나가는 기억 속의 노랫소리에 맞춰 요코도 노래를 흥얼거렸다.

하우 아이 원더 왓 유 아.

미국에서 살게 된 해의 가을이었을 것이다. 에드와의 대화를 전부 영어로 했기 때문에 일본어를 잊기 시작했을 무렵이다. 요코는 조그만 흔들의자를 목마처럼 흔들며 옆에 있는 에드에게 물었다.

"엄마는 별님이 되었겠지?"

어머니의 장례식 때 그런 말을 들었다. 평소에는 요코가 잘못 말해도 할아버지는 긍정부터 하고 대답을 시작했는데, 이때 에드는 버번을 한 모금 마신 뒤 단호하게 "노(No)"라고 말했다.

"별이 된 게 아니야. 죽은 사람이 전부 별이 되면 하늘이 별로 가득 차버릴 거야."

"그럼 엄마는 어디에 있어?"

"여기"라고 말하며 에드는 요코의 머리에 손을 얹은 뒤, 자신의 머리를 가리켰다. "카렌도 마쓰코도 모두 여기에서 살고 있어. 기억 속. 우리가 그녀들을 기억하고 있는 한 요코의 엄마도, 내 아내와 딸도 사라지지 않아."

사람의 죽음에 대해서 에드는 대체적으로 합리적인 의견을 갖고 있었다.

에드의 말에 따르면, 전장에서의 '죽음'은 룰렛의 구슬과 같다고 했다. 행군을 하고 있을 때 자기 바로 앞에서 걷던 병사가 총알에 맞아 쓰러지기도 하고, 바로 뒤에 있던 병사가 지뢰를 밟기도 하고. 그럴 때마다 생각했다고 한다. '아직은 내 순서가 아니다'라고.

죽음은 불규칙적으로 찾아오는 순서를 기다리는 것. 겨우 10초 먼저 참호에서 뛰쳐나가 죽음을 면하는 경우가 있는가 하면, 반대로 5초 늦어서 저승사자에게 홀려버리는 경우도 있다.

무엇을 어떻게 준비하든 저항할 수 없는 것이다. 이런 말을 할 때 에드의 얼굴에서는 평소에 볼 수 있는 잔물결 같은 눈가 주름을 찾아볼 수 없었고, 아무런 표정도 떠오르지 않았다. 차가운 석상처럼 보였기 때문에 요코는 조금 무서웠다.

요코의 데린저 22구경탄을 손가락으로 집으며 중얼거렸던 말을 지금도 기억하고 있다.

"이렇게 조그만 총알이 심장이나 뇌를 뚫고 지나가는 것만으로도 인간은 디 엔드. 이 세상에서 퇴장하게 돼. 당사자나 남겨진 사람들이 생각하는 것만큼 죽음은 특별한 것도, 엄숙한 것도 아니지. 냉정하고 현실적인 거야. 저격병이었던 나는 그 사실을 잘 알고 있다. 폭탄으로 몇천 명이나 되는 사람들의 목숨을 한순간에 앗아가는 공군의 폭격수보다도 말이야. 제아무리 경애를 받는 소위라 해도, 거지발싸개 같은 하사관이라 해도, 제대할 날만 손꼽아 기다리는 선임병이라 해도, 군사우편으로 자신의 아이가 태어났다는 소식을 듣고 펄쩍펄쩍 뛰는 신병이라 해도 그들의 인간성과 그때까지의 인생과는 아무런 상관없이 죽음은 갑자기 찾아오는 거야."

22구경탄을 손가락으로 굴리던 에드는 자신의 관자놀이로 그것을 가져갔다. 스스로 자신을 쏘듯이.

"알겠니, 요코? 그러니까 타인의 죽음도, 자신의 죽음도 너무 심각하게 생각할 필요는 없어. 인간은 변덕스러운 신께서 결정하신 시간만을 살아가면 되는 거야. 동전을 앞면으로 하기도 하고 뒷면으로 하기도 하면서 말이지."

어쩌면 오스카 코넬리어스가 요코에게 그러는 것처럼, 에드도 자신이 숨통을 끊어놓은 사람들의 환영에 시달리고 있었던 것인지도 모른다.

트윙클 트윙클 리틀 스타.

하우 아이 원더 왓 유 아.

관람차가 쉴 새 없이 상승했다. 시계를 보지 않아도 관람차의 위치만으로 자신이 언제 움직이기 시작하면 되는지를 요코는 잘 알고 있었다. 잠시 뒤. 총을 조립할 때는 1분이 1초처럼 짧게 느껴졌지만, 지금은 한없이 긴 것 같았다.

원의 가운데쯤, '9시' 위치에 왔다. 등 뒤에 있던 하나 앞의 관람차가 비스듬하게 위쪽으로 보이기 시작했다. 조그만 실내등 하나가 켜져 있을 뿐인 관람차의 내부는 어두웠다. 눈을 부릅뜨고 살피니, 나란히 앉아 있는 연인들의 등이 보였다.

예스! 이로써 그들에게 목격될 가능성도 사라졌다.

특별히 운이 좋았기 때문은 아니다. 왼쪽 의자에서는 요코하마 항구가 보였다. 전에 이곳에 왔을 때 대부분의 연인들이 나란히 왼쪽 의자에 앉는다는 사실을 알고 요코는 이곳을 계획 ③에서 계획 ②로 승격시켰다.

드라이버를 들고 자리에서 일어났다. 관람차의 오른쪽 위 천장 가까이에 통풍구가 있었다. 철망이 쳐져 있긴 했지만, 놀이기구용이기 때문에 달려 있는 모습과 소재가 간소했다.

철망 아래쪽으로 드라이버를 집어넣은 뒤 들어 올려 드라이버 손잡이가 들어갈 수 있을 정도의 틈을 만들었다. 전에는 집

열쇠로 시험해 봤는데 그것으로도 성공했을 정도니, 아주 간단한 작업이었다.

마흔한 살의 자신에게는 진홍빛이 너무나도 선명한 스카프를 꺼냈다. 얼굴이 땅길 정도로 힘껏 머리를 잡아당겨 뒤로 묶었다. 몸도 마음도 팽팽하게 당겨진 느낌이었다. 오클라호마에서 살던 때에 비해 머리 뒤꼬리는 짧아졌지만 열여섯 살의 자신으로 돌아간 듯한 기분이 들었다. 아직 에드가 병원으로 가기 전의 자신이다.

그때까지의 인생과는 아무런 상관도 없이 죽음은 찾아온다. 그것은 전장에서뿐 아니라 병에 있어서도 마찬가지다. 어머니가 세상을 뜬 나이는 26세. 에드는 64세. 두 사람 모두 그때까지의 인생과는 아무런 상관도 없이, 그리고 남겨진 요코의 앞으로의 인생과도 상관없이 떠나버렸다.

골프용 장갑을 꼈다. 두 손을 마주해서 손가락의 긴장을 풀었다. 한 번 우드득 소리를 냈다.

시트에 눕혀놓았던 레밍턴 M700을 집어 들었다.

망설이다가, 첫 번째 총알은 피갑탄이 아닌 에드의 것을 사용하기로 했다. 한심한 계획밖에 세우지 못하는 K의 코딱지 같은 총알을 어떻게 믿으란 말이지?

문제없다. 총알을 만드는 에드의 실력은 전문가에게도 뒤지지 않았다. 문제될 리 없다. 요코는 총알에 키스한 뒤 장전했다.

신을 벗고 두 발을 벌려서 양쪽 의자 위에 버티고 섰다. 철망의 틈새에 총신을 찔러 넣고 지렛대의 원리를 이용해 통풍구에 더욱 넓은 틈새를 만들었다. 나중에 원래대로 되돌려놓을 것을 감안하면 너무 넓은 것도 좋지 않다.

관람차는 '10시' 위치.

요코는 어깨를 들썩여서 몸 안에 고여 있던 무거운 공기를 뱉어냈다. 그것을 몇 번이고 되풀이했다. 레밍턴의 총신을 통기구에서 빼냈다. 양쪽 의자에 걸치고 있던 발에 힘을 줬다. 조금 불안정하긴 했지만 습지에서 뱀을 쏘던 것을 생각하면 그리 대단한 일도 아니었다.

문제될 것은 아무것도 없었다. 에드가 가르쳐준 것에 충실하기만 하면 된다.

입사를 할 때는, 보폭을 충분히 유지해 몸이 흔들리지 않도록 할 것. 특히 힘을 줘야 하는 부위는 앞으로 내민 왼쪽 다리.

뺨은 총대에 찰싹 붙이듯. 차갑던 호두나무가 곧바로 따뜻해졌다.

조준경과 눈, 방아쇠와 손가락을 각각 하나의 선으로 연결하는 이미지를 그려본다. 그리고 그 두 개의 선이 평행이 되도록 한다.

중요한 것은 자신의 몸을 총과 하나가 되도록 하는 것이다.

머리도. 머리도 감정이 없는 기계처럼 표적에 관한 생각만으로 가득 채운다. 그렇게 하면 아무런 문제도 없다.

아니, 문제가 있었다. 저격할 방과 표적의 얼굴을 떠올린 순간 신문기사를 통해서 알게 된, 자신이 암살하려는 사람의 지금까지의 인생이 요코의 머릿속에서 맴돌기 시작했다. 하이스쿨 시절에는 미식축구 선수. 하버드 대학의 로스쿨을 우수한 성적으로 졸업하고 인권 변호사로 활약. 미국에서 성공한 남자의 카탈로그 견본 같은 인생. 33세 때 저술한 소비자 운동에 관한 책이 전 세계에서 화제를 불러일으켜 일약 시대의 총아로 떠오름. 그가 설립, 혹은 지원하고 있는 NPO*와 정치활동단체는 세계에 수백……, 이제 그만 하자.

하지만 그만두려 해도 그만둘 수가 없었다.

아내는 대학 동급생. 애처가로 유명. 아내의 생일이면 매년 빠짐없이 나이만큼의 꽃을 보낸다. 딸이 둘, 아들이 하나. 장녀는 대학 법학부, 내년 로스쿨에 진학할 예정. 차녀는 음악학교에서 피아노를 배우고 있다. 아들은 고등학생, 아버지와 마찬가지로 미식축구 선수.

취미는 트레킹, 중고카메라 수집. 슈퍼볼이 여리는 날에는 어떤 일정도 잡지 않는다. 일요일에는 사정이 허락하는 한 교회에 간다.

타인의 죽음도, 자신의 죽음도 너무 심각하게 생각할 필요는 없어. 그래요? 정말 그래도 되는 거죠? 할아버지.

요코는 혼란스러워지기 시작한 머릿속을 휘저어 표적의 목숨을 빼앗는 일을 정당화할 만한 이유를 열심히 찾았다.

죽이지 않으면 죽임을 당하게 된다. 이는 가족과 자신을 지키기 위한 일. 그리고…….

* 비영리 민간단체.

이미 수령한 2만 달러와 앞으로 수령하게 될 4만 달러를 위해서. 그리고…….

그리고 없다. 이미 먹어치운 바다가재. 그것뿐이다.

죽여서는 안 되는 이유는……, 오클라호마의 별 개수만큼은 될 것 같았다.

그만두자. 정말로, 그만두자. 슬슬 움직일 시간이다.

인공의 별자리가 빛나고 있는 요코하마 항을 배경으로, 전방에 범선을 떠오르게 하는 커다란 건물이 보였다. 불이 꺼진 창과 켜진 창이 퍼즐 판처럼 늘어서 있었다. 포천호텔이다.

그 뒤로 펼쳐진 별이 없는 검은 하늘을 보면서 요코는 지구의 환경보호를 위해 없어서는 안 될 인물인 듯한 크레이그 리어던이 죽고 난 뒤의 세계에 대해 생각했다. 쓰레기 분리수거를 몇억 번 올바로 행해야 이 일을 보상할 수 있을까?

'어쩌면……', 요코는 생각했다. '내가 지금 세상의 밤하늘에서 별을 지워버리는 것과 같은 악행을 저지르려 하는 것은 아닐까'라고.

관람차는 '11시' 위치.

저격 시간까지 앞으로 1분여. 단 한 번뿐인 기회다. 요코는 창문을 헤아렸다. 31층짜리 호텔의 위에서부터 여섯 번째. 오른쪽에서 두 번째. 저기다. 2514호실.

야경을 즐기기 위한 방이다. 예상했던 대로 커튼이 열려 있었다.

2214호실이 바다를 등에 지고 이쪽으로 향해 있다는 사실은, 예약을 가장해서 호텔에 문의전화를 걸었을 때부터 알고 있었다. 22층이 관람차의 정점에서 내려다보며 총을 쏠 수 있는 높이에 있다는 사실도 사전답사 때 확인했다. 원래대로라면 이 '11시' 위치에서 표적이 있는 방을 훤히 들여다볼 수 있었지만, 3층이 높아졌기 때문에 아직 안은 보이지 않았다.

요코는 조준경 너머로 시선을 집중했다.

집중해야지. 쓸데없는 생각을 했다가는 실패한다.

조금씩, 2514호실이 보이기 시작했다. 8배율짜리 조준경이 천장에 매달린 샹들리에풍의 조명을 포착했다. 그 다음 석판화가 장식된 벽.

관람차가 상승함에 따라 침대와 그 위에 있는 사람의 모습이 보이기 시작했다.

이불은 덮고 있지 않았다. 조그만 몸. 아무리 봐도 크레이그 리어던이 아니었다.

여자다. 그것도 알몸. 틀림없이 일본인. 외국인들이 좋아하는, 염색하지 않은 검고 긴 머리카락.

그렇게 된 거로군. '애처가'인 리어던이 뚱뚱한 백인 여성과 키스하고 있는 사진을 신문에서 본 적이 있는데, 아무리 잘난 척 그럴 듯한 소리로 떠들어봐야 남자는 다 똑같군. 멀리 이국에서는 굴레에서 벗어날 수 있다는 생각에 콜걸을 부른 거겠지. 이렇게 이른 시간부터.

자세히 살펴보니 같은 침대에 또 다른 한 사람. 그 사람은 어깨까지 이불을 덮고 있었지만 역시 알몸이겠지. 그 사람도 여자였다. 역시 검고 긴 머리카락.

굴레에서 너무 많이 벗어났군요, 리어던 씨.

좋게 좋게 봐줘서 여자 한 명이라면 그래도 용서가 되겠지만, 두 여자와 침대를 함께하는 짓은 용서할 수 없었다. 여자를 물건으로밖에 보고 있지 않다는 증거다. 요코는 표적을 죽여도 되는 이유를 딱 하나 발견한 듯한 느낌이 들었다.

하나 앞의 관람차가 정점에 도달, 천천히 하강하기 시작했다. 리어던의 모습은 아직 보이지 않았다.

머릿속으로 되뇌었다.

'갓' 숨을 크게 들이쉬고.

'블레스' 숨을 내쉬고.

'유' 몸의 힘을 빼고.

등 뒤에 누군가 서 있는 듯한 느낌이 들었다. 오스카 코넬리어스는 아니었다. 에드다. 보이지 않는 에드가 여섯 살 여름, 처음으로 총을 쏠 때처럼 등 뒤에서 요코를 감싸 안은 채 함께 총을 조준하고 있는 것이었다. 그 순간 마음속의 망설임이 사라졌다. 레밍턴과 자신의 몸이 드디어 하나가 됐다는 사실을 알 수 있었다.

그랬기에 요코는 안심하고 방아쇠에서 손가락을 뗐다.

자, 지금부터가 도박이다.

휴대전화를 꺼내서 눌렀다. 총을 겨눈 채로 휴대전화를 어깨에 끼웠다.

벨소리가 한동안 이어졌다. 빨리 받아. 거기 있잖아. 설마 샤워 중인 것은 아니겠지? 과연 이 방법으로 그를 유인해낼 수 있을지 없을지가 승부의 갈림길이었다.

여섯 번째 벨소리에서 통화음이 들리더니, 목소리가 흘러나왔다.

── 헬로?

굵고 커다란 목소리. 배심원들을 눈물짓게 하고, 연단에서 청중을 열광하게 만들기에 꼭 어울리는 목소리였다. 요코는 목소리를 흘려보냈다. 고헤이 앞에서는 결코 내지 않을 콧소리가 섞인 달콤한 목소리. 물론 영어로. 그의 출신지인 동부 억양.

"여보세요, 크레이그?"

이상하다는 듯한 대답이 돌아왔다.

── 당신 누구요?

전화기로 꿀처럼 달콤한 목소리를 흘려보냈다.

"저예요."

── 응? 잠깐만 기다려봐.

창부와의 즐거운 시간 중에 걸려온 전화에 굵고 커다란 목소리가 당황하고 있는 것처럼 들렸다. 아내가 걸었다고 착각한 것일까, 아니면 의외로 여자를 밝히는 듯하니 여자친구 가운데 한 명이라고 생각한 것일까? 요코에게는 아무래도 상관없지만.

"저기, 창밖을 좀 보세요."

자, 얼른.

── 창? 창이 어쨌다는 거지?

"보시면 제가 누군지 알게 될 거예요."

실제로는 겨우 몇초에 지나지 않았지만, 요코에게는 성좌가 멀리로 이동해 버린 것만큼의 시간처럼 느껴졌다.

빨리, 빨리, 빨리하지 않으면 관람차가 내려가버려.

창 너머로 크레이그 리어던이 모습을 드러냈다.

허리에 커다란 수건 하나만 두른 모습. 8배율짜리 조준경이 거뭇거뭇한 가슴 털까지 포착했다. 한 손에 휴대전화. 다른 한 손에도 뭔가를 쥐고 있었다. 빨간 것. 사과일까?

관람차가 정점에 도달했다. 처음 예정했던 것만큼 절호의 포인트는 아니었지만, 좋은 위치임에는 틀림없었다.

거리는 약 200m. 바람이 강했다. 놀이공원에서 펄럭이고 있는 만국기를 보고 요코는 풍속을 초속 4.5m로 계산했다. 바다에서 불어오는 남풍. 바람이 탄도에 미칠 영향을 계산해서 조준을 표적의 눈썹 하나 길이 정도 왼쪽으로 이동했다. 유리를 관통할 때의 편차를 고려해 조준을 귀 하나 정도 위로 이동했다.

"왼쪽을 보세요."

송화구에 대고 속삭인 다음, 마음속으로 되뇌었다. 갓.

혼란에 빠진 리어던은 꼭두각시 인형과 다를 바 없었다. 바로 오른쪽 귀에 휴대전화를 대고 있는 옆얼굴이 보였다. 따로 통지하지 않아도 전화회사에 통화기록이 남겠지만, 일단 기계를 부숴버리면 전화와 암살과의 관련성을 바로 의심하지는 않을 것이다. 요코는 처음부터 그것을 노리고 있었다.

창부의 존재는 계산에 넣지 못했다. 저격 직전에 전화가 걸려 왔었다는 사실은 그녀들이 증언할 것이다. 아무렴, 어때. 휴대전화를 노린 데는 또 다른 이유가 있으니까.

── 왼쪽이 어쨌다는 거지?

블레스.

── 이봐, 당신 대체…….

유.

당신에게 신의 축복을.

2514호실의 유리창이 깨졌다.

알몸이었던 리어던의 상반신이 창에서 사라져갔다.

확인 사살을 위한 두 번째 발을 쏠 필요가 없다는 사실을 바로 알 수 있었다. 휴대전화가 성공을 알려줬기 때문이다. 반동으로 시계視界가 일그러지기 전에, 조준경이 흔적도 없이 산산조각 나서 파편이 사방으로 흩어지는 모습을 포착했다. 그러니까 총알은 표적의 머리 한가운데에 명중된 것이다.

총을 내린 순간, 그때까지 미동조차 용납하지 않았던 것에 대한 반동인 듯, 격렬한 떨림이 몸을 엄습해 왔다.

관람차가 천천히 내려가고 있었다. 저 멀리 밑에 있는 제트코스터에서 간간이 들려오는 환성이 요코의 귀에는 200m 앞의 침대 위에 있는 여자들의 비명소리로 들렸다.

14

집에 도착한 것은 오후 11시였다. 현관문을 여는 순간 카레 냄새가 났다. 다마키가 요코의 대역을 충실하게 수행한 모양이었다.

"안녕히 다녀오셨어요?"

강아지처럼 슈타가 달려왔다. 하얀 옷에 카레 흔적이 여기저기 묻어 있었다.

내일 빨래하려면 죽었다. 이틀분이 쌓여 있다. 날이나 맑으면 좋으련만.

슈타의 얼굴은 보지 않고 카레가 묻은 얼룩만을 바라보면서 요코는 내일 날씨에 대해 생각하기 시작했다. 얼굴을 제대로 쳐다볼 수 없었기 때문이다.

"어, 생각보다 빠른데."

텔레비전 앞에 누워 있던 고헤이가 얼굴만 이쪽으로 돌렸다.

수돗물을 한 컵. 컵을 쥐고 있는 손이 아직도 떨고 있었다. 집을 비우는 일이 거의 없는 요코가 없어서 쓸쓸했었나 보다.

슈타가 어리광을 부리듯 치맛자락에 엉겨 붙었다. 요코가 들고 있던 컵이 흔들려 물이 떨어지는 것을 이상하다는 눈으로 바라보고 있었다. 요코는 두 손으로 컵을 움켜쥔 뒤 단숨에 물을 들이켰다.

부엌의 모습은 처참하기 그지없었다. 카레 자국과 채소 조각이 여기저기 흩어져 있었고, 프라이팬과 냄비 두 개가 그대로 놓여 있는 가스레인지가 다마키의 분투와 고전을 고스란히 보여주고 있었다.

조리대 위에는 계량컵, 저울, 조미료, 껍질 벗기는 기계, 조리용 타이머, 그 외에도 여러 가지 도구들이 난잡하게 내팽개쳐져 있었다. 야채샐러드와 디저트도 만든 모양이었다. 꺼낸 뒤 그대로 내버려둔 도마 위에는 소박이처럼 두껍게 썬 오이가 남아 있었고, 빙글빙글 길게 깎기에 실패한 사과 껍질이 짧은 파편이 되어 흩어져 있었다.

싱크대에는 3인분의 식기. 피망이 남아 있는 샐러드 접시는 슈타가 사용한 것이리라. 당근을 한쪽으로 치워놓은 카레 접시는 다마키의 것. 자기는 싫어하면서도 당근까지 넣은 모양이다.

아이고, 설거지까지는 부탁하지 않았으니 하는 수 없지. 요코는 마음속으로, 일부러 가벼운 어조로 중얼거렸다.

슈타는 요코 옆에서 떨어지려 하지 않았고, 얼굴을 들어 눈이 마주치면 의미도 없이 웃음을 지어 보였다.

"다마키는?"

슈타에게 물었다. 똑바로 눈을 쳐다볼 수 없어서, 요코는 자신이 너무 많이 잘라 껑쭝해진 슈타의 앞머리에 시선을 고정했다.

"누나는 2층. 내가 피망을 먹지 않아서 화가 났나봐. 밥 먹자마자 바로 방으로 가버렸어."

고헤이가 슈타를 감쌌다.

"괜찮다니까. 화난 거 아니야. 오늘 다마키는 정말 훌륭했어. 나하고 슈타가 자꾸만 맛있다, 맛있다 칭찬하니까 부끄러워서 그런 것뿐이야."

"나도 열심히 칭찬했어. 아빠가 그러라고 했거든. 사실은 감자가 딱딱해서 사과처럼 으드득으드득 했지만 그 말은 하지 않았어."

"쉿." 고헤이가 2층을 올려다보며 입술에 검지를 가져다댔다. 그런 다음 요코에게 웃음을 지어 보였다. "차 마실래?"

"아니, 내가 할게."

요코도 웃음을 지어 보였다. 뺨에 경련이 일 것만 같았다.

"감자, 으드득으드득."

"얘, 슈타. 이상한 노래 부르지 마."

눈물이 날 만큼 우리 집은 평화로웠다. 두 시간 전의 일이 마치 현실감 없는 꿈처럼 느껴졌다. 아니, 현실감이 없는 것은 어쩌면 우리 집. 여기에 서 있는 나 자신일지도 몰라. 요코는 문득 묘한 상상을 하기 시작했다.

나는 미국에서 멀리 떨어진 곳으로 도망쳐 평화롭게 살고 있는 길고 긴 꿈을 꾸는 것인지도 모른다. 사실은 가족들에 둘러싸여 있는 지금의 자신이 허구, 눈을 뜨면 25년 전 세인트 클라우드의 밤으로 되돌아가서…….

말도 안 되는 소리. 그렇게 생각하면서도 요코는 손에 들고 있는 주전자의 무게도 감촉도 느낄 수 없었다. 지금 당장이라도 손에서 사라져버릴 것만 같았다. 두 손에 레밍턴의 감이 선명하게 남아 있었기 때문이다. 손가락은 방아쇠를 당겼을 때의 기억을 그대로 간직한 채 화상을 입은 것처럼 욱신욱신 쑤셔왔다.

"왜 그래?"

갑작스러운 고헤이의 질문에 말문이 막혀버렸다. 자신이 동창회에 다녀온 것으로 되어 있다는 사실을 떠올리기까지 조금 시간이 걸렸다.

"아니, 덕분에 잘 놀다왔어."

"다행이네."

고헤이가 조그맣고 까만 눈동자를 이쪽으로 돌렸다. 의심하는 기색은 조금도 보이지 않았다. 요코에게도 만날 사람이 있다는 사실을 진심으로 기뻐하고 있는 듯한 표정이었다. 마주 바라보기가 곤혹스러웠다.

"당신 휴대전화로 문자를 보냈는데 말이야, 부엌에서 삐리삐리 하고 울리잖아. 잊어먹고 갔지?"

"응, 돌아오는 길에 전화를 하려고 했는데."

귀찮은 일이 생길까봐 일부러 놓고 간 것이었다.

K가 보내온 휴대전화는 그 이후부터 전원을 꺼놓은 상태였다. 그 사람의 목소리를 두 번 다시 듣고 싶지 않았다. 도중에

버릴까도 생각했지만 버릴 장소도, 그럴 만한 용기도 없었기에 결국 작은 손가방 깊숙이에 넣어두었다.

고헤이가 보낸 문자는 이런 내용이었다.

'우리는 걱정하지 마. 당신이 없으니 오늘은 발포주를 두 개 마셔야겠어. 천천히 놀다와. 그 대신 꼭 들어와야 해. 고헤이.'

문자메시지를 거의 사용하지 않는 고헤이는 "이름을 저장해 놓으면 수신할 때 저절로 이름이 뜬다"고 몇 번을 알려줘도 메시지 뒤에 꼭 자신의 이름을 남긴다.

문자메시지는 그것이 끝이 아니었다. 그 뒤에도 있었다.

'누나가 만든 카레는 매워~. 샐러드에 날피망! 무서워~. 아빠가 써줬어. 슈타.'

다마키가 보낸 문자메시지. 이른 저녁부터 밤까지 몇 차례.

19:52 '감자는 몇 분 정도 삶아야 해?'

18:55 '카레 덩어리는 썰어서 넣어야 해? 냄비 뚜껑은 덮어야 해?'

18:03 '양파는 잘게 썰어야 해, 둥글게 썰어야 해?

16:52 '지금 마루나카 슈퍼. 학교에서 직행. 카레 덩어리 있어? 사지 않아도 돼? 샐러드에 피망 넣어봐도 돼?'

휴대전화를 놓고 가길 잘했다. 이런 문자메시지들을 봤다면 틀림없이 사람을 쏠 마음이 사라져버리고 말았을 것이다.

문자메시지를 읽는 척하면서 요코는 계속 고개를 숙이고 있었다. 여자치고 요코는 눈물이 없는 편이다. 무슨 일이 있어도 울지 말자고, 몸과 마찬가지로 마음도 단련해 왔기 때문이다.

하지만, 한계였다.

"꽤 맛있었어, 다마키가 만든 카레. 요즘에 말이지, 친구들을 집으로 불러서 자기가 만든 음식을 대접하는 게 반에서 유행이래. 얼마 안 있으면 자기 차례라고, 있는 솜씨 없는 솜씨 다 발휘했나 봐. 완성한 게 8시였어. 그러니까 나와 슈타는 실험대상."

고헤이가 말했다. 슈타가 외쳤다.

"공포의 인체실험!"

요코는 휴대전화를 닫고 고개를 숙인 채로 말했다.

"모두들, 오늘은 여러 가지로 고마웠어요."

가족들이 보낸 문자메시지로 가득한 휴대전화를 가슴으로 가져갔다. 그렇게 하면 아직도 멈추지 않고 있는 두근거림이 가라앉을 것만 같은 생각이 들어서.

슈타가 다시 요코의 얼굴을 올려다봤다. 그리고 고개를 갸우뚱거렸다.

"엄마, 얼굴이 이상해."

심장이 덜컥했다. 미소를 지어 보이며 슈타에게 물었다.

"어디가?"

"눈 있는 데가."

욕실로 가서야 깨달았다. 조준경의 흔적이 오른쪽 눈 주위에 둥그렇게 남아 있었다. 지우려고 했던 화장을 지우지 않고 파운데이션을 다시 발랐다.

계단을 내려오는 소리. 그리고 열어둔 욕실 문을 두드리는 소리. 뒤돌아보니 문 너머로 다마키가 얼굴만 내밀고 있었다.

"안녕히 다녀오셨어요."

"다마키, 고마웠어. 미안해, 연락이 안 돼서."

"아니야, 괜찮아. 그럭저럭 잘한 것 같아. 다음에는 더 맛있게 만들 거야."

다마키가 고양이처럼 눈을 가늘게 뜨고 웃었다. 다마키의 저런 표정을 마지막으로 본 게 언제였더라. 처음일지도 모른다. 예전처럼 어린아이 같은 웃음이 아니었다. 조그만 엄마 같은 웃음이었다.

"옷 갈아입고 올게."

계단을 오르기 시작한 순간, 요코의 눈에서 눈물이 흘렀다. 요코는 침실에서 한동안 울었다. 누구를 위해서 흘리는 눈물인지 모르는 채로.

원래 쉽게 잠드는 편은 아니었지만 오늘밤은 유별났다. 눈을 감으면 눈꺼풀이 스크린이 되어, 불과 몇 시간 전의 광경이 주마등처럼 스치고 지나갔기 때문이다.

2514호실의 유리가 깨지고 휴대전화가 튀어 오른다. 리어던이 천천히 쓰러져 간다. 실제로는 보지 못한, 콜걸들이 침대 위에서 비명을 지르는 모습까지 떠올랐다.

눈을 감고 있을 수가 없어서 천장을 바라보면 이번에는 거기가 스크린이 돼버렸다.

여섯 살 때와 똑같았다. 에드의 집에서 살기 시작했을 무렵에도 이렇게 잠들지 못한 채 침대 위에서 눈을 뜨고 있었다. 그런데 그때는 천장에 떠오르는 어머니의 모습이 날마다 흐릿해져 가는 것이 무서워 억지로 눈을 부릅뜨고 있었던 것이다. 옛날처럼 서툰 자장가를 불러줄 에드도 없다.

옆에서는 고헤이가 코를 골고 있었다. 아내가 조금 전에 살인을 저지르고 왔다는 사실도 모른 채. 평소 같았으면 손가락으로 코를 집어 소리가 나지 않도록 했겠지만, 오늘밤은 평화 그 자체의 소리에 귀를 기울였다.

'죽이지 않았으면 가족들과 내가 어떻게 됐을지 모르는 일이야.' 누구인지도 모를 상대방에게 마음속으로 변명을 해봤다. 하지만 바로 또 다른 말이 어딘가에서 들려왔다. 또 다른 자신의 목소리였다.

"애초에 '예스'라고 대답한 이유는, 왜?"

"가족을 위해서? 그건 나중에서야 생겨난 구실. 처음에는 대출금과 아이들의 교육비 때문에 사람을 죽이려고 했던 것 아니야?"

"어째서 그렇게 열심히 저격을 위한 트레이닝을 한 거지?"

"사전답사를 하고, 스스로 계획까지 세우고. 그때 너는 그런 일들을 마음속 한구석에서 은근히 즐기고 있었던 것 아니야?"

검찰 측 증인을 심문하는 변호사 같은 또 다른 자신에게 요코는 단 한 마디도 반론을 할 수 없었다.

"결국 너는 사람의 목숨을 그 정도로밖에 생각하고 있지 않은 거야. 왜냐하면 암살자의 손녀거든. 사람을 죽이는 훈련만 해왔으니까. 어쩌면 사람을 죽이는 일에서 쾌감을 느끼고 있을지도 몰라."

절대 그럴 리 없어! 머릿속에 있는 또 다른 자신의 말을 강하게 부정했다. 필요 이상으로.

요코는 이불을 뒤집어쓴 채 머리를 감싸 쥐었다. 나는 평생 잠들지 못할지도 몰라. 정말 그런 생각이 들었다.

고헤이의 이불 속으로 오른손을 뻗었다. 더듬더듬 머리를 찾아 딱딱한 머리카락의 감촉을 손가락으로 느낀 다음 수염이 자라기 시작한 뺨을 쓰다듬었다.

"응?"

잠에서 덜 깬 목소리가 들려왔다. 요코는 이불을 걷어차고 고헤이의 몸으로 달려들었다.

"왜, 왜 그래?"

요코는 커다란 인형을 끌어안듯 고헤이에게 달라붙어서는 가슴으로 얼굴을 가져갔다. 잠옷 속으로 손을 뻗어 고헤이의 페니스를 쥐었다.

"아아아아아아."

놀라움과 기쁨이 뒤섞인 소리를 내지르고 있는 고헤이의 입술을 자신의 입술로 막았다. 남자의 몸은 단순하다. 파블로프의 개 같다. 조금 전까지만 해도 코를 골고 있었으면서 벌써 페니스가 딱딱해졌다.

요코는 입술을 밑으로 밑으로 이동시켰다.

"와아아아아~이."

자신이 먼저 원한 것은 아마도 이번이 처음.

간신히 잠들었던 것 같다. 하지만 그것도 짧은 순간이었던 듯하다. 눈을 떴을 때 방 안은 아직 어두웠다.

이 틈에 부엌 구석에 그대로 놓아둔 무와 파 속에서 레밍턴을 꺼내 정리할까 싶기도 했지만, 그만뒀다. 잠귀 밝은 다마키가 잠에서 깨어나 내려오면 큰일이다. 그리고 무엇보다 지금은 아직 총을 만지고 싶지 않았다.

또 2514호실의 유리창이 떠오를까 두려워서, 요코는 '아침밥과 아이들의 도시락 메뉴를 무엇으로 할까'라는 생각으로 머릿속을 가득 채우려 했다.

유효기간이 거의 끝나가는 유부를 써버려야 하는데. 된장국에는 유부와 두부를 넣기로 하자. 말린 전갱이가 있는데, 그럼 그저께랑 똑같아지잖아. 생선을 싫어하는 다마키가 '또야?'라며 불평할 거야. 요즘 들어 간신히 아침을 먹게 됐으니 햄에그로 하는 게 좋으려나? 슈타에게는 평소처럼 햄 대신 비엔나소시지를 주고.

도시락에는 닭튀김. 채소도 먹여야 하는데. 총을 숨겼던 무와 파는 물론 사용하지 않고 버릴 생각이다. 다마키가 샐러드를 만들기 위해 사둔 채소들을 써야겠다.

이런 생각들을 하다, 어두운 방의 창가에 고헤이가 서 있다는 것을 깨달았다.

평소에는 때려도 일어나지 않던 사람인데. 요코가 흥분을 시켜놓아서 그런가?

"왜 그래? 잠이 안 와?"

창가에 서 있는 실루엣에게 말을 걸었다. 대답이 없었다. 그 대신 들려온 것은 고헤이의 코 고는 소리였다. 그러고 보니 옆의 이부자리는 사람의 모양대로 부풀어 있었다.

머리맡에 있는 스탠드의 불을 켰다. 방바닥만 밝아졌다. 요코는 흐릿한 빛이 비추는 창가에 시선을 집중했다.

서 있는 것은 고헤이가 아니었다. 오스카 코넬리어스도 아니었다. 커다란 수건을 허리에 두른 알몸의 남자였다. 한 입 베어 먹은 사과를 쥔 채, 오른손을 귀밑에 대고 있었다. 손가락은 휴대전화를 쥐고 있는 모양을 취하고 있었지만, 손에는 아무것도 쥐어져 있지 않았다. 게다가 귀가 없었다. 귀가 있던 곳에는 페니 동전만한 새빨간 구멍이 뚫려 있었다.

요코는 한숨을 쉰 뒤 자신의 새로운 환영에게 말을 걸었다.

"당신도 왔군요."

크레이그 리어던은 대답하지 않았다. 어디에도 없는 휴대전화에 대고 말을 하고 있던 입술은 'O'를 발음한 뒤의 모습 그대로 얼어붙어 있었다.

15

닭튀김은 기름의 온도를 잘 조절하는 것이 맛있게 튀기는 요령이다.

처음에는 180도. 술, 간장, 생강즙, 후추로 미리 간을 한 닭고기에 녹말가루를 뿌린 뒤 껍질을 아래쪽으로 해서 기름에 넣고 조금 강한 불로 기름의 온도를 유지한다. 고기 색이 변하기 시작하면 뒤집어서 불을 약하게 하고 속까지 천천히 익힌다. 고기가 조금이라도 빨개지면 다마키가 먹으려 하지 않으니 여기서는 인내심을 가지고.

90% 정도 익힌 다음에는 다시 강한 불. 다시 한 번 껍질을 아래쪽으로 해서 바삭바삭하게 튀긴다.

아이들의 도시락에 넣었다. 두 조각씩의 닭튀김을 위해 요코는 여러 가지로 분주했다. 에드가 봤다면 고개를 갸우뚱하며 이렇게 말했을지도 모른다. "요코, 대체 뭘 하고 있는 거니? 닭고기 조각으로 전통공예품을 만들 생각이냐?"

할아버지 에드에게 있어서 요리란 기본적으로 스테이크 고기를 프라이팬에 굽는 것, 옥수수나 감자를 통째로 삶는 것, 그리고 캠벨 통조림을 데우는 것이었다.

고기를 구울 때 불의 강약 같은 것에는 전혀 신경 쓰지 않았다. 시계는커녕 프라이팬도 제대로 쳐다보지 않고 프랑크 시나트라의 '문 리버'를 휘파람으로 한 번 불고 난 뒤 뒤집고, 세 번 불고 난 뒤 접시에 담았다. 고기의 두께에는 신경도 쓰지 않았다. 따라서 휘파람이 빨리 끝난 날은 덜 익은 고기가 됐고, 멜로디를 잊어버려 휘파람을 처음부터 다시 불기라도 한 날에는 바싹 익힌 고기가 돼버렸다.

아침은 대부분 콘플레이크. 주말 점심은 냉장고 안에 있는 것을 전부 끼워서 만든 고층빌딩 같은 샌드위치. 여섯 살 되던 해 가을부터 다니기 시작한 초등학교에 카페테리아가 있어서, 그리고 일주일에 한 번은 오클라호마시티에서 식사를 한 덕분에 요코는 미국에도 여러 가지 음식이 있다는 사실을 알게 됐을 정도다.

때때로 찾아오는 돌리스는 냉장고 안의 내용물과 산더미처럼 쌓인 빈 깡통을 보고 얼굴을 찌푸렸다. "요코를 씨름 선수로 만들 생각이야?" 이렇게 말하며 야채, 해산물, 쌀을 재료로 한 음식을 만들어주기도 했다.

돌리스는 농장에서 20km 떨어진 곳에 있는 드래그 스토어에서 일하는 여자였다. 활달하고 친절했으며, 몸은 통통했지만 에드의 말에 따르면 '엘리자베스 테일러보다 차밍' 했다. 젊었을 때 남편을 잃었고, 요코가 미국에 갔을 당시에는 외동아들이 캘리포니아에 있는 대학에 다니고 있었다.

돌리스는 자신의 요리법을 에드에게 가르쳐줬지만, 에드에게 요리인으로서의 소질이 전혀 없다는 사실을 깨닫고는 전수 상대를 요코로 바꿨다. 아홉 살이 되자 요코는 돌리스의 고향인 뉴올리언스의 케이준 요리를 대부분 만들 수 있게 됐다. 그러니까 요코의 요리 선생님은 돌리스와 드래건 클로의 쿠완인 셈이다.

드래건 클로는 오클라호마시티 35번가에 있던 중국요리점. 에드는 마쓰코가 만들어준 음식이나 예전에 저격병으로 참전했던 한국에서 맛본 동양의 맛을 그리워했기 때문에 요코와 둘이서, 또는 돌리스와 셋이서 그곳을 찾곤 했다. 점괘가 들어 있던 중국 과자의 점대로라면 에드는 아흔 살까지 장수를 해야 했고, 요코는 사람들에게 존경받는 자리에 올랐어야 했다.

주방장 쿠완은 같은 동양인인 요코를 귀여워했다. 요코를 주방으로 불러들여 미국 사람들에게는 결코 말해 준 적 없는 맛의 비밀을 아낌없이 가르쳐줄 정도였다. 쿠완의 몸에서는 언제나 동양의 향신료 냄새가 났다. 두꺼운 팔뚝으로 냄비를 흔들면 믿을 수 없을 정도의 높이까지 쌀과 고기와 중국 채소들이 날아올랐다. 중국어 억양이 섞인 새된 목소리를 잘 알아듣지 못해서 볶음밥을 만드는 법 이외에는 비법을 거의 전수받지 못한 것이 안타까울 뿐이다.

에드와 돌리스는 요코가 열한 살 되던 해에 뉴올리언스의 케이준 요리 솜씨가 "가게를 열어도 되겠다"는 말을 들을 정도가 됐을 무렵까지 사귀었다. 돌리스의 아들이 베트남에서 죽은 해, 그녀가 산탄총으로 자신의 머리를 쏜 순간까지.

닭고기가 맛있어 보이는 사탕 같은 색을 띠기 시작했다.

다 튀기고 난 다음에는 껍질이 위쪽으로 오게 해서 겹치지 않도록 네모난 쟁반 위에 올려놓아 기름을 뺀다. 같은 기름으로 비엔나소시지도 튀겼다. 이것은 슈타를 위해서. 한쪽 끝에 칼집을 냈기 때문에 문어 모양을 하고 있다.

다마키가 좋아하는 메추리알 통조림이 있다는 사실이 떠올랐다. 물에 삶은 메추리알에 얼굴을 그렸다. 깨를 박아 눈을 만들고 잘게 썬 당근으로 입을 만들었다. 소풍이나 운동회 때가 아니면 이런 건 하지 않았지만, 오늘은 여러 가지로 손을 놀리고 싶은 기분이었다. 시간이 아무 많았기 때문이다.

크레이그 리어던의 환영은 창가에서 사라질 줄을 몰랐다. 좁은 침실 구석, 알몸에서 오 데 코롱 냄새가 날 것 같은 거리만큼 떨어져 서서, 창밖인지 방 안의 벽인지 모를 곳을 바라보고 있었다.

아무리 시선을 돌려도, 눈을 감아도 사라지지 않았다. 눈을 뜰 때마다 조금씩 다가오고 있는 듯한 느낌이 들었다. 하는 수 없이 요코가 침실에서 나오기로 했다. 시간은 아직 새벽 5시 전이었다.

지금은 6시 15분. 이제 곧 가족들이 일어나서 나올 시간이다. 된장국을 만들어야지. 평소에는 대부분 팩에 든 재료를 이용해 국물을 냈지만, 오늘은 다시마와 가다랑어를 써서 국물을 내기로 했다.

다시마에 칼집을 내서 한동안 물에 담가두는 것이 요령이다. 요즘 같은 계절에는 30분. 오클라호마에서 살던 시절에 잘 만들던 음식이 장발라야와 포 보이 샌드위치, 치킨과 누들이었다는 사실이 스스로도 믿기지 않았다. 가다랑어가루를 대팻밥이 아닐까 생각했던 시절을 떠올려보면 25년은 긴 세월이다. 긴 세월인 줄 알았다.

다마키와 슈타의 도시락에는 반드시 채소와 과일을 곁들인다. 채소는 어제 남긴 오이와 상추. 배색을 고려한 방울토마토는 메추리알과 함께 이쑤시개에 꽂았다.

과일은, 그레이프프루트로 할까? 며칠 전에 사둔 것이 하나 남았을 텐데.

냉장고를 열었다. 핑크 그레이프프루트가 눈에 띄질 않았다. 맞아, 어제 다마키가 써버렸지. 야채실에 다른 과일은 없었다. 종이박스 속에 한꺼번에 여러 개를 사둔 사과가 남아 있다는 사실을 떠올렸다.

종이박스는 키친카운터 너머에 놓여 있었다. 뚜껑을 열려던 손이 일순 멈칫했다. 불길한 예감에 목덜미의 털이 곤두섰다.

사과를 집어든 순간 손이 떨려오기 시작했다. 머릿속 한쪽 구석으로 밀어놓았던 크레이그 리어던의 마지막 모습이 눈앞에 떠올랐다.

창을 관통한 총알이 휴대전화를 부쉈고, 유리가 쏟아지듯 무너져 내렸으며, 휴대전화의 파편이 방사선상으로 흩어졌다. 총알은 마치 리어던의 귓구멍을 막으려는 듯 그곳을 관통했을 것이다. 리어던은 일순 경직된 것처럼 보였고, 그 다음 옆으로 쓰러졌다.

실제로는 1초도 안 되는 시간이었겠지만, 슬로모션필름처럼 아주 천천히 창 너머로 사라져갔다. 한쪽 손에 들고 있던 빨간 사과가 뉴턴의 생각대로 낙하해 가는 모습도 분명히 봤다.

사과를 박스에 내려놓고 싶었지만, 오스카 코넬리어스 때의 호박처럼 되도록 내버려두고 싶지는 않았다. 끝나버린 암살보다 더 소중한 것은 아이들의 건강을 위한 비타민 C. 요코는 손가락의 떨림을 참아가며 사과를 집었다.

도마에 놓고 반으로 자른 다음 다시 3등분했다. 속을 도려내고 껍질에 칼집을 냈다. 토끼 모양으로 만들 생각이었다.

아야.

손가락에 떨림이 남아 있었던 듯하다. 부엌칼이 껍질과 함께 사과를 잡고 있던 왼쪽 손의 엄지까지 잘라버렸다.

실오라기만한 조그만 상처. 찌릿한 아픔 뒤에 천천히 피가 배어나왔다. 닦아내면 멈추질 않는다. 그대로 굳기를 기다렸지만 피는 순식간에 방울이 되어 손가락을 타고 흘러내려 토끼모양 사과의 한쪽 귀 위로 떨어졌다. 떨어진 피는 사과껍질보다 붉었다.

엄지를 입에 물고 상처를 핥았다. 총알에 입맞춤했을 때와 마찬가지로 녹슨 쇠 맛이 났다.

이번 '일'은 오스카 코넬리어스 때와는 달리 피를 보는 일도 피의 냄새를 맡는 일도 없이 끝났다. 하지만 결국은 마찬가지였다.

그래, 내가 사람을 죽였다는 사실에는 변함이 없어. 요코는 한나절 늦게 포천호텔 2514호실에 가득 찬 피의 냄새를 맡은 듯한 기분이 들었다.

괜찮아. 문제없어. 나는 여자야. 피를 본 게 한두 번이야? 깎던 사과를 쓰레기통에 버리고 뚜껑을 닫았다. 어젯밤에 있었던 모든 일을 봉해 버리듯이.

계단을 내려오는 발소리가 들렸다. 부엌 문이 열리는 느낌이 나더니 뒤이어 발소리가 안으로 들어왔다. 요코는 평소와 다를 바 없는 목소리를 내려고 노력했다.

"잘 잤니?"

대답이 없었다. 뒤를 돌아보려다 도중에서 멈췄다. 등 뒤에서 강한 코롱 냄새가 풍겨왔기 때문이다.

무거운 발소리가 요코의 바로 뒤에서 멈췄다. 누군가의 숨결이 요코의 머리카락을 흔들고 있었다. 어쩌면 그것은 창을 통해서 들어온 바람이었을지도 모르지만, 요코에게는 그렇게 느껴졌다. 당장이라도 한쪽 귀가 없는 얼굴이 어깨너머로 들여다볼 것만 같아서 요코는 눈을 감았다.

신경 쓰지 말자. 코넬리어스 때도 그렇게 했었으니까. 익숙해지면 보이지 않는 환영. 이것은 내 마음이 스스로에게 놓은 덫이다.

뜨거운 숨결이 얼굴로 쏟아졌다. 귓가에서 조그만 소리가 들려왔다.

사각.

사과를 깨무는 소리. 환청임이 틀림없었지만 요코는 귀를 막았다. 하지만 자신의 마음속에서 들려오는 소리를 막을 수는 없었다.

사각. 사각. 사각. 사각. 사각.

"우와, 암살이래. 우리나라도 위험해졌는데."

신문 위로 얼굴을 들어 텔레비전을 보고 있던 고헤이가 "우리나라만은 평화로울 줄 알았는데"라며 평화롭기 짝이 없는 목소리로 말했다. 언제나 스포츠면부터 읽기 때문에 조간신문 1면의 머리기사가 모닝쇼와 똑같은 사건을 전달하고 있다는 사실을 깨닫지 못했다.

텔레비전에서는 끊임없이 '암살'이라고 떠들어대고 있었지만, 보기 싫어도 저절로 요코의 눈에 들어오는 신문의 머리글은 '환경활동가 C 리어던 씨, 사살당하다'라고만 전하고 있을 뿐이었다. 1면의 절반을 차지하고 있는 기사에는 포천호텔을 상공에서 찍은 사진과 리어던의 얼굴사진이 실려 있었다.

요코는 신문 지면에서 자신을 노려보고 있는 크레이그 리어던에게서 얼굴을 돌려 아침이 담긴 접시를 내려놓았다. 텔레비전 화면에도 포천호텔이 나오고 있었다.

"저기, 어디지? 아, 요코하마구나. 그러고 보니 저 호텔 본

적이 있는 것 같은데."

신문은 읽지 않았다. 고헤이가 켜놓은 텔레비전에서 흘러나오는 뉴스를 요코는 등 너머로 듣고 있었다.

경찰은 현시점에서는 누가 어떤 목적으로 사살했는지, 흉기로 쓰인 총이 어떤 종류인지, 그리고 저격 장소가 어디인지도 알 수 없다고 발표했다. 같은 방에 있던 두 동료 – 텔레비전에서는 그렇게 표현했다 – 가 취조를 받고 있다고 했다.

K가 일본 경찰을 우습게 볼 만도 했다. 경찰이 의심하고 있는 것은 우습게도 콜걸들인 모양이었다. 라이플용 308탄을 핸드백에 숨길 수 있는 총으로 쏘는 일이 가능하다고 생각하는 것일까?

후쿠다 가족이 매일 아침 채널을 고정시켜 놓는 이 방송의 보조출연자는 변호사인데, 평소에는 연예계의 가십거리에 대한 코멘트까지 부탁받는다는 사실에 불만스러운 얼굴을 하고 있었지만, 오늘은 물을 만난 물고기였다. 동업자의 죽음에 흥분한 그는, 경찰 조사의 느슨함과 공개된 정보의 양이 적다는 사실에 분노를 토했다.

— 리어던 씨의 정치적 입장을 고려한다면 암살이라고 보는 것이 타당합니다. 일본 경찰이 감당하기는 버거운 사건 아닐까요? 정부도 '조사의 진전을 기대한다'며 평소와 다를 바 없는 틀에 박힌 말만 하고 있고. 정말 부끄럽습니다. 이대로 간다면 국제적인 비난이 일본으로 집중될 것입니다.

다른 출연자들이 하나같이 동의를 표했다. 외국에 부끄럽다.

일본인들의 강박관념과도 같은 것. 미안하지만 일본 사람들이 생각하고 있는 것만큼 다른 나라 사람들, 적어도 미국 사람들은 일본에 대해 관심이 없다는 사실을 미국에서 살았던 요코는 잘 알고 있다. 미국에서 진심으로 범인을 잡을 생각이라면 애초부터 일본 경찰에 의지하지 않고 은밀히 사람을 보낼 것이다.

—— 암살이라고 한다면 어떤 조직에 의한 것일까요?

—— 글쎄요, 추론만으로 가볍게 말할 수는 없지만…….

이렇게 말하면서도 보조출연자는 가볍게 말을 이어갔다.

—— 물론 이것은 암살에 관여했다는 뜻은 아닙니다만, 리어던 씨의 활동을 곱지 않은 시선으로 바라보던 세력은 이루 헤아릴 수 없이 많습니다. 그가 주장하던 환경정책은 미국의 2대 자동차회사와 석유회사 측에 위협적이었으며, 최근 그는 총기규제 운동에도 힘을 기울였기 때문에 전미 라이플협회와도 적대적인 관계에 있었습니다. 그리고 대통령선거에 출마하면 자신들의 표를 잠식당하게 될 민주당. 일본 정부의 완만한 대응에 가만히 미소 짓고 있는 사람들이 이 가운데 있다고 해도 이상할 것은 하나도 없습니다. 미국 정부의 반응이 의외로 무딘 것도 의심스럽지 않은 것은 아닙니다. 국제적인 음모라고 한다면 조금 과장된 표현일지도 모르겠지만, 지금의 공화당 정권도 리어던 씨를 배제하고 싶어 하던 세력 가운데 하나였으니까요.

"그렇구나. 세상은 음모로 넘쳐나고 있다는 말이네."

고헤이가 출연자의 말에 끊임없이 감탄하고 있었다. 남자들은 국제적 음모라는 말을 좋아한다. 그래서 이 세상에서 음모가 사라지지 않는 것이다. 요코는 K의 뒤에서 자신을 고용한 사람이 누구인지에 대해서는 전혀 관심이 없었다.

── 남겨진 총알을 통해 곧 사용된 총기가 밝혀지겠지만 틀림없이 암살용 총일 것입니다.

에드가 만든 총알을 사용하길 잘했다. 308은 엽총에도 사용되는 아주 평범한 총알이다.

── 하늘에서 총격했을 가능성도 있지 않을까요? 비행기 또는 헬리콥터가 그 시간에 지나가지 않았는지 당국에 제출된 비행계획서를 살펴보면 바로 알 수 있을 것입니다.

보조출연자는 자신의 박식함이 자랑인 듯했지만, 사격에 관한 지식은 전혀 없는 듯했다. 미안하지만 저격의 기본은 움직이지 말 것. 비행기는 물론 헬리콥터－딱 한 번 근처 농장주가 태워준 적이 있는데－의 격렬한 상하 움직임 속에서는 멀리 있는 표적을 맞힐 수가 없다. 에드도 이렇게 말했다. "말을 타고 달리면서 지평선 너머에 있는 사람을 쏘아 맞히는 재주는 나에게도 없어. 그게 가능한 사람은 존 웨인 정도일 거야."

사회자가 흥분 상태에 있는 보조출연자에게 물었다.

── 범인은 어떤 사람이라고 생각하십니까?

자신도 모르게 등이 뻣뻣해졌다. 다행히도 마침 슈타가 컵을 내밀어 우유를 더 달라고 했기에 부엌에 가서 섰다.

── 역시 프로 암살자일 것입니다. 외국인일 가능성이 높습니…….

갑자기 텔레비전의 소리가 요란한 팡파르 소리로 바뀌었다.

다마키가 리모트컨트롤로 채널을 돌린 것이었다.

"아, 잠깐만."

"지금 '오늘의 혈액형 점' 할 시간이란 말이야."

"아니, 지금 뉴스를……. 요코, 뭐라고 말 좀 해줘."

못 들은 척하고 냉장고 문을 열었다. "야쿠르트도 먹고 싶어." 요코의 뒤를 따라온 슈타가 우유로 입가가 하얗게 변한 얼굴을 갸우뚱했다.

"엄마, 내 도시락이 왜 있는 거야?"

"응?"

"유치원 벌써 방학했는데."

"아, 그랬지."

슈타는 오늘부터 봄방학. 게다가 오늘은 토요일이다. 이런 것도 잊고 있었다니. 사립 중학교에 다니는 다마키는 다음 주가 종업식이고 토요일에도 수업이 있지만, 평소 같으면 신문을 들고 화장실에 갈 시간인데도 너무 한가롭게 텔레비전을 본다 싶었던 고헤이도 휴일.

"도시락도 있겠다. 오랜만에 아빠랑 어디 갔다 올래?"

"파친코는 싫어. 너무 시끄러."

"그럼, 낚시는?"

"아빠는 잡지도 못하잖아, 싫어. 게임센터에 가고 싶어."

다마키는 두 사람의 대화에 무관심한 척하고 있었다. 눈은 텔레비전에 고정돼 있었지만, 이쪽을 향한 등이 귀를 선두로 두 사람 쪽으로 기울어 있었다. 요즘에는 아빠와 함께 외출하기를 싫어하기 때문에 고헤이는 함께 나가자고 말하길 포기한 듯했지만, 역시 부러운 모양이었다. 다마키가 초등학생 시절에 친구들과 소원했던 이유는 토요일마다 놀러가자는 말을 거절할 수밖에 없었기 때문이다.

"게임센터라……."

요코는 고헤이에게 눈짓을 보냈다. '다마키 앞에서는 그런 말 하지 마'라는 뜻을 전달할 생각이었다. 시선은 느꼈지만 의미는 깨닫지 못한 듯했다. 고헤이가 바보 같은 미소로 답했다.

"돈이 많이 든단 말이야."

"곤충 배틀, 새 게임을 해보고 싶어."

텔레비전 소리가 커졌다. 다마키가 리모트컨트롤로 조작한 것이다.

"좋았어. 그 대신 UFO캐처는 500엔까지만이야. 넌 그냥 내버려두면 내가 파친코하는 것보다 더 심하단 말이야."

"에햄."

요코의 헛기침을 듣고 드디어 다마키의 귀가 이상할 정도로 근접해 있다는 사실을 깨달은 고헤이가 당황해서 입을 다물었다.

다마키가 멋을 부리기 위해 세면대 앞에 서자, 이번에는 고헤이가 요코에게 눈짓을 보내왔다. 요코는 그 뜻을 바로 알아차렸지만 고헤이는 손가락으로 '돈' 모양을 만들어 보인 뒤, 손을 모아 요코에게 비는 듯한 자세를 취했다. 어떤 게임을 해도 순식간에 죽어버리고 마는 다마키와 게임센터에 가려면 고헤이의 며칠분 용돈이 날아가 버릴 정도의 돈이 든다. '군자금을 부탁해'라는 뜻이다. 고헤이에게는 지금의 요코가 지갑으로 보일지도 모른다.

자신이 먼저 요구했던 어젯밤, 고헤이는 너무 일찍 끝나버린 것에 대해 속죄하듯 요코의 가슴을 만지작거리며 콧소리를 섞어 속삭였다.

"나, 열심히 할게. 조금 있으면 본격적으로 사업을 시작할 거야. 지금 야스이가 시제품을 만들기 위한 교섭을 벌이고 있거든. 나도 나 나름대로 일을 하면서 짬짬이 웹디자인 회사에 말을 해뒀지."

사정 뒤라서 머리가 맑아진 것인지, 남자로서의 자신감을 되찾은 것인지 고헤이의 말투가 평보소다 부드러웠다.

"걱정할 것 없어. 나도 바보는 아니니까. 가족이 있는데 위험한 다리를 건너려 하겠어? 인터넷으로 어느 정도 수주를 받은 다음 제품을 만들 생각이니까 위험부담도 적고, 나는 출자하지 않아도 된다고 해서 같이 하기로 한 거야."

위험한 다리를 건넌다? 무슨 뜻이더라. 일본어와 한자 능력 모두 남들만큼은 됐다고 생각했는데, 아직도 보통 일본 사람이라면 누구나 알고 있는 관용구를 알아듣지 못하는 경우가 종종 있다. 머릿속은 요코하마에 남겨두고 귓속에는 아직도 레밍턴의 총성이 들러붙어 있는 요코에게 의미를 알 수 없는 관용구라도, 관심 없는 사업에 관한 이야기라도 속삭여준다는 것은 고마운 일이 아닐 수 없었다.

평소보다 말이 많아진 고헤이는 요코에게 새로운 사실까지 말해 버렸다.

"그 대신 회사가 궤도에 오를 때까지는 월급을 받지 않기로 약속했어. 당분간은 우리 돈을 써야 할 거야. 당신한테는 미안한 일이지만……."

수입이 없다는 말? 그런 말은 처음 듣는데. 고헤이는 점점 평소의 주저주저하는 말투로 돌아가고 있었다.

"……하지만, 개인 사정에 의한 퇴직이라도 퇴직금은 그럭저럭 나올 거고……, 당신한테는 미안한 일이지만……."

요코가 아무런 대답도 하지 않자 어리광을 부리는 아이처럼 가슴속으로 파고들기 시작했다. 인터넷을 활용한 꽃가루 알레르기 관련 사업이라니, 세상물정 모르는 요코에게조차 위험한 일이라는 생각이 들었다. 고헤이의 손을 뿌리치며 이렇게 말하고 싶었다. "제발 정신 좀 차려."

하지만 지금의 요코는 그럴 수 없었다. 자신이 남편에게 숨기고 있는 비밀에 비하면, 고헤이가 숨겼던 말은 데이지의 씨앗 정도밖에 되지 않았다.

봄에 대한 꿈만 꾸는 겨울잠 자는 곰 같은 사람이지만, 지금 자신의 살갗을 만지고 있는 눈앞의 이 남자를 잃고 싶지는 않았다. 자신이 혼자가 아니라는 사실을 알아버린 지금은 고독을 견딜 수 없을 것이다. 다시 혼자가 돼버린다면 자신이 범한 죄의 무게에 짓눌리고 말 것이다.

그랬기에 입을 다물고 있었을 뿐 아니라, 결국 이렇게 말하고 말았다. 애교 섞인 목소리까지 내가면서.

"돈은 걱정하지 않아도 돼."

"응?"

"정 필요하면 내가 어떻게 해볼 테니까. 미국에 있는 친척이 돈을 넣어주기로 했어. 우리 할아버지가 가지고 있던 농장에서 석유가 나왔다나."

"오오."

고헤이가 감탄의 목소리를 높이 올렸다. 생각했던 것 이상으로 기뻐하는 모습이었다. 요코는 괜히 쓸데없는 말을 했다고 후회했다.

"하지만 내게 들어오는 것은 아주 적은 돈이야. 한 6만 달러 정도."

"……6만 달러라."

고헤이의 말문이 막혔다. 마음속에서 치밀어 오르던 기쁨이 입을 막아버린 듯했다. 말하지 않는 게 좋았을지도 모른다.

"엄마, 도시락 먹을 때 딸기우유 먹어도 돼?"

슈타의 목소리가 허공을 맴돌던 요코의 마음을 식탁으로 되돌려놓았다. 고헤이는 여전히 손가락으로 사인을 보내고 있었다. 슈타가 무슨 생각을 했는지 고헤이가 만든 둥그런 손가락 사이로 젓가락을 찔러 넣었다. 하는 수 없이 고개를 끄덕였다.

모두가 아침식사를 마쳤지만 요코는 입맛이 전혀 없었기 때문에 된장국만 먹고 있었다. 하지만 아무것도 먹지 않으면 이상하게 생각할 것이다. 밥을 한 입 억지로 떠 넣었다. 고헤이가 채널을 모닝쇼로 돌렸다.

화면에 포천호텔의 모형이 나오고 있었다. 그 옆에 아까의 보조출연자와는 다른 남자가 서 있었다.

── 25층의 창을 밖에서 노린다는 것은 권총으로는 불가능한 일입니다. 저도 수없이 사격연습을 해왔지만 말이죠, 권총은 아무리 익숙하게 다룰 줄 아는 사람이라 해도 10m 떨어진 곳에 있는 표적을 맞히는 게 고작입니다. 글쎄요, 일반인들은 2~3m 앞에 있는 사람도 맞히기 힘들 것입니다.

초대 손님은 전직 경찰관인 듯했다. 자신이 사격해 본 경험이 있는 총에 대해서만 말했다.

── 각도가 1도만 벗어나도 20~30m 앞에서는 40cm나 벗어나게 됩니다. 그러니까 사용된 총은 총신이 긴 것이라고 볼 수 있습니다. 다시 말하자면 라이플.

막 삼키려던 밥이 목구멍에 걸리고 말았다. 남자는 세트 밑에서 모형 총을 꺼냈다.

── 총알의 종류는 아직 공표되지 않았지만, 그것이 밝혀지면 사용된 총에 상당히 근접할 수 있을 것으로 보입니다.

남자가 손에 들고 있는 것은 M16. 세계 각국에서 사용되고 있는 가장 일반적인 군용 총이다.

── 그런데 보시는 바와 같이 이런 종류의 총들은 길이가 1m 전후는 되기 때문에 가지고 다니면 아주 쉽게 사람들의 눈에 띕니다. 그래서 목격자를 찾는 것이 중요합니다.

M16은 돌격용 라이플이다. 사정거리가 100m를 넘으면 명

중률이 현저하게 떨어진다. 저격에는 적합하지 않다.

사회자가 시청자를 자극하는 듯한 말투로 말했다.

── 골프 가방에는 숨길 수 있을 것 같군요.

출연진 가운데 한 명이 흥분된 목소리로 말했다.

── 아, 낚시 가방. 요코하마에 분명히 바다낚시 공원이 있습니다.

괜찮아. 내가 한 짓이라고는 아무도 눈치 채지 못할 거야. 마음속으로 몇 번이고 그렇게 되뇌었다. 괜찮아. 괜찮아. 그러면서도 머릿속으로는 텔레비전 화면에 갑자기 자신의 사진이 커다랗게 나오는 광경을 상상하고 있었다.

── 종류에 따라 다르긴 하지만, 분해해서 운반했을 가능성도 있습니다.

괜찮아. 괜찮아.

── 최근의 총들은 중량이 가벼운 것들이 주류입니다. 이것은 3kg 정도가 됩니다.

초대 손님이 모형 총으로 자세를 잡아보였다.

"멋쮜다."

슈타가 입에서 밥풀을 튀기며 말했다.

"그런 바보 같은 소리 하지도 마!"

자신도 모르게 언성을 높였다. 슈타와 고헤이가 동시에 요코를 돌아봤다.

"저런 게 뭐가 멋있다는 거야?"

슈타의 일그러진 입술이 떨리고 있었다. 순식간에 눈동자가 젖기 시작했다. "……잘못했습니다."

"왜 그래, 요코. 오늘 좀 이상한데." 어젯밤부터 고헤이는 그렇게 말하고 싶어 하는 것 같았다.

요코는 관자놀이를 손가락으로 누르며 고개를 숙였다.

"슈타, 미안해. 갑자기 소리를 질러서. 하지만 그런 말은 하면 안 돼."

다마키나 슈타에게는 사실적인 무기가 등장하는 게임을 사준 적이 없었다. 남자아이라면 한 번쯤은 갖고 싶어 하는 총이나 칼 장난감도. 지금까지 요코는 그 이유를 옛날의 자신을 떠올리고 싶지 않기 때문이라고 생각했는데, 아마도 그건 아닌 듯했다.

이제야 알았다. 슈타나 다마키에게 자신과 같은 피가 흐르고 있을지도 모른다는 사실이 두려웠던 것이다.

고헤이가 분위기를 바꾸려는 듯 말을 했다.

"당신도 같이 갈래? 오랜만에 패밀리레스토랑에서 식사를 하는 건 어때?"

"음, 셋이서 외출했다는 사실을 알면 다마키가 안타까워할 테고. 또 나는 어제 놀았기 때문에 이것저것 해야 할 일이 있어."

그래, 이것저것 있다. 이틀분의 빨래, 카레가 눌어붙은 가스레인지 청소, 그리고 레밍턴 M700의 처리.

다마키를 보내고 고헤이와 슈타가 한바탕 소란을 피우며 나가는 것을 배웅한 뒤 요코는 다시 텔레비전을 켰다. 보고 싶지 않았지만 보지 않고는 견딜 수가 없었다.

뉴스는 새로운 내용으로 바뀌어 있었다. 2주일쯤 전에 목 졸린 어린 여자아이의 시체가 발견된 사건의 용의자가 체포됐다. 고헤이가 끄기 전에는 암살사건의 추측에 대한 얘깃거리가 다 떨어졌는지 리어던이 살아 있을 때의 영상을 반복해서 흘려보내던 텔레비전은, 소아성애자인 듯한 용의자의 인물평을 전하는 것으로 내용을 바꿔버렸다.

가족을 위해 차를 끓였던 주전자를 닦아 식기건조대에 올려놓은 요코는 커피메이커로 자신을 위한 커피를 끓였다. 아메리칸 로스트였지만, 커피를 듬뿍 넣어 에스프레소만큼이나 진하게 탔다.

커피 잔을 손에 들고 식탁에 앉았다. 고헤이가 접어놓고 간 신문을 비스듬한 시선으로 바라봤다.

사진 속의 크레이그 리어던은 턱시도를 입고 있었다. 남성용 코르셋을 사용한 것일까? 상반신 사진만 보면 그의 몸은 늘씬했는데, 알몸이 되면 튀어나오는 배를 잘도 가렸다.

키친타올을 쓰레기통에 버리는 듯한 손놀림으로 신문을 펼친 뒤 눈을 가늘게 뜨고 조그만 표제어를 봤다. 눈을 가늘게 뜨고 본다고 해서 적혀 있는 글자가 바뀌는 것은 아니었지만.

'호텔의 25층, 총알 1발.'

'범인불명 엇갈리는 모살설謀殺說.'

사회면도 리어던에 관한 기사로 가득 차 있었다.

'일본에도 총기사회의 그림자.'

'세계 각국의 환경운동에 타격.'

듬성듬성 읽긴 했지만 어젯밤까지의 정보로는 그렇게 많은 것을 알아내지 못한 듯했다.

혼자 남게 되자 머릿속에 다시 착탄하던 순간이 떠올랐다. 커피 잔을 들고 있던 손이 떨려왔다. 리어던이 거기에 서 있는 듯한 느낌이 들어서 자꾸만 뒤를 돌아보게 됐다.

태워버린 볶은 콩 같은 맛이 나는 커피를 한 모금 마셨다. 언제까지고 떨고 있어봐야 아무런 득도 되지 않는다. 나는 15세 꼬맹이가 아니니까.

"레디 고."

요코는 짧게 외친 뒤 자리에서 일어났다.

누카도코 속에 넣어둔 K와의 연락용 휴대전화를 꺼냈다. 비닐봉투에 싸둔 장밋빛 휴대전화가 마치 붉은순무를 절여놓은 것처럼 보였다. 비닐봉투에 싸둔 이유는 망가질까 봐 걱정되었기 때문이 아니다. 귀한 누카도코에 이상한 냄새가 배지 않도록 하기 위해서였다. 돈 냄새나 죽음의 냄새가.

휴대전화의 전원을 켜고 착신이력을 살펴봤다. 저녁 8시 이후부터 약 30분 동안 '번호정보 없음'으로 표시된 착신이 여섯 건. 요코가 통화를 거부한 뒤에도 집요하게 연락을 취하려 했던 모양이다. 당장이라도 전화기가 울릴 것만 같아 바로 전원을 꺼버렸다.

현관으로 가서 수납장 안의 도구상자를 꺼내 해머를 쥐어들었다.

휴대전화를 열어서 콘크리트 바닥에 내려놓은 다음 해머를 치켜들었다.

손이 움직이질 않았다. 왜 망설이는지 자신으로서도 알 수 없었다.

틀림없이 15년 동안의 주부생활 때문일 것이다. 그것이 무엇이든 새 전자제품을 깨버리다니, 포장지마저도 버리기 아까워 잘 보관해 두는 요코에게 있어서는 하늘을 두려워하지 않는 소행이나 다름없었다. 그래, 틀림없이 그 때문이야.

착신음이 들린 것 같은 느낌이 들었다. 전원을 꺼놓은 휴대전화는 빛을 발하지도, 떨리지도 않았지만 요코에게는 틀림없이 들렸다.

어제부터 귓가를 맴돌며 사라지지 않았다. 캐스케이즈의 '슬픈 빗소리'. 틀림없이 1963년, 케네디가 암살당한 해에 히트한 곡이다.

요코는 비명과도 같은 기합소리를 내뱉으며 휴대전화를 해머로 내리쳤다.

바퀴벌레를 밟았을 때와 같은 소리가 났다.

두 번째 내리치자 액정을 감싸고 있던 투명 플라스틱이 깨졌다.

세 번째, 네 번째, 다섯 번째. 요코는 문자로 표현할 수 없는 소리를 지르며 기계의 내장이 튀어나올 때까지 해머를 휘둘러댔다.

거대한 갑충의 사체 같은 휴대전화를 손가락으로 집어 들고 부엌으로 돌아갔다. 다마키가 카레에 넣었던 홀 토마토 깡통에 그것을 담은 다음, 달려 있던 뚜껑을 닫았다. 그리고 타지 않는 쓰레기봉투의 가장 깊은 곳에 쑤셔 넣었다.

창고 깊은 곳에 숨겨둔, 어젯밤의 슈퍼마켓 봉투를 부엌으로 가져왔다. 채소와 고기를 잘게 썰어서 쓰레기통에 버렸다. 싱크대 위에 레밍턴 M700의 총신, 총대, 기관부, 조준경을 늘어놓았다.

이것을 더욱 작게 분해하면 원형이 라이플이라는 사실을 알아챌 수 있는 사람은 절대로 없을 터였다. 타지 않는 쓰레기를 버리는 날에 조금씩 버리거나 가까운 강에 던져버리면 된다.

요코는 천천히 시간을 들여서 레밍턴을 조그만 총의 부품으로 바꿔나갔다. 서두르지 않으려고 했지만 예전의 감각을 되찾은 손가락은, 2주일 전과는 비교가 되지 않을 정도로 능숙하게 움직였다.

먼저 남은 총알부터 버리기로 하자. 그렇게 생각한 요코는 재활용 쓰레기 속에서 발포주의 빈 깡통을 꺼낸 뒤 그 안에 한 발씩 넣었다. K가 보내준 피갑탄 세 발. 하나를 넣을 때마다 깡통을 찌그러뜨렸다.

그 다음 에드가 만든 총알. 케이스 속에 남은 것은 다섯 발. 깡통 구멍은 총알을 버리기에 꼭 알맞은 크기였지만, 잡고 있는 손가락을 벌려서 떨어뜨리는 그 간단한 작업을 도무지 할 수가 없었다.

아무래도 에드의 총알은 버릴 수 없었다.

레밍턴 M700의 총신도, 총신을 고정하는 너트도, 방아쇠도,

방아쇠울도, 이쑤시개만한 격침도, 격침을 고정시키는 바늘 끝 같은 핀조차도.

스테인리스 판 위에 놓인 레밍턴의 부품 위로 병원 침대에 누워 있던 할아버지 에드의 모습이 겹쳐졌다.

요코는 에드의 마지막 말을 떠올렸다. 할아버지는 그것을 마지막 말로 삼을 생각은 없었던 듯하며, 요코도 그렇게 생각하지 않았다. 그런 만큼 아주 평범한 말이었다.

에드가 물을 삼키지 못해 옷깃을 적셨기에 요코가 그것을 닦았다. 그때 이렇게 말했다.

"요코, 너는 착한 아이로구나."

조금도 착하지 않아요, 할아버지. 지금 일본에서는, 아마도 소아성애자 같은 악마만큼이나 나쁜 아이일 거예요.

결국은 피갑탄이 든 깡통만을 쓰레기봉투 안에 넣었다. 다음 번 타지 않는 쓰레기를 버리는 날, 어딘가로 사라져버릴 것이다.

레밍턴의 부품은 슈퍼마켓의 봉투에 한꺼번에 넣은 다음 옷 가게의 종이봉투에 담아 창고 깊은 곳에 숨겨놓았다. 자신이 그것을 어떻게 해야 하는지는 알지 못한 채.

벌써 11시가 넘은 시간이었다. 평소와 다름없이 그 시간에 K가 연락을 해올 것 같아 무서웠다. 오늘은 일찍 슈퍼마켓에 가서 장을 봐두기로 하자. 요코는 떠오르는 광경과 맴도는 상념, 불안과 후회, 그 모든 것을 머릿속의 쓰레기봉투에 담아 엄중하게 봉인했다. 그리고 머릿속을 오늘 저녁 메뉴에 대한 생각으로 가득 채우려 했다.

자신의 집인데도 도망치듯 밖으로 나왔다.

막 걸음을 떼려는 순간 누군가가 부르는 듯한 느낌이 들었다. 누가 말을 걸어온 것도, 어깨에 손은 얹은 것도 아니었는데 요코는 발걸음을 멈췄다.

자신의 집을 돌아봤다. 무슨 짓을 해서라도 지키고 싶다. 그렇게 생각했다는 것이 거짓말처럼 느껴질 만큼 조그맣고, 눈물이 날 정도로 소박한 집이었다.

살기 시작한 지 겨우 1년 반밖에 안 됐지만, 아이보리색 외벽은 벌써 빛이 바래기 시작했고 회색 지붕도 처음 이사 왔을 때의 빛을 잃어가고 있었다. 빗물받이 밑에는 비가 만들어놓은 얼룩이 있었으며, 2층 창 밑에는 벌써 금이 하나.

그 순간 깨달았다. 아무도 있을 리 없는 집 안에서 인기척이 난다는 사실을.

창가의 레이스가 달린 커튼 너머로 보이는 그 사람은 알몸이었으며 멍한 눈을 하고 있었고 한손에는 빨간 사과를 들고 있었다.

요코는 외면하고 창을 등진 채 걷기 시작했다. 자신의 집을 바라보는 일조차 할 수 없게 되다니. 이렇게 조그만 장소를 지키기 위해 살인을 저지른 요코에 대한 누군가의 벌일까?

사람을 죽이는 일은 자기 자신을 죽이는 일이기도 할 것이다. 가족에 둘러싸여 평온하게 살아왔던 지금까지의 요코는 틀림없이 크레이그 리어던과 함께 어제 죽은 것이다.

16

실내 수영장 안의 아이들은 모두 노란색 수영모를 쓰고 있었기 때문에 목욕을 하는 병아리들처럼 보였다.

슈타가 다니는 수영교실에서는 풀 옆에서 보호자가 구경할 수 있는 경우는 승급 테스트가 있을 때뿐이며, 평소에는 커다란 유리벽으로 나눠놓은 통로에서 지켜봐야 했다. 슈타가 속해 있는 17급 아이들은 수영장 끝 쪽의 두 레인에서 25m 자유연습 중. 노란 머리들이 7~8m 간격으로 떠 있었다.

눈에 띄게 요란한 물보라를 일으키고 있는 것은 슈타다. 자유연습 시간에는 기다렸다는 듯이 늘 아직 배우지도 않은 접영으로 수영을 했다.

어항 속에 거북이가 한 마리 들어 있는 것처럼 여전히 느렸지만, 지난 2주일 동안 자기만의 영법이 꽤 몸에 익은 듯했다. 서툴고, 엄마인 요코로서도 이해할 수 없는 노력이었지만, 자기 나름대로의 노력이 조금씩 열매를 맺기 시작한 듯했다.

수영장 끝에 다다르자, 평소와 다름없이 세계신기록을 수립하며 금메달을 딴 올림픽 선수처럼 두 팔을 뻗어 올렸다.

"읏샤~."

그리고 유리 너머에 있는 요코에게 V자를 그려보였다. 주위에서 킥킥대고 웃는 어머니들 때문에 쑥스러워서 가슴 앞에서 손을 흔들어 답할 뿐이었지만, 마음속에서는 두 손을 크게 흔들어 성원을 보내고 있었다.

그날로부터 일주일이 지났다.

C. 리어던 사살사건에 대한 경찰의 조사에는 별다른 진전이 없었다.

요코는 신문도 읽지 않고 텔레비전도 보지 않을 생각이었지만, 아이들이 텔레비전 편성표를 확인하고 고헤이가 집에 돌아오면 아침에 읽지 못한 면을 읽는 신문을 버릴 수도 없는 노릇이었다. 그래서 식탁 위에 놓여 있으면 자신도 모르게 펼쳐보게 되고, 고헤이가 채널을 돌릴 때마다 텔레비전 뉴스가 귀에 들어왔다.

총알을 통해서 흉기가 구경 0.30인치 라이플이라는 사실은 판명됐지만, 총알과 그 라이플이 사냥용일 수도 있다는 사실이 조사에 혼란을 가져다주는 이유 가운데 하나인 듯했다.

범인은 완전히 미궁 속. 저격 장소도 아직 밝혀내지 못했다. 기사와 뉴스는 날이 갈수록 작아졌다. 늘어가는 것은 억측뿐.

요코가 보고 들은 바에 따르면, 저격 장소로는 K가 당초 포인트로 선택했던 포천호텔 맞은편 호텔의 옥상이 유력시되고 있는 듯했다. 유리창이 광범위하게 깨졌고 두 콜걸들도 저격당한 순간을 보지 못했기 때문에 일본 경찰들은 탄도를 해명하지 못하고 있었다.

범인에 대해서는 여러 가지 설들이 난무했다. 가장 유력한 것은 '스키 모자를 쓴 남자'. 그날, 계절에 어울리지 않게 스키 가방을 짊어진 남자가 현장 부근을 돌아다녔다는 복수의 목격 증언이 있었다. 요코도 본 듯하다는 생각이 들었다. 스키 가방이 아니라 서핑보드 가방이었던 것 같지만. 경찰은 그 남자의 행방을 쫓고 있었다.

리어던의 존재를 성가셔 하던 조직에게 고용된 프로 스나이퍼라는 의견도 여전히 유력했지만, 흉기가 아주 평범한 엽총일 가능성이 대두된 다음부터는 일본의 폭력단이 관여한 것이라는 소문도 떠돌기 시작했다. 리어던의 방에서 그가 상용하고 있었던 것으로 보이는 코카인이 발견됐기 때문이다.

같은 호텔에 숙박하고 있던 한국 남자배우까지도 소문의 대상이 됐다. 군대를 다녀온 그라면 총도 익숙하게 다룰 줄 알 것이다. 단지 그 이유만으로.

총을 다룰 줄 아는 것은 외국인이나 폭력단, 이것이 일본인들의 인식이다.

암살자는 여자에게 적합한 직업일지도 모른다. 모든 사람들이 '범인 남자'라는 말을 썼다. 여자일 가능성을 지적하는 사람은 아무도 없었다.

언젠가 에드가 말한 적이 있었다.

"여자라는 사실에 감사해야 한다, 요코."

라이플의 입사를 연습하던 때였다.

"입사立射만 놓고 보자면 남자보다 여자가 더 유리하지. 골반이 넓고 높은 곳에 있으니까 말이야. 여자는 모두 총좌銃座를 가지고 태어나는 법이다. 왼쪽 팔꿈치를 허리뼈 위에 올려놓듯이 해서 총을 쏴보렴. 어떤 남자도 흉내 낼 수 없는 사격을 할 수 있을 테니까."

모닝쇼의 보조출연자가 걱정했던 것만큼, 미국에서 커다란 소동이 일어나진 않았다. 대통령 후보라고는 하지만 애초부터 거품이었으며, 미국에서는 일본에 알려진 것만큼 청렴결백한 이미지가 아닌 데다 이름 팔기를 좋아하는 '빅 마우스'라는 인식도 퍼져 있었던 듯했다.

하지만 처음에는 그를 기둥으로 삼고 있던 환경보호단체와 정치단체가 미국 정부의 대응이 늦은 것은 그들이 암살에 관여했기 때문이라며 각지에서 항의 데모를 벌였다. 리어던의 아내가 눈물로 성명서를 발표했다는 사실도 화제를 불러일으켰다. 하지만 리어던이 코카인을 상용하고 있었으며, 호텔로 두 명의 콜걸을 불렀다는 사실이 알려진 순간 막 점화되려던 추급의 불길은 깨끗하게 진화되고 말았다.

리어던의 아내가 결혼반지를 집어던지고 무대에서 사라졌으며, 각 단체들도 약물중독자에 호색한이었던 전 리더와의 관계를 끊고 싶어 하는 눈치였다.

주위에서 떠들면 떠들수록 진범인 요코는 사건이 자신과는 관계없는 것처럼 느껴졌다. 텔레비전이나 신문을 통해 매일 '새로운 사실'이 밝혀지고 '새로운 견해'와 '획기적인 추리'가 언급될 때마다 현실감이 사라져가는 것이었다.

손가락에서 방아쇠를 당겼을 때의 느낌이 희미해져 가고, 저격했던 순간의 기억이 애매해져 감에 따라, 그날 밤의 일은 자신이 꾼 꿈에 지나지 않는 것이 아닐까라는 생각이 들었다. 진범은 매스컴에서 떠들고 있는 것처럼 '스키 모자를 쓴 사내'가 아닐까 생각될 정도로.

그래, 그것은 꿈. 요코는 주문을 외우듯 자신에게 말했다. 마음속에 넣고 자물쇠로 꼭 채워두면 아무 일도 없었던 것. 지금까지와 마찬가지.

지금까지와 마찬가지로 살아가는 거다.

수영교실이 끝나면 슈타와 아침에 약속한 대로 소프트아이스크림을 먹으러 가자. 한동안 사주지 않았던 새 스티커도 하나쯤 사주자. 정원도 손질해야지. 정원에 나가면 아무래도 집의 창을 바라보게 된다. 그것이 싫어서 이번 주에는 한 번도 정원에 나가지 않았다.

언제까지고 그렇게 살 수는 없다. 요즘에는 기온이 쑥쑥 올라가서 잡초도 많아졌고, 시든 꽃도 제대로 따주지 않았다. 물과 비료가 다 떨어져가는 것 같은 요코의 조그만 정원 속 꽃들이 전부 시들고 있었다.

저녁에는 다마키와 요리 연습. 어제, 다마키는 중대한 결의를 발표할 때와 같은 투로 요코에게 말했다.

"모레 친구들을 집으로 불러도 돼?"

기쁨으로 얼굴이 일그러지려는 것을 억지로 참고 있는 듯한 표정이었다. 요리를 만들어서 반 친구들에게 뽐낸다. 반에서 유행하고 있는 '요리 파티'의 순서가 찾아왔다는 것이다. 중학교에 좀처럼 적응하지 못하던 다마키의 얼굴에도 드디어 예전의 웃음이 되돌아왔다.

아무런 문제도 없었다. 약간 문제가 있다고 한다면, 고헤이뿐이었다.

친구와 함께 시작하기로 한 새로운 사업이 최근 난항을 겪고 있었다. 고헤이는 제품을 만들어주기로 약속했던 협력회사가 무슨 이유에서인지 갑자기 비협력적으로 나오기 시작했다고 말했다. 그리고 "그만둘 예정인 제약회사에서 방해공작을 펴고 있는 게 아닐까"라며 언제나처럼 피해망상을 부풀려가고 있었다.

"지금은 조그만 회사지만, 앞으로 클까 봐 겁을 먹고 있는 걸지도 몰라. 카우프만은 나를 별로 좋지 않게 보는 것 같고."

고헤이는 아직도 미국에서 파견된 새로운 사장이 자신을 미워하고 있다고 생각했다. 미국인에게 일본인은 모두 같은 얼굴을 하고 있는 사람으로 보일 것이다. 몇천 명이나 되는 사원들 가운데 일개 계장에 지나지 않는 사람의 얼굴을 기억하고 있을 리 없을 텐데.

사표를 냈다니 그만두는 것이야 어쩔 수 없는 일이지만, 새로운 사업이 어떻게 될지 모르는 상황이라면 다른 회사에 취직하라고 권해 봐야겠다고 요코는 생각하고 있었다.

출자는 하지 않아도 된다고 고헤이는 말했지만, 때때로 요코에게 그것 때문에 공동 경영자인 야스이가 자기를 마구 부려먹는다고 하소연하듯 불평을 털어놓았다. 안 돼, 안 돼.

미안하지만 '위험한 다리'를 위해 돈을 내줄 수는 없다. 게다가 요코는 아직 K에게서 잔금 4만 달러를 받지 못했다. 매일 11시 25분이 되기 전에 외출을 했기 때문인지 연락도 받지 못했다.

이제 돈은 필요 없다. 돈 때문이 아니라, K가 암암리에 내비친 가족의 위험을 막기 위해 일을 한 것이다. 요코는 그렇게 생각하고 있었다. 그렇게 생각하려 했다.

요즘에는 신문이 아니라 그 안에 끼워진 구인안내 전단지만 읽고 있다.

빌딩 청소원, 시급 950엔.

홀 아르바이트, 주 3일 이상, 시간 · 요일 협의 가능.

조리원 · 조리보조 급구! 미경험자 대환영.

일자리를 알아보고, 고헤이에게도 새로운 회사를 찾아보라고 하자. 그리고 평소와 다름없이 살아가자. 그것은 그저 꿈에 지나지 않으니까.

그렇게 생각하면, 마음이 편했다.

그렇게 생각하면, 아이들과 코치 외에는 들어갈 수 없는 풀 옆에서 짧은 수영팬티를 입은 채 포테이토칩 봉지를 들고 있는 코치의 볼록한 부분에 뜨거운 시선을 보내고 있는 오스카 코넬리어스의 모습에도, 벽밖에 없는 자신의 등 뒤에서 코롱 냄새가 풍기고 사과를 깨무는 소리가 들려온다는 사실에도 그다지 신경 쓰이지 않았다.

17

"그럼. 엄마, 부탁할게."

다마키가 어른스러운 투로 그렇게 말한 뒤, 한 손으로 가방을 흔들면서 봄방학 특강을 들으러 학원에 갔다. 오후부터 요리 파티를 위한 준비를 돕기로 약속했다. 이제 다마키는 걱정하지 않아도 된다. 어젯밤에도 감자껍질을 깎는 방법이나 양파 써는 방법을 가르쳐주는 요코를 보며 얌전히 고개를 끄덕였으며, 그 옛날 엄마가 하던 일을 마술쇼를 볼 때와 같은 시선으로 하나하나 바라보던 때처럼 요코의 손놀림에 감탄의 목소리를 냈다.

"오늘은 저녁 먹고 들어올 거야."

뒤이어 현관에 선 고헤이도 의욕에 넘쳐 있었다. 토요일이라 회사는 쉬지만, 야스이와 사업상 할 애기가 있다는 것이었다. 이 사람은 약간 걱정.

"다녀오겠심다~."

슈타가 리키야네 집으로 놀러가고 나자, 요코 혼자 남았다.

눈을 가늘게 뜨고 빠른 손놀림으로 신문을 넘겨, 리어던 관련 기사가 한쪽 구석에 작게 실려 있다는 사실을 확인했다. 별로 반복하고 싶지 않은 일과였다. 이제 리어던의 이름을 볼 수 있는 곳은 주간지 광고를 위한 문구 정도. 우리나라 사람들은 정말로 싫증을 잘 낸다. 끝도 없이 새로운 뉴스를 원한다. 지금의 요코에게는 그것이 장점처럼 느껴졌지만.

구인안내 전단지를 바라보고 있자니 시계 바늘이 11시를 넘어섰다. 만일 K가 그 시간에 연락을 하고 있다면 한 번은 분명하게 말해야지. 그렇게 생각하면서도 시간이 가까워지면 매일 자리에서 황급히 일어나 외출 준비를 하게 된다.

장을 보러 가기 위해 욕실에서 립스틱을 바르고 있는데 현관에서 초인종 소리가 울렸다.

슈타라고 하기에는 귀가가 너무 일렀다. 리키야와 싸움이라도 한 것일까?

문을 열어봤지만 아무도 없었다.

현관 앞에 종이상자가 놓여 있었다. 글자가 적혀 있지 않고 아무런 디자인도 돼 있지 않은, 포장용으로 팔고 있는 상자였다. 택배용 스티커가 붙어 있었지만, 보내는 사람의 이름이 적혀 있지 않으리라는 사실은 굳이 확인하지 않아도 알 수 있었다.

샌들을 발에 걸치고 길로 나가봤다. 주택가의 좁은 길에 어울리지 않는 검고 커다란 자동차가 달려가는 모습이 보였다. 바로 골목으로 꺾어져 들어갔기 때문에 번호는 확인할 수 없었다.

상자의 내용물이 바다가재가 아니면 좋으련만. 또 당첨됐다는 거짓말은 제아무리 고헤이라 해도 믿지 않을 테니. 믿을 사람이 있다면 슈타 정도.

상자를 들어 올린 순간 적어도 바다가재가 아니라는 사실은 알 수 있었다. 상당히 묵직했다.

부엌으로 가져와서 열어봤다. 내용물은 캠벨 통조림 종합선물세트였다.

클램 차우더, 새우수프, 토마토수프, 크림 오브 포테이토. 정겨운 아메리칸사이즈가 팝아트의 포스터처럼 늘어서 있었다.

하나씩 꺼내서 흔들어봤다. 세 번째 깡통은 토마토수프였는데, 덜컥덜컥하는 딱딱한 소리가 들렸다. 어떻게 했는지, 접합 흔적은 전혀 보이지 않았지만 거기에 돈이 든 듯했다.

이제 돈은 필요 없어. 머릿속으로는 그렇게 생각하면서도 한쪽 손으로는 깡통따개를 찾고 있었다.

손을 댄 순간 깡통이 떨려왔다. 캠벨의 토마토수프 깡통이 '슬픈 빗소리'를 연주하기 시작했다. 돈다발치고는 너무 무겁다 싶더니, 설마.

좋아. 한 번은 분명하게 말해야지.

요코는 깡통따개를 집어 들었다. 이 곡을 처음 들은 게 언제, 어디서였나를 생각하면서.

깡통을 연 순간 멀리서 들려오는 것 같았던 '슬픈 빗소리'의 멜로디가 선명하게 들렸다. 울려대고 있는 휴대전화에는 충격흡수용재처럼 돈다발이 두 개 묶여 있었다. 전의 것과 모양은 조금 달랐지만 색은 이번에도 빨강. 젊은 아가씨들이 들고 다닐 만한 디자인이었다.

휴대전화의 폴더를 열었다. 대기화면은 당근을 먹고 있는 피터래빗의 동영상이었다. 나를 언제까지나 꼬맹이로 취급할 모양인 듯했다. 단추를 눌러 휴대전화의 입을 다물게 했다.

── 담 니 니지트 클리코 마지.

휴대전화를 가져다댄 귓속으로 재액을 부르는 주문과도 같은 외국어가 흘러들었다. 정확한 발음인지 어떤지는 모르겠지만, 막힌 배수구에 물을 부었을 때 거품이 일어나는 소리처럼 들렸다.

무슨 뜻일까? K에게서 스와힐리어라는 말을 듣긴 했지만, 요코는 그것이 어느 나라 사람들이 쓰는 언어인지조차 몰랐다. 미국 사람들은 영어 이외의 언어에는 관심이 없으니, K도 뜻은 모른채 사용하고 있는 것인지도 모른다.

길들여진 앵무새처럼 말을 되풀이하는 것이 싫어서 요코가 입을 다물고 있자, 다시…….

── 담 니 니지트 클리코 마지.

그날 밤, 이 암호를 잊을 정도로 허둥대고 있었다는 사실을 까맣게 잊었다는 듯한 목소리였다. 평소와 다름없이 여유만만하고, 타인을 억압해 긴장을 강요하는 듯한 목소리.

"그만해도 되지 않나요? 우리의 대화 따위는 아무도 듣고 있지 않아요. 그리고 우리나라에서는 당신의 그 남부 사투리 자체가 벌써 암호니까요."

K의 화를 돋우기 위해서 그렇게 말했다. 솔직히 말하자면 K의

영어는 귀에 쏙쏙 들어온다. 남부 특유의, 모음이 길게 늘어지면서 콧소리를 내는 듯한 발음도 그렇게 심하지 않아, 영화에서 남부 출신 인물을 연기하는 배우가 말하는 것 같은 사투리였다. 진짜 출생지를 숨기기 위해 일부러 그러는 게 아닐까 싶을 정도로.

── 응토토 와 니요카 니 니요카.

그것이 중요한 의식이라도 되는 양 K는 스스로 답어를 말했다. 그런 다음, 할리우드풍의 남부 사투리로 말했다.

── 네 입을 통해서 듣고 싶었는데. 설마 잊은 건 아니겠지, 리틀 걸?

"가끔 잊히려 할 때가 있어요. 무슨 뜻인지 모르니까요. 대체 무슨 뜻이죠? 첫 번째 암호가 '나는 멍청한 늙은이인가?'이고, 그 다음은 '아니요, 당신은 바보멍청이에 한심한 늙다리에요'인가요?"

요코는 계속해서 험담을 해댔다. 이 사람을 화나게 만들고 싶었다. 침착하기 짝이 없는 척하고 있는 말의 가면을, 그날 밤처럼 벗겨내고 싶었다. 그렇게 하면 요코 자신을 억제하고 긴장시키고 컨트롤하려 하는 이 목소리의 올가미에서 벗어날 수 있을 것만 같은 기분이 들었다. 25년 전부터 들어왔는데도, 이 사람의 목소리를 들으면 전화기를 잡고 있는 요코의 손에서는 땀이 배어나왔다. 지금도 그랬다.

── 뜻을 알고 싶나, 리틀 걸?

요코의 도발 따위는 안중에도 없는 듯했다. 입 속에 웃음을 머금고 있기까지 했다.

— 아주 시적인 말이지.

"아니, 됐어요. 당신과는 더 이상 할 말이 없어요. 영원히요."

— 왜 그러지? 오늘은 기분이 아주 안 좋은 것 같은데. 이렇게 대화를 나누는 것도 그날 이후 처음 아닌가? 손님을 맞는 너의 환영법에는 정말 놀랐어. 거기에서 디키디키를 초대할 줄이야.

평소와 다름없이 말을 빙빙 돌려서 하기 시작했다. '거기'라고 말할 때의 목소리는 약간 웃음을 머금고 있는 것처럼 들렸다. 전화기 너머에서 윙크를 했을지도 모를 일이다. 둘만의 비밀이라는 식으로. 일본 경찰들이 아직 밝혀내지 못한 저격 장소를 K라면 알고 있는 것이 당연할 테니, 놀라진 않았지만.

— 긴 것은 어떻게 가지고 간 거지?

이 물음은 전혀 뜻밖이었다. 말투를 들어보니 정말 모르고 있는 듯했다. 요코는 그날 자신의 행동이 처음부터 끝까지 전부 감시당했으리라 생각하고 있었다.

"가르쳐줄까요? 금방 눈에 띄는 곳이었어요. 숨기려고 들면 오히려 의심을 받는다. 25년 전 그 사실을 가르쳐준 사람이 당신이잖아요."

— 기억하고 있다니, 영광이군. 기쁜걸, 정말로.

"라이플은 빗자루처럼 거꾸로 들고 비질을 하는 척하면서 가지고 갔어요. 의외로 아무도 눈치 채지 못하던데요."

암호를 쓰지 않고 대답했다. 이제는 K의 놀음에 장단을 맞추기도 넌덜머리가 났다.

지난 일주일 동안, 요코는 자신이 미행당하고 있지나 않은지, 집이 몰래 감시를 당하고 있지나 않은지 확인해 가며 행동했다.

슈퍼마켓에서는 일부러 사람이 적은 가전제품 매장을 돌아다니기도 하고, 아무런 볼일도 없는 상점가의 골목으로 들어가 길이 꺾어지는 지점에 숨어서 지켜보기도 하고. 수상해 보이는 자동차 앞을 지나치고 난 뒤에는 화장을 고치는 척하며 콤팩트의 뚜껑을 열어 차 안을 훔쳐봤다. 베란다에 빨래를 널 때는 빨래들 사이로 대각선 방향에 있는 아파트의 창이 부자연스럽게 열려 있는 곳은 없는지 살폈다.

하지만 경찰의 그림자는 물론, 그 이상으로 두려워하고 있던 K의 수하인 듯한 사람의 그림자도 눈에 띄지 않았다. 콤팩트 거울에 비친 것은 구멍만 뚫려 있는 귀에서 피가 흐르고 있는 크레이그 리어던의 얼굴뿐이었다.

경찰의 헛다리 수사를 생각해 보면, 도쿄 외곽에 살고 있는 평범한 일개 주부의 집을 도청한다는 것은 한국 남자배우의 서울 집을 가택수사하는 것보다 더 있을 수 없는 일이다. 일본 경찰을 얕잡아보고 있는 K는 벌써부터 그 사실을 알고 있었을 것이다. 잘난 척하듯 암호와 은어를 사용하는 것은, 요코가 자신이 가르쳐준 대로 대답하는 것을 즐기기 위해서라고밖에는 달리 생각되지 않았다.

"총알은 콧구멍 속. 미안하지만 당신이 보내준 피갑탄은 쓰지 않았어요. 냄새가 너무 지독해서요.”

── 그거 미안하게 됐는데. 바다가재에 넣어 보내서 그랬나 보군. 플로리다 오렌지 속에 넣어 보냈으면 좋았을걸.

요코의 계획은 성공하지 못했다. K의 목소리는 화를 내기는커녕 오히려 기쁨을 억누르고 있는 것처럼 들리기까지 했다. 언제나 그랬다. 무슨 이유에서인지 이 사람은 요코가 따지듯 말하는 것을 좋아했다.

── 관람차는 처음부터 염두에 뒀던 것이겠지? 좋은 생각이었어. 조금 위험하기는 했지만. 잘 마무리돼서 정말 다행이야.

K도 은어를 쓰지 않고 말하기 시작했다. 칭찬의 말 사이사이에 명령에 따르지 않은 것에 대한 비난의 어투를 섞는 것도 잊지 않았다.

── 대단해, 리틀 걸. 정말 에드의 손녀딸다워. 발상이 풍부한가 보군, 살인에 대한 발상 말이야.

상대방을 화나게 만드는 화술에 있어서는 K가 한 수 위인 듯했다. 아니, 그가 종사하는 업계의 비즈니스 대화에서는 그것이 일상적인 칭찬으로, 요코를 기쁘게 해줘야겠다는 생각에 진심으로 하는 말이었을지도 모른다.

자신은 손을 더럽히지 않는 K에게는 사람의 목숨을 빼앗는 행위가 대체 어떤 의미일까? 단순한 비즈니스? 고헤이의 회사에 비유해서 말하자면, 사업상의 이유로 사원의 목을 치는 정도의 것? 틀림없이 죽은 자의 환영에 시달리는 일도 없겠지? 커넬 샌더스가 닭의 망령을 두려워했다는 말은 들어본 적이 없었다.

"칭찬을 해주시니 영광이네요. 그럼 일은 성공한 거라고 봐도 되는 거죠? 돈은 틀림없이 받았어요. 이제 저에게는 더 이상 볼일이 없으시겠죠?"

요코는 싱크대 위에 던졌던 돈다발을 집어 들었다. 400여만 엔. 요코에게는 결혼 이후 처음으로 만져보는 거금이었지만, 두 개의 다발을 합쳐도 늘 사는 연한 두부의 두께와 다를 바 없었다. 무게도. 슬픈 생각이 들 정도로 얇고 가벼운 돈다발이 회한의 바늘이 되어 요코의 가슴을 찔렀다.

— 너무 적어서 미안해. 지난 주말 뉴욕 시장의 시세에 따른 액수야. 어제 시세보다 150달러 정도 비싸기는 하지만.

요코는 한시라도 빨리 전화를 끊고 싶었지만 K는 아직도 할 말이 남아 있는 듯했다. 요코가 마지막 인사를 건네는 것을 막기라도 하려는 듯 쉴 새 없이 말을 쏟아냈다.

— 아아, 사소한 거지만 보너스도 받아둬. 시리얼 쿠키 안에 들어 있어.

시리얼 쿠키, 무슨 이유에서인지 요코에게는 그 말이 연속살인귀(시리얼 킬러)로 들렸다.

지난 일주일간 요코는 평소에는 거의 보지 않던 신문기사를 읽었으며, 텔레비전 뉴스도 봤다. '살인', '전사', '살육', '사고사', '사망자 명'.

그런 글자나 말이 눈 또는 귀에 들어올 때마다 총구가 자신에게 디밀어진 것 같다는 생각이 들었다. 이 세상에서 '사건'이라 불리는 것들의 대부분이 사람의 목숨과 관련된 일이라는 사실을 새삼 깨달을 수 있었다.

유치원이나 수영교실에서 알게 된 어머니들의 대화에도 귀를 닫지 않고 함께하려 노력했다. 다행히 어머니들은 이름조차 들어본 적 없는 외국인의 암살에는 관심조차 없었으며, 화제에 오르는 것은 같은 시기에 용의자가 체포된 유아살인이나 다수의 사상자를 낸 며칠 전의 전차 탈선사고뿐이었다. 하나같이 '사건'에 눈썹을 찌푸리며, 살인 수법의 잔인함이나 사망자가 많음을 남들과 함께 확인하고 싶어서 견딜 수 없다는 표정들이었다. 자신이나 가족과는 아무런 관계도 없는 불행을 즐기기라도 하듯이.

지금의 요코는, 정확히 말하면 25년 전부터 요코는 그럴 수가 없었다. 사람에게 최악의 불행인 죽음을 가져다준 사람에게는 즐겁다는 듯 '죽음'을 화제로 삼는 일이 용납되지 않는 것이다. '어떻게 그럴 수 있어요. 아직 어린아이인데', '그런 사람은 사형에 처해야 해요', 이런 말들에 고개를 끄덕이면서 요코는 용의자가 가지고 놀았다는 사체의 냉랭함을 떠올렸다. '오늘 아침뉴스에서 그러는데 죽은 사람이 20명이 넘는데요', 이런 말에 고개를 끄덕이면서 머릿속으로는 스무 개가 넘는 죽음이 찾아오는 순간의, 스물 몇 개의 암흑을 상상했다.

시리얼 쿠키. 수프 깡통의 증정품처럼 함께 들어 있는 길고 가느다란 봉투를 말하는 것이었다. 멍하니 바라보고 있던 요코에게 시간을 벌려는 듯 K가 말했다.

── 아직 안 봤다면, 한 번 열어봐. 잘못해서 나에게 온 청구서

다발을 넣었다면 큰일이니까.

휴대전화를 어깨에 낀 채 과자용 접시에 내용물을 쏟아보니 과자와 함께 돈다발이 쏟아져 나왔다. 지난 보름 동안 돈다발에 익숙해진 요코는 대충 그 금액을 알 수 있었다. 1만 달러. 100만 엔 하고 조금 더.

"정말이네요. 방습제인 줄 알았어요. 어쨌든 사양하지 않고 받을게요."

소용없는 일인 줄 알면서도 얄밉게 말을 해서 자신이 보너스도, 더 이상의 대화도 바라지 않는다는 사실을 K에게 전달했다. 조금은 효과가 있었는지 어땠는지 K는 침묵했다.

"그럼……."

안녕이라는 말이 입에서 쉽게 나오지 않았다. 더 이상 한 마디도 하고 싶지 않았으며, 한 마디의 말도 듣고 싶지 않은 목소리의 상대임에도.

어째서일까? 지금의 요코에게 있어서, 상대는 에드를 알고 있는 유일한 사람이기 때문일지도 모른다. 아무리 대화를 나눈다 해도 상대방에게는 할아버지와의 추억을 얘기할 마음이 전혀 없다는 사실을 잘 알고 있었지만, 전화를 끊어버리면 요코와 할아버지를 이어주던 단 한 가닥의 얇은 실마저도 끊어져버릴 것 같다는 생각이 들었던 것이다.

잊고 싶은 과거에도 그리운 추억은 있는 법이다. 미국에서 살았던 때의 기억을 지워버렸으면 좋겠다고 생각하는 한편으로, 요코는 다른 것도 생각하고 있었다. 에드의 모습과 목소리와 말은 하나도 남김없이 기억하고 싶다. 당시의 에드를, 에드의 마음과 진짜 '일'에 대해서 좀 더 알고 싶다.

자신이 살았던 10년을 하얀 페인트로 칠해 텅 빈 방으로 만들어버리고 싶지는 않았다. 요코는 아직도 에드의 레밍턴 M700을 버려야겠다고 결심하지 못한 상태였다.

마지막 인사는 하지 말고 전화를 끊어버리자. 휴대전화에서 떨어지려 하지 않는 귀를 억지로 떼어내려 하는 순간이었다. 요코의 마음속 빈 곳으로 파고들듯 K가 말했다.

—— 딱 한 번만 더, 일하지 않겠나?

그렇게 된 거로군. 보너스다 뭐다, 좀 이상하다 싶었더니. 다시 한 번 일? 어지간히 해줬으면 좋겠다. 더 이상 사체와 환영을 늘이고 싶지는 않았다. 요코의 목덜미에서는 조금 전부터 등 뒤의 인기척을 느끼고 털이 빳빳하게 곤두서 있었다.

—— 장소는 물론 도쿄야. 지난번과 마찬가지로 하루 만에 일을 마치고 돌아올 수 있지. 이번 일은 아주 쉬워.

'도쿄(TOKYO)'라는 발음이 조금은 일본어에 가까워졌다. K는 계속 일본에 머물면서 지시를 보내온 듯했다. 언제까지 일본에 머물 생각이지? 어딘지는 모르지만, 어서 당신 집으로 돌아가세요. 요코의 마음을 꿰뚫어본 듯 K가 빠른 어조로 말했다.

—— 잠깐, 잠깐, 아직 끊지 마. 말 좀 들어봐(리슨 업), 요우코.

리슨 투 미가 아니라 리슨 업이었다. 에드도 자주 사용하던 말버릇. 휴대전화를 귀에서 떼어내려 하던 손이 멈췄다.

—— 쉽다고 말한 데는 이유가 있어. 상대방이 협조적이란 뜻이

지. 상대방 쪽에 협력자가 있다는 의미가 아니야. 당사자가 협조적이란 뜻이라고.

손가락으로 전원 단추를 찾으려 했지만, 손가락도 휴대전화에 붙어버린 채였다. 왜 움직이지 않는 거지? 방아쇠를 당길 때는 그렇게 간단하게…….

— 의뢰인 자신이 저격을 당하고 싶어 해. 믿을 수 있겠어? 자살할 용기가 없다면서 스스로 돈을 내고 자신의 머리에 구멍을 뚫어달라고 의뢰를 해왔다고. 피자 배달처럼 말이야. 정말 우스운 이야기 아닌가?

그렇게 말하고 K는 실제로 낮게 웃었다.

— 어때? 사슴 사냥용 총의 총구를 사슴이 들여다보고 있는 것이나 다를 바 없다니까. 나쁘지 않지?

"노 퍽킹 싯(No, fuckin' shit : 개 짖는 소리 하지 마)! 그럼 당신이 직접 하세요."

— 왜 그렇게 험한 말을 하지? 에드가 들었다면 틀림없이 슬퍼했을걸.

제발 부탁이니 에드의 이름을 입에 담지 마.

— 요우코, 오늘은 좀 이상한데.

나를 영어식 발음으로 요우코라고 부르지 마.

— 부부싸움이라도 했나? 그 양반도 참 큰일이구먼.

그 양반? 마치 알고 있는 사람이라도 되는 것처럼 말하고 있다는 느낌이 들었다.

"무슨 뜻이죠?"

── 아니, 별다른 뜻은 없어. 마음 상했다면 미안. 특별한 뜻은 없으니까.

끝까지 캐물으려 하다, 요코는 마음을 가라앉히고 입을 다물었다. 상대방은 바로 그것을 노리고 있다.

걸려들 줄 알았나요? 이것이 K의 상투적인 수법이었다. 의미를 담고 있는 듯한 말로 상대방에게 의심과 공포를 품게 함으로써 명령에 따르게 만들려는 것이다.

"소중한 할아버지가 모든 미국 사람들에게 미움의 대상이 돼도 상관없다는 말인가?"

"실패했을 경우, 네 책임을 묻는 목소리를 어디까지 억누를 수 있을지는 나도 알 수 없어."

리어던의 일을 받아들인 것도 가족에게 피해를 줄까 봐 무서워서 그랬던 것이다. 하지만 더 이상은 속지 않아. 자살을 원하는 사람을 쏘든 쏘지 않든 누가 나를 문제 삼겠는가?

그리고 지금의 K에게, 나나 가족들을 해칠 만한 힘이 있기나 한 것일까? 리어던의 일을 해보고서 알게 됐다.

25년 전에는 오클라호마에서 미네소타 주의 세인트 클라우드까지 이동하는 중에도, 그리고 현지에 도착해서도 요코는 K가 언제나 말하는 '우리 동료'의 존재를 느낄 수 있었다. 하지만 이번에는 사람이 그렇게 많이 움직이고 있지 않다는 느낌을 받았다.

지난번에 비하자면 계획이 허술했다. 별로 말하고 싶지는 않지만 보수도 적었다. 돈을 얼마나 받았는지는 모르지만, 일본에 머물면서 개인의 의뢰를 받다니, 케네디 암살사건의 뒤처리를 하려 했던 사람이 할 만한 일일까?

K도 노망이 난 것일까? 그의 사업이 그만큼 잘 풀리고 있지 않은 것은 아닐까? 어떤 경로를 통해 그가 일을 부탁받는지 요코로서는 알 수 없었지만, 대충 이렇게 된 이야기일 것이다.

일본에서 '쉬운 일에 대한 이야기'를 듣고 이왕 온 김에 용돈이라도 벌어야겠다고 생각했다. 하지만 이 나라에서 K가 부릴 수 있는 사람은 오직 요코뿐.

해를 입히기는커녕, K에게도 여유 따위는 없을 것이다.

── 보수는 지난번보다 더 좋은 조건을 제시할 수 있어.

돈다발로 요코의 얼굴을 쓰다듬는 것 같은 목소리를 냈다. 무서워할 것은 하나도 없다. 요코는 돈을 K에게 집어던질 듯한 기세로 대답했다.

"거절하겠습니다."

── 10만 달러. 아니 15만 달러라면 어떤가?

K의 목소리에서 낭패의 기운을 느낄 수 있었다. 생각한 대로. 아주 조금이긴 했지만, K의 말에 쓰여 있던 가면을 벗겨낸 듯한 기분이 들었다.

"노 퍽킹 싯!"

K는 더 이상 요코를 타이르려 들지 않았다. 그 대신 수화기 건너편에서 한숨소리가 들려왔다.

"그리고 혹시나 해서 말씀드리는데, 앞으로는 제 일에 절대 관여하지 마세요, 우리 가족에 대해서도."

—— 아깝군. 정말 아까워.

평소의 냉정함을 되찾은, 또는 되찾은 척하며 K가 말했다.

—— 또 전화하도록 하지. 마음이 바뀌면 언제든지 말해.

"신경 쓰지 마세요. 이젠 전화도 하지 마세요."

K는 다시 말을 이어갈 생각인 듯했다. 수화기 너머에서 무겁게 숨을 들이쉬고 있음을 느낄 수 있었다. 그래서 인사도 하지 않은 채 전화를 끊어버렸다. 요코는 대기화면의 피터래빗을 한동안 바라봤다.

《토끼 피터의 모험》은 요코가 일본에서 가져간 몇 안 되는 동화책 가운데 하나였다. 진짜 이야기는, 한 권뿐인 일본어판보다 훨씬 더 길다는 사실을 알게 된 것도 미국에서다. 이어지는 이야기는 에드가 사준 영어 그림책으로 읽었다.

에드에게서 이야기를 들은 것이리라. 15년 전, K는 요코가 사용할 콜트 S.A.A.를 피터래빗 인형 속에 넣어서 보내왔다. 요코가 기뻐할 줄 알았던 것일까? 열여섯 살이 되어서도 피터래빗 시리즈를 책장에 꽂아두었던 요코는, 그것을 그날로 전부 버렸다.

시계를 올려다보니 벌써 12시였다. 내가 뭘 하려 했더라? 마흔을 넘기면서부터 건망증이 심해진 듯한 느낌이었다. 요코는 화장을 할 때처럼 손바닥으로 뺨을 몇 번 두드렸다. 그리고 평소와 다름없이 조촐한 현실로 돌아오려 했다.

시리얼 쿠기를 씹으며 돈다발을 누카도코에 숨겼다. 그런 다음 냄비에 물을 담아 가스레인지 불 위에 올려놓았다. 후쿠다 집안에 있는 가장 큰 냄비를.

손톱을 깨물면서 물이 끓기를 기다렸다.

보글보글 냄비가 소리를 내기 시작했지만, 여전히 기다렸다.

냄비 위를 덮고 있던 뚜껑이 춤추기 시작할 무렵 주방용 벙어리장갑을 끼고 뚜껑을 열었다. 그리고 휴대전화를 집어 들었다.

"굿바이 K."

휴대전화의 폴더를 열어 물이 끓고 있는 냄비 속에 넣었다. 조그맣고 빨간 기계가 비명을 지르는 듯한 느낌이 들었다. 남부 사투리로.

차가운 기계가 들어가자 들끓던 냄비가 잠잠해졌다. 버튼 옆의 틈 사이로 조그만 거품을 일으키며 휴대전화가 냄비 바닥에 잠긴 것을 확인한 뒤, 뚜껑을 덮었다.

잠시 잠잠해졌던 물 끓는 소리가 다시 들려오기 시작했다. 요코는 그 소리에 가만히 귀를 기울였다. 전원을 껐는데도 계속에서 들려오는 '슬픈 빗소리'의 멜로디가 머릿속에서 사라질 때까지.

18

"엄마, 이젠 됐어?"

냄비 속을 휘젓던 손을 멈추고 다마키가 물었다. 냄비 속에서는 둥글게 썬 양파가 노릇노릇해져 있었다.

"음~, 조금 더 해야겠는데. 천천히, 천천히. 지긋지긋해질 때까지 양파를 약한 불로 볶는 게 요령이야. 계속 젓지 않아도 되니까 타지 않도록 잘 지켜보고 있어."

다마키는 순순히 고개를 끄덕인 다음 얼굴을 냄비 쪽으로 돌려 화학실험을 관찰하는 듯한 눈빛으로 양파를 바라봤다. 긴장한 채 주걱을 들고 있는 모습이 마치 서브를 기다리는 탁구선수처럼 보였다.

마지막으로 다마키와 함께 요리를 했던 게 언제였더라? 초등학교 4학년 때, 다마키가 실과시간에 배운 야채볶음을 만들어보겠다고 했던 때였나?

그때는 칼질에 익숙하지 않아 손가락을 베었고, 결국 대부분을 요코가 만들어야 했다. 그때 다마키는 오늘과 마찬가지로 냄비 속을 젓는 담당. 아직 어렸기 때문에 목욕탕에 있던 앉은뱅이의자를 가져다가 그 위에 올라서 있었다.

물론 지금은 앉은뱅이의자가 필요 없다. 지난 1년 동안 다마키는 훌쩍 커버렸다. 아직 요코와는 머리 반 개 정도 차이가 났지만, 일본 여성의 평균키보다 조금 큰 요코의 키도 곧 따라잡힐지 모른다.

옛날부터 손발이 긴 아이였다. 동그란 얼굴에 검은 눈동자는 고헤이를 닮은 편이었지만, 몸매는 요코를 닮았다. 에드의 피를 물려받은 것인지도 모른다. 너무 마른 것도 아니었으며, 슈타처럼 어렸을 때부터 수영을 가르쳤다면 훌륭한 수영선수가 됐을지도 모를 체형이었다.

놀랄 정도로 긴 손가락을 가지고 있었다. 어렸을 때 피아노를 가르친 적이 있지만, 본인이 싫어해서 바로 그만두게 했다. 그 손가락도 어렸을 때부터 단련을 했다면, 어쩌면…….

다마키는 살이 찌고 있다고 착각하고 있지만, 키뿐 아니라 몸도 조금씩 풍만해져서 여성스러워지고 있는 것이다. 나비 리본으로 묶은 앞치마의 끈 밑에는, 아직 어리긴 하지만 타고난 총좌가 하나.

"이젠 됐어?"

다마키가 다시 말을 걸었다. 요코는 새우의 내장을 빼내던 손을 멈추고 냄비를 들여다봤다.

"그래, 잘 익었네."

오늘 다마키가 친구들에게 펼쳐 보일 요리는 후쿠다 집안 전통의 오크라 카레. 케이준 요리인 '검보'를 응용한 것이다.

검보는 오크라와 고추로 끈끈함과 매운맛을 내는 수프로, 거기에 고기와 야채를 삶아 쌀에 뿌려 먹는 요리. 신혼 때, 카레 만드는 법을 몰랐던 요코는 만드는 법이 비슷한 검보에 카레가루를 넣어봤다. 고헤이가 아주 좋아했다. 맛이 없어도 '맛있다'고 말해 주는 사람이지만, 줄어든 음식의 양을 보면 정말인지 아닌지 금방 알 수 있었다. 이후부터 후쿠다 집안의 카레는 꼭 그렇게 만들었다.

냄비 옆의 프라이팬에서는 루(roux)에 쓸 밀가루와 카레 가루를 볶고 있었다. 이것도 양파와 마찬가지로, 더 약하게는 할 수 없다 싶을 정도로 약한 불에서. 부엌에 가득한 향긋한 냄새는 여기서 피어오르는 것이었다.

자신이 만드는 요리의 향기를 맡는 것은 요코의 행복 가운데 하나였다. 그 덕에 요리가 완성될 때쯤에는 냄새만으로도 배가 가득 차버리지만.

"프라이팬도 잘 보고 있어야 해. 천천히 천천히 볶아야 하거든, 지긋지긋해질 정도로."

"엄마는 천천히밖에 몰라."

"삶는 요리는 천천히, 중국요리는 재빠르게. 이게 기본이야. 잘 기억해 둬."

빨리빨리 만들 수 있는 중국요리는 바쁠 때 편하기는 하지만, 요코는 천천히 시간을 들여 삶아야 하는 요리가 담긴 냄비를 지켜보는 것이 더 좋았다.

볶은 카레가루와 밀가루를 냄비로 옮긴 뒤, 닭 가슴살과 새우를 넣었다. 오늘은 평소와 달리 호사스럽게 가리비도 넣었다.

"다음은?"

"치킨 부용. 아, 뜨거운 물에 녹이는 걸 잊어먹었네."

다마키에게 시키고 싶어서 일부러 잊은 척했던 것이다.

"다마키, 어서 준비해 줘."

"얼마나?"

얼마나라는 질문을 받으면 주부들은 대답하기 곤란해진다. 어림짐작으로 대답할 수밖에 없지만, 때로는 계량기로 잰 것보다 더 정확할 때도 있다.

"음, 끓는 물은 여섯 컵 정도……. 부용은 평소에는 네 개, 오늘은 일곱 개나 여덟 개 정도."

"일곱, 여덟 어느 쪽?"

어느 쪽이든 맛에는 크게 차이가 없을 테지만, "네가 맛보고 결정해"라고 대답했다.

다마키는 용기 안에 물을 부은 뒤 고형 부용을 하나씩 넣을 때마다 맛을 봤다. 부용을 넣은 다음에는 우물쭈물하지 않는 편이 좋지만, 그냥 내버려두기로 했다. 요리는 경험. 실패해 가면서 혀와 손으로 배우는 것이다. 카레의 경우는 순서가 약간 바뀌어도 상관없다. 루의 매운 맛이 대부분의 실수를 덮어준다.

드디어 부용 베이스 완성. 냄비에 넣는다.

"더 큰 냄비를 쓰는 게 나을 뻔하지 않았을까?"

다마키의 말이 옳았다. 1리터 이상이나 되는 부용을 넣은 탓에 냄비가 넘칠 것 같았다. 오늘 다마키가 부른 친구는 네 명. 가족의 몫까지 더해서 평소보다 배 이상의 분량을 만들고 있었다.

"그러게. 하지만 그 냄비 이젠 못 쓰게 됐거든."

K가 보내온 휴대전화를 삶았던 냄비를 사용하고 싶지는 않았다. 그것은 이제 타지 않는 쓰레기다.

끓기 시작하면 거기에 오크라. 카레 루에 비해, 카레가루와 밀가루로는 매끈하고 끈적한 맛을 내기 어렵지만 오크라의 끈적거림이 그것을 보완해 준다.

이제는 약한 불로 가만히 끓이기만 하면 된다. 식욕을 자극하는 카레 냄새로 부엌이 가득 찼다.

여기서부터도 '천천히'지만 다마키는 진득하니 기다릴 수 없었던지, 작은 접시에 떠서 맛을 보기 시작했다. 머리를 갸우뚱했다. 요코에게도 작은 접시를 내밀더니 시험 성적표를 기다리는 듯한 눈빛으로 바라봤다.

어디, 어디.

음음. 아주, 맛있어. 요코가 크게 고개를 끄덕이자 다마키가 두 손을 높이 치켜들며 가스레인지 앞에서 팔짝팔짝 뛰었다.

"만세!"

다마키에게 있어서 이번 카레 만들기는 진검승부인 듯했다. 좀처럼 어울리지 못했던 반 아이들과 친구가 되기 위한 첫걸음.

"엄마, 엄마. 닭고기는 어떨까? 다 익었을까?"

닭고기를 꺼내서 맛을 본다. 이번에는 배가 고파서 먹어보려 하는 것인지도 모른다. 긴장한 탓인지 다마키는 아침밥도 조금밖에 먹지 않았고, 봄방학 특강 중인 학원에 가지고 갔던 도시락도 반 가까이 남겨왔다.

다마키가 건져낸 뼈 있는 닭고기를 한 입 베어 물었다. 껍질이 알맞게 익은 데다 카레가 배어들어 황금색으로 변한 것을 보고, 먹기 전부터 맛있으리라 짐작했다.

요코는 왼쪽 엄지와 검지로 동그라미를 만들었다. 다마키가 다시 뛰어올랐다. 손가락뿐 아니라 말로도 칭찬을 해줬다.

"베리 굿."

그 순간 다마키가 눈을 반짝였다.

"역시 장난이 아니었어, 엄마의 영어."

이런. 일본식으로 발음한다고 했는데. 자신도 모르게 혀를 너무 많이 굴리고 말았다. "사실은 완전 잘하는 거 아니야, 영어? 미국에서 배웠잖아."

"아니야, 엉망이야."

"홋카이도 할머니가 그러셨어. 아빠랑 결혼할 때는 일본어보다 영어를 더 잘했다고."

"말도 안 돼."

고헤이의 집에 처음 인사를 갔을 때, 요코가 '아스파라가스' 라고 일본어식으로 발음하지 못하고 'asparagus' 라고 말했던 것을 시어머니는 아직도 기억하고 있는 듯했다.

"아주 잠깐 있었을 뿐인걸. 그것도 어렸을 때."

"아주 잠깐이 어느 정도인데?"

뭐라고 대답해야 좋을지 몰랐다. 다마키와 슈타에게는 옛날에 미국에서 살았던 적이 있었다고만 했을 뿐, 10년이나 살았다고는 말한 적이 없다. 말할 수 없는 일들이 너무 많았기 때문에.

"나랑 같은 나이 때는 어디에 있었어? 일본? 미국?"

해수욕장에 가면 바다 너머로 미국이 보일 것이라고 믿고 있는 슈타라면 몰라도, 이제 다마키는 숨기거나 애매한 말로 은근슬쩍 넘어갈 수 있는 그런 나이가 아니었다. 다마키에게 사실을 밝혀야 할 때가 온 것 같았다. 물론 사격훈련이나 '일'에 관한 것을 뺀 나머지만. 자신의 과거 10년을 새하얀 방으로 만들어버릴 필요는 없다. 장롱 속에 결코 열어선 안 되는 서랍을 하나 남겨두면 된다.

요코는 솔직하게 대답했다.

"미국."

"와우." 영어학원 강사를 흉내 내는 것인지, 다마키가 외국인처럼 두 팔을 벌리고 장난스럽게 소리를 높였다. "왜 말하지 않았던 거야?"

잠시 생각한 뒤 이렇게 대답했다.

"언젠가 말해야겠다고 생각하곤 있었지만, 아직은 때가 아닌 것 같아서. 지금 너한테 말하면 영어에 대해 이 엄마에게 물어볼 거 아니니? 너는 이제 막 공부를 시작했으니까, 엄마의 사투리 영어를 배우면 안 되잖아."

영어학원의 호주 강사보다는 훨씬 낫다고 생각하지만.

"다음에 영어 숙제 가르쳐줘."

"이거 봐, 벌써. 이래서 말 안 했던 거야."

언젠가는, 미국에서 살았다는 사실을 아이들에게도 분명하게 말해야 할 때가 올 것이다. 지금까지 요코는 그 순간을 두려워하고 있었지만, 막상 말을 하니 그리 대단할 것도 없었다. 가슴에 매달고 있던 추가 뚝 떨어져나간 느낌이었다.

"그래, 하는 수 없지. 할머니의 홋카이도 사투리 같은 영어라도 상관없다면."

다마키가 웃음을 지었다. 머릿속 한구석에서 끊임없이 '슬픈 빗소리'가 울려대고 있던 요코는 신나서 재잘대는 다마키에게 억지로 웃음을 지어 보였지만, 이때 처음으로 진심에서 우러나는 웃음으로 답할 수 있었다.

드디어 우리 집에도 예전의 평화가 되돌아왔다. 요코는 그렇게 생각했다.

가슴에는 아직도 비밀의 추들이 가득 있었지만, 그것은 요코가 혼자서 짊어지고 가야 할 몫이었다. 가족과는 관계없는 것들. 자신만의 평생 비밀로 마음속 깊은 곳에 묻어두었다가 무덤까지 가져가면 되는 것이다.

"이런, 서둘러야겠다. 다음은 샐러드와 디저트. 성급한 친구가 곧 올지도 모르니까."

시계 바늘이 5시를 넘어섰다. 약속 시간은 6시였다.

"예스 서."

다마키가 국자를 치켜들며 대답했다. 요코는 검지를 지휘봉처럼 흔들었다.

"아니야, 그럴 땐 이렇게 대답해야지."

요코는 아이들 앞에서는 한 번도 한 적 없었던, 오클라호마에서 배운 영어를 선보였다.

"예스, 맘."

5시 50분. 현관에서 초인종이 울렸다.

다마키가 앞치마를 벗고 달려 나갔다. "그렇게 친한 애들이 아니라서 조금은 부담이 돼"라며 아닌 척하더니, 사실은 처음으로 반 아이들을 초대한 것이 기뻐서 어쩔 줄 모르는 모양이었다. 한 쪽 발씩 번갈아가며 가볍게 스텝을 밟고 있는 듯했다.

현관에서 들려오는 다마키의 목소리가 이상할 정도로 정중했다. 친구들이 아닌 모양이었다.

누굴까? 요코도 현관으로 가봤다.

둥그런 어깨 위로 갈색 파마머리가 솟아 있었다. 리키야의 엄마였다. 놀러갔던 슈타를 집까지 데려다준 것이었다.

"뭐 하러 여기까지, 미안하게. 슈타도 이젠 혼자서 올 수 있는데."

어쩐 일인지 슈타는 낯선 집에 온 아이처럼 리키야의 엄마 뒤에 숨어 있었다. 슈타에게는 일곱 살 위인 누나 한 명만 해도 위협적인데, 같은 나이의 여자들이 넷이나 온다는 말을 듣고는 오늘 아침부터 전전긍긍했다.

"괜찮아, 일하러 가는 길이니까. 혼자 보내면 슈타는 꼭 공원에 들러 모래밭에서 수영연습을 하잖아."

리키야의 엄마는 술집에서 일하며 혼자 아이를 키우고 있었다. 통통한 체격과 탁 트인 목소리가 돌리스와 비슷했다.

"슈타가 말썽 부리지는 않았어?"

"아니, 그냥 자기들끼리 놀게 내버려뒀는데 뭐. 아, 딱 한 가지. 벽에 스티커는 붙이지 말아줬으면 좋겠는데. 세 들어 사는 거라서."

"미안, 혼을 내줄게."

"내가 벌써 혼냈어. 손등을 때려줬지."

리키야의 엄마는 나쁜 짓을 하면 남의 집 아이라도 야단을 친다. 요코는 그녀의 그런 점이 마음에 들어서 사이좋게 지내고 있었지만, 다른 어머니들은 그런 점을 싫어했기 때문에 요코 이외에는 친하게 지내는 사람이 없었다. 그런 요코도 그녀 이외에는 친구라고 부를 만한 사람이 없긴 하지만.

커다란 등 뒤에서 얼굴을 내민 슈타가 주의 깊게 집 안을 살폈다.

"......들어가도 돼?"

무슨 생각을 했는지 슈타가 "실례하겠습니다"라고 말한 뒤 신을 벗자, 리키야의 엄마가 큰 소리로 웃었다.

정각 6시에 준비가 끝났다.

식탁 위에 5인분의 접시. 조금 전에 막 완성된 마카로니 샐러드를 커다란 그릇에 담았다. 다마키에게는 여유가 없었기 때문에 디저트 과일은 결국 요코가 준비했다. 냉장고 속의 아이스크림을 이용해서 식후에 아이스프루트를 만들 생각이었다.

슈타는 거실을 돌아다니기도 하고, 쿠션을 끌어안은 채 소파에 앉기도 하고, 텔레비전을 켜거나 끄기도 하는 등 안절부절못했다. 아코디언커튼으로 칸막이를 해놓은 2층의 아이들 방을 오늘은 다마키를 위해 개방해 놓았기 때문에 있을 곳이 없었던 것이다. 긴장이 되는 듯, 카펫 위에서 수영연습을 시작했다가도 팔을 몇 번 휘젓고는 곧 그만두곤 했다.

다마키는 자랑스럽다는 듯 식탁 위를 둘러본 뒤 1분에 한 번씩 벽시계를 올려다봤다.

"엄마, 물컵이 조금 유치하지 않아?"

만화 주인공이 그려진 컵이 마음에 걸리는 듯했다. 자기가 제일 좋아하는 컵이면서. 시건방 떨기는.

"그럼, 네 마음에 드는 걸로 꺼내놓으렴."

6시 10분이 지났다. 현관의 초인종은 아직도 울리지 않았다.

"늦네."

요코가 시계를 올려다보며 중얼거리자, 다마키가 그 말을 떨치려는 듯 말했다.

"모두 만나서 온다고 했으니까, 누군가 한 명이 늦어서 그럴 거야."

6시 20분. 약간 걱정이 되기 시작했다. 아직 어리다고는 하지만, 새 학기부터는 중학교 2학년이 되는 여자아이들이었다. 밖은 벌써 어두워져 있었다. 역에서 집 사이에는 인적이 드문

길도 있었다.

"내가 길을 잘못 가르쳐줬나? 우리 집은 역에서 멀잖아." 다마키는 늦는 아이들을 대신해 변명하는 듯한 투로 말했다. "잠깐 나가볼게."

이렇게 말하고 밖으로 나가려고 하는 다마키를 요코가 말렸다. 다마키도 다른 아이들과 마찬가지. 벌써 젊은 아가씨라 해도 좋을 정도가 됐다.

"전화를 해보지 그래."

다마키가 머리를 흔들었다.

"......휴대전화번호를 아는 애가 없어. 내 전화는 선불식이라 가르쳐줘 봐야 소용도 없고......."

6시 30분이 지났다. 드디어 초인종이 울렸다. 다마키가 튕겨 오르듯 의자에서 벌떡 일어나 현관으로 달려갔다.

자신이 밖으로 나가서 아이들을 찾아볼 생각이었던 요코는 안도의 한숨을 내쉬었다. 머리카락을 묶었던 스카프를 풀고 머리를 흔들어 헝클어진 것을 정리했다. 딸의 명예를 위해 평소 집에서는 잘 하지 않던 화장도 오늘은 정성을 들여서 했다.

쾌활한 목소리가 들려오길 기대했지만 아무런 소리도 들리지 않았다. 그 대신 거칠게 문을 닫고 누군가 쓰러지는 소리가 났다. 요코는 황급히 현관으로 나갔다.

현관홀에 고헤이가 큰 대자로 엎어져 있었다. 다마키는 다가가길 망설인 채 멀리서 시선만 던지고 있었다.

"어떻게 된 거야?"

고헤이는 아무런 대답도 하지 않았다. 꼼짝도 하지 않았다. 요코를 바라보는 다마키의 얼굴에서 조금 전까지의 웃음이 사라져버렸다. 표정이 사라진 얼굴로 입술을 꼭 깨물고 있었다. 다마키가 그런 얼굴을 하는 것은 화가 났을 때다.

쓰러져 있는 어깨에 손을 얹으려고 다가간 순간, 다마키가 화를 낸 이유를 알 수 있었다. 고헤이의 몸에서 술 냄새가 났다. 상당한 양을 오랜 시간에 걸쳐서 마신 듯한 지독한 냄새였다.

"여보, 어떻게 된 거야?"

요코가 어깨를 흔들자 '우웩' 하고 헛구역질을 하더니 무릎과 팔을 세워 엎드렸다. 그러더니 이번에는 그 자세 그대로 움직이지 않았다. 괴로운 듯 헛구역질을 되풀이했다. 우웨, 엑.

현관에서 구토를 하면 오늘 파티는 끝장이다. 딸의 명예를 위해서 이런 아버지는 어딘가에 숨겨둬야 한다.

우선은 몸을 일으켜 세우기로 했다. 한쪽 팔을 잡아 자신의 등 뒤로 돌린 다음, 오른쪽 어깨를 밀어 넣어 들어올렸다. 오른손으로 버티면서 단번에 몸을 일으켰다. 송아지를 들어올릴 때처럼.

일어선 순간 갑자기 소란을 피우기 시작했다.

"이젠 잘 거야, 잘 거야. 잔다니까, 자."

자신의 목소리가 얼마나 큰지 느끼지 못하는 상태에서 내는 커다란 소리였다.

"조용히 좀 해."

"잘래. 잘래. 잘래."

어리광을 피우는 어린아이가 따로 없었다.

"그럼 2층으로 가. 술을 어디서 마신 거야? 야스이 씨도 같이 있었어? 오늘 다마키의 친구들이 온다고 했잖아."

"빌어먹을."

"빌어먹을이 아니라."

"제기랄."

아, 정말. 싯(Shit)은 당신이야. 맥주 작은 것 한 병에도 얼굴이 새빨개지면서 자기가 무슨 술고래인 줄 아나?

고헤이가 기세 좋게 떠든 것은 계단을 오를 동안 뿐이었다. 2층에 오른 순간 썩은 과일 냄새가 나는 트림을 한바탕하더니 나약한 소리를 했다.

"……우우, 토할 것 같아."

하는 수 없이 침실이 아닌 2층 화장실로 데리고 갔다. 요코가 문을 연 순간 고헤이는 무너지듯 쓰러져 뚜껑이 닫혀 있는 변기를 끌어안았다.

"제발, 정신 좀 차려."

좁은 화장실 안에서 요코도 몸을 구부리고 앉았다. 다마키의 친구들이 온다기에 실내복 중에서도 그나마 나은 것을 입고 있는데.

"빌어먹을. 빌어먹을."

"토 안 할 거야?"

"제기랄, 제기랄, 제기랄."

지금까지 고헤이는 이렇게 정신을 잃을 정도로 마신 적이 없었으며, 할아버지 에드는 아무리 취해도 몸의 긴장을 풀지 않았기 때문에 요코는 술에 취한 사람을 어떻게 다뤄야 하는지 도무지 알 수 없었다. 그냥 내버려뒀더니 고헤이가 주먹으로 변기를 치기 시작했다.

"조용히 해. 조금 있으면 친구들이 온단 말이야. 다마키가 가엾잖아."

변기에 뺨을 대고 있던 고헤이가 초점 없는 눈을 들어 바라봤다.

"왜, 무슨 일 있었어?"

"그 녀석이 말이야……, 야스이가 말이야……."

또 야스이에 대한 불평. 공동 경영자라는 것은 이름뿐이라는 둥, 늘 하던 그 한심한 얘기의 반복. 그럴 바에는 새 회사고 뭐고 때려치우는 게 나을 텐데.

"그렇게 불평만 할 거면 회사를 만든다는 말, 이젠 하지도 마."

트림 때문에 뺨이 부풀어 오른 고헤이가 말했다.

"……회사, 이젠 끝장이야."

"무슨 말이야?"

다시 주먹으로 변기를 치기 시작했다. 요코는 손목을 잡아 동작을 멈추게 했다. 힘으로 따지자면 요코가 한수 위다. 요코에게 잡힌 손이 꼼짝도 하지 않는다는 사실을 깨닫자 고헤이는 변기에 처박고 있던 얼굴을 반대편으로 돌려버렸다.

"……야스이가 도망갔어. 회사, 이젠 끝장이야."

그 모습은 '리키야가 집으로 갔으니 오늘 놀이는 끝'이라고 말하는 슈타와 조금도 다를 바가 없었다. 이런 사람이 회사를 만든다는 것은 애초부터 불가능한 일이었는지도 모른다.

"하는 수 없지 뭐."

고헤이의 말을 듣고 요코는 오히려 안심이 됐다. 직장을 잃긴 했지만, 당분간은 월급 없이 일해야 하는 이상한 직장을 다니기 시작하는 것보다는 훨씬 나았다. 인생 공부를 위한 수업료를 조금 낸 것이라고 생각하면 된다.

"어떻게 하지?"

"어떻게 하긴, 새로운 일자를 알아봐야지. 응? 나도 일할 테니까."

누카도코 속의 돈은 가능하면 쓰고 싶지 않았다. 버릴 용기도 없었지만.

"……보증인이야."

"보증인?"

"녀석이 꾼 돈과 리스한 물건의 보증인."

"그게 뭔데……."

갑자기 거친 어조로 고헤이가 말했다.

"……그러니까, 그거야. 내가 돈을 전부 내야 된다는 거야."

응?

"돈은 내지 않아도 된다고 했잖아."

"내지는 않았지만 이름은 빌려줬단 말이야."

일본 사회의 풍습이나 비즈니스에 대해서는 어두운 요코도 대충 무슨 뜻인지 알 것 같았다. 고헤이는 처음부터 이용당하고 있었던 것이리라. 고헤이의 비즈니스 파트너-고헤이만 그렇게 믿고 있었다-인 야스이는 사업이 위험해졌을 경우 그 뒤처리를 맡기기 위해 동료로 끌어들였던 것이다. 별로 말하고 싶진 않지만, 자신의 남편을 말이다. 사람의 마음을 편하게 해주고 평화롭게 만드는 사람이긴 했지만, 전장에서 의지할 만한 스타일의 사람은 아니다.

"전에 다니던 회사에서 우리를 방해했기 때문이야. 방해공작 때문에 계획이 전부 틀어져버린 거라고."

또 시작이다. 이 불평도 평소와 다름없는 것. 고헤이는 구토도 잊고 잠꼬대 같은 소리를 계속했다.

"거기, 합병했는데도 실적이 별로 좋지 않다고들 했어. 정리한 사원이 성공하는 꼴은 못 보겠다 이거지. CEO가 초조해하고 있는 거야. 우에엑."

듣고 싶지 않았다. 자신을 실제 이상이라고 생각하는 남자들의 망상 따위.

"그건 아닌 것 같은데. 나쁜 건 야스이 씨, 그리고 당신."

"어째서?"

드디어 이쪽을 돌아보나 싶더니 요코의 무릎에 매달렸다. 제발, 그만 좀 해. 나는 당신의 엄마가 아니라고. 밖에서 좋지 않은 일이 있었다고 엄마한테 일일이 털어놓고 어리광 피우고. 그래서 어쩔 생각인데?

요코는 고헤이의 손을 뿌리쳤다. 지금까지는 비밀을 간직하고 있는 것에 대한 미안한 마음 때문에 실현 가능성이 낮은 꿈이라도 돕고 싶었다. 하지만 단지 철부지 어린아이의 장난이었다면 더 이상 도와줄 수 없었다.

"여보……, 어떻게 하면 좋지?"

다정한 대답을 기대하는 듯한 목소리로 말하는 그의 입에 요코가 손가락을 가져다댔다. 주체할 수 없을 만큼 기다란 손가락이었다. 목젖까지도 간단히 만질 수 있다.

우웩. 고헤이가 신음소리를 내는 순간 팔꿈치로 변기 뚜껑을 열었다. 다른 한 손으로 고헤이의 머리를 변기 속으로 밀어 넣었다.

토하는 고헤이의 등을 부드럽게 쓰다듬으며 차가운 목소리로 말했다.

"어떻게 해야 하는지 가르쳐줄게. 먼저 전부 뱉어내. 그런 다음 세면대로 가서 차가운 물로 얼굴을 씻어. 머리가 제대로 돌아갈 때까지. 그리고 당신 머리로 직접 생각해 봐. 가장 좋은 방법을. 야스이 씨를 찾아내든지, 돈을 꿔준 곳이나 리스해 준 사람들과 교섭을 하든지."

"……하지만……."

"하지만, 그렇게 해야만 해."

"……무……리……."

"그래도 해야 해. 대신 해줄 사람은 아무도 없으니까. 도망쳐서도 안 돼. 어때? 조금은 편안해졌어?"

화장지로 입을 닦으면서 고헤이가 어린아이처럼 고개를 끄덕였다.

"됐어, 그럼 일어나."

요코가 얼굴 쪽으로 손가락을 내밀자 주섬주섬 일어났다. 힘을 내라고 입맞춤해 주고 싶었지만 토사물이 입 주위에 묻어 있었기 때문에 그만뒀다. 그 대신 빰을 가볍게와 세게의 중간 정도의 힘으로 토닥인 다음, 빨개진 곳에 입술을 가져다댔다. 그리고 속삭였다.

"괜찮아. 돈을 잃는다 해도 죽지는 않아. 총을 든 강도를 만난 건 아니니까. 괜찮아. 노 프로블럼. 걱정하지 마. 당신도, 나도, 다마키도, 슈타도."

총구로 방향을 가리키듯 검지를 문 밖으로 흔들자 고헤이가 우당탕 세면대 쪽으로 달려 내려갔다.

부엌에서는 다마키가 식탁 위에 얼굴을 묻은 채 울고 있었다.

"미안해, 다마키. 아빠도 이제는 술이 깼어."

이번에는 다마키의 등을 쓰다듬었다.

"......이젠 상관없어."

"친구들 앞에는 나타나지 말라고 잘 말해 둘게, 응?"

"이젠 상관없다니까. 어차피 아무도 오지 않을 거야."

고헤이 때문에 울고 있는 것이라고만 생각했는데, 그게 아니었다. 시계를 보니 시간은 어느 틈엔가 7시가 되려 하고 있었다.

"......아무도 오지 않을 거야, 틀림없이."

"응?"

"……어쩐지 이상하다 했어. 애들이 갑자기 친하게 굴면서……, 우리 집에 오겠다고 하기에……. 속은 거였어. 나를 가지고 놀려고 여럿이서 속인 거야."

말의 의미를 이해하기까지 열 번은 다마키의 등을 쓰다듬었을 것이다.

결국 이지메였다는 뜻? 친구들끼리 그런 짓을?

샐러드의 색을 돋보이게 하기 위한 방울토마토의 빨간색이 갑자기 혐오스럽게 보이기 시작했다. 다마키의 훌쩍임이 커다란 울음소리로 변했다.

"이제 학교 따윈 가고 싶지 않아."

슈타가 눈을 둥그렇게 뜨고는 조심조심 누나의 어깨에 손을 얹었다. 다마키가 몸을 흔들어 그것을 떨쳐냈다.

다마키는 울음을 멈추지 않았다. 세면대에서는 다시 토하는 소리가 들려오기 시작했다. 슈타의 눈에도 눈물이 고이기 시작했다.

왜? 우리 집에 평화가 돌아온 게 아니었나? 혹시 이것은 나에 대한 벌?

요코도 울고 싶었다. 하지만 울지 않을 것이다. 총에 안전장치를 걸어놓듯 눈물샘을 굳게 닫아두는 훈련을 해왔기 때문이다.

에드는 오클라호마에서는 보기 드물게 가톨릭 신자였지만, 결코 열성적이지는 않았다. 돌리스처럼 식사 전에 신에게 감사의 기도를 올리는 일도 없었다. 하지만 때때로 생각났다는 듯

성당에 갔다. 혼자 갈 때도 있었고 요코를 데리고 갈 때도 있었다. 당시 에드는 대체 무엇에게 기도를 드렸던 것일까? 혹은 누구에게?

신부님은 성당에서 설교를 할 때면 마지막에 반드시 이렇게 말했다.

"기도하십시오. 그러면 신께서는 당신의 죄를 용서해 주실 것입니다."

특별히 용서해 주지 않아도 상관없어. 지옥에 떨어질 것은 이미 각오하고 있으니까. 천국에 가면 에드를 만날 수 없잖아. 하늘에서 우리 인간들을 내려다보는 게 누군지는 모르지만, 벌은 나 혼자에게만 내리면 되잖아.

요코의 머릿속에서 조그만 스위치 소리가 났다. 레밍턴의 안전장치를 푸는 소리와 비슷했다. 다마키의 뺨에 손을 가져다대고 얼굴을 들어올렸다.

"언제까지 훌쩍이고 있을 거야?"

요코의 목소리에 놀란 다마키가 울음을 그쳤다.

"슈타, 미안하지만 잠깐 집 좀 보고 있어. 아빠가 또 잠들려고 하면 엉덩이를 발로 차도 돼."

야단맞는 것에는 익숙해져 있던 슈타가 요코의 말투에 놀라 고개를 까닥였다. 다마키가 눈물에 젖은 눈으로 바라봤다.

"......뭐 할 건데?"

싸우는 거야. 울어봐야 해결되는 일은 아무것도 없으니까.

"아이들이 오지 않는다면 우리가 데리러 가자. 자, 일어나."

요코는 자기를 닮아서 기다란 다마키의 손가락을 쥐었다. 레밍턴의 총신을 잡듯이.

19

욕실을 들여다보니 고헤이의 등이 보였다. 샤워기 앞에 쭈그리고 앉아 마치 폭포 속에서 수행하는 수도승처럼 머리부터 물을 뒤집어쓰고 있었다. 마음을 다잡겠다는 의지의 표현인 듯했지만, 머리는 끄덕끄덕 방아를 찧고 있었다. 요코는 옷이 젖지 않도록 좁은 욕실로 들어가서는 밸브를 돌려 차가운 물이 나오게 했다.

고헤이가 비명을 질렀다. 알몸인 등에 대고 말했다.

"자동차 좀 쓸게."

"으, 으응." 술이 완전히 깬 듯한 표정으로 고헤이가 대답했다. 문을 닫기 직전에 이상하다는 듯한 소리를 냈다. "어? 그런데……."

옷 갈아입고 올게라고 말한 뒤 2층으로 올라간 다마키가 좀처럼 내려오지 않았다. 벌써 15분은 지났을 것이다.

요코는 지금 입고 있는 옷 그대로 아이들의 집으로 쳐들어갈 생각이었다. 화장도 고치지 않을 작정이었다. 몸단장을 하면 화가 가라앉을 테고, 상대방들도 우습게 볼 게 뻔하니까. 전장에서 멋은 필요 없다. 전투용 위장크림을 바르고 싶은 기분이다.

"다마키~."

아래층에서 불렀지만 대답이 없었다. 계단을 오르던 도중에 다시 한 번 불러보려던 요코는 고개를 갸우뚱했다. 닫혀 있는 다마키의 방에서 음악이 흘러나오고 있었다.

중학교에 들어가면서 다마키의 음악 취향도 꽤 어른스러워져, 방에서 흘러나오는 음악은 대부분 요코가 알지 못하는 외국 팝송이었지만, 이 노래는 아는 곡이었다.

어디서 들었더라? 그래, 다마키가 너무 열심히 봐서 요코마저도 기억하게 된 드라마의 주제곡이었다. 평소보다 소리가 더 컸다.

좋지 않은 예감이 들었다. 요코는 계단을 뛰어 올라갔다.

다마키가 봤던 그 연애 드라마는 슬픈 결말로 끝을 맺는다. 주인공이 스스로 죽음을 선택한다는 내용이었다.

노크도 하지 않고 방문을 열었다.

방은 어두웠다. 어둠 속으로 감상적인 음악이 흐르고 있었다.

집 안 구조를 너무나도 잘 알고 있는 주부의 빠른 동작으로 벽으로 손을 뻗어 불을 켰다.

창이 열려 있었다. 레이스가 달린 커튼이 밤바람에 펄럭이고 있었다. 커튼은 한쪽으로 밀려 있었으며, 나무로 만든 커튼 폴이 그대로 드러나 있었다.

다마키는 아까의 옷을 그대로 입고 있었다.

"다마키!" 튀어나온 말이 비명이 됐다.

커튼 폴 밑에 다마키가 있었다. 손에 허리띠를 들고 있었다. 작년에 요코와 함께 청바지 매장에 갔을 때, 성인용 청바지에 맞춰서 처음으로 산 것이었다. 다마키는 멍하니 머리 위를 바라보고 있었다.

"뭐 하는 거야?"

목소리보다 몸이 먼저 움직였다. 외침이 끝났을 때는 벌써 다마키의 몸을 끌어안고 있었다.

다마키의 무릎이 무너져 내렸다. 요코의 무릎도 힘없이 꺾였다. 다마키를 옆에서 끌어안은 채 자리에 주저앉았다.

심장이 짓이겨지는 기분이었다. 폐 속으로 공기가 들어오지 않았다. 입 밖으로 말이 나오지 않았고, 머리는 사고하길 멈췄다. 유일하게 움직이는 두 손에 힘을 줘 다마키의 체온을 확인했다.

다마키는 마음과 몸이 서로 다른 장소에 있는 듯했다. 요코의 목소리도, 문을 여는 소리도 듣지 못한 것 같았다. 갑자기 켜진 전등에 눈을 깜빡인 뒤 얼굴을 돌려 요코를 보고 나서야 드디어 눈에 초점이 돌아왔다. 손에 들고 있던 허리띠를 튕겨내듯 던졌다.

"아니야. 그게 아니라, 어떤 옷으로 갈아입을까, 망설여져서……."

"거짓말 하지 마."

여기까지 말했는데 그 뒤로는 말이 나오질 않았다. 다마키를 꼭 끌어안으며 마음속으로 그 다음 말을 외쳤다. 제발 부탁이니 그런 짓 하지 마. 두 번 다시 하지 마. 너는 내가 지켜줄 테니까. 그 대신 엄마의 목숨을 내줄 테니까.

"청바지를 입고 가려고. 허리띠를 찾던 중이었어."

다마키의 말을 비웃기라도 하듯 음악이 절정에 달했다. 마지막 회, 이 멜로디가 흐르는 장면을 보던 다마키가 눈물을 흘렸던 것 같은데. 그때, 저 아이도 이제 어른이 다 됐구나라며 안이하게 생각했던 자신이 한심스러웠다. 당시 다마키가 보고 있었던 것은 러브스토리가 아니었다.

어깨가 들썩일 정도로 숨을 크게 쉬어 호흡을 고른 다음, 다마키의 팔을 쥐어서 자기 쪽으로 돌려놓았다.

"쓸데없는 생각하지 마. 제발 부탁이니."

"그런 생각을 한 게 아니라니까. 아파, 엄마."

"다마키, 나를 봐. 내 눈을 봐!"

다마키가 요코의 눈을 들여다봤다. 그 순간 고헤이를 닮아 눈동자가 커다란 눈에서 눈물이 떨어졌다.

"진짜로 그런 게 아니야. 믿어줘. 그냥, 왠지 그런 기분이 들었어. 흉내를 내보려고 했던 것뿐이야. 흉내만."

그 말에 거짓은 없겠지? 그래도 안 돼. 이런 건, 절대로 안 돼.

"그래도 말이다, 다마키. 설사 장난이라 해도 그런 마음을 갖는 것은 결코 좋은 일이 아니야. 장난이 곧 진심이 되는 법이니까. 그러니까 두 번 다시 이런 어리석은 짓 하지 마."

다마키가 소리 내서 울기 시작했다. 몸속에서 커다란 응어리를 뱉어내는 듯한, 주위에는 전혀 신경 쓰지 않는 목소리였다.

옆집 2층에 불이 들어왔다. 요코는 문을 닫고 CD컴포넌트의 스위치를 껐다. 아래층에서는 틀림없이 슈타가 허둥지둥 돌아다니고 있을 것이다. 방문을 닫았다. 그리고 다시 한 번 다마키를 끌어안아 마음껏 울게 했다.

마음을 모르는 것은 아니었다. 다마키와 비슷한 나이 때 요코도 관자놀이에 몇 번이고 총을 들이댄 적이 있었다. 만일 자신이 죽는다면 누구하고 누가 슬퍼할지 숫자를 헤아려가면서. 자신을 괴롭혔던 사람들이 후회로 괴로워하는 모습을 상상하면서.

마음은 슬픔으로 넘쳐나지만, 가슴 한구석이 달콤하고 씁쓸한 맛에 잠기게 된다. 향신료를 뿌린 요리에 얹은 파인애플처럼. 단 10분의 1인치만 손가락을 움직이면, 잠시라고는 하지만 자신이 모든 사람들의 주역이 될 수 있다. 그 유혹은 간단히 떨쳐버릴 수 있는 것이 아니다.

아홉 살 때는 냉장고 속에 남아 있는 바나나 크림파이가 떠올라 유혹을 뿌리칠 수 있었다. 열세 살 때는, 그 다음 주에 에드가 가르쳐주겠다고 약속한 자동차 운전에 대한 상상으로 견뎌낼 수 있었다. 열여섯 살 때는 두 번, 한 번은 남자친구의 얼굴을 떠올렸고, 또 한 번은 병원 침대에서 기다리고 있을 에드를 생각했다. 오스카 코넬리어스의 '일'을 마치고 집으로 돌아온 날 밤이었다.

32년 전, 냉장고 안에 바나나 크림파이가 없었다면 요코는 지금 이 자리에 없었을지도 모른다. 요코에게 살인 도구뿐 아니라 손쉽게 사용할 수 있는 자살 장치도 함께 부여하고 있다는 사실을 에드 자신도 몰랐을 것이다.

그런 면에서 일본은 고마운 나라다. 미국처럼 집 안에 간이 자살 장치가 나뒹굴고 있지 않으니. 요코는 다마키의 방 안을 둘러봤다. 다마키에게 이상한 기분을 일으키게 할 만한 것이 또 없을까 의심하면서.

방 안은 깔끔하게 정리돼 있었다. 다마키는 친구들에게 저녁 식사를 대접한 뒤 여기서 함께 놀 생각이었던 것이다. 게임판과 카드가 책상 위에 얌전하게 놓여 있었다. 어린아이들이나 좋아할 만한 인형이나, 놀림거리가 될지도 모른다고 생각한 청춘스타 사진은 어딘가로 치웠는지 보이지 않았다. 그 대신 벽에는 고민 끝에 나름대로 생각해낸 패션 사진을 테이프로 붙여놓았다. 잡지에서 오려 붙였을 뿐인 그 사진은 창밖에서 불어오는 바람에 벌써 떨어지려 하고 있었다. 방을 둘러보고 있는데, 오랫동안 굳게, 굳게 닫혀 있었던 요코의 눈물샘이 터져버리고 말았다.

물의 막 너머로 뿌옇게 보이는 방을 바라보면서 아기였을 때 곧잘 그랬던 것처럼, 요코는 다마키의 등을 두드렸다. 천천히, 심장의 고동과 같은 리듬으로.

"지금 너에게는 학교 친구들과의 관계가 아주 중요한 일이라는 사실을 엄마도 잘 알고 있어. 하지만 나중에는 틀림없이 이렇게 생각할 거야. 뭣 때문에 그렇게 사소한 일로 고민했을까라고. 정말이야. 엄마가 보장할게. 이는 어른이 유일하게 자신감을 갖고 아이들에게 할 수 있는 말이야."

다마키의 울음소리가 점점 잦아들었다. 평소보다 더 정성스럽게 정돈해서 가장 좋아하는 고무줄로 묶은 머리카락을 쓰다듬으며 요코가 말을 이었다.

"네가 괴로워하고 있는 건 네 탓이 아니야. 그러니까 너 혼자 해결하려고 하지 마. 네 마음을 이해하지 못했던 엄마와 아빠가 잘못한 거야. 엄마한테 맡겨. 너의 고민을 해결해줄 테니까."

다마키가 울먹이는 소리로 말했다.

"어떻게?"

다마키의 숨결이 요코의 가슴을 간질였다.

"친구들 집에 가는 거야, 그리고 이곳으로 데리고 오는 거지."

"됐어, 그래 봐야 소용없어."

"아니, 그렇게 해야 해."

아래층에서 고헤이의 목소리가 들려왔다.

"여보, 무슨 일이야. 방금 다마키의 목소리가 들린 것 같은데. 또 슈타랑 싸우는 거야?"

슈타의 목소리도 들려왔다. "난 여기 있는데."

"응?"

"아빠, 빤쓰 안 입으면 누나한테 혼날걸."

"오오, 그렇지. 큰일날 뻔했네."

"고추, 대롱대롱."

아이고. 저 둘은 정말. 하지만 상황을 전혀 파악하고 있지 못한 고헤이의 나사 풀린 듯한 목소리는 요코의 서툰 말들보다 효과적이었다. 다마키는 마음이 완전히 풀린 듯한 얼굴을 하고 있었다.

"너는 혼자가 아니야. 나도 있고 아빠도 있고……."

── 고추, 대롱대롱. 대롱대롱대롱.

"슈타도 있잖아."

20

"엄마, 차 운전할 줄 알아?"

현관을 나선 다마키가 불안하다는 듯이 물었다. 아까 말했던 것처럼 청바지를 입고 허리띠를 두르고 있었다. 강아지 모양을 한 외출용 손가방을 인형처럼 끌어안고 있었다.

"당연하지."

요코는 한손에 쥐고 있던 자동차 열쇠를 흔들어 보였다.

"하지만 면허증 없지 않아?"

일본 면허증은. 운전석으로 들어가 조수석 문을 열고 다마키에게 손짓을 했다.

"걱정하지 마. 영어 검정시험에 합격한 적은 없지만, 영어를 잘하는 사람들은 얼마든지 있잖아. 그거랑 똑같은 거야."

똑같진 않다는 기분이 들기도 한다. 다마키도 고개를 갸우뚱했다.

"어쨌든 지금은 아빠한테 운전을 부탁할 수도 없는 상황이

잖니. 주정뱅이 아빠와 힘이 넘치는 엄마, 누구한테 운전을 맡길래?"

애써 밝은 목소리로 말했다. 다마키가 오른쪽으로 기울이고 있던 머리를 왼쪽으로 기울였다.

"자, 컴 온."

제대로 된 영어 발음으로 불러들이자 드디어 주저주저 올라탔다. 어쨌든 다마키를 밖으로 데리고 나가고 싶었다. 다마키는 요코의 기세에 눌려 집에서 나온 것이 후회되기 시작한 모양이었다.

"그냥, 그만두자."

요코는 머리를 흔들었다. 여기서 그만두면, 다마키는 부당함에 눈물로만 대응하는 사람이 돼버리고 만다. 다시 허리띠를 손에 들 날이 언제 또 찾아올지 알 수 없는 일이다.

운전석 조절. 요코가 고헤이보다 다리가 약간 길기 때문에 아주 조금 뒤로 밀었다. 후쿠다 집안의 자동차는 5넘버 사이즈의 RV였다. 7인승이지만 옛날에 요코가 몰고 다니던 픽업트럭에 비하면 훨씬 작았다.

에드의 농장에서 살 때는, 소들의 축사에서 옥수수밭까지 갈 때도 자동차가 필요했기 때문에 요코는 열세 살 때부터 운전을 했다. 오토매틱은 처음이었지만 고헤이가 운전하는 것을 옆에서 늘 지켜봤기 때문에 어떻게 하는지는 알고 있었다. 문제없을, 것이다.

요코는 카레 국물이 묻은 앞치마를 두른 채로 나왔다. 그 주머니에 손을 넣었다.

"이거, 마셔."

캠벨의 야채주스를 꺼내 다마키의 손에 쥐어줬다. 나올 때 주머니에 넣은 것이었다.

"뭐, 뭐야. 어디서 났어, 이거?"

"너, 아침밥도 얼마 먹지 않았고 도시락도 남겼잖아. 우리는 지금 적진으로 뛰어들려고 하는 거야. 뭘 좀 먹어야 힘을 쓰지. 하다못해 야채라도 먹어야 해."

"왜 하필이면 야채주스야?"

"비타민은 신경을 맑게 해주니까."

그럼 차라리 비타in젤리가 더 낫겠다. 다마키가 중얼중얼 불평했다. 평소와 다름없이 불평해대는 것을 보니 이제는 걱정하지 않아도 되겠어. 실컷 울고 나서 그럴지도 모른다. 눈물과 함께 몸 안의 좋지 않은 감정까지 전부 흘려보냈으리라.

결국 다마키는 주스를 땄다. "엑, 너무 진하다, 이거."

일본의 야채주스가 너무 묽은 것이다. 요코에게 있어서 캠벨의 야채주스는 추억의 맛이었다. 오클라호마에 도착해 처음 한동안은 음식을 제대로 먹지 못하던 요코를 위해 에드는 매일 아침 이것을 식탁 위에 놓았다. 요코는 그때 에드가 했던 말을 흉내 내서 다마키에게 말했다.

"식사는 중요. 휘발유를 넣지 않으면 자동차가 달리지 않는 것과 같음."

에드는 그 뒤에 이런 말을 덧붙이긴 했지만. "내가 전장에 있을 때는 식사를 할 때마다 이런 생각이 들었어. 이게 마지막 식사가 될지도 모른다. 그렇게 생각하면 시멘트로밖에 보이지 않던 으깬 감자도 맛있게 느껴지지."

사이드브레이크를 풀고 기어를 'D'에 놓은 다음 액셀러레이터를 밟았다. 왼쪽 발이 자신도 모르게 클러치를 찾고 있었다.

"자, 출발이다. 안전벨트 맸지?"

차고를 나오려고 하는데,

득득득.

뱃속을 울리는 소리가 들려왔다. 자동차를 긁은 것이다. 야채주스를 마시던 다마키가 "캭"하고 비명을 질렀다.

길 위로 나선 순간 이번에는 반대쪽에서 불길한 소리가 들려왔다. 아마도 전봇대의 튀어나온 볼트가 자동차를 긁는 소리.

키키키키키키익.

고헤이의 비명처럼 들렸다.

"괜찮아?"

"걱정하지 마, 문제없어." 문제가 있다고 한다면 요코는 차를 한 번도 차고에 넣어본 적이 없으며, 종렬주차도 해본 적이 없다는 것뿐. 오클라호마에서는 그럴 필요가 없었기 때문에.

에드가 운전대를 잡았다면 '여기는 캣워크* 냐?'라고 비아냥거릴 만한 주택가의 좁은 길을 빠져나와 큰길로 들어섰다. 픽업트럭의 묵직한 핸들에 비하면 RV의 핸들을 다루는 일은 샤워

---

* 좁은 통로.

꼭지를 돌리는 것만큼이나 간단했다.

옛날 습관이 나와서 오른쪽 차선으로 들어서지 않도록 요코는 왼쪽, 왼쪽이라고 머릿속으로 되뇌었다. 기어를 바꾸기 위해 오른손으로 허공을 더듬다가, 이 자동차의 레버는 반대쪽에 있으며 일일이 기어를 바꿀 필요가 없다는 사실을 깨달았다.

"괜찮을까?"

조수석에 앉아 있던 다마키가 두 손에 들려진 주스 깡통에게 얘기하듯 말했다. 걱정되는 것은 요코의 운전 실력이 아니었다.

"데리러 갔다가 창피만 당하는 거 아니야? 만일 우리 집에 오기 싫다고 하면 어떻게 해? 나, 내일부터 학교도 못 가게 될 거야."

"그럼 학교를 옮기지 뭐."

"그렇게 간단하게 말해도 되는 거야?"

"괜찮아. 간단한 문제인데 뭘. 학교는 얼마든지 있으니까."

"엄마, 오늘은 좀 이상한데. 평소와 달라."

"그러니?"

나는 잘 모르겠다. 달랐던 것은 지금까지의 나였고, 지금의 내가 진짜 나라는 생각이 든다.

도로는 한산했다. 액셀러레이터를 밟아 자동차의 속도를 내던 요코는 피부 속에서 무엇인가가 꾸무럭꾸무럭대는 듯한 느낌이 들었다. 얇게 화장한 얼굴에서 파운데이션이 갈라져 떨어져나가 맨얼굴을 드러내려 하고 있었다. 그 얼굴은 평소 거울에서 보던 것과는 다른 얼굴이었다.

다마키뿐만이 아니다. 나 자신에 대해서도 걱정해야 하는 것인지도 모른다. 요코는 문득 그렇게 생각했다. 앞으로 자신을 어떻게 할 생각인지, 요코는 전혀 짐작도 할 수 없었다. 다마키와 달리 요코는 손가락을 10분의 1인치만 움직이면 자신을 제로로 만들어버릴 수 있는 장치를 숨기고 있었다.

에잇, 모르겠다. 살인범의 인생인걸. 아무렴 어때.

큰길로 나선 이후부터는 순조로웠다. 오토매틱을 운전하는 일은 쓸데없이 놀고 있는 손발이 뭔가 아쉬워서 근질근질할 정도로 간단. 요코는 대충 외워둔 교통표지판을 머릿속으로 복창하면서 고헤이의 말처럼 '함정단속'을 벌이는 경찰들이 없기만을 기도했다.

다마키가 다른 아이들의 집에는 한 번도 가본 적이 없다고 하기에 아이들의 주소를 연락망에서 확인했다. 가나가와 현에서 다니는 아이를 제외하면, 다른 아이들의 집은 모두 요코가 살고 있는 동네에서 그렇게 멀지 않았다.

"먼저 전화를 해보는 게 좋지 않을까?"

다마키의 말에 요코가 고개를 흔들었다. 안 돼, 안 돼. 그럼 집에 있으면서도 없는 척할지도 모르잖아.

"집에 아직 안 왔을지도 몰라."

"가보면 알겠지. 야채주스 하나 더 있는데. 마실래?"

"이젠 됐어."

가장 먼저 가기로 한 곳은 다마키가 '모네짱'이라고 부르는 아이의 집이었다. 이 아이가 반의 보스. 다마키를 이번 식사모

임의 주최자로 지명한 것도 이 아이인 듯했다.

"평소에는 나와 눈이 마주쳐도 본 척도 안 하더니 갑자기 생글생글 웃으며 다가오잖아. 이상하다 싶었는데, 처음에는……, 그래도 처음으로 친하게 대해 주는 거라 기뻐서……, 그런 건 금방 마음에 두지 않게 됐는데……."

다마키가 다시 울먹일 것 같아서 라디오를 켰다. 갑자기 따뜻한 바람이 나오기 시작했다. 잘못해서 히터 스위치를 누른 것이다.

"다마키, 미안하지만 좀 꺼줄래?"

"역시, 우리 엄마구나."

모네는 외국에서 생활하다 돌아온 아이. 영어 성적이 뛰어나고 피아노도 칠 줄 알았다. 반에서 유행하는 외국 팝송을 진짜처럼 부를 줄 알았기 때문에 모든 아이들의 부러움을 사고 있다고 했다.

그랬구나. 다마키가 영어학원에 가고 싶다고 한 건 초등학교 동창들을 만날 수 있다는 이유 때문만이 아니었구나.

모네라는 아이란 말이지, 다마키를 울린 아이가. 이름 똑똑하게 기억하고 있겠어. 주소도. 전화번호도. K가 메모 남기기를 좋아하지 않았기 때문에 요코는 '일'에 관한 모든 정보를 머릿속에 새겨야만 했다. 잊고 싶어도 잊히지 않을 정도로 분명하게. 지금도 오스카 코넬리어스의 주소와 경력을 줄줄 외울 수 있을 정도다.

먼저 모네의 집으로 가서 다른 아이들에게 연락하도록 할 생각이었다. 몇 시가 돼도 상관없으니, 질질 끌고서라도 집으로 데려가 다마키가 만든 카레를 먹일 생각이었다. 만약 싫다고 한다면…….

타인의 마음을 가지고 장난친 사람은, 아무리 어린아이라도 용서할 수 없었다. 장난이었다는 말은 안 통한다. 장난은 곧 진심이 되는 법이다. 자신이 한 짓에 어떤 대가를 치러야 하는지를 가르쳐줘야지.

고바야시 모네의 집은 후쿠다의 집과 달리, '딸을 유명 사립 중학교에 보내는 건 당연한 일 아니야'라며 큰 소리로 웃고 있는 듯한 호화 저택이었다. 장미덩굴이 철책을 감싸고 있었고, 잔디를 깔아놓은 널따란 정원에는 가든테이블이 놓여 있었다. 요코의 집에 그런 테이블을 놓으면 정원이 없어지고 말 것이다. 고바야시라는 평범한 성이 마음에 들지 않았던 것일까? 대리석 문패에는 영어로 이름을 써놓았다.

문을 지나서 부지 한쪽에 자동차를 세웠다.

"엄마, 그냥 가자." 다마키는 자동차에서 내리려 하지 않았다. 처음 보는 모네의 집에 완전히 기가 죽은 듯했다. "우리 집에 안 간다고 할 게 뻔하잖아. 그땐 어떻게 할 거야?"

요코는 엔진을 끄고 팔뚝을 두들겨 보였다.

"힘으로."

"……힘이라니?"

"바이 포스. 포스는 힘. 영어학원에서 안 배웠니?"

다마키가 눈을 둥그렇게 뜨고 주사 맞기를 기다리는 아이처럼 자신의 가느다란 팔을 뻗은 채 바라봤다.

"맞다, 다마키. 재미있는 걸 가르쳐줄게. 양말을 벗어봐."

"뭘 하려고?"

"청바지를 입었을 때는 맨발로 다니는 게 더 어른스럽고 보기도 좋아. 모두를 맞이하기 위해 서둘러 나왔다는 느낌을 줄 수도 있고."

요코는 앞치마 속에서 또 다른 주스 깡통을 꺼냈다.

"야채주스는 이제 됐다니까. 엄마가 마셔."

"그게 아니라, 양말 속에 넣어봐."

"에이, 왜? 늘어난단 말이야. 이거 산 지 얼마 되지도 않았는데."

"괜찮아. 진즈 메이트에서 똑같은 걸로 사줄게."

입을 삐죽거리긴 했지만 다마키는 요코의 말대로 했다. 목이 짧은 양말에 깡통을 넣었다. 오리처럼 입술을 쑥 내민 채 한 손으로 양말을 들어 올려보였다. 깡통 무게 때문에 양말이 길게 늘어졌고, 축 쳐진 끝이 해머 모양으로 부풀어 있었다.

"이게 뭐야? 어쩔 건데?"

블랙잭이다. 세 켤레에 1,000엔짜리 화학섬유라 신축성이 좀 부족한 듯했지만.

"엄마의 비법. 카레 만드는 법하고 같이 기억해 두도록 해. 자, 가자."

요코가 블랙잭을 받아들고 자동차에서 내리자 다마키는 나머지 한쪽 양말을 벗은 뒤 허둥지둥 따라 내렸다. 이래저래 불평을 해대는 건 평소와 다를 바 없었지만, 다마키는 오늘 고분고분 말을 잘 들었다. 평소 잘 사용하지 않던 요코의 똑 부러지는 듯한 명령조 때문일지도 모른다.

요코는 아래쪽 반은 벽돌, 위쪽 반은 창처럼 생긴 철책으로 된 고바야시 저택의 담 앞에 섰다. 철책에 엉겨 피어 있는 장미는 낮에 보면 훨씬 더 밝은 색을 띠었겠지만, 희미한 가로등 불빛을 받고 있는 지금은 독기를 품고 있는 핏빛으로 보였다.

"다마키, 잘 봐라."

장미꽃을 향해서 오른팔을 휘둘렀다.

요코의 키보다 높은 곳. 미국 남자들의 얼굴을 겨냥해서 연습해 왔기 때문에 저절로 그렇게 돼버렸다.

날카롭게 허공을 가르는 소리와 함께 줄기 끝에서 장미꽃이 사라져버렸다.

"뭐, 뭔데?"

땅바닥에 흩어진 꽃잎을 보고 다마키가 눈을 둥그렇게 떴다.

"어렸을 때 할아버지한테 배운 거야. 위급할 때 자신의 몸을 지키기 위한 무기지. 이름은 블랙잭."

"무기?"

"그래. 하지만 사람들에게 폭력을 휘두르기 위한 것은 아니야. 어디까지나 호신용. 만약 네 스스로 몸을 지켜야 할 때가 오면 이걸 생각하도록 해."

다마키가 사용하길 바라는 것은 아니었지만, 일단은 알아뒀으면 했다. 자신도 싸울 수 있다는 사실을. 처음부터 울기만 하는 것과 싸우고 난 뒤에 우는 것은 전혀 다르다는 사실을.

다마키의 손에 블랙잭을 쥐어줬다.

"자, 다마키 너도 한 번 해봐."

"그래도, 아무리 꽃이라지만……, 남의 집에 피어 있는 거고……, 예쁘게 피었는데 불쌍하잖아."

마음이 고운 아이다. 그런 아이로 키워왔기 때문이다. 다마키는 아무리 조그만 벌레라도 죽이지 못한다.

하지만 다마키, 알고 있니? 한 송이 아름다운 꽃을 피우기 위해서는 수많은 해충을 퇴치해야 돼.

이제는 다마키에게도 착한 마음만으로는 살아갈 수 없다는 사실을 가르쳐줘야지.

"시들기 시작한 꽃을 겨냥하면 돼. 이 집 사람들은 잘 모르는 모양인데, 시들기 시작한 꽃은 부지런히 따줘야 해. 안 그러면 새로운 꽃이 피지 않거든."

다마키는 걱정스러운 눈빛으로 주위를 둘러봤다. 괜찮아. 한적한 주택가에 사람의 그림자는 보이지 않았다.

다마키가 블랙잭을 겨눴다. 자신도 의식하고 있는지 어떤지는 모르겠지만, 겨냥하고 있는 목표물은 눈높이에 있는 것. 여자 중학생의 얼굴 높이에 있는 꽃이었다.

다마키가 팔을 휘둘렀다.

빨간 꽃잎을 흩날리며 장미꽃이 사라져버렸다.

엉성한 자세치고는 팔의 움직임이 날카로웠다. 요코보다 더 소질이 있을지도 모른다. 어디에 필요한 소질인지는 알 수 없지만.

“과연 내 딸이다, 마이 리틀 프린세스. 역시 다마키는 할아버지의 증손녀야. 나는 처음엔 완전 꽝이었는데.”

이젠 엄마 속이 시원해? 그런 표정을 짓고 있던 다마키가 약간 자랑스럽다는 듯 가슴을 폈다. 옛날의 요코도 그랬을지 모른다. 요코에게 그런 기분이 들게 하는 건, 에드에게는 아주 간단한 일이었을 테니까.

“단지 허리가 조금 엉거주춤했어. 아직 망설이는 마음이 있어서 그랬을 거야. 일단 이것을 사용해야겠다고 결심했다면 파스타를 냄비에서 건져낼 때처럼 망설이지 말고. 그렇게 하지 않으면 화상을 입게 돼. 상대방에게 빈틈을 보이게 되니까.”

다마키의 얼굴 앞에서 검지를 치켜세웠다.

“오늘은 이걸 들고 있어. 그렇다고 꼭 모네짱을 때리라는 건 아니야.” 때려도 상관없지만. “들고 있기만 해도 돼. 부적 같은 거야. 상대방에게 당하고 있지만은 않겠다, 반격을 가할 수도 있다, 마음속으로 그렇게 생각하기 위한 부적.”

다마키는 고분고분 손가방 속에 블랙잭을 넣었지만, 곧바로 입술이 오리처럼 튀어나왔다. 비글 모양의 손가방이 닥스훈트가 돼버렸기 때문이다.

초인종 앞에서 요코는 다마키를 돌아봤다. 권투선수처럼 가슴 앞에서 주먹을 쥐어 힘껏 흔들어 보였다. 다마키가 주저주저

같은 동작을 취했다.

"후쿠다라고 합니다. 유리엔 부속중학교 후쿠다 다마키의 엄마 되는 사람입니다."

현관문 밖으로 얼굴을 내민 것은 요코와 동년배로 보이는 중년여성이었다. 20년 전에 유행했던 머리 모양. 제품 상표를 그대로 무늬로 사용한 니트를 입고 있었다. 요코가 싫어하는 스타일이었다.

학부모회에서 본 적이 있었는지는 모르지만 기억이 나지 않았다. 그것은 상대방도 마찬가지인 듯했다.

"무슨 일이세요?"

앞치마를 두르고 있는 요코에게 무례한 시선을 던졌다.

"모네짱 있습니까?"

"네."

등 뒤에서 다마키가 숨을 들이쉬었다. 요코에게는 비명처럼 들렸다. 문을 살짝 연 채 안으로 맞아들이려는 기색이 전혀 없었기에, 스스로 문을 밀어 열었다. 모네 어머니의 뚱뚱한 몸이 뒤로 밀려났다. 무슨 말인가 하려는 듯한 얼굴에 선제공격을 퍼부었다.

"데리러 왔습니다. 오늘 모네짱이 우리 집에 오기로 했다는 말을 들었는데, 시간이 지나도 오지 않아 걱정이 돼서요."

"그런 말 못 들었는데요."

집 안에서 여자아이들의 떠드는 목소리가 들려왔다. 2층이다. 다마키가 숨을 들이쉬는 소리가 또 한 번 들렸다. 여기에 모여 있었군.

모네의 어머니는 요코가 입고 있는 낡은 청바지의 값을 짐작해 보는 듯한 시선을 던졌다.

"잘못 아신 거 아니에요? 모네는 오늘 우리 집에서 친구들과 논다고 했는데."

"확인해 주시겠어요?"

"당신, 느닷없이 찾아와서, 그런……."

앞치마에 묻어 있는 카레 얼룩과, 일부러 그런 색을 낸 게 아니라 단지 낡아서 빛이 바랜 요코의 청바지, 그리고 요코의 등 뒤에 찰싹 달라붙어 있는 다마키를 둘러보던 모네 어머니의 시선이 요코의 얼굴로 되돌아왔다.

요코는 상냥하게 웃는 얼굴 그대로 모네 어머니의 시선을 사로잡았다. 어때, 처음 보지? 흐린 갈색 눈동자. 여러 가지로 사정이 있거든. 당신은 상상도 하지 못할 경험을 해왔다고.

"확인해 주시죠."

눈을 가늘게 떠서 시선의 총알을 쏴보내자 모네 어머니가 상체를 움츠렸다. 1980년대풍의 차분한 헤어스타일에 둘러싸인 둥근 얼굴 밑의 턱이 두 개가 됐다.

"얼른."

공이치기를 올리듯 짧게 말하자, 도움을 청하는 듯한 목소리로 2층에 대고 외쳤다.

"모네~, 모네~."

"왜~에. 지금 바빠."

"너희 반에 후쿠다라는 사람 있니?"

분명하게 누군지를 밝혔는데, 그렇게 말하는 법이 어디 있어? 장미가 아니라 차고에 세워둔 자동차의 벤츠 마크를 부러뜨릴 걸 그랬나?

"후쿠다? 누구지? 아아, 후쿠다 다마키? 전화 온 거면 없다고 해."

음. 다마키의 목소리가 새어나왔다. 2층에서 들려온 비웃는 듯한 목소리가 모든 것을 말해 주고 있었다. 모네의 어머니는 미안한 기색도 없이 '딸이 그러라니까'라는 듯한 눈빛으로 요코를 향해 어깨를 들썩였다. 그런 다음 문 쪽으로 시선을 돌렸다.

돌아가라는 뜻인 듯했다. 그럴 수 있나. 요코도 어깨를 들썩여 보였다.

"설마 그럴 리는 없다고 생각하지만, 이거 혹시, 이지메? 그렇다면……."

"이봐요, 당신 지금 무슨 소리를 하는 거예요? 무슨 뜻이죠?"

"뜻?"

요코는 다시 시선을 붙들어 10cm 정도 키가 작은 상대방에게 얼굴을 들이밀었다. '그건 네가 직접 생각해 봐'라는 말 대신 고개를 까닥여 보였다. 모네의 어머니가 당황해서 시선을 다른 곳으로 돌렸다.

제멋대로 여러 가지 생각을 한 모양이었다. 학부모회에서의 절규. 학교에 항의. 장난전화. 동네에 흩뿌려진 전단지. 이 이상한 여자라면 충분히 그럴 수도 있을 것이다. 아마도 그런 생각들을.

어머니는 현관홀에서 계단 밑으로 달려가 암탉처럼 목소리를 쥐어짰다.

"모네~, 친구가 찾아왔다. 모네~, 모네~."

어머니의 비통한 절규에 드디어 계단을 내려오는 소리가 들렸다. 계단 중간에서 얼굴을 내밀었다. 어디서 모네라는 이름을 따왔는지는 모르겠지만, 늙은 고양이처럼 뻔뻔스럽고 퉁퉁한 얼굴이었다. 어머니를 닮아 귀여운 구석이라고는 찾아볼 수도 없는 아이였다. 물론 상대방이 제아무리 미소녀라고 해도 지금의 요코에게는 전혀 귀엽게 보이지 않았을 테지만.

모네는 고양이가 사료 냄새를 맡을 때와 같은 표정을 요코에게 지어보이더니, 그 뒤에 다마키가 서 있다는 사실을 깨닫고는 '아' 하고 당황한 듯한 소리를 내면서 노골적으로 얼굴을 찌푸렸다.

모네 옆으로 세 개의 얼굴이 튀어나왔다.

"어머, 후쿠다."

"어떻게 된 거야?"

"몸이 안 좋은 거 아니었어?"

다른 세 명은 정말로 놀란 듯한 표정이었다. 뒤에 서 있는 다마키를 손가락으로 찔렀지만 '앗'이라거나 '으응'이라는 말이 요코에게나 겨우 들릴 정도였다. 그 대신 요코가 대답했다.

"몸은 아무렇지도 않아요. 데리러 왔는데."

"응? 하지만 모네가……."

"후쿠다가 갑자기 취소했다면서, 모네가 화를 냈는데."

"그게 아니었어, 후쿠다?"

세 사람이 계단 밑으로 내려오자 모네도 엉거주춤 그 뒤를 따라왔다. 그렇게 된 것이로군. 전부 저 아이가 꾸민 짓이었어. 요코는 모네를 노려봤다. 레밍턴을 조준할 때처럼.

모네는 반항적인 얼굴로 다른 곳을 바라보고 있었다. 다시 한 번 다마키를 찔렀다. "아, 우우, 아무무." 틀린 모양이다. 하는 수 없이 요코가 통역에 나섰다.

"뭔가 잘못 전달된 모양이구나. 조금 늦긴 했지만, 같이 가자."

"모네, 또 그거야?"

"늑대 소녀, 모네."

"뭐야, 또 그 장난이었어?"

다른 아이들은 입을 모아 모네를 나무라긴 했지만, 그녀의 기분을 상하게 하면 좋지 않은 일이 벌어지기라도 하는 듯 강한 어조로 말하진 않았다. 악의 없는 농담이라는 듯한 말투. 어림없는 소리. 악행 중에서도 죄 깊은 악행이다. 게다가 다마키에게 사과하거나 동정의 말을 건네는 사람은 아무도 없었다.

요코는 등 뒤에 있는 다마키를 향해 몸을 돌려 블랙잭 때문에 뚱뚱해진 손가방을 두 손에 쥐어줬다. 그리고 귀에 대고 가만히 속삭였다.

"얕잡아 보여서는 안 돼. 반격."

"저……."

잠긴 목소리에 아이들이 돌아봤다. 다마키는 손가방을 꼭 쥐더니 필사적으로 목소리를 짜냈다.

"다 같이 가자. 카레 만들었거든."

모네 이외의 세 아이들이 얼굴을 마주보더니 모네의 눈치를 살폈다. 요코는 거실 끝에 서 있는 아이들을 향해 손뼉을 쳤다.

"자, 같이 가자. 맛있을 거야. 다마키가 하루 종일 만들었거든."

비아냥거리듯 하루 종일이라는 말에 힘을 줬다. 그리고 멍하니 서 있는 모네의 어머니를 향해 만들어낸 웃음이라는 것을 확실하게 알 수 있도록 웃어보였다.

"그렇게 해야겠죠, 어머님?"

다마키의 말이 맞았다. 요코도 그렇게 생각했다. 오늘 나는 평소의 나와는 다르다. 아마도 딸을 지키기 위해 몸속에 총을 장착했기 때문일 것이다.

요코의 웃는 얼굴 뒤에 감춰진 의미를 이래저래 제멋대로 상상한 듯한 어머니가 턱을 부들부들 떨며 고개를 끄덕였다.

"좋았어, 이걸로 결정. 자, 가자."

현관홀 옆면의 판자로 된 벽에 기대서 있던 모네의 뺨이 부풀어 올랐다. 너는 원래 부어 있어서 그런 표정 지어봐야 소용없어. 모네가 부풀어 오른 뺨을 터뜨린 듯한 목소리로 말했다.

"됐어, 모네는 안 가겠어."

짐을 가지러 가던 세 아이들의 발걸음이 멈췄다.

"왜?" 요코가 모네에게 미소를 지어보였다. 눈만은 웃지 않고. 모네가 얼굴을 돌렸지만 그 부풀어 오른 뺨을 노려봤다. 눈빛으로 구멍을 뚫어버릴 생각으로. "약속했잖아?"

모네 쪽으로 얼굴을 들이민 뒤 뒷걸음질 칠 사이도 없이 귀에 대고 속삭였다.

"서둘러, 개 같은 년(겟 무빙 비치)."

모네가 눈을 둥그렇게 떴다. 조그만 눈이 타원형이 됐다.

"엄마~." 요코에게서 얼굴을 돌려 어리광부리는 듯한 목소리를 냈다. "모네는 가고 싶지 않아. 생선초밥집에서 고급 초밥이 올 거잖아."

조금은 사태를 파악한 듯한 어머니에게 요코도 말했다. 딱 한 마디.

"……하루 종일."

어머니가 늘어진 턱살을 좌우로 흔들며 자기를 꼭 닮은 딸에게 말했다.

"그건 신경 쓰지 말고, 모네도 다녀오거라."

요코는 옆면 벽에 찰싹 달라붙어서 몸을 흔들고 있는 모네에게 다시 얼굴을 들이밀어 남부 사투리가 섞인 영어로 속삭였다. 모네는 다시 한 번 눈을 타원형으로 만들더니 요코에게서 도망치듯 세 아이들의 뒤를 따라갔다.

"엄마, 지금 뭐라고 말한 거야?"

다마키가 물었다.

"음식이 식으니까 빨리 오라고."

교육상 사실대로는 말할 수 없었다. '빨리 하지 않으면 네 똥구멍에 네 머리통을 처박을 거야' 라고는 입이 찢어져도 말할 수 없다.

"자, 여러분, 도착했습니다."

다마키를 포함한 다섯 소녀들이 새파랗게 질린 얼굴로 자동차에서 내렸다. 운전에 익숙해져서 마음이 풀린 탓일까? 도중에 두 번 정도 신호를 보지 못해 빨간불일 때 교차로로 달려들었다.

차 안의 분위기는 결코 밝지 않았다. 긴장 때문에 말을 하지 못하는 다마키를 대신해 요코가 이런저런 말을 걸었고 소녀들이 거기에 뜨문뜨문 대답했지만, 보스인 모네가 콧방귀를 끼거나 혀를 찰 때마다 분위기가 얼어붙었기 때문이다.

거실의 텔레비전은 그대로 켜져 있었다. 어른들이 보는 프로그램밖에 하지 않는 텔레비전을 켜놓은 채로 슈타는 카펫 위에서 수영을 하고 있었다. 꽤 오래 기다리게 했으니 발차기와 접영은 신물이 날 정도로 연습했을 것이다. 오늘은 평소 잘 하지 않던 평영이었다.

"오래 기다렸지, 슈타. 배고프겠다. 아빠는?"

"아빠, 나갔어. 일 얘기하고 온대."

요코의 따귀와 키스가 조금은 효과를 발휘한 것인지도 모른다.

다마키의 안내로 식당에 들어온 아이들은 아직도 어쩔 줄 몰라 하는 표정이었다. 모네는 골이 난 얼굴로 트집을 잡는 듯한 시선을 부엌 구석구석에 던졌다.

집 안에서 평영을 연습하고 있는 슈타를 한 아이가 발견하곤 소리를 질렀다.

"캬, 재는 누구야?"

"귀여워라~."

슈타의 몸이 굳었다. 공중에 뜬 손발의 움직임이 멈춰버렸다.

"후쿠다의 동생?"

"응." 다마키가 대답했다. 어린아이들이나 좋아할 법한 인형과 함께 슈타를 치워놓지 않은 것을 후회하는 듯한 표정이었다.

슈타는 평영으로, 소파 뒤에 가서 숨으려 했다.

"이야, 개구리 중사 케로로* 같아."

"어머, 어머. 혹시 등 뒤에 태엽 달린 거 아니야?"

슈타가 배설로킥 동작으로 소파 뒤로 사라지자 소녀들의 교성이 한층 더 높아졌다. 긴장감이 감돌던 분위기가 단번에 풀어졌다.

슈타, 겁먹을 것 없어.

"먹어봐, 맛없을지도 모르지만."

다마키가 드디어 평소의 목소리를 냈다. 자동차 안에서는 목에 뭔가 걸린 것 같은 소리밖에 내지 못했다. 하지만, 조금만

* 일본 애니메이션 주인공.

더. 좀 더 자신 있게 말하지 않으면 맛있는 음식도 맛있게 여겨지지 않는 법이야. 그럴 때는 이렇게 말해야지. 요코는 시범을 보일 생각으로 말을 덧붙였다.

"맛있단다, 많이 먹어."

"룩킹 언애퍼타이징."

모네가 혼자 중얼거렸다. 요코에게 도전할 생각인가? 동부 억양이 섞인 영어로 '맛없어 보여'라고 말했다. 뜻을 알지 못하는 다른 아이들의 부럽다는 듯한 시선에 콧방귀로 대답한 다음, 곁눈질로 요코의 얼굴을 살폈다. 요코가 못 들은 척한 것을 영어 실력이 부족해서 그런 것이라고 착각한 듯했다. 아까 했던 말은 어쩌다 주워들은 거겠지라는 표정으로 다시 한 번 콧방귀를 꼈다.

아직 애라고 해서 너그럽게 봐준 게 잘못이었다. 이번에는 참새의 한 입 정도 될 만큼의 양을 떠서 입에 물더니 숟가락을 집어던졌다.

"퍽킹 푸어 푸드."

중학생들도 알아들을 만큼 쉬운 영어와 훨씬 더 알기 쉬운 보디랭귀지. 다마키의 얼굴이 굳어버렸다. 좋은 얼굴을 하는 것은 한 번뿐이다. 요코는 손가락을 지휘봉처럼 들어 모네를 향해 흔들었다.

"그럼 안 돼, 모네짱. 맛대가리 없는 음식이라니, 그런 나쁜 말은 입에 담는 게 아니야. 그리고 F의 발음이 틀렸잖아. 그럴 때는 이렇게 하는 거야. 퍽킹 푸……."

요코의 영어에 소녀들이 놀랐다는 듯 소리를 질렀다. 다마키를 위해서다. 이왕 서비스한 김에 카레 안에 들어 있는 재료들을 전부 영어로 설명해 줬다.

소녀들은 오크라가 들어간 카레가 아주 마음에 든 모양이었다. 한 명만 빼고.

입에 입을 모아 칭찬할 때마다 다마키는 뺨을 붉게 물들이며 고개를 옆으로 흔들기도 하고, 손바닥을 팔락이기도 하고, 만드는 방법에 대해 물어오면 입에 문 음식을 서둘러 삼킨 뒤 답하기도 하고……. 정신없이 바쁘다.

카레 이상일지도 모를 인기를 얻은 것은 슈타였다. 다마키 이외의 아이들에게는 남자 동생이 없었던 것이다. 부엌 식탁에 앉길 거부하고 거실의 테이블에서 혼자 카레를 먹고 있는 슈타의 일거수일투족에 세 아이들은 소란을 피웠다.

"캬, 뒤돌아 있는데도 뺨이 보여."

"아, 가비리를 옆으로 치웠어. 안 먹을 생각인가 봐."

"나도 있었으면 좋겠다, 슈타 같은 동생."

그런 소리가 들려올 때마다 슈타는 숟가락을 빠른 속도로 움직였다. 한시라도 빨리 2층으로 도망가고 싶은 모양이었다.

"슈타, 가리비 싫어하니?"

누가 말이라도 걸면 입에 물고 있던 것이 목구멍에 걸렸다. 그 모습이 다시 모두의 웃음을 자아냈다.

집 안에서 수영 연습을 하고 아무 데나 스티커를 붙이는 이상한 동생이 칭찬을 받으리라고는 생각하지 못했던 다마키도 그렇게 싫지만은 않은 모양이었다.

"귀찮을 뿐이야, 남자 동생은." 말은 그렇게 했지만 조금은 자랑스러운 듯한 투였다.

늙은 고양이처럼 불쾌한 표정으로 앉아 있는 것은 모네 한 사람뿐이었다. 카레에도 거의 손을 대지 않았다.

"이거, 맛이 좀 이상해."

"재가 어딜 봐서 캐로로 중사랑 닮았니?"

보스인 그 아이의 한 마디로, 흥겹게 달아올랐던 분위기가 차갑게 식어버리곤 했다. 아까부터 그것의 반복이었다.

"얘, 이 집에서 이상한 냄새 나지 않니?"

모네가 그렇게 말했을 때는, 그중 한 명에게 카레를 한 그릇 더 덜어주기 위해 들고 있던 쟁반으로 머리를 때려줄까도 생각했다. 두 번째 리더인 듯한 소녀가 참다 참다 못해서 농담처럼, 하지만 지금까지와는 달리 가시 돋친 어조로 말했다.

"모네는 거짓말의 천재라니까. 아무 냄새도 안 나는데. 카레 냄새밖에 안 나."

모네가 그 아이를 노려보더니 자리에서 일어났다.

"모네, 그만 가겠어."

요코는 쟁반을 들고 있는 손이 근질근질한 것을 참은 채 모네에게 웃음을 지어보였다.

"왜, 천천히 놀다가지? 내일은 일요일이잖아. 괜찮으면 자고 가도 돼."

"그럴까?" 가나가와 현에 살고 있는 소녀가 말했다. "슈타랑 같이 자야지."

슈타가 다람쥐처럼 뺨을 부풀리며 남은 카레를 우겨넣기 시작했다. 그 모습에 세 소녀뿐 아니라 다마키까지 웃음을 터뜨렸다. 거기에 따라서 요코도.

요란한 소리가 웃음소리를 날려버렸다. 테이블에서 접시가 떨어졌던 것이다. 바닥에 카레가 흩어졌다. 모네의 접시였다.

"아."

모네가 당황한 것 같지도, 미안한 것 같지도 않은 소리를 내더니 한쪽 입술만을 치켜 올려 요코를 향해 웃음을 지어보였다. 일부러 한 짓인 듯했다.

" '아' 가 아니지." 요코가 모네에게 걸레를 억지로 떠넘겼다. "그럴 때는 먼저 사과부터 하는 거야. 그리고 이젠 어린아이가 아니니까 자기가 치워야겠지?"

리키야의 엄마에게서 배운 대로 야단을 쳐봤지만, 모네는 딴청을 부리며 손에서 걸레를 떨어뜨릴 뿐이었다.

"그만 가자."

모네가 세 아이들에게 말했다. 밥을 먹은 뒤 다마키와 카드놀이를 하기로 약속했던 세 아이들이 못 들은 척하고 있자 갑자기 소리를 높였다.

"그만 가자니까. 허리 업."

세 아이들이 서로 얼굴을 마주보며 우물쭈물하기 시작했다. 다마키가 입을 빼끔거리고 있었지만 말은 나오지 않았다. 요코는 목구멍까지 올라왔던 말을 참고 말없이 지켜보기로 했다.

"디저트도……." 다마키가 드디어 소리를 내기 시작했다. "디저트도 있으니까 먹고 가. 난 그거면 되니까."

요코를 도와 깨진 접시를 함께 줍던 소녀가 말했다.

"아니, 카드놀이도 할 거야."

다른 한 아이도. "나도. 다마키랑 약속했으니까."

"후쿠다가 어느 틈엔가 다마키가 됐네."

가나가와 현에 살고 있는 아이는 "슈타도 껴주자. 도둑잡기라면 할 수 있을 거야"라고 말했다.

슈타의 등이 긴장으로 뻣뻣해졌다. 카레는 전부 먹었지만 디저트 때문에 자리를 뜨지 못하고 있었던 것이다.

굴욕감으로 몸을 떨고 있을 뿐이었다면 그나마 귀여웠을 텐데, 모네는 꼬리 밟힌 고양이처럼 소리를 지르더니 요코가 주워 모으던 접시 파편들을 발로 찼다.

요코가 일어나 두 손을 허리에 대고 모네를 내려다봤다.

"그럼, 너 혼자 가야겠구나. 잠깐, 이름이 요네였던가?"

"모네."

"데려다줄게. 아줌마가 준비하고 올 테니, 조금 시간이 걸릴지도 모르지만, 잠깐만 기다려."

요코는 깨진 식기를 싱크대로 옮겼다. 차고로 가기 전에 창고를 열어 가장 깊숙한 곳에 넣어둔 종이봉투를 꺼냈다.

자동차 앞까지 왔는데도 모네의 부풀어 오른 뺨은 가라앉을 줄 몰랐다. 아이들이 현관까지만 배웅을 나왔을 뿐 바로 들어가

버렸고, 집 안에서 신나게 떠드는 소리가 들려왔기 때문일 것이다.

"모네야, 이건 택시가 아니니까 이리로 와서 앉아."

요코의 말을 무시한 채 가운데 열 시트에 올라앉아 자리를 잡자마자, 휴대전화의 폴더를 열었다.

두 번째 출동. 이번에는 차에 새로운 흠집을 내지 않고 무사히 큰길로 나갈 수 있었다.

룸밀러에 비친 모네는 휴대전화를 손에서 놓을 줄 몰랐다. 대화를 나눌 생각은 애초부터 없었던 모양이다. 요코를 운전기사로밖에 생각하지 않는 듯했다. 그래서 요코도 운전기사답게 말없이 자동차를 몰았다.

여기저기에 문자메시지를 보내고 있는 것이리라. 모네는 엄지를 분주하게 움직이면서 때때로 입을 크게 벌려 하품을 하고 목덜미를 벅벅 긁어댔다. 겉모습은 10대 초반의 소녀였지만, 하는 짓은 마치 중년남성 같았다.

한동안 차를 몰다가 뒤쪽을 향해 말을 걸었다.

"모네야."

대답이 없었다. 요코는 소리를 좀 더 높였다.

"너, 우리 다마키한테 여러 가지로 좋지 않은 짓을 하고 있는 것 같더라."

그 말에도 대답이 없었다. 요코는 급브레이크를 밟았다. 모네가 앞 의자에 머리를 부딪쳤다는 사실을 알 수 있었다. 손에서 떨어진 휴대전화가 조수석까지 날아왔다.

뒷자리에서 혀 차는 소리가 날아왔다. 혀 차는 것이 습관인 듯했다. 화가 날 정도로 좋은 소리였다.

휴대전화를 주워들었다. 폴더가 열린 채였다. 액정 화면에 적힌 글자들이 눈에 들어왔다.

'후쿠다 다마키' '잘난 척하고 있다' '확실하게' '교복'

계속 망설이고 있었지만 그것을 보고 요코는 마음을 정했다. 모네에게 말했다. 타협의 여지가 없다는 사실을 가르쳐주기 위해서 평소보다 낮은 목소리로.

"내려."

"여기가 어딘데?"

"글쎄, 나도 모르겠네."

교외에 있는 요코의 집에서, 더욱 도심 밖으로 달려나온 곳이었다. 숲길이라고 해도 좋을 정도의 도로 위. 양 옆은 잡목림이었고 주위에는 사람의 그림자도, 자동차의 모습도 보이지 않았다.

"잠깐, 휴대전화 돌려줘."

모네의 휴대전화를 앞치마 주머니에 넣었다. 모네가 콧방귀를 꼈다. 이것도 버릇인 듯했다. 좋은 소리였다. 살의를 일으킬 만큼.

"뭐 하자는 거야? 바보 아냐?"

요코는 조수석에 말아서 세워놓았던 비닐 시트를 들어 내용물을 꺼낸 뒤 그것을 모네 앞으로 들이밀었다.

"내려. 안 들려?"

모네는 눈앞의 그것에 멍한 시선을 던질 뿐이었다. 자신의 코앞에 있는 것이 라이플의 총구라는 사실을 아직 알아채지 못한 모양이었다. 공이치기를 당기자 모네의 눈이 타원형으로 바뀌었다가 바로 늙은 고양이처럼 오그라들었다. 입 안에서 껌을 굴리며 욕을 했다.

"정말 바보 아냐?"

모형 총이라고 생각한 모양이었다. 멍청한. 그녀의 자랑거리인 듯한 영어로 요코가 되풀이했다.

"겟 아웃 오프!"

모네는 움직이려 하지 않았다. 껌으로 풍선을 불 뿐이었다. 딴청을 피우고 있는, 배처럼 생긴 옆얼굴을 보고 있자니 방아쇠에 걸어놓은 손가락이 움직일 것만 같았다.

안 돼, 안 돼, 뭐 하는 짓이지. 그런 짓을 하면 자동차가 더러워져.

뒷문을 열어 모네의 팔을 잡아 끌어내렸다.

"왜 이래, 아파. 뭐 하는 거야?"

"잠깐 걷자."

모네가 코끝에 주름을 만들어 일그러진 입술로 소리를 냈다.

"뭐?"

말끝이 올라갔다. 10대 소녀 특유의, 불만을 나타내는 표현 수단이다. 이렇게 잘하는 아이는 본 적이 없었다. 만약 다마키가 그런 소리를 냈다면 입술을 꼬집었을 것이다.

"머리가 이상해진 거 아니야? 여보세요."

모네는 소매에서 손가락 끝만 나와 있는 두 손을 입에 대고 요코를 무시하는 듯한 동작을 취했다. 어디서 배웠는지는 모르지만, 그래 봐야 하나도 안 귀여워. 튀어나온 뺨이 더 눈에 띌 뿐이라고.

"여보세요."

어른을 우습게보면 뒤탈이 나는 법이다.

"저기가 좋으려나."

요코는 레밍턴의 총구로 잡목림을 가리켰다. 아주 커다란 보름달이 뜬 밝은 밤이었지만, 나뭇가지들이 달빛을 막고 있는 그곳은 새카만 동굴의 입구를 떠올리게 했다. 모네의 얼굴에 처음으로 공포의 빛이 감돌았다.

"네가 지금 무슨 짓을 하는지 알고 있기나 한 거야, 아줌마?"

반 아이들과 함께 있을 때 쓰고 있던 소녀다운 가면은 완전히 벗어버린 뒤였다. 약삭빠르고 세상에 닳아빠진 여자의 말투였다.

"물론이지."

모네의 뺨이 풍선껌처럼 부풀어 올랐다.

"나, 이제 집에 갈 거야. 빨리 운전해."

"착각하지 마, 나는 너의 운전기사가 아니야. 그리고 저건 우리 집 차거든. 차를 몰지 안 몰지는 내가 결정할 거야. 자, 빨리."

"그럼, 아빠를 부를 테니 전화기 돌려줘."

멀리 도로 끝에서 헤드라이트 불빛이 보이기 시작했다. 우물쭈물하고 있을 시간이 없다. 요코는 앞치마 주머니에서 모네의 휴대전화를 꺼냈다. 모네의 손이 닿기 전에 휴대전화를 잡목림 속으로 던져버렸다.

삐삐 주전자 같은 비명을 지르며 모네가 잡목림 속으로 달려 들어갔다.

변상해야 될 줄 알아. 고장났으면 변상해야 될 줄 알아. 같은 말을 되풀이하면서 모네가 잡목림 속을 돌아다녔다. 헤드라이트가 그 뒷모습을 비추고 지나갔다.

"뭐야, 이거. 지금 뭐 하자는 거야. 멍청이. 번호 가르쳐줄 테니까 전화기 울려봐."

휴대전화번호를 신경질적으로 연호했지만 요코는 물론 듣고 있지 않았다. 휴대전화는 벌써 찾았다. 요코의 발밑. 혀를 차면서 풀들을 발로 헤집고 있는 모네의 등에 대고 말했다.

"얘, 모네야."

"빨리 울려봐!"

"부탁이니 우리 아이한테 손대지 마라."

"시끄러, 빙신. 빨리해."

"친하게 지내고 싶지 않으면 그렇게 해도 상관없으니까, 참견은 하지 마. 다마키가 다른 아이들과 친하게 지내는 걸 방해하지도 말고, 알겠니?"

흥. 어둠 속으로 콧방귀 소리가 울려 퍼졌다. 변함없이 사람의 신경을 거스르는 기술에 있어서는 천재적.

"이렇게 해놓고, 다마키가 무사할 줄 알아?"

모네가 천천히 뒤를 돌아봤다. 어두워서 표정은 잘 보이지 않았지만, 으르렁거리는 이가 빛나고 있다는 사실만은 알 수 있었다. 아마도 코에 주름을 잔뜩 만들고, 입술은 삐딱하게 일그러뜨리고 있을 것이다.

"나 초등학생 때도 반에서 열받게 하는 애들 쫓아낸 적 있어. 그년 학교 그만두고 지금도 병원에 다니고 있단 말이야, 정신과."

모네가 깔깔 웃었다. 요코의 눈앞에 있는 것은 인간이 아니다. 조그만 악마다. 동정의 여지가 없는 듯했다.

"아, 여기 있네."

요코가 포도송이 같은 열쇠고리가 달려 있는 끈을 레밍턴의 총신에 걸었다.

"여기."

모네에게 들어보였다. 손이 닿으려는 순간 총구를 뒤로 뺐다. 모네의 혀 차는 소리가 들려왔다.

유인하듯 흔들어 보이며 뒷걸음질 쳐서 숲속으로 불러들였다. 대여섯 걸음 뒤로 물러선 곳에 커다란 나무가 쓰러져 있다는 사실을 이미 확인한 뒤였다. 나무 한 그루만큼 빈자리가 있었으며, 뚫린 머리 위로 밤하늘이 보이는 곳이었다. 거기라면 길에서 요코의 모습이 보이지 않을 것이다. 레밍턴의 기다란 총신이 나뭇가지에 방해를 받는 일도 없을 것이다.

발꿈치가 나무에 닿은 곳에서 걸음을 멈췄다. 요코는 총신을 휘둘러 휴대전화를 공중으로 띄워 올렸다. 휴대전화를 받으려

하는 모네의 머리 위에서 먼저 받아 서로의 위치를 바꿨다. 모네가 쓰러진 나무를 등지고 서도록.

"그만 좀 해, 이제."

주름진 코의 앞으로 레밍턴의 총구를 들이댔다. 모네가 만들어낸 듯한 한숨을 짓더니, 껌으로 풍선을 불면서 두 손을 들어 항복 자세를 취했다. 상대방을 무시하듯 두 손을 팔락이면서. 만약 미국에서 저렇게 손을 들어 올렸다면 1초 뒤에 뇌수가 튀어 올랐을 것이다.

"이젠 치우시지, 그런 장난감. 장난하는 거야? 할머니들이 가지고 노는 게 아니라고."

생글생글 웃으며 껌을 입에서 꺼내 총구에 붙이려 했다.

"진짜야."

휴대전화를 밤하늘 위로 던져 올렸다. 모네가 다시 삐삐 주전자 같은 비명소리를 냈다.

던진 지점은 달이 떠 있는 쪽이었다.

요코는 총구를 그쪽으로 돌려 휴대전화의 실루엣이 달에 비친 순간에 방아쇠를 당겼다.

총성이 어둠을 뒤흔들었다. 순간 휴대전화가 부풀어 오르는 것처럼 보이더니, 산산조각이 나서 떨어졌다. 떨어진 파편들이 나뭇잎들을 두드려 빗소리 같은 소리를 냈다.

다시 한 번 총을 들이밀어 모네에게 연기 냄새를 맡게 했다. 얼굴에서는 벌써 이죽거리던 웃음이 사라진 뒤였다. 입을 쩍 벌리고 있었다. 잠시 후 비명소리가 울려 퍼졌다.

"알았니? 이게 진짜라는 걸? 그리고 이건 클레이나 오리를 쏘는 총이 아니야. 사람을 쏘기 위한 저격총. 세상의 엄마들이 모두 프라이팬이나 다리미만 가지고 있을 거라고 생각했다면, 그건 잘못된 생각이야."

모네가 뒷걸음질 쳤다. 곧바로 쓰러진 나무에 발이 걸려 엉덩방아를 찧었다. 요코는 총을 거두지 않았다. 모네가 뺨을 떨며 말이 되어 나오지 않는 소리를 냈다.

"어어어어어어."

공이치기를 당겼다. 주위가 조용한 만큼 차가운 소리가 선명하게 울려 퍼졌다.

"어, 엄마한테 이를 거야. 아아아아, 아빠한테도."

"그러렴. 그런데 뭐라고 말할 거니? 같은 반 아이의 엄마한테 저격총으로 맞을 뻔했다고? 늑대소녀 씨, 그런 말을 믿어줄 사람은 아무도 없을걸. 넌 거짓말쟁이로 유명하잖아."

"겨겨겨겨겨겨겨."

손가락을 방아쇠에 걸었다.

"겨, 겨, 경찰에 말하겠어."

"어머, 그건 곤란하지. 그럼 너를 집으로 돌려보낼 수 없겠는걸."

이마에 총구를 들이댔다. 모네의 눈과 입이 동그랗게 벌어졌다. 발사 직전까지 손가락을 움직였다. 앞으로 100분의 1인치 더 당길 힘만 남겨둔 채.

딸꾹. 대답 대신 모네가 딸꾹질을 했다. 몸 안에서 가스가 새는 듯한 소리였다.

겁만 줄 생각이었다. 처음에는. 요코는 자신의 손가락이 방아쇠를 당기고 싶어 안달하고 있다는 사실을 알 수 있었다. 생리적 욕구를 채우고 싶어 하는 강렬한 충동. 세상의 도리를 알기 전부터 몸에 익혀온 동작이었기 때문이다. 요코에게 있어서 방아쇠는 되돌리기 위해서가 아니라 당기기 위해서 있는 것이다.

물 흐르는 소리가 조그맣게 나더니, 모네의 가랑이 사이에서 김이 올랐다. 오줌을 지린 것이다. 아기처럼 입을 네모로 해서 울음을 터뜨렸다. 오줌 냄새에 요코는 다마키와 슈타의 기저귀를 갈아주던 때를 떠올렸다. 100분의 1인치 앞에서 요코의 손가락이 망설이고 있었다. 정밀한 기계 같던 암살자의 손가락이 여기저기 튼 어머니의 손가락으로 바뀌었기 때문이다.

안 돼. 지금은 기계가 돼야만 해. 모네에게 말했다.

"너 같은 게 이 세상에서 없어진다 해도 난 아무렇지도 않을 거야. 하지만 우리 아이가 없어져서는 안 돼지. 굉장히 슬플 테니까."

요코는 자신의 목소리가 평소보다 훨씬 더 낮다는 데 깜짝 놀랐다.

"다시 한 번 말할게. 우리 아이한테 손대지 마. 알았지?"

손가락을 100분의 1인치 거리로 되돌린 다음 요코가 말을 이었다.

"잘 들어둬. 내가 너를 늘 지켜보고 있을 거야. 난 평범한 엄마가 아니거든. 지금까지 사람을 여럿 죽여봤다고. 만약 네가 오늘 일을 다른 사람한테 말했다는 사실을 알게 되면, 바로 너를 쏘러갈 거야."

같은 말을 되풀이했다. 사람의 말을 잘 들으려 하지 않는 머릿속에도 분명하게 스며들 수 있도록 몇 번이고.

모네는 울면서 고장난 기계처럼 묘한 딸꾹질을 계속 해대고 있었다. 마음속 어딘가가 조금 무너져 내렸는지도 모른다. 하지만 나하고는 상관없는 일이다. 어차피 우리 아이도 아닌데, 뭐. 더 울어라. 하다못해 다마키가 흘린 눈물의 절반만이라도.

21

“앗, 뜨거.”

냄비 뚜껑을 열려던 다마키가 두 손을 새의 발 모양으로 하며 펄쩍 뛰었다.

“조심해, 손을 데면 어쩌려고 그래.”

요코가 쪽파를 썰며 말했다. 미안하지만, 웃음이 터져 나왔다. 다마키는 열심히 귀를 잡아당기고 있었다. 손가락이 뜨거울 때는 귀를 만지면 된다고 카레를 만들 때 알려줬는데, 그것을 잘못 알아들은 모양이었다. 귀를 잡아당기며 다마키가 말했다.

“거의 다 되지 않았어?”

냄비에서 좋은 냄새가 났다. 당근과 토마토 냄새. 오늘 저녁 메뉴는 장발라야풍 필래프.

장발라야는 유명한 뉴올리언스 요리 가운데 하나다. 본격적으로 만들려면 손이 꽤 많이 가지만, 주부의 지혜를 발휘해서. 고춧가루와 파프리카, 월계수 잎은 생략. 간은 소금, 후춧가루와 우스터소스면 충분하다. 일본에서는 좀처럼 구하기 어려운 스카리온은 쪽파로 대신. 다마키가 가르쳐달라고 하기에 오히려 시간이 더 걸릴 줄 알면서도 요리를 돕게 했다.

"파슬리 넣어도 돼?"

"응, 좀 넣어줘."

파슬리를 넣고 불을 끈 다음 10분 정도 익힌다. 마지막으로 쪽파를 뿌리면 완성이다. 다마키는 낙하 속도를 실험하는 듯한 손놀림으로 둥글게 썬 파슬리를 냄비에 떨어뜨리고 있었다. 뭘 하나 했더니 파슬리로 하트 모양을 만들고 있었다. 그 옆얼굴에 요코가 말을 걸었다.

"학교는 요즘 어때?"

"응, 그냥 그래."

평소와 똑같은 대답. 하지만 대답하는 어투는 전혀 달랐다. 목소리가 들떠 있었다.

새로운 학기가 시작 된 지 2주일째 되는 화요일이었다. 요즘 다마키의 귀가시간이 조금 늦어졌다. 수업이 끝난 뒤 반 아이들과 어딘가 들렀다 오는 듯했다. 2학년 때부터 시작할 수 있는 동아리는 없는지 찾는 중이라고 했다.

"그 아이는 어떻게 지내니, 전에 우리 집에 왔었던……." 물론 이름은 기억하고 있었지만 잊어버린 척하고 은근슬쩍 물었다. "그, 자지 않고 먼저 집에 간, 뺨이 통통한……."

그날 밤에는 모네를 틀림없이 집까지 데려다줬다. 울음을 그치지 않고 쉴 새 없이 딸꾹질을 해대는 모네를 보고, 어머니는

1980년대 청춘스타 같은 둔중함으로 눈을 둥그렇게 떴다. 요코는 모네의 등에 낙인을 찍듯 손을 얹은 다음 "몸이 안 좋은 것 같아서 데려왔어요"라고만 말했다. 그리고 도망치듯 집으로 돌아왔다. 모네가 비밀을 지킬 것이라는 확신을 갖지 못한 채.

그 다음날에는 긴장하지 않을 수 없었다. 집에서 잠을 잔 세 아이들의 아침을 준비하면서도 현관에 양복 입은 남자들이 나타나 요코에게 검은 수첩을 들이미는 것은 아닐까 걱정했다.

레밍턴은 밤에 누구의 눈에도 띄지 않는 곳에 숨겨뒀다. 아직은 경찰수첩을 든 손님이 찾아오진 않았다.

"모네 말이야?"

"그래, 맞아. 그 아이."

순간 다마키의 표정이 흐려졌다.

"애가 좀 이상해졌어. 방학이 끝났는데도 학교에 오지 않다가 어제부터 나오기 시작했는데, 반 아이 누구와도 말을 하지 않아. 하루 종일 책상에 앉아서 혼자 중얼중얼 거리고. 그러다가 내 얼굴을 보더니 갑자기 비명을 지르는 거야."

"마키는 마음의 병일지도 모른다고 하던데. 고밧치는 이상한 소리를 하고……."

"무슨?" 쪽파를 소쿠리에 담던 손이 멈춰버렸다.

다마키는 한동안 말이 없다가 눈썹을 찌푸리더니 말을 이어갔다.

"……모네가 초등학생 때 어떤 아이를 아주 심하게 괴롭혔는데, 그 아이의 머리가 이상해졌대. 그리고 어느 날 3층에 있는

교실의 창밖으로 갑자기 뛰어내려서…….”

“세상에, 끔찍해라.” 정말 끔찍했다. 다마키가 그 아이처럼 됐다 해도 이상할 것은 조금도 없었으니까.

“다행히 조금 다치기만 했는데, 지금은 학교도 다니고 있지 않대. 고밧치는 그 아이의 저주 때문이 아닐까 하던데.”

“마음의 병……. 괜찮아지면 좋으련만.”

마음에 병이 걸리긴 했지만 후회는 하지 않았다. 그냥 내버려뒀으면 다마키가 그렇게 됐을지도 모르니. 드디어 친구들이 집에서 자고 갈 만큼 친해졌는데 또 무슨 일이 일어난다면 그 충격은 지금까지보다 훨씬 더 클 것이다. 그 당시에는 한시도 지체해서는 안 되겠다는 생각이 들었다.

좀 더 현명한 해결법이 있었을지도 모르지만, 요코에게는 그 방법이 떠오르질 않았다. 누군가에게 상처를 줘서 자신을 지키는 방법밖에는 배우지 못했기 때문에.

쪽파를 담은 소쿠리를 손에 쥔 다마키가 기다리지 못하고 뚜껑을 열려 했다.

“아직 안 돼.”

“앗, 뜨거.”

목욕탕에서 슈타의 목소리가 들려왔다.

“돌핀킥!”

무엇을 하는지 보지 않아도 알 수 있는 물소리. 그 소리에 고헤이의 목소리가 덮여버렸다. 무슨 말인지는 모르겠지만 아마도 ‘그만 해’라고 했을 것이다.

10분 지났다. 타이머를 사용하지 않아도 알 수 있었다. 주부로서의 습관 때문이 아니었다. 어렸을 때부터 지녀왔던 몸 안의 시계. 오랫동안 레밍턴 조립의 목표시간이었다. 처음으로 10분을 깬 것은 틀림없이 지금의 다마키와 같은 나이 때였다.

"쪽파를 이젠 넣어도 되겠어. 하트 모양으로 하지 않아도 돼."

혀를 내밀고 있는 다마키의 옆얼굴에 말을 걸었다.

"다마키, 아직, 만약 말이야……."

아무렇지도 않게 말하려 했지만 그다지 성공적이진 못했다. 다마키의 얼굴에 긴장감이 감돈다는 것을 알 수 있었다.

"뭐?"

"이제 막 신학기가 시작됐는데 이런 말을 하긴 좀 뭐하지만." 고바야시 모네에게 그런 짓을 하고 난 뒤에 할 말도 아니긴 하지만. "만약 지금 전학을 가게 된다면, 너는……."

총을 쏠 때보다 더 긴장해서, 다마키의 마음에 총알이 박히지 않도록 신중하게 말했다.

"너는 어떻게 생각하니? 네 마음을 말해 봐. 네가 원하는 대로 해줄 수 있을지 없을지는 모르겠지만, 확실하게 얘기를 해둬야 할 것 같아서."

고헤이에게 떠넘겨진 빚을 전부 합하면 액수가 어마어마하다. 거의 2,000만 엔. 도망친 야스이가 회사 설립자금을 사채에서 끌어다 썼을 뿐 아니라, 고헤이를 보증인으로 세웠기 때문이다. K에게 받은 보수와 보너스로는 턱없이 부족한 액수였다. 이

대로 간다면 머지않아 다마키의 학비도 내지 못하게 된다.

다마키가 진지한 표정을 지었다. 하지만 그 표정은 냄비에 넣는 쪽파를 별 모양으로 만들고 있기 때문인 듯했다. 다마키가 간단하게 대답했다.

"아무래도 상관없어."

벌써 열세 살이다. 아이들 앞에서는 가능하면 돈 얘기를 하지 않으려고 신경 써왔지만, 아버지와 집이 어떤 상황에 처했는지 다마키는 눈치 채고 있는 듯했다.

"예를 들어, 동네에 있는 학교에 다니게 돼도?" 동네 아주머니들의 말에 따르면 거칠기로 유명한 중학교라고 하던데. "이건 어디까지나 예를 들어서지만."

"괜찮아. 나도 이젠 어린아이가 아니라고. 어디로 가든 상관없어. 무슨 일이 생기면 한 방에 날려버리겠어." 다마키가 그렇게 말하면서 빈 소쿠리를 휘둘렀다. 그리고 영어 발음을 연습할 때처럼 말했다. "블랙잭."

마음에 총알이 날아와 박힌 것은 요코였다. 하지만 이런 총알이라면 몇 발을 맞아도 상관없다. 요즘 들어 한없이 약해진 눈물샘이 걱정되던 요코는 다마키에게서 얼굴을 돌리며 호주 사투리가 섞인 발음을 남부 사투리로 고쳐줬다.

"블랙잭."

"예스 맘, 블랙잭."

슈타의 떠드는 소리와 거기에 답하는 고헤이의 목소리가 목욕탕에서 탈의실로 옮겨졌다. 자, 이제는 저녁밥을 먹을 시간이다.

"숟가락하고 포크 좀 놔줄래. 컵도."

알몸으로 뛰어 들어온 슈타를 보고 다마키가 찢어지는 듯한 소리를 질렀다.

"요 녀석 슈타. 그런 차림으로 돌아다니면 휴대전화로 사진을 찍어서 모두에게 돌린다."

수건 한 장으로 몸을 가린 고헤이가 냉장고 문을 열러 왔다. 꺼낸 것은 맥주가 아니라 보리차. 발포주 정도는 마셔도 된다고 요코는 말했지만, 고헤이는 돈을 다 갚을 때까지는 술을 끊겠다고 했다. 보리차를 단숨에 들이켜고는 맥주를 마셨을 때처럼 아쉽다는 듯한 한숨을 내쉬는 걸 보면, 얼마나 참을 수 있을지 모르겠지만.

술을 마시지 않는 데는 또 다른 이유가 있었다. 지금부터 일을 하러 가야 했기 때문이다. 고헤이는 요즘 낮에는 공사현장에서 일하고, 밤에는 주 3일 편의점에서 심야근무를 한다. 그 사이사이에 고용안정센터에도 다니고 있다. 야스이의 행방을 찾는 것도 아직 포기하지 않은 듯했다. 가족들에게 사죄하는 마음으로 무리하고 있는 것 같은데, 괜찮을지 모르겠다. 요즘 고헤이는 조금 말랐다. 눈 밑에 전에 볼 수 없었던 다크 서클도 생겼다.

요코도 일을 하기로 했다. 유아를 위한 영어교실은 조건이 좋았지만 일본인이라는 이유로 거절당했다. 비교적 시간이 자유로운 시식판매 도움이는 경험이 없다는 이유로 퇴짜. 결국 도시락 공장에서 일하기로 했다. 내일모레가 첫 출근.

"뭐, 도와줄 거 없어?"

"아니, 괜찮으니까 먼저 팬티부터 입어. 다마키가 또 화낼지도 모르니까."

"그거, 목욕탕에서 슈타에게 말하려고 했는데……. 갑자기 돌핀킥인지 뭔지를 시작하는 바람에……, 결국 말하지 못했어."

둘이서 대화를 나눴었다. 우선은 둘이 일해서 그것으로 다달이 돈을 갚아나갈 수 있을지, 하는 데까지 해보자고. 자동차는 팔기로 했다. 경우에 따라서는 이 집도.

그래도 안 되면 다마키를 사립에서 공립으로 옮기고, 슈타에게도 수영교실을 포기하라고 할 생각이다. 슈타를 설득하는 것은 고헤이의 몫이었다.

"여러 가지로 미안해."

고헤이가 냄비 안을 들여다보며 한 마디 던졌다. 장발라야에 넣은 것은 닭고기와 비엔나소시지뿐. 원래는 새우를 넣어야 했고, 지금까지는 그렇게 해왔지만 10마리에 600엔이나 하는 블랙 타이거는 지금의 후쿠다 집안에서는 사치. 닭고기는 눈치 채지 못하도록 조심히 아이들의 접시에만 담았다.

"이제는 어쩔 수 없는 일이잖아."

빚은 둘째치고, 어차피 고헤이는 새로 옮긴 자회사에서도 곧 잘릴 처지였던 모양이다. 얼마 전, 고헤이가 읽고 있던 구직정보지를 갑자기 집어던진 적이 있었다. 평소에는 그런 행동을 하는 사람이 아니었다. 무슨 일인가 해서 나중에 그 정보지를 봤더니 고헤이가 일하던 제약회사의 간부사원 모집광고가 실려 있었다. 한 페이지를 전부 할애한 화려한 광고에는 이런 문구가 적혀 있었다.

'새 술은 새 자루에.'

성경 말씀. 틀림없이 얼굴 사진이 실려 있는 미국인 CEO의 발상일 것이다. 고헤이가 원한을 품고 있던 그 케네스 카우프만은 분명히 산타클로스처럼 복슬복슬하고 둥근 얼굴이었지만, 파란 눈이 냉철하게 보였다.

새 술은 새 자루에.

옛날에 성당에서 이 말을 들었을 때는 뜻을 이해할 수 없었다. 아직 병이 없던 시대에는 술을 가죽 자루에 담아 보존했었다. 발효 중에 있는 새 술을 낡은 자루에 담으면 안에 가득 차는 가스의 압력을 견디지 못하고 자루가 터져버린다. 신부님의 그런 설명에, 폭발하는 순간은 어떤 느낌일까, 수박을 총으로 쐈을 때처럼 내용물이 사방으로 날아오를까 하는 정도의 생각을 막연하게 했던 것을 기억한다.

그렇게. 이런 식으로 쓰는 말이었군. 가엾은 고헤이. 저런 늙은이한테 낡은 자루 취급을 당하다니.

고헤이뿐만이 아니다. 할아버지에게서 살아가는 법을 배운 요코도 역시 낡은 자루일 것이다. 요코는 좁긴 하지만 새 가구들을 들여놓은 지 얼마 되지 않은 거실을 둘러보면서 이런 생각을 했다. 둘 다 헌 가죽 자루인데, 새 술을 너무 많이 담은 것인지도 모른다고.

비엔나소시지가 들어간 장발라야를 아주 좋아하는 슈타가 숟가락을 쥐며 환호성을 질렀다. 요코와 고헤이의 접시에 닭고기가 들어 있지 않다는 사실을 깨달은 다마키가 가만히 두 사람의 접시에 닭고기를 놓았다. 다마키가 텔레비전에 정신을 팔고 있는 사이 고헤이가 그것을 다시 다마키의 접시로 되돌려 놓았다.

요코는 완두콩 수프를 식탁에 놓았다. 장발라야에는 이것이 궁합이 맞는다. 게다가 영양가도 높고 경제적.

텔레비전 광고가 나오는 동안 슈타가 채널을 다른 곳으로 돌렸고, 그 시간이 너무 길다며 다마키가 잔소리를 해댔고, 고헤이는 보리차를 마시며 '후아아~' 하고 힘들다는 듯 한숨을 내쉬었다.

요코도 숟가락을 들었다. 여러 가지로 문제가 있긴 하지만, 그래도 가족 네 명의 평화로운 단란함.

아니, 네 명이 아니다. 요코는 숟가락을 공중에서 멈췄다.

집 안에는 여섯 명의 그림자가 있었다.

식탁 맞은편, 거실 소파에 오스카 코넬리어스가 포테이토칩 봉지를 든 채 앉아 있었다. 날아가 버린 머리를 이쪽으로 향한 채. 슈타가 돌린 채널에는 코넬리어스도 불만인 모양이었다. 흘러나오고 있는 뇌수는 여전히 빛깔이 좋지 않은 화이트소스 같았다.

끝 쪽 창가에는 수건 한 장으로 몸을 가린 크레이그 리어던이

서 있었다. 다마키의 시선 정면에 서 있었지만, 물론 다마키는 고헤이가 목욕탕에서 나오는 모습을 봤을 때처럼 비명을 지르진 않았다. 리어던은 오늘도 휴대전화가 한쪽 손에서 날아가 버렸다는 사실을 모른 채 누군가와 이야기를 나누고 있었다. 입을 'O'자 모양으로 하고, 새빨간 구멍밖에 없는 귀를 기울인 채.

전 미식축구 선수치고는 몸집이 작고 배도 나왔지만, 텔레비전에 싫증이 난 듯한 코넬리어스의 열린 눈이 그 알몸에 뜨거운 시선을 보내고 있는 것처럼 보이기도 했다.

오랜만이네. 한동안 안 보이기에 두 사람 모두 이제는 안 올 줄 알았는데. 만나서 반가워.

요코는 깨달았다. 자신은 낡은 자루가 아니라 잘못 빚어진 술이라는 사실을. 아무리 노력해 봐야 애초부터 새 자루에 들어가기는 글러먹었다.

22

식탁에 턱을 괴고 앉아 멍하니 창밖을 바라보고 있자니, 하늘빛이 날이 갈수록 짙어진다는 사실을 알 수 있었다. 지난 며칠 동안, 매일 오전 11시가 되면 이렇게 식탁에 앉아서 시간을 보내는 것이 요코의 일과가 돼버렸다.

그 전의 2주일 정도는 이 시간이 되면 억지로 볼일을 만들어서라도 외출을 했다. 아무래도 볼일이 떠오르지 않을 때는 다마키의 워크맨을 가져다 볼륨을 한껏 키워놓고 정원으로 나갔다. 물론 K의 전화를 받지 않기 위해서였다.

지금은 반대의 이유로 식탁에 자신의 몸을 묶어두고 있었다. 도시락 공장에서의 일은, 오전에는 사정이 생겨서 나올 수 없으니 오후로 시간을 바꿔달라고 했다가 단칼에 잘리고 말았다.

창밖에서 칵테일 캐비닛 쪽으로 시선을 돌린 순간 그 위에 있던 전화기가 울리기 시작했다. 집 안 전체에 소리가 울려 퍼졌다. 벨소리를 크게 해놨기 때문이다. 수화기에서 흘러나오는 목소리도 컸다.

── 여보세요, 요코? 나다.

소가 우는 듯 한가로운 목소리. 시어머니 마사에였다.

── 여기는 벌써 눈이 다 녹아서 곧 복수초가 필 것 같구나. 그쪽은 어떠냐?

벌써 옛날에 벚꽃도 졌다. 성급한 집에서 일찌감치 고이노보리*를 내건 하늘은 눈이 부실 정도로 파랗다.

"네, 여기도 굉장히 따뜻해졌어요."

── 복수초도 벌써 폈니?

"그럴걸요."

── 어머, 그러니?

평소와 다름없이 마음 상했다는 듯한 목소리였다. 요코는 바로 늘 하던 말을 했다.

"덕분에요."

── 나도 들었다. 고헤이가 회사 그만뒀다며? 그애는 옛날부터 의외로 끈기가 없었단 말이야. 정말 어쩌려는 건지. 에미가 여러 가지로 고생이 많겠구나.

"아니에요. 괜찮아요."

── 만약 에미만 좋다면 가족들 모두 여기로 와서 살아도 괜찮다. 홋카이도도 살기 좋거든. 복수초는 아직 피지 않았지만. 어려워할 것 없다. 우린 한 가족이니까.

---

* 단오 때 천이나 종이로 만들어서 다는 잉어 모양의 깃발.

고헤이는 본가에 매달리거나 하지는 않을 것이라고 말했지만, 표정뿐 아니라 목소리에서도 금방 표가 나는 사람이다. 시어머니는 고헤이와 요코의 어려운 처지를 꿰뚫어보고 있는 듯했다.

한 가족이니까. 에드가 죽고 난 뒤부터 죽 혼자 살아왔던 요코에게는 가슴에 사무치는 말이었다. 하지만 의지할 수도 없는 일이었다. 고헤이의 본가는 결코 부유한 편이 아니었다. 요코네 집보다 몇백 배나 더 넓은 농지를 가지고 있긴 했지만 토지 가격은 이 집보다 더 쌀 것이다.

"괜찮아요. 그럭저럭 꾸려가고 있으니까요. 그 사람도 새 일자리를 구할 때까지 최선을 다하겠다며 열심히 일하고 있어요."

── 아스파라거스 보낼 테니 먹어라. 미안하구나, 이런 것밖에 줄 게 없어서. 아, 아스파라거스는 말이다, 식초에 절여 먹어도 맛있단다. 만드는 법도 아주 간단해. 냄비에 식초하고 미림하고 간장을 같이 넣고 조리면 돼.

마음은 고마웠지만, 너무 오래 통화하고 싶지는 않았다.

"죄송해요, 어머니. 지금 나가봐야 해서요. 나중에 전화 드릴게요."

── 아, 아니다, 아니다. 용건은 그것뿐이니까. 그럼 만드는 법을 적어서 함께 보내도록 하마. 알겠지? 식초하고 미림하고 간장으로 졸이면 된다.

11시 15분이었다. K가 전화를 한다면 평소와 다름없는 시간. 앞으로 10분 남았다. 지난 3주일 동안 K는 그 시간에 몇 번이고 전화를 했을 것이다. 정원에 나가 워크맨으로 귀를 막고 있을 때도, 귀찮을 정도로 예민한 요코의 청각이 전화 벨소리를 포착했으니까.

그렇게도 싫어하던 K의 전화를 기다리다니. 요코는 식탁 위로 한숨을 떨어뜨렸다.

망설이긴 했지만 결국에는 이 방법밖에 없었다. 자신이 가장 잘 할 수 있는 일은, 일본어도 제대로 못하는 어린아이들을 상대로 영어를 가르치는 것도, 쇠고기와 돼지고기를 섞어 만든 냉동 햄버거를 맛있어 보이게 굽는 것도, 벨트 컨베이어 앞에서 도시락에 반찬을 넣는 것도 아니라는 사실을 깨달았기 때문이다.

세상에는 어학에 능력 있는 사람이 있는가 하면, 남에게 물건을 잘 파는 사람도 있다. 벨트 컨베이어 앞에서 흘러가는 도시락 용기에 재빨리, 그리고 아무런 문제 없이 반찬을 담는 일도 하나의 재능일 것이다. 단 나흘뿐이었지만, 요코는 도시락 공장에서 실수를 연발해 늘 야단만 맞았다.

요코의 경우는, 재능을 타고난 데다 그것을 갈고닦아 온 일이 우연히 살인이었을 뿐이다.

다시 한 번 일을 하자. 그럼 모든 일이 잘 풀릴 것이다.

다마키는 반 아이들과 간신히 친해진 학교에 남을 수 있게 된다. 요코에게 말을 꺼내지 못하고 있는 것 같은데, 남 몰래 들어가길 바라는 테니스부에도 들어갈 수 있다.

슈타는 수영교실을 계속 다닐 수 있다. 베이징 올림픽은 힘들겠지만, 앞일을 누가 알겠는가? 저렇게 좋아하는 걸 보면, 신께서 수영에 대한 재능을 내려주신 것인지도 모른다.

고헤이는 밤낮으로 일해 눈 밑에 다크 서클을 만들지 않아도 될 테고, 캔 맥주도 마실 수 있을 것이며, 자기 경력을 활용할 만한 일을 찾을 수 있을지도 모른다.

그리고 요코 자신은…….

자신의 앞일에 대해서는 아무런 생각도 없었다. 앞이 있기나 한 것일까? 요코의 눈에 보이는 것은 별이 없는 밤처럼 새까만 어둠뿐이었다.

이것으로 모든 일을 끝내자. 요코는 그 생각만을 가지고 있었다. 전부를.

10분이 지났다. 시계를 보진 않았지만 요코의 몸속에 있는 시계가 그 사실을 알려줬다.

순식간에, 집 안의 공기가 흔들리는 듯한 느낌이 들었다. 몇 분의 1초 후에 전화 벨소리가 들리기 시작했다. 요코는 의자에서 일어났다. 처음부터 이렇게 될 줄 알고 있었던 것 같다는 느낌이 들었다.

── 담 니 니지트 클리코 마지.

흘러나온 K의 암호에 기계적으로 대답했다.

"응토토 와 니요카 니 니요카."

── 흠.

요코가 고분고분 대답하자 K가 만족스럽다는 듯한 소리를 냈다. 그것은 안도의 한숨처럼 들리기도 했다.

── 오늘은 집에 있었군. 요즘 계속 집을 비웠잖아. 연일 파티라도 있었나?

"뭐, 그렇다고 볼 수 있죠."

도시락 반찬인 만두를 바닥에 떨어뜨리기도 하고, 크로켓 넣는 것을 잊기도 하고, 우엉이 담긴 냄비를 들러 엎기도 하고. 꽤 멋진 파티였다.

── 아직 기억하고 있으려나? 전에 말했던 피자 배달 건 말인데…….

K의 전화를 기다리고 있었다는 사실을 눈치 채지 못하도록 무관심한 척 대답했다.

"대부분은요."

── 다시 한 번 말하고 싶은데, 물론 들어주겠지?

"네, 해보세요."

── 먼저 장소.

애매하게 말을 돌려서 연락 방법만을 전달할 줄 알았더니, K는 갑자기 지명을 입에 담았다. K는 K대로 요코가 전화를 끊을까 봐 겁을 먹고 있는 것인지도 모른다. '일'의 현장은 도쿄의 교외. 요코가 살고 있는 곳에서 그리 멀지 않은 곳이었다.

── 배달할 곳은 병원이다.

"병원?"

사슴 사냥용 총구를 사슴이 들여다보는 것과 같은 일이라고 하지 않았었나? 어쩌면 리어던 때보다 더 어려울지도 모르겠다. 요코의 마음을 읽은 듯 K가 바로 말을 이었다.

── 너라면 간단하게 해낼 수 있을 거야. 병원이라고 하지만 배달에 관해서는 아주 개방적인 곳이니까. 주위 환경도 잘 갖춰져 있고.

저격하기 쉬운 장소이니 걱정하지 말라는 뜻이었다.

── 새로운 휴대전화가 또 필요하겠지? 전에 것을 쓰지 않고 있는 듯하니. 이번에는 뭘 함께 보낼까? 또 바다가재를 보내면 멋대가리 없겠지? 뭐 바라는 것이라도 있나?

"마운틴오이스터."

요코가 그렇게 말하자 K가 갑자기 웃음을 터뜨렸다.

── 마운틴오이스터! 정말인가?

마운틴오이스터는 굴을 말하는 게 아니다. 바다라고는 찾아볼 수 없는 오클라호마에서 목장을 운영하고 있는 사람들의 가정요리. 소의 고환이다.

목장에서 기르는 수소를 얌전하게 만들고 육질을 높이기 위해 거세를 한다. 그때 빼낸 고환을 먹는 것이다. 살짝 튀기거나 프라이해서 먹는 것이 일반적이지만, 에드는 스튜로 만들어 먹는 것을 좋아했다. 미국의 다른 지방에도 같은 식습관이 있는지, 어떤지는 모른다. 오클라호마 식당의 메뉴에서도 그렇게 흔히 볼 수 있는 요리는 아니었다.

처음으로 마운틴오이스터 스튜를 먹어본 것은 미국으로 건너간 해의 가을이었다. 봄에 태어난 송아지들에게 가엾은 의식을 행하는 계절.

맛있어서 한 그릇을 더 먹었다. "무슨 고기?" 요코가 묻자 에드가 헛기침을 한 다음 난처하다는 표정으로 이렇게 말했다.
"소의 내장이야."

나중에 목동 제스에게 물어봤다. "마운틴오이스터가 뭐야?"

제스는 웃으며 자신의 사타구니를 가리키더니 다른 한 손으로 두드렸다. 그래서 요코는 목장 일을 돕기 시작한 여덟 살이 되던 해까지 마운틴오이스터가 소의 손을 의미하는 줄 알았다. 소에게 손이 있을 리 없지만.

부끄럽지만, 그리운 맛.

"농담이에요."

요코는 쓸데없는 말을 했다며 후회했지만, K는 즐겁다는 듯 웃음을 그치지 않았다. 간신히 잡은 대화의 실마리를 놓칠 수 없다는 듯이.

—— 메기는 어떠신가? 우리 가게의 추천 요리인데. 봉 나페티(자, 드시죠).

어학적 재능을 뽐내기라도 하듯 한껏 예의를 갖춘 프랑스어로 말했다. 지금까지 두 번의 일을 통해 보여줬던 편집증적인 신중함이 이번의 K에게는 없는 것처럼 보였다. 말이 무방비로 전부 노출돼 있었다. 우연히 용돈벌이처럼 맡게 된 이번 일을 우습게보고 있는 것인지도 모른다. "잘 들어, 리틀 걸. 어른들의 일을 만만하게 봐서는 안 돼." 25년 전, 명령에 따르지 않고 예비용 총을 가지고 간 요코를 야단친 것은 K 자신이 아니었던가? 너무 우습게보지 않는 게 좋을 듯한데.

"메기도 괜찮죠."

메기 같은 건 받아봤자 우리 집에서는 다 먹지 못할 것이다.

── 오늘은 요우코의 기분이 좋은 모양이군. 맡아줄 거지?

바보 같은 소리 좀 하지 마. 사람 죽이는 일을 맡는데 기분이 좋을 리 없잖아. 일부러 날이 선 목소리로 요코가 대답했다.

"아직 듣지 못한 내용이 있는데."

── 뭐지? 메기를 가장 맛있게 요리하는 법?

재미있다고는 조금도 생각되지 않는 농담을 무시한 채 요코가 단도직입적으로 말했다.

"보수."

금액에 따라서는 맡지 않을 수도 있다. 지난번 거절하려던 요코에게 K는 아주 대담한 액수를 말했는데, 그때보다 적으면 공장주임에게 머리를 숙여서라도 오전 시간에 도시락 공장에서 일할 생각이었다.

요코의 스매시 같은 물음을 K는 날카롭게 받아쳤다.

── 25만 달러.

마치 요코의 사정을 알고 있기라도 한 듯한 금액이었다. 숫자의 효과를 재보려는 듯 한동안 입을 다물고 있던 K가 말했다. 애초부터 대답을 알고 있었다는 듯한 말투였다.

── 맡을 텐가?

생각하는 척하려 했지만 잘 되지 않았다. 돈다발 쪽으로 손을 내밀 듯이 대답해 버렸다.

"예스."

── 잘 생각했어, 요우코.

K와는 어울리지 않게 진심으로 그렇게 말하고 있는 것처럼 들렸다. K 역시 요코와 같은 부류일지도 모른다. 시대가 바뀌었지만 예전부터 해오던 일에서 손을 떼지 못한다. 살아가고 있는 것은 낡은 자루 속일 뿐.

K의 입에서 선금에 대한 말은 나오지 않았다. 요코도 물을 생각이 없었다. 3분의 1은 받아봐야 아무짝에도 쓸모없으니까. 이번 일은 올 오어 낫싱. 성공이냐 실패냐가 곧 전부냐 전무냐를 결정한다.

인생은 동전의 양면. 언젠가 에드가 했던 말을 빌리자면, 요코는 동전을 공중으로 던진 것이다.

아직도 뭔가를 말하고 싶어 하는 K에게 인사를 건네고 수화기를 귀에서 뗐다. 그리고 스스로에게 물었다. 정말 이걸로 된 거니?

망설인 시간은 전화기를 내려놓기까지의 짧은 순간이었다.

대답은 '예스'다. 그래. 이걸로 된 거야. 아이들을 위해서라면, 가족을 위해서라면 나는 사람을 죽일 수도 있는 여자야.

23

4월도 중순이 지나자 요코의 정원이 갑자기 활기를 띠기 시작했다. 요즘에는 제대로 보살펴주지도 못했는데, 식물들의 생명력은 참으로 왕성하다. 색색으로 피어난 꽃들은 '요코가 무엇을 하든 말든 우리는 우리 마음대로 자랄 거예요'라고 말하는 듯했다.

요코는 아침부터 내리던 비가 그치고 며칠 만에 해가 얼굴을 내민 오후의 정원에 있었다. 알리숨이 설탕을 뿌려놓은 것처럼 희고 조그만 꽃으로 화단 가장자리를 채색하고 있었다. 그 너머에 있는 비올라도 한창. 물티카울레도 태양빛과 비슷한 꽃 색깔을 내비치기 시작했다.

하지만 활짝 핀 꽃은 꽃이 질 것을 예고하는 것이기도 하다. 슬슬 새로운 꽃들을 준비해야 한다. 지금은 여름부터 피는 꽃의 씨앗을 뿌릴 시기다. 올해는 라벤더와 코스모스를 심을 생각이다. 코스모스는 다마키가 좋아하는 꽃이다. 라벤더는 고헤이의 고향을 상징하는 꽃.

이때를 위해서 따로 보관해 둔 스티로폼 용기에 흙을 담아 향신료를 뿌리듯 씨를 뿌렸다.

현관에서 오토바이 멈추는 소리가 들려왔다. 고개를 내밀어 보니 헬멧을 쓴 남자가 커다란 상자를 들고 문 안으로 들어오려 하는 모습이 눈에 들어왔다.

손에 들고 있던 모종삽을 칼처럼 바꿔 쥐었다. 혹시 K의 동료?

서 있는 것은 오토바이가 아니라 빨간색 스쿠터였다. 남자는 짙은 청색 제복을 입고 있었다. 아무리 봐도 우편집배원. 시댁에서 보낸 물건일까? 시어머니 마사에는 늘 야채를 소포로 보내온다.

남자가 자신의 모습을 지켜보고 있던 요코를 발견했다. 한가로운 목소리로 말했다.

"후쿠다 씨입니까? 소포 왔습니다."

남자에게서 건네받은 짐은 두 손으로 끌어안아야 할 정도로 컸지만 이상할 정도로 가벼웠다. 아무리 아스파라거스라고 해도 이렇게 가볍지는 않을 것이다.

그리고 이것도 받으라는 식으로 우편물을 건네줬다. 커다란 봉투.

집 안으로 들어가 보낸 사람의 이름이 적혀 있지 않은 소포를 뜯어봤다. 여러 장의 얇은 종이에 둘러싸여 있는 것은 인형이었다.

사람처럼 엉덩방아를 찐 모습의 소 인형. 카우보이모자를 쓰고 있었다. 소포는 K가 보낸 것이었다. 별로 재미있지도 않은 농담.

부엌 서랍에서 식칼을 꺼내 소의 꼬리를 꿰맨 부분을 찔렀다. 그리고 생선 배를 가를 때처럼 자른 뒤 고환 대신 휴대전화를 빼냈다. 지난번과 같은 기종이었지만, 옅은 바이올렛 색. 지금의 나에게 빨강은 어울리지 않는 색이라고 K에게 말한 적이 있었던가를 요코는 생각해 봤다. 기억나지 않았다.

봉투에는 들어본 적이 없는 병원 이름이 새겨져 있었다. 그 안에는 다이렉트메일이 한 통. 고급 종이를 사용해 화려하게 만든 것이다. 표지에 이런 글자가 새겨져 있었다.

'성 로살리나 병원. 온화함의 고향.'

언뜻 보기엔 아주 평범한 다이렉트메일처럼 보였다. 호스피스라 불리는 종류의 시설을 소개하는 문장과 사진, 그림이 실려 있었다. 돈 많은 사람들을 상대로 하는 사업이리라. 첫 장에 실려 있는 외관 사진은 의료용 건물이라고는 도저히 믿기지 않았다. 마치 백악관 같았다.

다음 장에 소개된 병실도 요코가 알고 있는 병원의 그것과는 전혀 달랐다. 소파 세트가 놓여 있었고, 천장에는 샹들리에가 매달려 있었다. 침대가 깔끔하게 정돈되어 있는 모습이 마치 호텔 같았다.

주변도가 실려 있는 마지막 페이지에 편지가 덧붙여져 있었다. 컴퓨터로 작성한 짧은 영문. 일본어로 번역하자면 이런 내용이었다.

성 로살리나 병원 '온화함의 고향'은 말기를 맞이한 환자와 그 가족들의 육체적 · 정신적 고통을 완화시켜 위대한 시간을 보낼 수 있도록 해주는 시설입니다. 재작년 개설된 이후, 많은 분들이 이용해 주셨습니다.

금번 '온화함의 고향'의 의의와 이념을 더욱 많은 분들께 알리고자 설명회를 개최하게 됐습니다. 모쪼록 참석해 주시길 바랍니다.

4월 21일(토) 오후 2시부터.

장소는 104호실.

이것이 K의 메시지다.

그러니까 결행일은 토요일. 내일모레. 시간이 없다. 사전답사를 갈 시간도 없다. 내일은 고헤이가 일을 쉬고 고용안정센터에 가는 날. 오후부터는 수영 승급 테스트가 있다. 게다가 토요일은 유치원이 쉬는 날. 슈타가 집에 있는 날이다.

날짜를 바꿀 수는 없을까? 요코는 K에게서 전화가 걸려오길 기다렸지만 저녁에 가까운 시간이어서인지, 이번에는 아무리 기다려도 휴대전화는 침묵한 채였다.

어떻게 하지?

그날 슈타는 리키야네 맡기기로 하자.

사전답사는 슈타를 수영교실에 데려다준 뒤 테스트를 보지 않고 그 길로 다녀오면 된다. 아니, 가깝다곤 하지만 여기서 '온화함의 고향'이 있는 곳까지는 왕복 한 시간 이상이 걸린다. 천천히 살펴볼 시간이 없다. 이틀 연속 의심을 살 만한 외출에 대해 그럴 듯한 구실을 생각해낼 자신도 없었다.

그리고 요코는 슈타가 승급하는 모습을 지켜보고 싶었다. 지난달에 이어 이번에는 16급으로의 승급. 18급에서 17급에 오르기까지 3개월이 걸린 것을 감안한다면 장족의 발전이었다. 내 눈으로 보고 싶었다. 무슨 일이 있어도.

불안하긴 하지만 사전답사 없이 하는 수밖에 없을 듯했다. 요코는 다이렉트메일에 실려 있는 관내 배치도와 주변 지도를 번갈아가며 살펴봤다.

104호실은 넓은 정원에 면해 있는데, 그 앞의 부지 이외에 저격 포인트가 될 만한 장소는 얼마든지 있었다. K의 말대로 환경은 나쁘지 않았다. 지도가 정확하다는 가정하에서지만.

그래, 그렇게 하자. 다이렉트메일과 영문 편지를 핸드백 속에 넣었다. 소 인형은 포장지에 만 뒤 타는 쓰레기봉투 속에 버릴 생각이었지만, 마음을 바꿔 부엌 선반 위에 올려놓았다. 나중에 다시 꿰매서 다마키에게 선물해야지.

휴대전화를 앞치마 주머니에 넣고 요코는 다시 정원으로 나갔다.

잠깐 손을 놓았던 씨앗뿌리기를 마친 뒤, 플랜터에 심어놓은 팬지를 둥근 화분으로 옮겨 심었다.

"미안, 또 이사를 해야겠다. 조금 좁긴 하지만."

팬지를 옮겨 심어 흙밖에 남지 않은 직사각형 플랜터는 요코가 갖고 있는 화분 중에서 가장 컸다. 그것을 차고로 가져갔다.

신문지를 깐 다음 플랜터 속에 있던 흙을 비웠다. 흙은 절반밖에 들어 있지 않았다. 바닥에 여러 겹의 비닐봉투로 꼼꼼하게 싼 꾸러미가 들어 있었기 때문이다.

흙을 정원에 뿌린 다음, 꾸러미를 신문지에 싸들고 집 안으로 들어갔다.

식탁에 광고전단지를 펼쳐놓은 뒤 쇠줄을 꺼냈다. 예전에 요코가 배관 파이프를 직접 손볼 때 할인매장에서 사온 것.

계획은 관내 배치도와 주변 지도를 보는 순간 머릿속에 떠올랐다.

이것으로 마지막이다. 요코는 결심했다. 정말로 마지막.

꾸러미 속에서 레밍턴의 총신을 꺼냈다.

손가락을 자처럼 총신에 가져다댔다. 요코의 중지는 4인치가 조금 넘는다. 여기다 싶은 곳에 줄로 표시를 해뒀다. 끝에서부터 8인치가 되는 곳. 총신을 짧게 만들기 위해서다.

에드를 위해서 간단하게 기도한 뒤 다시 한 번 쇠줄을 들었다.

사용하는 것은 나머지 6인치뿐. 정확도는 현저하게 떨어질 것이다. 하지만 그렇게 멀지 않은 거리라면 요코에게는 문제가 되지 않는다.

할아버지의 유품인 레밍턴에 흠집을 낸다는 것은 에드에게 흠집을 내는 것과 다를 바 없는 일이라고 생각했다. 요코는 마음속으로 중얼거렸다.

'죄송해요, 할아버지.'

쇠줄의 마찰음이 누군가의 비명소리처럼 들렸다.

24

토요일 아침, 요코는 꽃집으로 발걸음을 옮겼다. 슈타를 리키야 집에 맡기고 돌아오는 길이었다. 리키야가 아직 잠을 자고 있을 시간이었는데도, 리키야의 엄마는 오래전에 알고 지내던 사람의 문병을 가야 한다는 요코의 거짓말을 그대로 믿고 평소와 다름없는 편안함으로 맞아줬다.

"오, 아드님을 틀림없이 접수했습니다. 몸값 대신으로 다음 주 수요일 밤에 리키야를 재워줄 수 있어? 나 데이트가 있거든. 어쩌면 승부를 판가름하는 날이 될지도 몰라. 뻔뻔스럽게 리키야를 데려가면 그때는 비웃어도 상관없으니까. 괜찮겠어?"

"응, 성공을 빌겠어. 난 괜찮아." 아마도.

어디서 기른 것을 가져왔는지, 요즘 꽃집이나 할인매장의 원예코너는 겨울에도 여러 가지 꽃들로 넘쳐났다. 하지만 역시 지금의 계절은 특별하다. 봄은 꽃의 계절이다. 오늘이 '일'을 해야 하는 날이 아니었다면 천천히 둘러봤겠지만, 우물쭈물할 시간이 없었다.

서둘러 꽃을 골라서 다발을 만들었다. 빨간색 장미와 노란색 카라와 안개꽃. 멋진 배합이라고는 생각되지 않았지만, 하는 수 없었다.

"조금 짧게 하는 게 좋을 것 같은데요"라고 말하는 점원의 충고에 머리를 흔들어 긴 줄기 그대로 꽃다발을 만들었다.

집으로 돌아와서 꽃을 다시 포장했다. 꽃집에서 해준 포장지는 너무 짧은 데다 반투명이었다. 요코가 준비한 포장지는 튼튼하고 두꺼운 것으로, 폭이 1m가 넘었다.

가장 먼저 포장할 것은 장미도, 카라도 아닌 레밍턴이었다. 총신을 짧게 했고 총대도 떼어낸 상태였다. 그래도 길이는 60cm 정도. 총신을 숨기기 위해서 줄기가 긴 장미를 듬뿍 사용했으며, 그것을 안개꽃으로 감쌌다.

다시 리본을 감은 다음 꽃다발을 한 손으로 들어봤다. 총신을 짧게 했고 나중에 장착할 생각인 총대가 없는 만큼 얼마간은 가벼웠지만, 무게다운 무게가 없는 척하고 들고 다니기에는 조금 노력이 필요할지도 몰랐다.

사정거리는 그렇게 멀지 않을 테지만, 그래도 만약을 위해 조준경도 장착해서 가져가기로 했다.

만일의 경우를 감안하더라도 두 발 이상은 필요 없을 테지만 총알은 세 발. 물론 에드가 직접 만든 것이다.

총대가 없는 저격총으로 자세를 취해 봤다. 시험사격은 해보지 않았지만 가까운 거리라면 문제없어, 그래, 괜찮아. 잘 할 수 있을 거야. 창밖을 가로질러 가는 배추흰나비를 조준하고 있을 때였다.

현관의 초인종이 울렸다.

자물쇠를 풀고 문을 여니 조금 전 데려다준 슈타가 서 있었다.

"......어떻게 된 거야?"

동요의 빛을 감추려 했지만 목소리가 갈라져서 나왔다.

"리키야가 병이 났어. 열이 높아. 유행성 이하선염일지도 모른대. 옮으면 안 되니까 오늘은 돌아가라고 리키야 엄마가 그랬어."

응?

어떻게 하지?

—— 미안해. 중요한 일일 텐데. 슈타를 집에 혼자 남겨두고 싶지 않은 마음은 나도 이해해. 정 뭐 하면, 우리 가게의 아이들 가운데 슈타를 맡아줄 만한 아이를 소개해 줄게.

전화기 너머에서 리키야의 엄마가 자꾸만 미안하다고 하기에, 오히려 내가 사과하고 싶은 기분이었다.

리키야의 열은 38.3도. 오늘 아침부터 갑자기 뺨이 붓기 시작했다고 한다. 그러고 보니, 유행성 이하선염이 돌고 있으니 주의를 당부한다는 내용이 유치원의 '해바라기 소식'에 실려 있었다.

"괜찮아, 신경 쓰지 마. 그보다는 리키야를 잘 보살펴. 더 심해지면 큰일이니까."

다마키가 앓았을 때도 한바탕 난리를 겪었다. 겨우 걸음마를 하던 때였기 때문에 열이 40도를 넘었다. 요코는 디지털 체온계의 숫자에 '4'도 분명히 준비되어 있다는 사실을 그때 처음 알았다.

"걱정하지 마. 정말 괜찮아. 다른 사람한테 부탁해 볼게."

그렇게 말하긴 했지만, 요코에게 부탁할 만한 '다른 사람'은 없었다. 유치원에 보내고 집으로 데려올 때밖에 이야기를 나누지 않는 어머니들에게 갑자기 아이를 좀 맡아달라고 부탁하는 것은, 자연보호활동의 일환으로 천연소재의 세제를 사용해 보지 않겠느냐는 말을 꺼내는 것과 같은 일. 불안하긴 했지만 슈타를 집에 혼자 두고 다녀오는 수밖에 없을 듯했다.

—— 지금부터 병원에 데려갈 생각인데 이래서는 다음 주의 데이트도 어려울 것 같아. 아이들은 정말 신기하단 말이야. 우리 사정을 전부 알고 있기라도 한 듯, 열이 오르니 말이야. 이번에 만나기로 한 사람은 리키야도 본 적이 있거든. 잘 따르는 것처럼 보였지만, 몸이 엄마의 새로운 사랑에 거부반응을 일으키고 있는 걸 거야, 틀림없이.

리키야의 엄마는 천연덕스러운 어조로 불평을 해대고는 전화를 끊었다. 아이들은 정말 그렇다. 우리 아이들도. 요코하마 때는 그 전날에 다마키가…….

설마.

요코는 자신도 모르게 슈타의 이마에 손을 대봤다. 별 문제는 없을 것이다. 어제는 수영 승급 테스트에도 멋지게 합격했고, 오늘 아침에는 힘이 넘쳤다. 텔레비전 체조의 시범자와 함께 공중제비도 했으니까.

"아, 엄마 손 차가워."

슈타가 눈을 둥그렇게 뜬 채 젖니가 빠지기 시작해서 치열이 울퉁불퉁해진 입을 열고 외쳤다. 그리고 요코의 얼굴을 들여다봤다.

"왜 그래, 엄마? 눈썹 옆이 꿈틀꿈틀하고 있어."

이마가 뜨거웠다. 뺨이 원래 동그랗기 때문에 전혀 눈치 채지 못하고 있었다. 귀 밑 부분이 조금 부어 있었다.

열을 재봤다. 38.3도. 사이좋게 똑같은 열. 그랬다. 요즘 들어 하루도 빠짐없이 리키야와 같이 놀았다. 둘이 함께 어딘가에서 옮아온 것이리라.

"……슈타, 몸이 나른하지 않니?"

슈타가 고개를 갸우뚱했다. 나른하다가 무슨 뜻이었더라 하는 표정으로.

"아니, 전혀."

"목은? 아프지 않아?"

목을 두 손으로 누르고 천장을 바라봤다.

"괜찮아, 까딱없어."

"식욕은? 배고프니? 초코메론 먹을래?"

슈타가 아주 좋아하지만, 평소에는 잘 먹이지 않던 과자의 이름을 대봤다.

"지금은 안 먹을래."

큰일. 중증이다. 어떻게 하지? 요코는 오늘을 위해 줄로 정성스럽게 다듬었던 손톱을 깨물었다.

안 그래도 슈타 혼자 남겨두고 가는 건 위험한데. 잠깐만 눈을 떼도 바로 콘센트나 자신의 콧속에 핀을 넣으려 한다. 얼마 전에도 요코가 멀리 있는 동네로 장을 보러간 사이에 목욕탕 욕조에 물을 받아놓고 돌핀킥을 연습하고 있었다. 그래서 평소에는 가능하면 오랫동안 집에 혼자 두지 않으려고 한다.

슈타가 과연 집에 조용히 누워 있을까?

요코는 2초 만에 고개를 젓고 다시 손톱을 깨물었다.

말을 듣지 않는 아이는 아니지만, 들은 말을 금방 잊어먹는 아이였다. 과보호를 하는 부모는 아니지만, 아이에 대해서는 아무래도 낙관적으로 생각할 수가 없었다. 수영교실에 다니기 시작하면서 나은 천식 발작이 다시 일어나면 어떡하지? 욕조에 슈타의 등이 둥둥 떠 있는 광경이 머릿속을 스치고 지나갔다. 이런 생각이 든 이상 이제는 틀렸다.

열이 있다고 해도, 아니 열이 있으니까 더더욱 눈을 떼지 않는 게 좋을 것이다. 요코는 그렇게 생각했다. '일'의 현장에 아이를 데려간다는 것은 무서운 일이지만, 혼자 내버려두는 것은 더욱 무서운 일이다.

"슈타, 엄마랑 같이 갈래?"

"응."

슈타가 빨간 뺨을 볼록하게 부풀리며 웃었다.

성 로살리나 병원 '온화함의 고향'에서 가장 가까운 전철역은 요코의 집에서 40~50분 거리. 자동차를 이용하면 좀 더 빨리 갈 수 있을 테고, 후쿠다 집안의 RV라면 그대로 저격장소로 쓸 수도 있을 것 같았지만, 이제 무면허 운전은 질색이었다. 무엇보다도 경찰이 자동차를 세우기라도 한다면 그것으로 끝장. 무면허운전뿐 아니라 총기 불법소지까지 발각되고 말 것이다.

평소 같으면 비어 있을 시간이었지만, 토요일이라 그런지 전철의 의자는 이미 사람들로 채워져 있었다.

요코는 꽃다발을 안은 채 문 옆에 서 있었다. 지금까지 살아오면서 들어봤던 꽃다발 가운데 가장 컸다.

서른 송이의 빨간색 장미와 풍성한 안개꽃, 그리고 옅은 노란색의 카라와 초록색을 조금. 병원에 들고 가기에는 지나치게 화려하고 눈앞이 아득해질 정도로 비쌌지만, 총신을 짧게 잘라내고 총대를 떼어냈는데도 60cm가 넘는 레밍턴 M700을 숨기려면 아무래도 이 정도의 양은 필요했다. 요코가 별로 좋아하지 않는 노란색 카라는 총구를 가리기에 안성맞춤이었다.

호화로운 꽃다발과 요코의 수수한 옷이 잘 어울리지 않는지 승객들이 때때로 시선을 던졌다. 요코는 회색 카디건에 두꺼운 무명으로 된 치마. 발에는 굽이 없는 샌들. 트레이닝을 중단했기 때문인지, 3kg은 될 법한 꽃다발을 가볍게 끌어안고 있는 것처럼 보이는 데는 약간 고생을 해야 했다.

미행에 대한 걱정은 하지 않았다. 만일 누군가가 요코를 의심해 감시를 하고 있다고 해도, 아이를 데리고 '일'을 할 리는 없을 것이라고 생각하리라. 보통은 그렇다. 부모된 입장이라면. 하지만 요코는 그렇게 하려는 것이다.

슈타는 전철에 타면 늘 그렇듯, 문에 달라붙어서 풍경을 바라보고 있었다. 서서 창밖을 바라볼 수 있을 만큼 키가 자란 지 얼마 되지 않았기 때문에 기뻐서 어쩔 줄 몰라했다.

"저기 봐, 저기 봐, 엄마. 굴뚝. 굉장히 긴 굴뚝."

뒤를 돌아 눈을 둥그렇게 뜬 얼굴을 요코에게로 향했다. 역시 데려오는 게 아니었다. 이미 지난 일이지만 요코는 후회하기 시작했다. 과연 저런 얼굴을 보고나서도 바로 살인을 저지를 수 있을까?

"저기, 엄마, 굉장히 큰 집. 우리 집이랑 어떤 게 더 클까?"

"글쎄, 어떤 게 더 클까?"

하지만 하는 수밖에 없다. 이 아이가 현실의 무게를 알아버리기 전에, 지금의 상황에 종지부를 찍어야 한다. 요코는 억지로 웃음을 지으며 슈타에게 말했다.

"물론 우리 집이지. 우리 집보다 더 큰 집은 아무 데도 없을걸."

전철역에서 버스로 세 번째 정거장. 성 로살리나 병원이 어디에 있는지는 버스가 정거장에 서기 전부터 알 수 있었다.

민가와 높지 않은 빌딩들밖에 없는 이 부근에서 백악관에 그리스 신전의 입구를 달아놓은 것 같은 외관은 저절로 눈에 띄었다.

울타리는 편집적이라고 할 수 있을 정도로 꼼꼼하게 다듬어 놓은 어제일리어*. 아치형 문에서 정면 현관까지는 색이 들어간 벽돌로 모자이크해 놓은 길이 이어져 있었다. 호텔 부럽지 않은 건물의 정면. 하룻밤 입원비도 틀림없이 고급 호텔의 숙박료와 차이가 없을 것이다.

먼저 병원 부근을 둘러보기로 했다. 저격 장소가 될 '온화함의 고향'은 병원 일각에 함께 서 있었지만 그곳은 나중에 가보기로 하고, 먼저 병원 부지를 한 바퀴 둘러봤다. 그렇게 하면 토지의 전체적인 모습을 그려볼 수 있다. 호박의 내용물을 알아보기 위해 껍데기를 두드려보는 것과 같은 이치다.

어디에 누가 있는지, 사람의 유동은 있는지. 세일즈맨이나 새로 가게를 내는 사람이라면 그런 시각으로 둘러봤겠지만, 요코의 경우는 정반대였다. 어디에 사람이 없는지, 사람의 유동이 적은 곳은 어디인지를 미리 확인해 둬야 한다. 그렇게 해두면 예상외의 사태에도 대처할 수 있다.

병원의 왼쪽과 뒤편은 아담한 집들이 늘어선 신흥 주택지였다. 주말 오전의 주택지에는 의외로 사람의 그림자가 적은 법이다. 주위는 쥐 죽은 듯 고요했다.

슈타는 언뜻 건강해 보였다. 집을 나오기 전에 먹인 해열제가 듣고 있는 모양이었다.

"꽃 내가 들면 안 돼?"

* 진달래류의 원예 품종을 통틀어 이르는 말(편집자 註).

"안 돼, 안 돼."

요코가 꾸짖자 이번에는 잡고 있는 손에 매달리려 했다.

"팔에 매달려도 돼?"

"이 녀석이."

얼마 전까지만 해도 구부린 팔로 슈타를 들어 올릴 수 있었지만, 제아무리 요코라 할지라도 유치원생이 된 슈타의 체중을 견딜 수는 없었다. 슈타는 평소보다 더 어리광을 부렸다. 무엇인가를 깨닫고 그것을 막으려는 듯이.

성 로살리나 병원의 부지는 넓었다. 정면 입구에서 왼쪽으로 돌아 '온화함의 고향'이 있는 오른쪽으로 나오기까지 10분 가까이 소요됐다. 슈타가 요코의 팔에 매달리려 했던 탓도 있긴 하지만.

예상대로 울타리가 낮아서 개방적인 모습을 보이고 있는 곳은 건물의 정면뿐이었으며, 나머지 세 면은 높은 콘크리트 벽으로 둘러싸여 있었다. 안으로 들어가지 않는 한 평지에서의 저격은 불가능했다.

팸플릿에 따르면, '온화함의 고향'은 병원과 복도로 연결된 2층짜리 건물이었다. 전부가 독실이었으며 입원환자를 위한 식당과 휴게실도 갖추고 있었다.

방향은 병원의 동쪽. 저녁이 되면 태양빛을 정면으로 받는다. 안내장의 문면을 통해서 K가 전달해 온 저격 시간은 오후 2시 이후. 정확한 시간을 지정하진 않았지만 너무 늦어지지 않는 것이 좋을 듯했다.

'온화함의 고향'에 면해 있는 것은 좁은 차도였는데, 다른 길에 비해 지나는 사람들이 많았다. 바로 정면에는 공원. 건물을 바라보고 오른쪽에는 패밀리레스토랑이 있었고, 왼쪽으로는 오래된 맨션이 서 있었다. 가까이에 병원이 있었기 때문에 요코가 안고 있는 꽃다발을 이상하게 생각하는 사람은 아무도 없었다.

사전답사를 가지 못하는 대신 요코는 장을 보러갔다 돌아오는 길에 도서관에 들러서, 세대주 이름까지 적혀 있는 주택지도로 부근의 건물들을 파악해 두었다. 하지만 오른쪽에 있는 패밀리레스토랑은 생각지도 못하던 것이었다. 교외라고는 하지만, 도쿄는 이래서 무섭다. 지도가 작년판인 것을 확인했는데도 벌써 건물이 바뀌어버린 것이다.

지도에 따르면, 이곳은 입체주차장이었다. 요코는 그 주차장을 저격 포인트의 첫 번째 후보지로 생각하고 있었다.

작전을 다시 세워야 했다. 위치만을 고려한다면 가장 좋은 곳은 공원이었지만, 사람들 눈에 너무 잘 띈다. 그렇다고 정글짐 위해서 총을 쏠 수도 없는 일 아닌가? 입구 옆, 커다란 나무에 둘러싸인 관리사무소로 시선을 돌렸다. 저 위에 올라갈 수만 있다면 104호실을 거의 정면에서 바라볼 수 있는 포인트를 확보할 수 있을 텐데.

그 옆의 맨션. 3층 건물로 건물 위에서는 많은 빨래들이 바람에 펄럭이고 있었다. 그렇다면 옥상에 쉽게 올라갈 수 있다는 의미다. 하지만 위치적으로 그렇게 좋다고는 할 수 없었다.

병원 부지 안으로 들어가 가까운 장소에서 저격한다. 이것도 하나의 방법은 되겠지만 너무 억지스럽고 위험. 가능하다면 최후의 수단으로 돌리고 싶었다.

패밀리레스토랑은 밑이 주차장, 2층이 점포였다. 간판은 교통량이 많은 도로 쪽으로 나 있었으며, 이쪽에서 보이는 것은 측면이었다. 조그만 창이 하나 뚫려 있을 뿐. 화장실일지도 모른다.

“슈타, 조금 이르지만 점심 먹을래?”

“응.”

평소 같았으면 좋아서 펄쩍 뛰었을 텐데, 이를 닦으라고 했을 때 하는 대답 같았다. 이마에 손을 대봤다. 해열제의 효과가 떨어지기 시작한 모양이었다. 다시 열이 오르고 있었다.

“괜찮아? 어디 아픈 데 없어?”

“괜찮아, 끄떡없어.”

그렇지만도 않은 것 같았다. 슈타의 눈이 열 때문에 눈물로 촉촉하게 젖어 있었다.

주문을 마치고 슈타를 위해 아이스크림도 부탁했다. 몸 안부터 식혀야지. 바닐라 아이스크림은 영양가도 있을 테고. “식사 전에 줘도 상관없어요.” 웨이트리스에게는 그렇게 말했다.

요리에 앞서 아이스크림이 나오자 요코는 화장실로 갔다.

아이스크림보다 달콤한 방향제 냄새로 가득 찬 남녀공용 화장실이었다. 문을 잠그고 정면에 있는 창을 열어봤다. 비스듬히 절반밖에 열리지 않도록 되어 있었지만, 요코는 이곳이 바로 최적의 저격 포인트임을 알 수 있었다.

오른쪽으로 '온화함의 고향'이 보였다. 원형 화단을 잔디가 둘러싸고 있는 정원 끝에 벽을 벽돌처럼 꾸민 기다란 2층 건물이 두 동. 의료기관이라기보다 리조트용 시설 같았다.

팸플릿에 실려 있던 관내 배치도는 머릿속에 완전히 새겨놓았다. 104호실의 위치를 바로 알 수 있었다. 앞쪽 건물의 1층, 가장 끝이다.

104호실의 넓고 높은 창에는 레이스가 달린 커튼이 걸려 있었기 때문에 안의 모습을 분명하게 엿볼 수는 없었지만, 사람은 없는 듯했다.

이 창을 통해서 쏘는 방법이 있을 것이다. 2시까지 여기서 버티다 꽃다발을 들고 다시 한 번 화장실에 들어오는 것이다. 소음기를 장착해도 총성은 의외로 큰 편이지만 직전에 화장실 물을 내리면 문제없을 것이다.

그래, 아무런 문제도 없어. 하지만 요코는 결정을 내릴 수가 없었다.

슈타가 문 너머 10m 정도 떨어진 곳에 있다. 그렇게 가까이에서 사람을 쏴야 했기에 망설였던 것이다.

아무래도 그렇게까지 하고 싶지는 않았다. 게다가 사람의 목숨을 앗은 지 겨우 1~2분 뒤에 아무 일도 없었다는 듯 슈타가 있는 곳으로 돌아가야 한다. 그렇게 할 수 있을 리 없었다.

테이블로 돌아와 보니 주문한 요리가 벌써 나와 있었다. 슈타는 손을 대지 않고 기다리고 있었다. 집에서 먹을 때, 모두가 모이면 먹으라고 했던 요코의 말을 지킨 것이었다.

"엄마, 꽃도 무겁네."

슈타가 한 마디 던졌다.

"……들어 봤니?"

자신도 모르게 목소리가 험해졌다. 옆자리에 있던 손님이 시선을 던졌다. 요코는 슈타의 얼굴을 들여다봤다. 뭔가 눈치 챈 것은 없나 살펴보기 위해서. 하지만 슈타는 자신이 한 일이 굉장히 나쁜 짓이라고 착각한 듯 입술만 떨고 있을 뿐이었다.

"그냥 잠깐……, 미안해요. 다음부턴 안 그럴게요."

보이지 않는 가시가 가슴을 찔렀다. 요코가 정말로 병문안을 온 평범한 주부였다면 야단칠 이유가 전혀 없는 일이었는데. 애 엄마가 돼서, 아이 표정에서 의심의 기색은 없는지나 살피다니.

"엄마야말로 미안해. 꽃을 들면 안 되는 건 아니야. 하지만 오늘은 그럴 만한 이유가 있어서 그래."

전부 자신에게 유리할 대로 갖다 붙인 이유. 슈타에게는 아무런 잘못도 없다. 지금부터 '일'을 해야 하는데 요코의 마음은 자꾸만 흐트러졌다.

슈타의 메뉴는 언제나 똑같다. 오므라이스. 집 근처에 있는 패밀리레스토랑과는 달리 함께 나온 음식에 브로콜리가 얹혀 있는 것이 불만인 듯했다.

요코는 샌드위치를 주문했지만 아무런 맛도 느낄 수 없었다. 두꺼운 종이를 씹고 있는 듯한 기분이었다. 그래도 먹어야 한다. 무엇인가를 뱃속에 넣어야만 한다는 사실은 경험을 통해 잘 알고 있었다. 첫 번째 일을 할 때는 전날 밤부터 아무것도 먹지 못했기 때문에 콜트 S.A.A. 피스메이커가 평소보다 무겁게 느껴졌었다. 가까운 거리라 문제가 되진 않았지만, 라이플로 저격하는 것이었다면 어떻게 될지 모르는 상황이었다.

그때 맞히지 못했어야 했다. 그랬다면 이런 괴로움을 겪지는 않을 것이다.

평소에는 어른들이 먹는 양도 전부 먹어치우던 슈타가 브로콜리뿐 아니라 오므라이스까지도 남겼다. 일에 대한 집중력이 점점 더 떨어져갔다. 세트메뉴의 커피를 사양하고 레스토랑 밖으로 나왔다.

어떻게 하지? 슈타에게 내민 손과 꽃다발을 든 손이 비어 있었다면 분명 손톱을 깨물었을 것이다. 아직 선택의 여지는 남아 있었다.

공원 아니면 맨션. 그것도 아니면 병원 안으로 진입?

“아이스크림 맛있었어. 저기 또 가자.”

여기가 집에서 멀리 떨어진 곳이라는 사실을 알지 못하는 슈타가 말했다. 잡고 있는 손이 뜨거웠다. 37도 이상일 것이다.

안 되겠다. 슈타의 손을 잡고서는 도저히 생각을 정리할 수 있을 것 같지가 않았다.

“슈타, 아직 시간이 조금 있는데. 공원에서 놀까?”

밖에서 보기보다 넓은 공원이었다. 미끄럼틀과 그네 같은 뻔한 놀이기구 외에도 통나무로 만든 애슬레틱 짐과 콘크리트로 만든 터널까지 갖춘 모래밭도 있었다. 유치원에 있는 것보다 훨씬 큰 모래밭을 본 슈타는 마치 수영장을 찾기라도 한 듯 눈을 반짝였다.

요코는 준비해 온 해열 냉각시트를 슈타의 이마에 붙였다. 이렇게 가까이에 병원이 있는데도 슈타를 데려갈 수 없다니. 정말 잔혹한 현실이었다.

"놀고 있어."

슈타가 모래밭으로 달려갔다. 뛰어 들어가서 발차기 연습을 할 게 뻔했다. 그렇게 생각했는데, 슈타는 모래밭 가장자리에 앉아서 구멍을 파기 시작했다. 때때로 해열 냉각시트를 붙인 얼굴을 요코 쪽으로 돌렸다. '다른 아이들한테 피해 안 주고 있어'라고 자랑스럽게 말하고 싶어 하는 표정이었다.

토요일의 공원에는 여기저기 사람들이 있었다. 요코는 관리사무소 쪽으로 시선을 돌렸다. 창이 몇 개 없었으며, 여기서 살펴본 바로는 안에 사람이 별로 없는 듯했다. 바깥쪽 계단으로 올라갈 수 있는 옥상은 높은 콘크리트 담으로 둘러싸여 있었다.

저기?

안 된다는 사실을 금방 깨달을 수 있었다. 공룡 모양을 하고 있는 이 공원의 미끄럼틀은 2층짜리 집과 높이가 비슷했다. 그 위에 있는 사람에게 들킬 위험성이 있었다.

혼자서 다시 한 번 패밀리레스토랑으로 돌아가 커피를 마신 다음, 꽃다발을 든 채 화장실로 들어갈까도 생각해 봤다.

아이를 데리고 가게를 나갔던 손님이 한 시간도 지나지 않아 이번에는 혼자 가게에 왔다. 아무래도 점원들의 머릿속에 남을 것이다.

아무렴 어때. 어차피 마지막 일인데. 의심을 받아도 상관없어.

하지만 결국에는 생각을 바꿨다.

K가 지정한 시간은 2시 정각이 아니다. 2시 이후다. 표적이 나타날 때까지 기다려야 할 가능성도 있다. 가게는 지금이 가장 붐비는 시간일 테니, 한 사람밖에 들어갈 수 없는 화장실을 독점할 수 있는 시간은 길어야 20~30분. 그 이상 진을 치고 있으면 틀림없이 점원이 문을 두드릴 것이다.

병원에 침입해 저격한다면 포인트는 정원이다. 암살자가 찾아올 것이라는 사실을 당사자도 알고 있다고 K가 말하긴 했지만, 병실에 찾아가서 쏘는 것은 자신이 범인이라고 자백하는 것과 같은 일. 그리고 무엇보다도 가까운 거리에서 사람을 쏘는 것은 이제 사양이다. 25년 전, 코넬리어스의 피 냄새도 아직 코끝에서 사라지지 않았는데.

정원과 다른 부지를 구분하고 있는 것은 간단히 넘을 수 있는 울타리였다. 드나들기 어렵진 않았지만, 역시 위험. 몸을 숨길 장소가 없었다. '온화함의 고향'은 모든 방의 침대가 창가에 놓여 있는 듯, 커튼이 열려 있는 창을 통해서는 사람의 얼굴까지도 보였다. 잔디와 화단밖에 없는 정원에서 커다란 꽃다발을 어깨에 짊어지고 있는 여자는 무료한 환자들의 호기심의 표적이 될 것이다.

그렇다면…….

남은 곳은 한 군데. 맨션의 옥상이었다.

한동안 그네에 앉아서 슈타의 모습을 바라봤다. 왠지 모든 게 꿈처럼 느껴졌다. 지금 자신이 저격총을 손에 쥐고 있으며 사람을 쏘려 한다는 사실도, 자신이 결혼해서 아이를 낳았으며 그 아이의 등을 바라보고 있다는 사실도. 세인트 클라우드에서의 밤도, 요코하마에서의 일도, 미국에서 에드와 함께 생활하면서 총 쏘는 법을 배우고 훈련을 거듭해 왔던 일도.

요코는 어느 틈엔가 여섯 살 때로 돌아가 있었다.

오클라호마에서 생활한 지 얼마 되지 않았을 때, 에드는 요코를 위해 정원의 커다란 떡갈나무 밑에 그네를 매달아줬다. 좌우에 의자가 있는, 조그만 마차 같은 놀이기구였다. 하지만 2인용이었기 때문에 혼자서는 잘 흔들 수가 없었다.

바로 움직임이 멈춰버리고 마는 그네의 한쪽 편에 앉아서 요코는 언제나 그 맞은편 자리에 앉아 있는 어머니의 모습을 떠올렸다.

상상 속에서, 이제는 사용하지 않게 된 일본어로 어머니와 이야기를 나눴다. 요코는 미국에서의 생활에 대해 말했고, 어머니는 일본에서의 추억을 들려줬다. '오늘 처음으로 할아버지에게 총 쏘는 법을 배웠어.' 그렇게 말하자 어머니 카렌은 아주 조금 얼굴을 찡그렸다.

이야깃거리가 떨어지면 카렌은 자장가를 불러줬다. 일본의 오래된 노래. 군데군데밖에 기억하고 있지 못했다.

달님은 몇 살, 아직 어려요.

그네를 흔들면서 기억하고 있는 구절과 멜로디를 반복해서 흥얼거렸다.

달님은 몇 살, 아직 어려요.

망설였지만, 마음을 정했다.

그래, 가자.

"슈타."

슈타가 돌아보더니 요코가 앉아 있는 벤치로 달려왔다. 평소보다 발걸음이 무거웠다.

"이제 엄마 갔다올게."

"누구 병문안이야?"

고헤이에게는 얼마 전의 동창회(그런 건 있지도 않았지만)에서 만난 고교 시절의 은사라고 말했다.

"엄마의 소중한 사람."

"나도 갈래."

"미안, 여기서 기다려줘."

불안한 표정을 짓고 있는 슈타에게 자신의 휴대전화를 들려줬다. K의 휴대전화는 전원을 끈 채 핸드백 속에 넣어뒀다.

"이걸 가지고 있어."

고헤이의 휴대전화를 컵 속에 넣어버린 이후 가족의 휴대전화를 만지지 못하게 된 슈타가 기뻐서 어쩔 줄 몰라했다.

"엉? 괜찮아?"

"모래밭에 묻어버리면 안 돼."

리다이얼로 전화를 거는 가장 간단한 방법을 알려줬다.

"이걸로 엄마랑 얘기하는 거야?"

"아니, 아빠랑. 이렇게 하면 아빠랑 얘기할 수 있어. 봐, 먼저 여기를 누르고, 그래, 그런 다음, 여기."

리다이얼의 가장 최근 번호는 고헤이의 휴대전화번호였다. 슈타는 머리카락이 흔들릴 정도로 고개를 끄덕였지만, 몇 번이고 반복해 조작법을 보여준 뒤 몇 번이고 연습하게 했다.

"무슨 일이 생기면 아까 봤던, 성처럼 생긴 병원으로 가. 그리고 아빠한테 전화해. 커다란 병원에 있다고."

"무슨 일이 생기면?"

한동안 슈타의 얼굴을 바라보다 요코가 목소리를 짜냈다.

"만약, 아무리 시간이 지나도 엄마가 돌아오지 않으면."

시간은 1시 30분. K가 지정한 시간보다 일렀지만 슈타를 남겨둔 채 공원에서 나왔다. 곧바로 오른쪽에 있는 맨션으로 향했다.

지난 며칠 동안 비가 왔기 때문일 것이다. 옥상에서 펄럭이는 빨래들이 건물을 장식하는 만국기처럼 보였다. '이런 날에까지'라고 생각했지만 요코도 주부의 습성을 이기지 못한 채, 나오는 길에 그동안 비 때문에 눅눅해져 있던 이불을 널었다.

맨션 바깥쪽에 있는 계단으로 2층까지 올라갔을 때였다. 조금 전에 켜둔 K의 휴대전화가 착신음을 연주하기 시작했다. 이번에도 '슬픈 빗소리'. 이 노래가 굉장히 마음에 드는 모양이었다.

—— 이야, 요우코, 계속 걸었는데 받지 않아서 걱정했어.

"일본 사람들은 전철 안에서는 모두 전원을 꺼요. 일본의 미덕 가운데 하나."

K가 작게 웃었다. 일본의 사정에 아주 밝아진 모양이었다.

—— 그럼 벌써 도착했다는 얘기군. 어떤가, 현장은?

"멋진 곳이네요. 이사 오고 싶을 정도로. 공원도 넓고, 커다란 병원도 가까이에 있고. 치안도 좋은 것 같아요. 나의 존재 이외에는요."

마침 잘 됐다. 나도 K에게 해두고 싶은 말이 있었다.

"부탁이 있어요."

—— 뭐지? 선크림을 안 가지고 왔으니 가져다달라는 건가?

재미있지도 않은 농담은 무시한 채 말했다.

"이번 보수에 관한 것. 은행계좌로 송금해 줬으면 좋겠어요."

—— 왜? 현금은 안 되나?

"가능하다면."

—— 미안하지만 이미 조치를 끝냈는데. 변경은 불가능해. 내일이면 도착할 거야. 물론 네가 성공했을 때 얘기지만.

"어떻게? 방법은?"

—— 이번에는 마운틴오이스터 안에 넣어봤는데.

"그것만은 참아줘요."

—— 화 내지 마. 농담이야. 지금은 미국산 쇠고기를 일본으로

가지고 들어올 수 없으니까. 아무리 나라고 해도 일본의 정치가와 농림수산부의 관리들을 전부 처리할 수 있는 것은 아니야. 시리얼 속에 넣어서 보낼게.

시리얼. 잠시 생각한 뒤 대답했다.

"뭐, 하는 수 없죠."

—— 포인트는 이미 정해 두었지? 거기에는 도착했나?

"거의 다 왔어요."

—— 그럼 일단 끊었다 다시 걸기로 하지.

이번에도 요코에게 지시를 내릴 생각인 듯했다. 전에 실패한 주제에. 언제까지 꼬맹이 취급을 할 생각이야? 솔직히 말하자면 거추장스러워서 견딜 수가 없다. 숲에서 사슴을 쫓고 있는 사람에게, 안락의자에서 내리는 지시는 아무런 의미도 없다. 현장에서 중요한 것은 면밀한 계획이 아니라 저격수의 후각이다.

요코는 맨션 입구 옆에 있는 쓰레기장으로 시선을 돌렸다. 요일을 무시하고 다른 쓰레기를 버린 것인지, 치우는 시간이 지나서 내놓은 것인지 쓰레기봉투가 몇 개 남아 있었다. 요코가 살고 있는 동네에서 이런 짓을 하면, 말 많은 베테랑 주부들이 가만있지 않았을 것이다. 주민들 간의 대화가 별로 없다는 증거였다. 만약 옥상에서 누군가와 마주친다 해도 의심받을 염려는 없을 듯했다.

옥상에는 빨랫대가 여러 개 놓여 있었는데, 전부 빨래로 채워져 있었다. 재작년까지 요코가 살던 아파트의 옥상은 출입금지였기 때문에 부럽기도 했지만, 나름대로 문제도 있는 듯했다.

문과 난간에는 벽보와 글이 적힌 판자가 몇 개 붙어 있었다.

'정해진 곳에 널어주십시오.' '빨래집게 등은 자신의 것만 사용합시다.'

어떤 사람이 읽어주길 바랬는지는 모르겠지만, 빨랫대 끝에는 이런 판자도 걸려 있었다. '이불 널기 금지! 다른 사람의 빨래에 그늘을 만들지 마시오.'

일본 사람들은 정말 이런 일을 즐기는 모양이다. 미국 사람이었다면 이렇게 말할 것이다. '불만 있으면 우리 집 문을 두드려' 라고.

다시 일본으로 돌아왔을 때 처음에는 요코도 그랬다. 하고 싶은 말을 직접적으로 하고 상대방의 의견도 들었다. 하지만 그 탓에 친구가 될 수 있었던 사람을 몇 명이나 놓쳤고, 몇몇 직장은 나가기가 힘들어졌으며, 때로는 잘리기도 했다. 지금의 요코와는 전혀 다른 사람이었다.

환경은 사람을 바꾼다. 에드는 나의 어머니에 대해 곧잘 이런 말을 했다. "예전의 카렌은 한여름의 태양과도 같은 아가씨였는데, 일본인과 결혼한 뒤부터는 완전히 다른 사람이 돼버렸어. 그 쓰레기 같은 녀석은 태양을 가리는 비구름이야."

하지만 미국이 좋으냐는 질문을 받는다면 요코는 고개를 갸우뚱할 것이다. 거기서는 모든 사람들이 자신과 가족의 생명, 재산을 지키기 위해 신경을 곤두세우고 있다. 태양이 너무나도 눈부셔서 전부가 바싹 말라버린 나라다.

옥상에 사람의 모습은 없었다. 그것을 예상하고 있었기 때문에 이곳을 포인트로 결정한 것이다.

날이 갰다고는 하지만, 오늘도 햇빛이 그렇게 강한 편은 아니었다. 요즘 같은 계절에는 아침 일찍 빨래를 널었다 해도, 빨래를 걷기 위해 옥상으로 올라오는 것은 좀 더 뒤의 시간이 될 터였다. 확인하기 위해 옆에 있는 빨래를 몇 개 만져봤다. 음, 역시 덜 말랐다.

'온화함의 고향'에 가장 가까운 쪽으로 가봤다. 요코의 가슴 높이까지 오는 난간이 있는, 건물의 한쪽 끝이었다. 여기는 104호실의 왼쪽 편에 해당한다. 거리는 대략 100m. 거의 무풍이다. 화단에 피어 있는, 줄기가 가느다란 팬지조차 흔들리고 있지 않은 걸 보면 알 수 있다.

104호실을 가만히 살펴봤다. 창 가까이에 환자용 침대가 놓여 있었다. 상체를 일으킬 수 있도록 고정해 놓은 상태였다. 방의 또 다른 한쪽에는 소파 세트. 침대 위의 의료용 기기들만 없었다면, 병실이 아니라 호텔처럼 보일 방이었다. 대각선 방향 위쪽에 위치한 이곳에서 볼 수 있는 것은 거기까지, 방의 안쪽 모습은 보이지 않았다.

하지만 걱정할 필요는 없을 듯했다. K가 지정한 2시 이후가 표적이 방으로 돌아오는 시간이라면, 그가 환자인 이상 침대 이외의 곳으로는 가지 않을 것이다.

요코는 옥상에 다른 사람이 없다는 사실을 다시 한 번 확인한 뒤, 빨랫대를 옮겼다. 하나는 시트가 두 장 널려 있는 것. 난간 가까이로 옮겨놓았다. 시트 사이로 총신을 밀어 넣을 생각이었다. 또 하나는, 금지되어 있음에도 당당하게 이불을 널은 것. 이것은 옥상에 올라온 사람에게 들키지 않도록 하기 위해 등 뒤에 놓았다.

그런 다음 꽃다발을 바닥에 놓고 핸드백의 가장 깊은 곳에서 봄철 머플러로 말아놓은 총대와 드라이버를 꺼냈다.

손에 잡고 있던 꽃다발 부분의 포장지를 찢어 총대를 고정했다. 포장지의 중간쯤에서, 미리 장착해 놓은 조준경을 빼냈다. 총대에는 다시 한 번 머플러를 감았다. 빠른 손놀림으로 작업하면서 누군가 옥상에 올라와도 의심받지 않을 만한 변명을 세 개 정도 생각해 두었다.

화장품 가방을 꺼내 속을 살펴봤다. 립스틱 케이스가 네 개. 요코가 늘 사용하는 것은 그 가운데 한 개뿐. 나머지 세 개에는 총알이 들어 있었다.

총알을 두 발 장전한 뒤 레밍턴을 숨겨둔 꽃다발로 자세를 취했다. 시야를 가리는 안개꽃을 꺾어낸 다음 조준경 너머로 104호실을 바라봤다.

어느 틈엔가 커튼이 열려 있었다. 안에 사람이 있었다.

환자용 옷이 아니라 아주 평범한 실내복 차림으로 침대 한쪽에 앉아 있었다. 그가 표적일 것이다.

무릎 위에 놓인 손으로 뺨을 괸 채 이쪽으로 옆얼굴을 보이고 있었다. 머리가 벗겨졌지만, 환자치고는 다부지고 건강해 보이는 체격을 가진 남자였다. 발밑에 산소통처럼 생긴 것이 놓여 있었다. 이동식 산소통인 듯, 바퀴가 달려 있었다.

휴대전화가 울렸다.

── 지금 어디에 있지? 포인트에 도착했나?

귀에 댄 순간 K의 목소리가 흘러나왔다. 전원을 꺼놓을 걸 그랬다. 하지만 지금 보이는 남자가 표적인지 분명하게 확인해 둘 필요가 있었다. 요코는 하는 수 없이 대답했다.

"네, 벌써 방이 보이는 곳에 와 있어요. 디키디키는 내가 지금 보고 있는 남자인가요?"

── 어떤 남자지? 인상을 말해 주지 않겠나?

"일흔은 넘은 것 같은데. 머리가 벗겨졌어요. 크고 다부진 체격."

── 잘생겼나?

"거기까지는 모르겠어요. 옆얼굴밖에 보이지 않아서."

옆얼굴만의 인상으로 말하자면, 그렇게 특징이 있는 얼굴은 아니었다.

── 잠깐 기다려. 지금 얼굴을 알아볼 수 있게 해달라고 그와 교섭해 볼 테니.

K가 묘한 말을 하기 시작했다.

── 그와는 오래전부터 알고 지낸 사이라서 말이야. 아직도 조금은 내 말을 들어주는 편이지.

그 말이 채 끝나기도 전에 남자가 이쪽으로 몸을 돌렸다. 교섭? 남자는 뺨을 괴고 있던 게 아니었다. 휴대전화를 들고 있었던 것이다.

── 이 정도면 됐나?

K가 그렇게 말하자 104호실의 노인도 입을 움직였다. 'You see(이 정도면 됐나)?' 그렇게 말한 것처럼 보였다.

순간 머릿속 회선 가운데 하나가 혼선을 일으킨 듯한 느낌이었다. 텔레비전 드라마 속의 전화 벨소리에 자기 집 전화기를 들려고 했을 때의 느낌.

"설마, 디키디키는……."

요코가 그렇게 말하자 표적이 한 손을 들어 올렸다.

── 그래, 나야. 이 혐오스러운 몸과는 태어날 때부터 함께 해왔지. 옛날에는 내 말을 좀 더 잘 듣긴 했지만.

K가 자리에서 일어나 창문 쪽으로 발걸음을 옮겼다. 발에 납덩이를 달고 있는 듯한 걸음걸이였다. 창이 활짝 열리더니 거기로 얼굴이 나타났다. 코에는 산소통과 연결된 듯한 호스가 끼워져 있었다.

지금까지 요코는 K를 백인이라고만 생각하고 있었다. 백인풍의 남부 사투리를 쓰고 있었기 때문에. 지금 조준경 너머로 보이는 사람은 이 나라 어디에서 만나도 시선을 끌 것 같지 않은 평범한 얼굴의 노인이었다.

그런데 요코의 눈에는 낯이 익은 사람처럼 보였다. 옛날에 봤던 얼굴이었다. 기억 속 서랍을 하나씩 열어봤다.

결혼식장에서 본 고헤이의 친척? 예전에 일했던 직장의 상사? 고등학교 시절 선생님 가운데 한 명?

아니, 아니다. 그게 아니다. 눈이 부신 듯 남자가 눈을 가늘게 뜬 순간 생각이 났다. 요코는 목구멍에서 탄피를 뱉어내듯 말했다.

"당신이었나요?"

K가 손을 흔들었다.

── 기억하고 있다니, 기쁜데. 어디에 있는 거지? 얼굴을 보여줘.

K가 한 손을 이마에 대고 목을 길게 뺐다. 요코가 선택한 저격 포인트를 이미 알고 있었다는 듯 주저하지 않고 맨션의 옥상으로 시선을 던졌다.

── 그래, 역시 거기였군.

시트 사이로 내민 꽃다발이 보인 것일까? 합격이라는 듯 웃음을 지어보였다.

── 오랜만이군. 몇 년 만이지?

25년 만이다. 머리가 완전히 벗겨졌고 주름이 늘었지만, 네모난 턱과 쪽 찢어진 눈은 옛날 그대로였다. 커다란 중화요리용 프라이팬을 가볍게 다루던 굵은 팔도.

K는 쿠완의 머리글자였던 것이다. 병실에 있는 사람은 드래건 클로의 주방장 쿠완이었다.

"왜? 어떻게 당신이?"

── 그렇게 물어보면 뭐라고 대답해야 하는 거지?

"하지만 영어가 서툴렀는데."

── 미국에서 장사를 하는 중국인은 중국어 억양이 섞인 서툰 영어를 써야 성공하기 쉽거든. 나는 미국에서 태어났기 때문에 광동어보다 영어를 더 잘하지. 여러 곳에서 생활했기 때문에 남부 사투리로도, 동부 사투리로도, 흑인처럼도, 백인처럼도 말할

수 있어. 그리고 또 한 가지, 중국인이 미국에서 빨리 성공하려면 차이니스 마피아에 들어가는 게 최고지. 에드를 고용했던 사람들과 우리는 오래전부터 알고 지내던 사이였어.

거기까지 말하고 난 뒤 쿠완은, 아니 K는 기침을 했다. 한동안 괴롭다는 듯 몸부림을 치더니, 코에 끼고 있는 호스를 한쪽 손으로 잡고 흔들어보였다.

—— 이거, 미안하게 됐어. 병 때문에 지금은 이걸 뗄 수가 없네. 이 녀석이 없으면 숨이 멈춰버리거든. 얼마 전까지만 해도 자동차 운전을 할 수 있었고, 제대로 걸을 수도 있었는데.

믿을 수 없는 일이었지만, 요코는 K의 말투에서 한 가지 사실을 깨달았다.

"혹시 우리 집에 짐을 배달한 것도 당신이었나요?"

—— 맞아. 몸이 좋은 날 이외에는 멀리 가지 못하기 때문에 너에게 마음고생을 시켰군. 미안했다.

무슨 뜻?

—— 리어던의 일을 할 때는 네 옆방에 있었지. 벽을 두드릴 걸 그랬나?

웃기지도 않은 농담에 K는 혼자 재미있어 하다가 다시 기침을 시작했다.

요코는 K가 숨을 고를 때까지 기다렸다.

"동료 같은 건 한 명도 없었던 거로군요."

—— 실패한 뒤부터는. 알고 있으려나, 3년 전 투르크메니스탄에서 있었던 대통령암살 미수사건.

아니요.

── 모든 걸 잃었지. 신용도, 돈도. 리어던의 일은 마지막 기회였어. 여생을 우아하게 살아가기 위한. 하지만 녀석들이 나를 배신했지. 어차피 혼자 움직이는 나이 든 에이전트이니 약속한 돈을 건네줄 필요가 없다면서 말이야. 이번에 너에게 지불한 돈이 나의 전 재산이야. 이젠 이곳의 입원비도 다 떨어져 가고 있어.

눈앞으로 갑자기 튀어나온 것에 초점이 잘 맞지 않듯, 요코의 생각도 초점이 전혀 맞지 않았다.

왜 쿠완이 K인 것일까? 왜 내게 일을 의뢰한 것일까? 머릿속에 떠오르는 것은 주방에서 보여준 여러 가지 묘기와 요코의 머리를 쓰다듬으며 드러낸, 드래건 클로에 있던 불상 같은 웃음이었다.

할 말은 잃은 요코에게 K는 계속해서 말했다. 괴로운 듯한 목소리였다. 코에 호스를 끼운 모습을 보고 있자니 더욱 그렇게 느껴졌다. 25년 만에 들은 K의 목소리가 옛날보다 훨씬 더 걸걸하게 들린 이유도 그 때문이었는지 모른다.

── 일본에 온 건 작년이야. 네가 사는 곳을 계속 찾고 있었지. 찾아낸 뒤부터는 너희 집을 여러 번 찾아갔었다. 아직은 좀 더 건강했을 때 얘기야. 아주 귀여운 아이들을 두었더구나. 남편은 약간 믿음직스럽지 못한 구석이 있긴 하지만. 너를 죽 지켜보고 있었다. 꽃을 좋아하더군. 가끔 오래된 미국 팝송을 듣고 있지? 내가 가르쳐준 곡도 들리던데. 정말 기뻤다.

K에게서 배운 노래? 미안하지만 생각나지 않는다. 드래건

클로는 에드가 오래전부터 찾던 가게로, 요코는 여섯 살 때부터 다니기 시작했기 때문이다.

저쪽에서는 이쪽의 모습이 보일 리 없는데도 K는 계속해서 요코가 있는 쪽으로 시선을 모으고 있었다.

"저더러 어쩌라는 거죠? 당신을 쏘라는 건가요? 미스터 쿠완?"

── 그래줬으면 고맙겠는데. 비참한 죽음을 맞긴 싫어.

무슨 소리야? 당신이 명령해서 내가 죽인 두 사람은? 그것이야말로 비참한 죽음 아닌가? 이제 와서 자기 혼자만 편하게 죽겠다니, 너무 이기적인 거 아니야? 나도 나 자신의 죽음이 비참하리라는 것을 벌써 오래전부터 각오하고 있었는데.

"살아 있으세요. 살아서 좀 더 괴로워하세요. 죽고 싶으면 자기 손으로 하세요."

── 사실은 몇 번이고 시도해 봤지. 코에 끼우고 있는 이 귀찮은 녀석을 뽑아버리면 죽을 수 있으리라 생각하고. 하지만 실패했어. 확실하게 죽을 수 있는 게 아니야. 생명력은 거의 남아 있지 않을 텐데도 늙어빠진 폐가 숨을 쉬려고 몸부림 치고 있는 듯해. 정신을 잃고 쓰러져 있는 나를 발견하지. 그때마다 눈을 떠보면 침대 위였어.

"다시 한 번 해보시죠?"

── 솔직히 말할게. 무서워.

모두 그랬을 것이다. 요코가 콜트 S.A.A.를 들이댔던 순간의 오스카 코넬리어스도, 몇분의 1초간 의식이 남아 있었는지는 알 수 없지만 크레이그 리어던도.
—— 죽음은 무無야. 암흑이야. 아무것도 보이지 않는 어둠과, 아무런 소리도 들리지 않는 정적을 떠올리면 견딜 수 없는 기분이 들어. 내가 죽인 사람들이 눈앞에 나타나서 속삭이지. '죽음은 두려운 것이야. 너도 빨리 와서 맛보도록 해'라고.

K도 요코처럼 자신이 죽음으로 인도한 사람들의 환영에 시달리고 있는 듯했다.

그렇군, 코넬리어스와 리어던도 머지않아 내게 속삭이겠군. 어쩐지 요즘 오스카 코넬리어스의 환영이 나에게 너무 접근한다 싶었어. 얼마 전까지만 해도 낯을 가리는 강아지처럼 손이 닿는 곳까지는 접근해 오지 않았는데, 얼마 전에는 눈을 떴더니 머리맡에 앉아서 나의 얼굴을 들여다보고 있었다. 그러고 보니 언제나 옆모습밖에 보이지 않던 내성적인 크레이그 리어던의 환영도 점점 내 쪽을 향하기 시작한 것 같다는 느낌이 들었다.

그들은 내게 무슨 말을 하려는 것일까?

생물학적 견해에서 보자면, 죽음은 한 육체의 활동정지에 지나지 않지만 한 사람의 죽음은 주위 사람들에게 정신적인 영향을 미친다. 슬픔, 분노, 동요, 공허, 상실, 그리고 그 외의 여러 가지.

그 인물을 죽인 사람에게도 그러한 영향은 찾아온다. 타인에게 죽음을 가져다주면 그 사람의 죽음을 짊어지게 되는 것이다. 지금의 요코는 그 사실을 분명하게 알 수 있었다.

사람을 죽이면 자신도 조금씩 죽어가는 것이다.

── 죽음의 세계에 가면 나는 어떻게 될까? 주 형무소에 들어간 경관처럼 린치를 당할까? 요우코는 어떻게 생각하지? 내가 살인을 한 녀석들은 나를 마음에 들어하는 것 같기도 하지만. 내 앞에 자꾸만 모습을 드러내거든. 요즘에는 매일, 매일 밤. 지금도 이 방은 녀석들의 파티장 같아.

K가 한 손으로 얼굴을 감쌌다. 목소리가 떨리고 있었다. 평소의 K와는 전혀 다른 사람 같았다. 하지만 지금까지 미리 녹음된 테이프리코더와 대화를 나누는 것 같다는 생각만 들었던 K가 드디어 피와 살을 가진 인간이라는 사실을 알게 됐다. 고독한 남자일 것이다. 지금 하고 있는 이야기는 요코 이외의 사람에게는 한 번도 한 적이 없을 것이다. 요코는 참을성 많은 심리 카운슬러처럼 K의 말에 가만히 귀 기울이고 있었다.

── 이것도 직업병인지, 익숙해지려 몇 년이고 몇십 년이고 노력했지만 헛수고였어. 환각이라는 사실을 알면서도 무서워서 견딜 수가 없어. 나의 앞날을 보고 있는 것 같은 느낌이 들거든.

마치 음성변조기를 통해 남자 목소리로 바꾼 자신의 목소리를 듣고 있는 듯한 기분이었다.

이성을 잃었던 자신이 부끄럽다는 듯 한동안 침묵하고 있던 K가 평소의 자신으로 되돌아온 듯 검지를 세웠다. 희미하게 웃는 것처럼 보이기도 했지만, 8배율짜리 조준경과 2.0인 요코의 시력으로도 확실하게 알 수 없었다.

── 또 한 가지 다른 이유가 있어. 나는 네 손에 죽고 싶었다.

"쓸데없는 소리 하지 말아요. 내가 왜……."

요코의 말을 가로막듯 K가 말했다.

— 담 니 니지트 클리코 마지.

무슨 생각을 한 건지, 스와힐리어로 주문을 외웠다.

— 이 말의 의미를 알고 싶지 않나? 지금은 케냐의 밀림 속에서도 휴대전화를 사용할 수 있는 시대야. 25년 전과는 달라서, 사실 스와힐리어는 더 이상 암호로는 적합하지 않지. 미얀마 카친족의 뎀보어나 아프리카 칼라할리 사막의 산어라도 상관없었지만, 너와는 꼭 옛날의 암호를 쓰고 싶었다. 내가 너를 위해 생각해낸 암호였으니까.

말을 너무 많이 했는지 K가 다시 기침을 하기 시작했다. 이번에는 길었다.

— 아, 미안. 의미는 이래. '피는 물보다 진하다.'

무슨 말이 하고 싶은 거지?

— 응토토 와 니요카 니 니요카. 이건 이렇다. '뱀의 자식은 뱀.'

요코는 무슨 뜻인지 알 것도 같았지만, 생각하지 않기로 했다.

— 요우코, 기뻐해라. 너와 카렌을 나에게서 앗아갔던 그 더러운 일본인 녀석은 내가 처리했다. 올 2월 신문을 읽어봐라.

조준경 속 십자가의 한가운데로 포착하고 있던 K의 모습이 미세하게 흔들리기 시작했다. 잔혹하다. 왜, 이제 와서. 그것도 이런 순간에. 이런 장소에서. 너무 잔혹하다.

— 카렌을 혼자 내버려둔 것을 미안하게 생각하고 있어. 하지만 41년 전에는 그렇게 할 수밖에 없었다. 에이전트가 감시하

고 있는 암살자의 사위가 될 수는 없었으니까.

"이젠 입 다물어!"

―― 입을 다물게 만들어주지 않으련?

더 이상 아무런 말도 듣고 싶지 않았다. 이제 K를 쏠 이유는 어디에도 없었지만, 요코는 레밍턴의 총구를 무엇인가에 기도하듯 두 손을 벌린 채 눈을 감고 있는 K의 이마에 맞췄다.

갓.

―― 요우코, 듣고 있지?

블레스. 방아쇠에 손가락을 걸었다. 앞으로 100분의 1인치만 더 당기면 발사되는 곳까지. 모든 건 에드의 말대로.

―― 어서 나를 편안하게 해다오.

그 100분의 1인치를 움직일 수가 없었다.

―― 부탁이다.

K의 이마를 조준하던 총구를 돌렸다.

요코는 혼란스러웠다. 이곳에 오기 전부터 혼란스러웠던 머릿속이 지금은 백 가지 재료를 넣고 돌리는 믹서 같았다.

―― 요우코 듣고 있니?

요코는 머릿속 믹서의 스위치를 끄고 내용물을 전부 비워버렸다. 머릿속을 비우고 자신의 몸과 레밍턴 M700을 일체화하려 했다. 그럼 이 저격총이 틀림없이 답을 가르쳐줄 것이다.

―― 요우코, 요우코.

조준경의 십자가가 산소통을 포착했다. 호스가 연결된 부분이다.

── 요우코, 요우코, 요우코.

방아쇠가 요코의 손가락에 명령을 내렸다.

요코는 그 주문에 따라 마지막 주문을 외웠다.

유.

당신에게 신의 축복을. 빌었으면 좋겠지만.

총알을 발사한 순간 충격으로 눈가루처럼 안개꽃이 흔들렸다. 장미꽃잎이 순식간에 조준경을 빨갛게 물들인 뒤 길 위로 떨어졌다.

운이 좋으면 그걸로 죽을 수 있을 거예요. 굿 럭, K.

휴대전화에서는 아직도 요코를 부르는 소리가 들려오고 있었다. 그것이 점점 약한 숨소리로 바뀌더니 곧 멈춰버렸다.

자신도 모르는 사이에 눈물이 요코의 뺨을 타고 흘러내렸다.

탄피를 주워 자리에서 일어났는데 눈앞에 사람의 기척이 있어, 요코는 하마터면 레밍턴을 떨어뜨릴 뻔했다.

사람의 그림자는 둘. 빨래를 걷으러 온 맨션의 주부가 아니었다. 둘 모두 남자였다.

한 사람은 날아간 머리에서 뇌수를 흘리고 있는 오스카 코넬리어스였다. 바로 앞 난간에 기대어 어디에도 없는 휴대전화로 이야기를 하고 있는 사람은 크레이그 리어던.

"뭐야, 놀랐잖아."

평소보다 더 강하게 말했지만 지금까지보다 훨씬 더 가까이에 나타난 것이 무서웠다. 다음에 나타날 때는 결국 요코의 귓가에 대고 원망의 소리를 속삭이기 시작할 작정인가?

"방해하지 마. 나는 바쁘단 말이야."

출구 쪽으로는 가지 않고 옥상의 반대편 끝에 있는 급수탑 밑으로 걸어갔다. 거기서 다시 한 번 쭈그리고 앉았다.

콘크리트로 된 급수탑의 옆쪽 벽에 몸을 기댄 뒤 레밍턴이 든 꽃다발을 들었다. 평소와는 반대로 총신을 쥐었다.

총대를 콘크리트에 대고 비스듬하게 기울였다.

샌들을 벗었다. 이제 와서 생각해 보니 오늘 스타킹을 신지 않아도 되는 옷을 고른 것은 마음 한구석에서 이렇게 될 줄 알고 있었기 때문인 듯했다.

요코는 아무것도 신지 않은 발의 엄지발가락을 방아쇠에 걸었다.

방법은 돌리스가 한 것과 마찬가지. 에드가 산탄총 같은 걸 선물하는 게 아니었다며 자신의 죽음 직전까지 한탄했던 그 방법이다.

망설임 없이 몸이 움직였다. 머릿속에서 몇 번이고 이 장면을 그려왔기 때문에.

끊임없이 망설이고 있었다. 리어던을 쏜 날 밤부터. 오늘 집에서 나올 때도. 공원에서 슈타의 등을 바라보고 있었을 때도. 지금도 망설이고 있다. 하지만, 역시 사람을 죽인 인간은 이렇게 하지 않으면 안 될 것 같은 기분이 들었다.

총구를 입에 물자 쇠와 화약 냄새가 코를 찔렀다.

그리운 냄새였다. 약 30년 전에도 똑같은 행동을 했었다. 관자놀이보다 더 확실하다고 생각하고. 그때와 같은 냄새다.

사람을 죽였다는 중압감은 나를 평생 따라다닐 것이다. 기억이 희미해지는 일도 없이, 죄책감이 가벼워지는 일도 없이. 아니 오히려 백합의 알뿌리처럼 마음 깊은 곳에서 해가 갈수록 더 크게 자라날 것이다.

여기서 죽는다는 것은 자신의 범죄를 자백하는 것과 같지만, 말없이 죽어버린다면 이유를 알 수 없는 고헤이와 다마키와 슈타가 혼란스러워할 것이다. 자신들을 책망할지도 모른다. 사람들의 마음속 짐이 돼서는 안 된다. 그러니까, 지금이다. 여기가 아니면 안 된다.

고헤이의 얼굴이 떠올랐다. 한심하고 든든하지 못하고 그냥 내버려두면 전날 신었던 양말을 또 신고 가려 하는 그런 인물이지만, 좋은 사람이었다. 나의 과거를 캐내려 하지도 않았고, 나의 수많은 거짓말들을 믿어줬다. 다른 사람들은 뭐라고 할지 모르겠지만, 나에게는 무엇과도 바꿀 수 없는 사람. 결혼해 줘서 고마웠어요. 돈은 시리얼 속에 있어요. 꼭 찾아내야 해요.

다마키의 얼굴이 떠올랐다. 둥글었던 턱이 조금 뾰족해져서 어른스러워지기 시작했고, 보이지 않는 곳에 굳은 심지가 들어 있는 것 같은 최근의 다마키 얼굴이었다. 너는 이제 걱정하지 않아도 될 것 같다. 나 같은 사람 없이도 씩씩하게 살아갈 수 있을 거야. 태어나줘서 고마워. 이불을 널어놓은 채로 그냥 왔으니 걷어줬으면 해.

그리고 슈타. 요코의 한쪽 팔에 매달리기 위해 젖니가 빠진 입을 벌리고 웃는 얼굴이다. 미안. 6년밖에 같이 있질 못해서. 너에게는 분명히 다른 사람에게는 없는 장점이 있어. 그것을 소중히 여겼으면 해. 네가 좋아하는 오므라이스 만드는 법은 다마키에게 가르쳐줬으니 걱정하지 않아도 되고. 아빠한테 전화해야 해. 병원 이름을 제대로 말할 수 있으려나?

에드의 얼굴이 떠올랐다. 여섯 살짜리 요코를 픽업트럭에 태우고 이해할 수 없는 언어로 말을 걸어왔을 때의 무서웠던 얼굴. 처음 총을 쥔 요코에게 이렇게 말했을 때의 웃는 얼굴. "과연 내 손녀딸이군, 마이 리틀 프린세스." 어머니나 할머니가 생각나는 밤이면 보였던 쓸쓸한 옆얼굴. "나는 금방 건강해질 거야. 퇴원하면 둘이서 다시 사슴사냥을 하러 가자." 거짓말이라는 사실을 금방 알 수 있을 만큼 빤히 경직되어 버린 미소.

인생은 동전의 양면. 맞는 말이다. 에드의 말은 대체로 옳았다. 하지만 던진 동전이 어딘가로 굴러가서 보이지 않게 되는 경우도 있다. 그럴 때는 어떻게 하면 되는 거였어, 할아버지?

어머니 카렌이 떠올랐다. 일본과 미국 두 나라의 자장가를 불러주던 플루트 같은 목소리. 한밤중에 기침을 하던 요코의 등을 쓰다듬어주던 따뜻한 손. 하지만 모습은 이미 희미해져 있었다. 요코가 기억하고 있는 어머니의 마지막 표정은 꽃으로 가득한 관 속의 얼굴. "웃고 있는 것 같아." 누군가 그렇게 말한 것을 기억하고 있지만, 요코에게는 그렇게 보이지 않았다. 일본인 의붓아버지에게 매를 맞을 때조차 쓸쓸하게 웃는 표정을 보이던 사람이었다.

떠오르는 얼굴은 그것뿐이었다. 그것뿐인 인생이었기에.

이제 정리하기로 하자. 모든 것을.

요코는 발가락에 천천히 힘을 줬다.

"엄마~."

어디에선가 슈타의 목소리가 들려왔다. 바로 가까운 곳이었다. 고개를 내밀어 아래를 바라보니, 슈타가 바로 밑 길을 달려가고 있는 모습이 보였다. 한 손에 휴대전화를 들고 있었다. 울면서 외치고 있었다.

"여보세요, 엄마, 들려? 엄마, 엄마~. 여보세요, 여보세요."

쉴 새 없이 외쳐대던 슈타가 오열하듯 기침을 했다. 아마도 유행성 이하선염이 악화된 모양이었다.

눈앞의 안개꽃이 흐릿해지더니 한 송이 한 송이가 눈송이처럼 부풀어 올랐다.

토크렌치로 단단히 조여 왔던 나의 눈물샘이 요즘 들어 조금 이상하다.

자, 빨리, 방아쇠를 당겨야지.

언젠가처럼 에드가 등 뒤에서 나타나 요코를 도와주길 기다렸다. 하지만 아무리 기다려도 에드는 나타나지 않았다.

그랬었지, 자신을 총으로 쏘는 방법까지는 에드도 가르쳐주지 않았다. 돌리스와 같은 방법이 마음에 들지 않는 것인지도 몰랐다. 자신을 처리하는 일은 자신이 알아서 하라는 뜻일까?

다시 한 번 발가락에 힘을 줬다. 슈타의 목소리가 여전히 들려오고 있었다.

"여보세요, 여보세요, 여보세요."

들은 것을 금방 잊어버리는 아이다. 생각해 보면 슈타가 휴대전화 사용법을 기억할 수 있을 리 없었다. 틀림없이 나에게 전화를 하려고 단추를 이것저것 눌렀지만 전화가 연결되지 않아 불안함을 느끼게 된 것이리라. 연결될 리 없는 전화를 향해서 외치고 있는 것이다.

그 목소리에 귀를 막고 마음속으로 주문을 외웠다. 성냥에 불을 붙이는 것보다 더 간단히 사람에게 죽음을 가져다주는 주문. 단, 지금과는 달리 자기 자신에게.

갓.

블레스.

유……,

우…….

안 되겠다.

타인을 쏘는 것은 그렇게 간단했는데 자신을 쏘는 것은 아주 어려웠다.

요코는 한숨을 크게 내쉬었다. 몸 안의 공기를 전부 내뱉은 다음 천천히 자리에서 일어났다.

어느 틈엔가 사람의 그림자가 셋이 되어 있었다. 코넬리어스와 리어던 옆에 K가 서 있었다. K는 머리카락이 많았으며 주름도 보이지 않았다. K라는 사실을 몰랐을 때의 쿠완의 모습이었다. 어쩌면 어머니 카렌과 만났을 때의 모습인지도 모른다.

"안녕하세요. 다시 만나게 돼서 다행이네요."

신참이라 어색해서인지 두 사람보다 먼 곳에 서 있는 K에게 인사를 건넸다. 그런 다음 세 개의 환영을 둘러보며 요코가 말했다.

"내게 좀 가르쳐줘. 나는 살아 있으면 안 되는 거야?"

어느 사이엔가 눈물은 멈춰 있었다.

"가르쳐줘. 내가 죽지 않아도 용서해 줄 거야?"

사실은 아무도 없다는 사실을 알고 있는 공간에 대고 요코는 계속해서 외쳤다.

"총을 버리면 용서해 줄 수 있겠어?"

세 개의 죽음의 그림자는 가만히 서 있을 뿐, 아무런 대답도 하지 않았다.

누군가가 이상하게 생각하고 말을 걸은 것이리라. 슈타의 울음소리에 섞여서 어른의 목소리가 귀에 들려왔다. 그래도 슈타는 쉬지 않고 외쳐대고 있었다.

"여보세요여보세요여보세요여보세요."

요코는 꽃다발을 머리 위로 향했다. 하늘에 있는 누군가를 향해 조준했다. 그리고 모습이 보이지 않는 표적을 향해 방아쇠를 당겼다.

갓.

블레스.

유.

당신에게도 축복을. 누구도 그렇게 말해 주지는 않을 테니.

장미의 빨간 꽃잎이 흩어져 팔랑팔랑 요코의 얼굴 위로 떨어졌다.

"미안해. 이랬다저랬다 해서 미안하지만, 나는 역시 살아야겠어."

속죄라는 커다란 일은 하지 못할 거야. 그러니까, 하다못해 끊임없이 뒷면만 나오는 동전일지라도 참고 살아가도록 하자. 요코는 그렇게 하기로 결심했다.

환영은 수긍하지도 않았지만, 그렇다고 머리를 옆으로 흔들지도 않았다. 그럼 된 거지?

요코는 출구 쪽으로 발걸음을 돌렸다.

"자, 모두 갑시다."

뒤돌아보지 않고 말했다.

요코가 걷기 시작하자 죽음의 그림자들이 발소리도 없이 뒤를 따랐다.